鲁山县
优秀文艺成果丛书
郭伟宁 主编

伏牛山轶闻九论

张新河 / 著

FUNIU SHAN
YIWEN JIU LUN

中国文联出版社

图书在版编目（C I P）数据

伏牛山轶闻九论 / 张新河著. -- 北京 : 中国文联出版社, 2024.3

（鲁山县优秀文艺成果丛书 / 郭伟宁主编）

ISBN 978-7-5190-5454-0

Ⅰ. ①伏… Ⅱ. ①张… Ⅲ. ①中国文学－当代文学－作品综合集 Ⅳ. ① I217.2

中国国家版本馆 CIP 数据核字 (2024) 第 057817 号

著　　者　张新河
丛书主编　郭伟宁
责任编辑　王素珍
责任校对　潘传兵
装帧设计　王熙元

出版发行　中国文联出版社有限公司
社　　址　北京市朝阳区农展馆南里 10 号　　邮编　100125
电　　话　010-85923025（发行部）　　010-85923091（总编室）
经　　销　全国新华书店等
印　　刷　三河市龙大印装有限公司

开　　本　880 毫米 × 1230 毫米　1/32
印　　张　13.25
字　　数　271 千字
版　　次　2024 年 3 月第 1 版第 1 次印刷
定　　价　52.00 元

鲁山县优秀文艺成果丛书由鲁山县文联组织编写

鲁山县优秀文艺成果丛书编委会

总　序

鲁山物华天宝、人杰地灵，是一方神奇的土地。

她历史悠久，文化底蕴深厚。“鲁”之地名，最远可以追溯至夏代。西周初，鲁山为周公封地，史称西鲁。这里秦汉年间置鲁阳县，后曾置广州、荆州、鲁州，唐贞观元年（627）置鲁山县。鲁山是世界刘姓发祥地，境内有楚长城、汉代冶铁遗址、唐代鲁山花瓷瓷窑遗址和唐代大书法家颜真卿撰文并书丹的元次山碑等。鲁山还是中国墨子文化之乡、中国牛郎织女文化之乡、中国温泉之乡、中国长寿之乡、中华名窑花瓷之乡、中国屈原文化传承基地。

这片热土，文脉绵长。先秦时期墨家学派创始人墨子、唐代著名文学家元结、清代中州硕儒张宗泰、中原一步踏入中国新文学殿堂第一人徐玉诺，都来自这片热土的温润与滋养。

进入新时期，鲁山文学艺术事业蓬勃发展。依照中共鲁山县委《关于繁荣发展社会主义文艺的实施意见》，县文联组织带领全县广大文学艺术工作者，致力于创作无愧于时代、无愧于人民的优秀文学作品，创作了大量有筋骨、有道德、有温度的文艺作品，书写和记录人民的伟大实践、时代的进步要求，彰显了信仰之美、崇高之美，弘扬中国精神、凝聚中国力量，成绩可喜可贺。

县文联组织专家学者，选取近年来优秀文艺作品作为“鲁山县优秀文艺成果丛书”结集出版。希望此举能够进一步激励全县文艺家创作更多精品力作，助推社会主义文艺事业繁荣发展，为建设生态文化美丽富强新鲁山贡献文艺力量。

刘鹏

2021 年 11 月 9 日

目　录

引 言

宗教文化是社会意识的反映，社会意识内容源于社会存在。宗教同文化艺术一样，亦是人类以史为鉴、以文化人的产物。揭示其神秘，深究其历史渊源，可窥见历史真实。

俗话说，“得中原者得天下”。伏牛山地处我国中原，为古今圣者先贤避难、躬耕、隐居、称雄之战略要地，“引无数英雄竞折腰”。

夏代孔甲七年（前 1739），刘累因养龙失职，为避孔甲杀头之难，于伏牛山东麓今鲁山“昭平湖”隐居，后致天下刘姓繁衍。夏末商汤逐夏桀“五百人徙鲁，鲁士民复奔汤”，民心归汤。夏商伊尹躬耕“耕莘古地”，于今伏牛山栾川遏遇岭遇商汤，聘以为相，其佐汤、商统天下。东周王子姬朝因争位失利，“奉周之典籍以奔楚”，于伏牛山今鲁山团城山避难，墨翟父祖为周之“百工”后裔，随王子朝逃避伏牛山，后徙今鲁山尧山镇“墨子故里”避难归隐，遂成墨家学派创始人，墨翟为伟大思想家、实践家！

笔者孩童启蒙时，正当解放战争。1947 年 9 月 18 日，中共中央关于秦纵（秦基伟纵队）用全力在豫西伏牛山建立根据地的部署致电陈赓、谢富治、韩均："必须使该纵干部明了，该纵后方不是新安、渑池，而是伏牛山，用全力在伏牛山建立根据地，是为至要。"这是解放全中国的重大战略部署之一，伏牛山重要战略地位可见一斑。

少儿时常听十爷及先辈讲山地故事。耳濡目染镌刻脑海：鲁山解放时"陈赓将军师出豫西，发起伏牛山牵牛战，歼灭国民党李铁军部；陈（赓）谢（富治）兵团解放了鲁山县城"，"刘伯承、邓小平在宝丰商酒务一带驻地"及"八百里伏牛山，王莽撵刘秀，'吃南阳屙陕西'，汉刘秀从伏牛山南阳的牛嘴钻进牛肚子，后从陕西牛屁股出来，最终坐天下！南阳'铁牛庙'、鲁山城'三月三坑'都各有一只'铁牛角'哩！"，还有"鲁阳王与韩大战，日暮挥戈返日"等有趣故事，与"韩信寨""萧何村""张良街""诸葛庙""卧龙岗"等地名传说……美妙的童年记忆至今难以忘怀！满脑伏牛山先圣神奇，时时提醒，长大后一定要实地看看，老人们挂在嘴边的这座"父母山"究竟有何奥妙，有何神奇？！

真待长大，学校毕业后参加工作又忙于事务无暇他顾，但仍常挂念。只等退休以了心愿。退休后无工作挂牵，有充裕时间。就利用这个难得的"黄金期"跑遍祖国各地，实地考察，访问知情人，查阅文献。到陕西、山西、山东、河北、辽宁、湖北等省社会科学院，拜访专家学者及相关省地市县史志部门查阅方志资料；到乡村探访寻亲；赴各地拜会几十位白发苍苍的老将军，并多次座谈交流……历数寒暑，潜心耕耘，收获颇丰。遂编撰《邓小平在鲁山》《师出豫西——伏牛山根据地斗争纪事》两部，近百万字，分别于2008年、2009年，由中央文献出版社出版发行。著述《墨家鲁阳悬疑案——墨子里籍与事迹考实》，于2011年，由河南大学出版社出版发行。著《殷商元圣——伊尹里籍·隐居·事功考实》，于2015年，由社会科学文献出版社出版发行。著述《倒回沟史话——天河大峡谷旅游度假养生导读》，于2018年，由河南大学出版社出版发行。五本书全是以伏牛山历史文化为内容的专著。

宽慰许多，心有所安。但仍觉言不尽意，继而又发现不少伏牛山历史中珍藏的优秀传统文化，再经多年考察、考证与缜密研究，遂成论文多篇，分别于《平顶山学院学报》《平顶山教育学院学报》《洛阳理工学院学报》《洛阳师范学院学报》《洛阳月谈》《西安外事学院学报》等刊载。为查阅方便，集汇成编，以《伏牛山轶闻九论》为名出版。正所谓：面壁十年图破壁，穿越时空窥真身。以唯物史观考证历史存在，揭示圣人、神祇、佛菩萨本来面目，认识他们在一定社会历史时期呈现的高道大德，理解、尊重后人对其美好心灵化身的敬仰与崇拜！在于知圣人，破神祇，识菩萨。透视神秘外衣，开启科普之门。认知中华文明历史渊源，增强民族文化自信，借鉴历史，启迪后人，崇德向善，公正为人，为建设文明、和谐的社会主义现代化强国服务。这些多年感悟与心血结晶，既破解了传统神话奥秘，亦给人们养生长寿以启迪，又为发展地方文化旅游事业提供了潜在商机。

本书共选九篇议题讨论。除第一篇外，各篇内容多无联系，故不以章节名，而以篇章称，各篇独立。内容所限，每篇所含章节不一，文字则多则少，篇章则长则短。有的篇章合一，单独成篇；有的一篇多章，似仍需章节补议，奈余有专著，故未赘述。

第一篇“神奇伏牛山”是总论，主要阐明伏牛山的神奇与中原伏牛山区是我国圣贤和中医药养生重要发祥地，综述其神圣珍奇所在。

第二篇至第四篇，主要论述道家初祖广成子，即容成子，故地在今鲁山容城遗址，修道于汝州崆峒山；殷商元圣伊尹、财神赵公明出生地在中原伏牛山区及其重大历史活动。

第五篇主要论述伏牛山的战略位置。

第六篇至第九篇，主要论述了王子朝、鲁阳公、诸葛亮及张良、武则天等在伏牛山一带的历史活动。目的在于澄清部分学者对他们的迷茫与误解！

本书蕴含意义既深且远。因本人学识所限，书中谬误错讹之处，借此出版之际，就教方家指正，谨致谢意！

第一篇　神奇伏牛山[①]

第一章　神奇伏牛山

伏牛山位于河南省西南部，层峦叠嶂、群峰竞秀，削壁高崖、万壑生岚，松奇石怪、飞瀑挂天，是天公在豫西大地的恢宏杰作，自然环境幽雅秀美，其历史人文更为绝妙神奇！

伏牛山绝妙神奇，在于她的出色区位条件与厚重历史文化。有学者惊叹，一座横贯我国中原的伏牛山，竟承载着半部华夏史！

伏牛山区早在白垩纪就有大型动物活动。西峡恐龙遗址，即其中一例。伏牛山从五六十万年前的“南召猿人”到能够直立行走的“栾川人”发现及至8000年前的舞阳贾湖骨笛、17个契刻文字符号等文物的出土，证实在我国历

① 本文曾以《中原西部山区中医和道家养生研究》为题，发表于《平顶山学院学报》2014年第1期。选入本书稍有修改。

史丰碑上，早已镌刻着远古华夏文明。

伏牛山是秦岭山系由陕西东延至河南西部的一支重要山脉。入河南境，分五支自北向南展开，最北一支称小秦岭，依次向南为崤山、熊耳山、外方山、伏牛山，人们习惯上统称这五支山脉为中原伏牛山区。有道是，伏牛山物华天宝、地灵人杰、绝妙神奇！

伏牛山之绝妙，妙在位于我国北亚热带与暖温带南北气候分界线，又是长江、淮河、黄河三大水系的分水岭和淮河的水源地。有多座山峰海拔高度在2000米以上，呈西北东南走向，西东长200公里余，南北宽40—70公里，横贯我国中原地区。

巍峨而宏大的山势走向，使伏牛山南呈北亚热带，北属暖温带，成为我国气候暖温带与北亚热带的过渡带。这里雨量充沛，年平均降水量在800—1100毫米。山间植被亦明显呈现出南北植物品种分区生长的特征。野生动物种类繁多，植物生长繁茂，中草药资源丰富，中医药界称其为“天然中药宝库”！伏牛山有众多天然温泉出露，且常年水温都在50℃—67℃，正好适宜人们洗浴。目前已发现和正在利用的，有卢氏汤河温泉，汝州温泉，鲁山上汤温泉、中汤温泉、下汤温泉、温汤温泉、碱厂温泉七处。

伏牛山为黄河、淮河、长江三大流域分水岭。属黄河流域的伊河，发源于栾川县张家村，向东北部流经嵩县、伊川县、洛阳市至偃师区杨庄村入洛河，成为伊洛河后入黄河。属淮河流域的有沙河与汝河。沙河发源于鲁山县石人山，源头山高林密，地形复杂，形成多条半辐射状的山涧溪流，沟谷深峻，狭窄而弯曲，比降较大，水流湍急，有些地段形成多级瀑布。石人山处于白龟山、昭平台两大水库上游。经水库入颍河至安徽入淮河。汝河发源于嵩县龙池漫，经车村、黄庄流入汝阳、临汝等县，而后注入淮河。源头谷深河窄，弯道多，比降大，水流急，有些地段形成阶梯状多级瀑布。属长江流域的有老灌河和白河。老灌河发源于栾川县伏牛山下，流经伏牛山南坡的西峡县，与这里发源的黄石庵河、太平镇河、军马河、蛇尾河注入老灌河，汇入丹江。白河系汉江支流，发源于南召县黄石庵，经南召、南阳等县，至湖北老河口与唐河合流后称唐白河。白河主要支流有湍河、潦河、松河、刁河等。湍河发源于宝天曼，全长 186 公里，纵贯内乡县中部。

正因伏牛山系为黄河、淮河、长江三大流域分水岭，气候与水土差异，才形成“橘生淮南则为橘，生于淮北则为枳”的奇妙景象！亦正基于地理环境与气象因素的天然影响，在古老伏牛山区，出现了我国历史上诸多神奇人文韵事。

伏牛山之奇，在于我国古代圣贤多发端或寓居于此。上古黄帝问道广成子（容成子）与春秋楚庄王季女“三皇姑”成道“观世音菩萨”，伏牛山成为我国道、佛宗教文化发祥地。从夏“孔甲好龙”到“刘累迁鲁”；从夏桀、商汤“五百人徙鲁”到伊尹于伊水出世；或从西周周公旦初封西鲁，至春秋楚叶公沈诸梁救楚；或“赵姓始祖造父”之墓与“财神”赵公明降生伏牛山中；或东周“王子朝奔楚”与老子、鬼谷子、墨子父祖代避战，隐居伏牛山；或西汉张良故里与刘秀同王莽“昆阳之战”，到幼年诸葛亮寓居于父祖“高阳华里之迹”；等等。这林林总总的遗闻轶事，无不显现出伏牛山地灵人杰之奥秘与神奇！

水有源，树有根，文化有出处，圣人有故地。伏牛山区是我国古代圣贤的集聚地。

上古帝师广成子即容成子，为古老的容成氏族。故地在“春秋许都”“许迁于容城”，即今鲁山张良镇“容城遗址”。容成子于汝州崆峒山修道，又称广成子。黄帝曾于崆峒山问道广成子，后世称广成子为“道圣”。

春秋战国与孔子并称“显圣”的墨子，故里在今鲁山县尧山镇。墨子同鲁阳文君有多次对话，为天下“和合”、庶民“安生生”，他力主“兼爱”“非攻”“尚贤”“尚同”，反对诸侯攻伐，曾“摩顶放踵”徒步千里余，自鲁阳至楚郢都（郊郢）“止楚攻宋”，又“止齐攻鲁”“止鲁阳文君攻郑”。墨子这种力主正义、扶危济困、舍己为民的壮举与豪迈情怀，铸就了“兼爱”“非攻”“尚贤”“尚同”的“庶民精神”。几千年来，墨子的“庶民精神”潜移默化地影响和塑造着世世代代伏牛山人乃至中原人民高尚品性的形成。至今，在鲁山县及其周边还存有多处墨子遗迹、轶事。

春秋楚庄王季女妙善——孝老爱亲的“三皇姑”，在平顶山香山割手眼救父王、成道大悲观世音菩萨的故事流播于世、不绝于方志记载。她孝老爱亲、慈孝报恩的高尚品德，为世代平顶山“楚城父邑”“白雀寺”“香山”周边百姓所称颂，民间尊称为“三皇姑”。

秦汉时期，“运筹于帷幄之中，决胜于千里之外”的“谋圣”，西汉留侯张良，其故里在古韩国今郏县李口乡张店村。张良辅佐刘邦建立汉室，功成身退、淡泊名利的高贵品德后人敬仰、名垂青史，今尚存“东汉建安六年，诸葛亮携徐元直拜留后，并撰文于红石碑刻”。

平顶山市叶县谓古昆阳。西汉末年，这里发生刘秀与王莽昆阳之战，为历史上以弱胜强、以少胜多著名战例。不仅如此，这里尚有夏代“惧而迁鲁”之“刘姓始祖”刘累；春秋“问鼎中原”的“三皇姑”之父——楚庄王熊侣（旅）；楚“白公之乱”，起兵“方城外”，救楚于危亡之际的叶邑县公沈诸梁；等等。还有东汉末年，少年诸葛亮举家避难寓居今卫东区“诸葛遗墟”与“诸葛庙”遗迹，更有宋代“三苏”，虽生巴蜀，却于此寻龙望气，择贵地魂归“郏汝”，修坟茔于郏县“小峨眉”之阳等，不一而足。在我国浩瀚的历史长河中，地处中原的伏牛山为群贤集聚之处可见一斑。

盘点伏牛山珍贵遗迹遗址，已列入国务院公布全国重点文物保护单位的有“父城遗址”“香山寺大悲观音大士塔及碑刻”“叶邑故城”“三苏祠和墓”“豫陕鄂前后方工作委员会旧址”等25处。这些文保单位，不仅呈现了我国各历史阶段的中华文明，又不同程度地包含了伏牛山圣贤文化成分和“红色文化”内容。中国民协命名“中国观音文化之乡”“中国墨子文化之乡”“中国牛郎织女文化之乡”，中宣部、文化部称之为“宝丰现象”的“中国魔术之乡”等。这里还有众多红色革命文化遗址：解放战争时期邓小平在鲁山四次做报告的会议旧址、宝丰“中共中央中原局”及“中原野战军司令部”驻地旧址、叶县辛店桐树庄红九军起事地以及红二十五军长征过境的线路，等等。这些独特、脍炙人口的中华优秀传统和红色革命文化，是伏牛山区的珍贵遗产，已成为中华民族之魂！

第二章　中原伏牛山区是我国圣贤和中医药养生发祥地

秦岭自陕西进入河南，分五支自北向南展开，最北一支称小秦岭，依次为崤山、熊耳山、外方山、伏牛山，人们习惯上统称这五支山脉为中原伏牛山区。中原伏牛山区盖含河南省 8 个地辖市的 26 个县（市）区。其中有三门峡市的卢氏、灵宝；洛阳市的偃师、洛宁、伊阳、伊川、嵩县、栾川、汝阳；郑州市的登封；南阳市的南召、方城、镇平、邓州、内乡、淅川、西峡；平顶山市的汝州、石龙区、鲁山、宝丰、叶县；许昌市的禹州、襄县；漯河市的舞阳；驻马店市的泌阳；等等。此区已发现的远古文化信息，向人们揭示着早期人类文明的存在。

一、伏牛山区远古生命信息发现，昭示早期人类文明存在

早在白垩纪，伏牛山区就有大型动物活动。西峡恐龙

遗址是其中一例。

西峡恐龙遗址位于中原伏牛山南麓西峡县丹水镇三里庙村。据专家考证，该遗址属白垩纪断陷盆地沉积，遗址中的恐龙蛋化石层，是西坪—丹水盆地的最高层位，其下部至少尚有 16 个产蛋层。目前暴露的恐龙蛋化石达 1000 多枚，呈放射状排列。巨型恐龙蛋，体长达 50 厘米以上。现已确定的蛋化石，归于 6 科 9 属 13 种。这在世界上亦极其罕见。特别是最近发现的大量鸭嘴龙、禽龙、原角龙、肉食龙等恐龙骨骼，为研究中原伏牛山远古时代生命形态提供了重要信息。

伏牛山区历史悠久，远古时期就有人类活动。“南召猿人”与“栾川人”的发现和 8000 年前舞阳贾湖骨笛与先于殷商甲骨文、17 个契刻文字符号等的出土，为该地区早期人类活动提供了有力实证。

“南召猿人”是中国考古发现的古人类之一。1978 年 9 月，在河南南召杏花山上发现了一枚古人类牙齿化石。这枚牙齿化石被古人类学家吴汝康等人鉴定为早期人类的右下第二前臼齿。中国科学院古脊椎动物与古人类研究所根据伴生动物化石及地层等综合分析，认定这里发现的古人类与“北京猿人”所处的时代大体相当，距今五六十万年，并正式把这种古人类定名为“南召猿人”。南召猿人的发现，是继北京猿人、蓝田猿人、元谋猿人之后的又一重要发现。杏花山猿人遗址是伏牛山人类文明的发祥地，它填补了中原伏牛山地区古人类分布的空白，对研究人类起源、分布和发展，为古代气候变化以及中原伏牛山地区第四纪地质和生物研究提供了新的资料与依据。因南召猿人化石的地点，是国内发现的重要古人类遗址，它填补了中原伏牛山地区旧石器文化的历史空白，扩大了猿人在秦岭地区的分布范围，为进一步研究人类起源和发展提供了新材料。1980 年，国家和河南省科学工作者在南召杏花山附近的小空山和大空山上，发掘出 1 万—3 万年前旧石器晚期猿人用火和管理火的洞穴遗址。火的使用，标志着“南召猿人”已步入了人类文明新纪元。小空山猿人洞穴内有厚约 1 米的残余灰烬层、300 余件石制品和一大批哺乳动物化石，标志着人类走向新的历史文明，展示出伏牛山区南召洪荒时代人类活动的远古文化。

“栾川人”是 2013 年 4 月 9 日国家文物局公布的“2012 年度全国十大考古新发现”之一。河南栾川孙家洞旧石器时代遗址排名十大新发现之首。孙家洞遗址出土的人牙化石属于直立人阶段，被命名为“直立人—栾川种”，简称“栾川人”。这一发现，使专家直接接触到了几十万年前人类的本体，为人类起源提供了大量的、富有说服力的证据，对生物学、历史学和人类发展史的研究有重要价值，亦为远古洪荒的中原伏牛山腹地直立人的存在提供了实证。

舞阳“贾湖遗址”，出土的约 8000 年前的“贾湖骨笛”及 17 个契刻文字符号与我国最早的炭化稻米、石磨盘、磨棒、石铲等实物资料，昭示着我国早期的华夏文明出现。

贾湖遗址位于河南省中部舞阳县北舞渡镇贾湖村。遗址平面呈不规则圆形，总面积55000平方米。

贾湖遗址共发掘出30余支骨笛，是世界上迄今为止发现最早、保存最完整的管乐器。贾湖骨笛有二孔、五孔、六孔、七孔和八孔笛，长度17.3—24.6厘米，直径0.9—1.72厘米，其制作材料系鹤的尺骨，制作规范，形制固定。经中央民族乐团黄翔鹏等音乐家对其中一支七孔笛测试，知其已具七声音阶，并能完整吹奏现代乐曲。它把人类音乐史向前推进了3000多年。贾湖骨笛应该是世界上最早的乐器。

贾湖遗址出土一批甲骨，经碳14测定，这里的文化层异常单纯，是一处距今8000年且保存完好的相当于裴里岗文化时期的原始社会聚落遗址。出土甲骨所显示的契刻文字符号形成年代，早于安阳殷墟的甲骨卜辞4000多年，领先于素称“世界最早文字”的古埃及纸草文书，比西安半坡仰韶文化陶器上的刻划符号和山东大汶口文化陶器上的文字早2000年。这里发现的17个契刻文字符号，分别刻在甲、骨、石、陶器上，为探索中国文字起源提供了珍贵的实物资料。专家研究认为，8000年前的贾湖契刻与比它晚四五千年的殷墟甲骨文有着惊人的相似。北京大学历史系古文字学家葛英会认为“这些符号应该是一种文字”；中国科技大学张居中认为，“我们称其为原始文字，或具有文字性质的符号，当然是成立的”。与甲骨文相比，贾湖契刻与其有三个相同之处：一是载体和书写工具相同，都是用利器在龟甲或骨器上刻写；二是甲骨文用于记载占卜内容，而贾湖契刻亦与占卜相关，两者作用相同；三是造字原理相同，贾湖契刻是事理符号，而甲骨文中有很多也是事理文字。通过对贾湖契刻与甲骨文的研究，再一次佐证了贾湖契刻是文字的判断。有学者认为“贾湖契刻的发现，为商代甲骨文的历史源头探索提供了可靠的证据”，很有可能是汉字的滥觞。那些随葬的龟甲，反映了贾湖先民原始的宗教信仰。研究者称“贾湖文化”是中华民族历史长河中第一个具有确定时期记载的文化遗存，是“人类从愚昧迈向文明的第一道门槛”。

“贾湖人”盛行巫术崇拜。在他们的一些随葬品中，发现有装饰品、葬龟、杈形骨器的成组随葬品，表明贾湖原始先民已有了原始崇拜意识。

中国科技大学博士生导师、贾湖遗址主要发掘者张居中教授与美国宾夕法尼亚大学教授、博士帕特里克·麦克戈温合作，通过对出土陶器上的附着物进行研究证明，9000 年前“贾湖人”已经掌握了“酒”的酿造方法，所用原料包括大米、蜂蜜、葡萄和山楂等，这当是世界上最古老的“酒”。

“贾湖骨笛”和“贾湖酒”的出现，说明“贾湖人”生活富裕，已有享乐、养生等生活方式追求。

中原伏牛山地区的恐龙灭绝和早期人类文明出现，说明古代气候的重大变化。正因为变化后的优越气候，为动植物生长、中医药资源形成及人类生存条件提供了保障。

二、伏牛山区丰富的中药材资源是中医形成和道家养生的基础

伏牛山区，地处北亚热带和暖温带的过渡地带。这

里雨量充沛，气候宜人，动植物繁茂，天然中药材种类齐全，是理想的人居环境和修道养生的最佳去处，被历代道家、兵家、医家看重。自炎黄时代广成子到夏商时期伊尹，从周代至春秋战国老子、鬼谷子、墨子到东汉时期张仲景，他们依赖伏牛山得天独厚的天然条件或修道养生，或办学育人，或采药医病、济世救人，在这块中原宝地上，他们实现着自己的人生追求。

伏牛山区中药材资源极为丰富。《栾川县志》载："《名优中药材》（有）'柴胡、天麻、丹参、冬花、山茱萸、连翘、辛夷、杜仲、猪苓、五倍子、金银花等'……猪苓，县境内伏牛山、熊耳山、遏遇岭、杨山及海拔1000—1800米的中、高山林区多生。"[①] 现今栾川叫河乡盛产的中药材有：山茱萸、连翘、二花、菖蒲、柴胡、苍术、桔梗、天麻、茯苓、猪苓、党参、丹参、棉芪等，一般产量的中药材更不少见。在叫河倒回沟内山岭上，现在还生长着上千种植物类中草药。每逢采药季节，北京同仁堂、河北安国、安徽亳州及河南禹州等地的中草药商人纷至沓来，装载着中草药材的大车小车，源源不断地从这里运往全国各地。

《汝阳县志》载："汝阳县地处山区，中药材资源丰富。根据建国后药源普查，全县共有地产药材431种。其中，根茎类93种，果实类98种，花叶类37种，全草类51种，

---

① 栾川县地方史志编纂委员会编:《栾川县志》，郑州：中州古籍出版社，2009年，第253—254页。

树皮类 14 种，藤木树脂类 14 种，菌藻类 8 种，动物类 34 种，矿物类 4 种……”[①] 据统计，汝阳县“1978 年，中药材收购品种为 112 种，225 吨”。

这里仅以栾川、汝阳为例，若把伏牛山区嵩县、鲁山、南召、西峡、淅川等县盛产中药材情况一一述及，那会更多，难怪中医学者称伏牛山是“中医药宝库”。

依此推断，由于地处千米以上的海拔高度及适宜土壤和充沛雨量的优越环境，在古代伏牛山区，中药材品种和产量比现今要丰富得多。这些特殊地理环境的丰富中药材资源，为我国早期中医药形成和道家养生提供了先决条件。

三、中原伏牛山区是我国中医药发祥地

中华民族多是炎黄后裔，炎黄二帝眷顾他们的子孙，遂集成《神农本草经》与《黄帝内经》传于后世。中医是中国固有医学，最早发祥于中原伏牛山区，炎帝神农便是中医鼻祖。

（一）炎帝“初国伊”在伏牛山嵩县一带，《神农本草经》为炎帝传流

《世本》:“神农和药济人。”[②] 炎帝神农氏调和中草药，救世济人。《帝王世纪》曰，炎帝神农氏“尝味草木，宣药

① 汝阳县地方史志编纂委员会编:《汝阳县志》，北京：生活·读书·新知三联书店，1995 年，第 328 页。

② 宋衷注，秦嘉谟等辑:《世本八种》（秦嘉谟集补本），北京：中华书局，2008 年，第 355 页。

疗疾，救夭伤人命。百姓日用而不知，著《本草》四卷”。据记载，炎帝为解百姓疾苦，尝百草“一日而遇七十毒”。炎帝冒着生命危险，尝试用中草药为百姓治病，后人以此积累经验，至秦、汉，集成《神农本草经》。从此，中国才有了中医药，故称炎帝神农氏为我国中医学鼻祖。

炎帝神农氏，姜姓。初国伊。伊国地域盖于今河南省嵩县一带。《世本·卷第三》云：“炎帝，姜姓。澍桉，炎帝长于姜水，因姓姜。姜，扶风之姜阳也。初国伊，继国耆。世以为尧姓，非也。而郑氏駮異义云，炎帝，姜姓。大昊所赐。”[①] 马世之说：“伊，唐虞姜姓国。《路史·国名纪一》云‘伊，盖亦上世所国。今洛之伊阳县有伊水，尧之母家伊侯国’。伊阳县始置于唐玄宗先天元年（712），治所在今河南省嵩县旧县乡旧县村西。伊阳故城城址平面呈长方形，东西长 1500 米，南北宽 500 米。该城址位于伊河北岸，故称伊阳。《河南文物名胜史迹》称：‘嵩县以地处嵩山之西而得名，历史源远流长。远在炎帝时，嵩县即为伊国之地。唐虞时称伊侯国、伊川国。’伊为尧母庆都之国，庆都以国为氏，故姓伊。《帝王世纪》云‘帝尧陶唐氏，祁姓也，母庆都，孕十四月而生尧于丹陵，名曰放勋，鸟庭河胜，或

① 宋衷注，秦嘉谟等辑：《世本八种》（张澍稡集补注），北京：中华书局，2008 年，第 45 页。

从母姓，伊氏’。伊国的地域在今河南省嵩县一带。”[①]《嵩县志》载：“嵩县历史悠久，炎帝时称‘伊国’，夏时为豫州伊阙地。商代属有莘国之野，又名空桑。”

若此，神农“尝百草”“和药济人”的伊国，确在中原伏牛山区嵩县地域。其《神农本草经》初传，盖源于此。

（二）黄帝居新郑之都，救民于疾苦，“使岐伯尝味草木”遂成“岐黄之术”

黄帝之都在河南省新郑。新郑有具茨山，昔黄帝登之。《水经注·洧水·溟水》引：“皇甫士安《帝王世纪》云：‘或言县故有熊氏之墟，黄帝之所都也。郑氏徙居之，故曰新郑矣。’”又曰：“大騩即具茨山也。黄帝登具茨之山，升于洪堤上，受《神芝图》于黄盖童子，即是山也。”《庄子·徐无鬼》曰：“黄帝见大隗于具茨之山。”騩、隗通假，大騩即大隗。新郑具茨山是大伏牛山余脉，位于河南省中部，东西走向，横亘在新密、禹州、新郑三市交界。

《帝王世纪》曰：“黄帝有熊氏命雷公、岐伯论经脉，旁通问难八十一，为《难经》。教制九针，著《内外术经》十八卷。”中国医学素称“岐黄”，或谓“岐黄之术”，岐伯当数首位。又曰：“岐伯，黄帝臣也。帝使岐伯尝味草木，典医医病，今《经方》《本草》之书咸出焉。”（《御览》七十九）《黄帝内经》盖托黄帝与岐伯问答之，大多学者认

① 马世之：《中原古国历史与文化》，郑州：大象出版社，1998年，第161页。

为是汇历代经验至战国秦汉时期集成。我国迄今发现能够释读的最早文字，是商代甲骨文。至于《帝王世纪》所云，黄帝“其史仓颉，又取象鸟迹，始作文字”。至今尚未发现。我们自不当推论《黄帝内经》是黄帝所著，即便真是黄帝与岐伯所为，亦应于新郑“黄帝之都”初编。《路史》云，“古有岐伯，原居岐山之下。黄帝至岐见岐伯，引载而归，访于治道。”可见，黄帝已把岐伯“引载而归”新郑之都，才“访于治道”的。

炎、黄二帝为解民众疾苦，分别于河南嵩县、新郑的中原伏牛山区，亲尝或使人尝百草，调和中药为民医病疗疾，遂成《神农本草经》与《黄帝内经》两部中医药宝典。这是我国最早的医药典籍。炎、黄二帝，为挽救民生和中华民族繁衍，开“尝百草”之先河，为我国中医中药形成与发展奠定了坚实基础。

四、中原伏牛山区是我国道家养生发祥圣地

世界上没有哪一个民族的文化流派或宗教是以长生不死为终极目标，唯道家文化是个特例。这体现了中国文化中“贵生恶死”的传统，而道家这个传统，却源于我国中原古老的伏牛山区。

道家可追溯到广成子。广成子是轩辕黄帝时期人，习道家养生术，自称仙龄1200岁。《庄子·在宥》称：“黄帝立为天子十九年，令行天下，闻广成子在于崆峒之山，故往见之。”又云，黄帝问曰：“敢问，治身奈何而可以长久？”广成子蹶然而起曰：“善哉问乎！来，吾语女（汝）

至道。至道之精，窈窈冥冥；至道之极，昏昏默默。无视无听，抱神以静，形将自正。必静必清，无劳女形，无摇女精，乃可以长生。目无所见，耳无所闻，心无所知，女神将守形，形乃长生。慎女内，闭女外，多知为败。我为女遂于大明之上矣，至彼至阳之原也；为女入于窈冥之门矣，至彼至阴之原也。天地有官，阴阳有藏。慎守女身，物将自壮。我守其一以处其和。故我修身千二百岁矣，吾形未常（尝）衰。”[①] 若此，广成子所提出的就是人类长生不死的基础。而后世道家渐渐与神仙家结合，展开一系列以长生不死为目的的理论和实践活动。故道家称广成子为鼻祖。

黄帝问道广成子的典故发生在今河南省汝州市崆峒山上。据明代《汝州志》载：“广成子，轩辕时人，隐居汝州崆峒山石室中。黄帝造焉，问于至道之要。”《太平寰宇记》（卷八·河南道八·汝州·崆峒山）载：“崆峒山，在县西南四十里，有广成子庙，即黄帝问道于广成子之所也。按唐开元三年，汝州刺史充本州防御使，卢贞立碑。其略云：‘《尔雅》曰：“北戴斗极为崆峒，其地绝远，华夏之君所不至。”禹迹之内，山名崆峒者有三焉：其一在临洮，秦筑长城之所起也。其一在安定。二山高大，可取财用，彼人也各于其处为广成子立庙。而庄生述黄帝问道崆峒，遂言游襄城、登具茨，访大隗，皆与此山接壤。则临洮、安定非

① 《二十二子·庄子·在宥》，上海：上海古籍出版社，1986年，第38页。

问道之所明矣。’”今新郑市具茨山距今襄城县和汝州市崆峒山较近。庄生即庄子，为先秦道家。若此，今汝州市崆峒山确为黄帝问道广成子之处。

五、我国中医和道家养生在中原伏牛山区的传承与发展

我国古代，医巫同源、道巫同源、医易同源。《黄帝内经》《道德经》《易经》是三者同源的重要结晶。医道不仅发祥于中原伏牛山区，还在这里长期延续、传承和发展。

（一）“汤液圣”伊尹，是商朝宰相，亦是巫医传承者

道家每称谓“黄老”，即指黄帝和老子创立的学说。但是，自黄帝到老子数千年时间里却是一片空白。而夏商时期的伊尹，正是其间承前启后者。

伊尹是商朝宰相，也是厨师、巫医。商汤称其“元圣”、后世烹饪界奉其“厨圣”、中医药界尊其“汤液圣”。

1. 我国古代巫医同源。

《山海经·大荒西经》曰：“大荒之中，有山名曰丰沮玉门，日月所入。有灵山，巫咸、巫即、巫盼、巫彭、巫姑、巫真、巫礼、巫抵、巫谢、巫罗十巫，从此升降，百药爰在。”郭璞注：“群巫上下山采之也。”《山海经·海内西经》曰：“开明东有巫彭、巫抵、巫阳、巫履、巫凡、巫相，夹窫窳之尸，皆操不死之药以距之。”郭璞注：“皆神医也。”其《山海经·海外西经》云：“巫咸国在女丑北，右手操青蛇，左手操赤蛇。在登葆山，群巫所从上下也。”郭璞注：“采药往来。”可见，这些巫师主要是采药和行医。

《吕氏春秋·勿躬》说：“巫彭作医，巫咸作筮。”《世

本·卷一》载:“巫咸帝尧时臣，以鸿术为尧之医，能祝延人之福，愈人之病，祝树树枯，祝鸟鸟坠。”郭璞所注“采药往来”的群巫“皆神医也”，说明巫医同源。巫医同源还表现在我国文字演化上：繁体“毉”字就是由“医”和“巫”组合而成，以后又演化为“醫”。“巫”“医”组合成“毉”字说明，医师既是巫师亦是医师的双重身份。

《论语·子路》云:“南人有言曰:‘人而无恒，不可作巫医。’”《国语·越语》说:“将免（娩）者以告，公毉守之。”这是繁体“毉”字在古代应用的实例。《周礼·大聚》称:“乡立巫医，具百药，以备疾灾。”说明周代巫师已经成为医疗常设人员。

2. 伊尹是巫师也是医师。

伊尹曾为厨师。《墨子·尚贤上》载:“汤举伊尹于庖厨之中，授之政，其谋得。”《墨子·尚贤中》载:“伊挚，有莘氏女之私臣，亲为庖人。”《尚贤下》载:“昔伊尹为莘氏女师仆，使为庖人。汤得而举之，立为三公，使接天下之政，治天下之民。”《吕氏春秋·本味》载:“有侁氏女子采桑，得婴儿于空桑之中，献之其君，其君令烰人养之。”高诱注:“烰，犹庖也。”上述可见，婴儿时的伊尹是“庖人”抚养，成人后又“亲为庖人”，又在“庖厨之中”。“庖人”即厨师，伊尹年轻时曾为厨师。我国古代“药食同源”，伊尹的厨师技能为其成为医师提供了便利条件。

据考证，伊尹身份除为商代宰相外，还是巫师。商代崇信鬼神，国家大事小情皆要通过占卜。因此巫师具有崇高地位。从这个角度讲，伊尹又是商代第一大巫师。

《汤誓》载，商汤在“鸣条之野”颁布了伐夏的战争动员令，说：“格尔众庶，悉听朕言，非台小子，敢行称乱。有夏多罪，天命殛之。”商汤用“上帝”的宗教思想动员群众，发动讨伐夏桀的战争。战争取胜后，便在西亳——偃师，建立了商朝政权。《尚书·君奭》记载周公忠告召公时说：“成汤既受命，时则有若伊尹，格于皇天。”伊尹为当时代言天命的大巫师。

据学者考证，上古巫、史、医合一，巫师本身多兼有医师的功能，如上所述，巫彭、巫咸等皆以擅长医术闻名。《说文》释“尹”作“治也”。康殷指出：尹，“象手执针之状，示以针刺疗人疾病”；官名尹“同样是医疗治调之意的引申、转化”。“伊尹”同时具有来自伊水的医和相的意思。归根结底，还是来自伊水的巫师。商代殷墟甲骨文的产生，就是由巫师主持祭祀鬼神，占卜吉凶。

其中，还有后代祭祀伊尹内容，甲骨文中的“尹”“伊”“黄尹”皆指伊尹。甲骨文记载疾病有二十余种，如疾首、疾目、疾耳、疾口、疾身、疾足、疾止、疾育、疾子、疾言、蛊、龋等，还有疾年、雨疾、降疾等。这些虽然不能说明与伊尹有直接关系，但可以肯定，伊尹曾参与过类似的占卜活动。

夏朝末年天灾人祸横行。《清华简·尹至》简文说“惟灾虐极暴瘇”时有灾殃疾病，特别是胫足肿，是当时较为普遍的一种疾病。上博简《容成氏》亦称：“当是时，强弱不辞让，众寡不听讼，天地四时之事不修，汤乃溥为征籍，以征关市，民乃宜怨，疟疾始生，于是乎有喑、聋、跛、眇、瘿、秃、偻始起，汤乃谋戒求贤，乃立伊尹以为佐。”可见，商汤聘伊尹除辅政外，尚有巫师和为民治病的医师职责。再据药食同源之理，擅长厨师绝技的伊尹，成为医师也在情理之中。

皇甫士安《甲乙经·序》云：“伊尹以元圣之才，撰用《神农本草》以为《汤液》。”皇甫谧认为，伊尹所撰《汤液经》来自炎帝《神农本草经》。若此，商朝宰相伊尹就是炎帝中医学《神农本草经》在中原伏牛山区的传承者。

我们曾把嵩县、栾川地区所产中药材和伊尹《汤液经》内容认真进行比照核对，吃惊地发现，伊尹的《汤液经》中所有出现的中药材，这一地区几乎全部都有。3500 年前，伊尹《汤液经》中的中药名称和现今这里出产的中药材名称，几乎完全吻合！这绝不是巧合，这是伊尹当年“耕于有莘之野”、隐居在这一带的真实写照。

伊尹初为有莘国庖人兼女师仆，“长而贤”，先为“处士”隐居伏牛山栾川墁子头，躬耕、植药，始创《汤液经》，尝试百草、采药、治病救人。至今这里民间还留有“伊尹百草苑”，其“房前屋后植满中药草”的传说。后来在伏牛山遏遇岭遇商汤迎聘，遂佐商灭夏，建立商朝。又辅佐外丙、中壬、太甲三位商王执政。

3. 伊尹出生在今河南省嵩县空桑涧，隐居于今栾川县墁子头。

伊尹名挚，夏商时人。据考，约公元前1662年生于伏牛山区（今嵩县空桑涧），卒于公元前1562年，享年“百岁余”。

《吕氏春秋·本味》曰：伊尹“母居伊水之上”，伊尹之母“身因化为空桑，故命之曰伊尹，此伊尹生空桑之故也”。“空桑”当在今洛阳嵩县一带。

《明一统志》云：“空桑涧在嵩县南，有莘氏女采桑伊川，得婴儿于空桑中，长而相殷，是为伊尹。”明万历《嵩县志》云：“嵩县在商时为有莘之国。”明宣德《重修伊尹祠记》载，伊尹故里在“嵩县之南十里许”。清光绪《嵩县志》载：“嵩县为伊阙地，自夏以前，杂见他书者，如炎帝上世国于伊，即伊尹生地。伊祁，前编尧生于伊，故为伊祁氏，伊尹恐其后也。‘有莘之野’实生伊尹，今伊水南空桑涧。汤使所三至也。”

明代王守诚撰《嵩志·人物志》云：“伊挚，字尹，商阿衡嵩人也。事见《伊训》。孟子不具述其细者，按旧志所载，今县西五里泥河村，盖其尹之母家。”伊尹母亲家在嵩县城西五里的泥河村，空桑涧东十五里有伊姑冢，即伊尹母墓。据此可见，伊尹确出生今河南省嵩县空桑涧。

《栾川县志》载：“栾川历史悠久，五六千年前已有人类聚居，境内已发现多处仰韶文化和龙山文化遗址。夏、商时代，栾川为有莘之野。夏末，伊尹诞生于伊水之上，躬耕于有莘之野，汤闻其贤，聘以为相。伊尹佐汤灭夏，建立商政权，后世尊伊尹为元圣。”①

《中原古国历史与文化》中载：“栾川城北有‘遏遇岭’，系商汤使臣聘伊尹相遇处。”“传说伊尹的故里为河南省栾川县的伊河源头陶湾乡的山湾村。其耕莘处在栾川县城西南 2.5 公里处的上河南村墁子头，此地坐落在洛（阳）卢（氏）公路左侧，有清道光二十九年（1849）十一月石碑一通，碑额有‘山高水长’四字，中刻楷书‘耕莘故地’。墁子头后面约 500 米有个‘城址村’，据说伊尹曾在这里筑城居住，后人称之为‘伊尹城’。栾川城（西）北有‘遏遇岭’，系商汤使臣聘伊尹相遇处。特别巧合的是栾川墁子头遗址，面积约 3 万平方米，文化内涵十分丰富，下层为新石器时代文化遗存，上层为东周及汉代文化遗存，中间出土有二里头文化陶片，属夏代文化遗物，与史载伊尹活动的时代基本一致。”②

无论历史上嵩县与栾川行政区划如何演变，位于中原伏牛山区伊水上游是亘古不变的。嵩县是伊尹出生地，栾

---

① 栾川县志编纂委员会编：《栾川县志》，北京：生活·读书·新知三联书店，1995 年。

② 马世之：《中原古国历史与文化》，郑州：大象出版社，1998 年，第 166 页。

川县曾是“伊尹处士”隐居躬耕之处[①]，两地都曾是伊尹在中原伏牛山有据可考的活动区域。

（二）“道圣”李耳是道家在伏牛山区的传承者，曾修道于今河南栾川老君山

药物学起源于道家，道家和道教的主要源头就是巫术。据学者考证，上古巫觋文化产生了道、儒等多种宗教和哲学思想，还由此衍生出阴阳术、神仙术、房中术等。礼的思想，最初也是产生于对祖先、天地、鬼神的祭祀，这就是中国道学和道教的起源，最初的道士、道人也就是当时的巫觋。女道称女巫，觋为男巫。而儒家、儒学也由此产生。许慎《说文解字》载：“儒，柔也，术士之称。从人，需声。”也即“儒”指的是术士，从事祭祀的儒是周初从巫、史、卜、祝中熟悉诗、书、礼、乐的人中分化出来的专门为贵族服务的人。葛洪《抱朴子·内篇卷十·明本》载：“儒者祭祀以祈福，而道者履正以禳邪。”而“履正”“禳邪”的“道者”就是巫师。

先秦道家以老庄为代表，是以“道”为其学说宗旨的学派。春秋末期，以老子为创始人。至东汉，张道陵创立道教，道家徒尊称张道陵为“天师”，奉老子为教祖，尊称

① 拙作《“伊尹处士”曾于栾川创制中药汤液》与《“伊尹处士”曾隐居河南栾川——兼论“遏遇岭”商汤遇伊尹》，载洛阳市社会科学联合会、洛阳伊尹文化研究会编《2012 河洛文化论坛 首届伊尹文化学术研讨会论文集》，第 98—119 页。

其为“太上老君”。道教以尊生、养生相结合，发展成为“保形”“含气”的修炼之学。道家认为的“天”与“人”是指自然与社会而言，所以有“舍人道而从天道”，因此弃官避世退居山林和野外，“以参天地之法则，以观造化之无穷”。道家追求长生，其响亮口号是“我命在我不在天，还丹成金亿万年”。所以在中原伏牛山的栾川老君山上，还有老子修道养生炼丹的遗迹。

老子是春秋末期人，世称“道圣”，年岁略长于孔子。《史记·老子韩非列传》载:“楚苦县厉乡曲仁里人也。名耳、字聃、姓李氏。”苦县本属陈国，楚惠王十一年（前478）楚师灭陈，苦县归楚。其地今属河南省周口市鹿邑县。

《说文》:“聃，耳曼也。”就是耳长而大，是寿者相。古人名字相应，所以名耳字聃，李耳高寿，故以“老”称之。

老子在周做过“守藏室史”，就是管理周王朝皇家图书馆的史官。他对古代历史典制比较熟悉。孔子曾向他问礼。《吕氏春秋·当染篇》载:“孔子学于老聃。”其时，在公元前516年，“十一月辛酉”王子朝兵败“奉周之典籍以奔楚”后（《左传·昭公二十二年》)。老子眼见东周之内乱，又无“典籍”可守，“乃遂去”。

2012年2月13日，《洛阳日报》记者姜春晖在《“道源”下清宫展新颜》中报道:“据记载，公元前515年，东周内外交困，守藏室的图书典籍被王子朝偷运到楚国。无书可管的老子决心归隐山野，潜心著书立说。”可见，老子“见周之衰，乃遂去”应在公元前516年“十一月辛酉”王子朝“奉周之典籍以奔楚”之后。

《史记·老子韩非列传》称：“老子隐君子也。”老子退隐后，由于他清静自正，无为自比，曾为高寿，故司马迁讲“盖老子百六十余岁或言二百余岁，以其修道而养寿也”。史迁所言“百六十余”“二百余”不足信，而老子长寿当为史实。

老子退隐去到何地？据考，老子来到距东周之都洛阳不远的西南山区，今栾川老君山隐居。这里曾属楚国管辖，山高水长，森林茂密，中药材丰富，既可避战，又可养生。

老君山，又称景室山，是伏牛山三大主峰之一，海拔2192米，位于河南省栾川县城南，西峡县之北。

清《南阳府志·校注》嘉靖本卷二载：“老君山，在内乡县北250里处，突峰悬崖，隐现云表，世传老子学道于此，药灶、丹炉遗迹俱存，故。”

清乾隆《卢氏县志》载：“老君山……老子讲经修炼于此。”其《山川卷》载：“老君山在城南200里栾川镇，东鸦关岭（鲁山、南召间三鸦路岭），西帽盔山，南要儿关，北临伊河。高40里，南望武当，北视嵩岳，东见龙首，西俯熊耳。”《卢氏县志》点明了老君山具体方位。其《碑志》载：“北魏时，为作纪念，在山建有老君庙。到唐太宗时重修，由大臣尉迟敬德监修。”可见北魏时，老君山方建筑老君庙。

据《栾川县文史资料》第22辑，张记《老君山老子归隐地历史文化渊源考证》称：“北魏始建庙宇于景室山，隋朝确认景室山为老子归隐之地，山也因人名，而更名老君山沿袭至今。”

如上述，应该说，道教始祖李耳是继广成子之后有文字记载的、修道于中原伏牛山区的道家传承者。

（三）“显圣”墨翟与鬼谷子在云梦山“一同采药修道”，后归隐于鲁山县熊背乡黑隐寺

墨子，姓墨，名翟。春秋战国时楚国鲁阳人，今河南鲁山人，是我国古代伟大思想家和实践家，被誉为“平民圣人”，与孔子并称“显圣”。这位贤圣在我国传统文化史上还被尊为一位道者、仙人。

唐李吉甫撰《元和郡县图志·卷五》云：“告城县：本汉阳城县，属颍川郡，因阳城山为名……阳城山在县东北三十八里。许由山在县南十八里。鬼谷在县东北五里，即六国时鬼谷先生所居也 。”明正德《汝州志》载：“云梦山在伊阳（今汝阳）县城南七里，相传鬼谷子修道处。”清顾祖禹《读史方舆纪要·汝州·空峒山》载：“云梦山，在州西南五十里，有水帘洞，相传鬼谷子修道处。”汝州与汝阳鬼谷子修道的云梦山间距五十华里。《清一统志》载：“云梦山，在伊阳（今汝阳）县东南七里，县志相传鬼谷子修道处。”《河南通志》载：“鬼谷子楚人，今伊阳（汝阳）县东南八里，有石洞存焉。”《河南通志》为楚人鬼谷子安了家。据上所述，楚国人鬼谷子，居于今河南省汝阳县鬼谷，云梦山是其修道处。

《东周列国志》云：鬼谷子在周之阳城一处地面的云梦

山与墨翟“一同采药修道。那墨翟不畜妻子，发愿云游天下，专一济人利物，拔其苦厄，救其危难。惟王栩潜居鬼谷，人但称为鬼谷先生”。鲁阳墨子故里与汝阳鬼谷子修道的云梦山依山紧邻，墨子与鬼谷子同为楚人“一同采药修道”，说明墨子有“修道”欲望。墨子的修道欲望，葛洪在《神仙传》中有表述。

据考证，墨子晚年最后一次参与的“政务”活动，是公元前394年的“止鲁阳文君攻郑”。时年，墨子约86岁。[①]

魏晋时的葛洪，把墨子列入道家，奉为地仙。其《神仙传》云:“墨子年八十有二，乃叹曰:‘世事亦可知矣！荣位非可常保，将委流俗，从赤松游矣！’乃谢遣门人，入周狄山，精思至道，想像神仙。”“八十有二”的“二”是“八十六”岁“六”的误笔，“二”“六”写法易混，应视作“八十六”。这正与墨子最后一次参与“止鲁阳文君攻郑”的“政务”活动“八十六岁”时间相吻合。“入周狄山”似有不确。乱世东周，连老子都去周如楚修炼于栾川老君山，墨子暮年的东周，不仅辖域更小，而且乱象险生，终日不得安宁，岂能是隐居避战、养生长寿之地？另外，墨家是一个有着严密组织的团体，其始祖归隐地，不可能随便以示人。后世的揣测和臆断便成为“入周狄山”的假象。其实，墨子真正归隐地，却另有出处。

---

① 张新河、张九顺:《墨家鲁阳悬疑案——墨子里籍与事迹考实》(墨子年谱)，开封：河南大学出版社，2011年，第254页。

《神仙传》载:“墨子曰:‘愿得长生，与天地同毕耳。’于是神人授以素书、朱英丸方、通灵教戒、五行变化，凡二十五卷。告墨子曰:‘子既有仙份，缘又聪明，得此便成，不必须师也。’墨子拜授。合作，遂得其效。乃撰集其要，以为《五行记》五卷。乃得地仙，隐居，以避战国。”这是墨子为祈求长生，避战乱以隐居，得道人指点的记述。

关于墨子暮年隐居处，在墨子故里鲁山县的熊背乡黑隐寺一带民间早有流传。

相传，墨子暮年，心力不济，天下仍在大乱。墨子“止鲁阳文君攻郑”后，深感在乱世实现自己的“非攻”思想实属不易，无力回天。于是，他心灰意冷地来到今熊背乡土桥沟一带，思念与鬼谷子“一起采药修道”的快乐日子，决意隐居，遂隐姓埋名，改“墨姓”为“黑姓”，隐于“兴佛寺”。因“墨”去“土”为“黑”字，“土桥沟”因称“土掉沟”,“兴佛寺”亦改名“黑隐寺”。后来，在寺前形成一个村庄，称“黑隐寺村”。当地群众说，墨子在此终老成仙，飞进了南天门。南天门实际是黑隐寺南的两座山峰的峰口，远望犹如一座天门。而黑隐寺的坐落处和南天门高高的山峰相比，显然是一处“低山”，现今当地山民称“低山”为小山坡。“低山”与“狄山”音同字异。这似是葛洪笔下墨子“入周狄山”的来历。

至于“通灵教戒”，当与后世墨家“隐灵教”有关。

罗其湘在《墨家宗教传承的民间轶闻》① 中说："河南的一位同志来信说，他看过墨家隐灵教末代巨子留下的遗语，徐福（秦代东渡日本）是墨家弟子徐弱的五世孙。""明朝末年，行将衰亡的墨家隐灵教，遵循神秘的教规，不远千里，从位于鄂西白云谷的隐灵洞府追索到河南选择继承人。""鄂西"与墨子归隐的豫西南伏牛山区较近，后世的"墨家隐灵教"，极有可能与墨子暮年隐居鲁山熊背黑隐寺有关。

墨子隐居间，曾修炼"吐纳术"，开创养生的"闭气行气法"。据《云笈七签》"墨子闭气行气法" ② 云："老子曰：长生之道，唯在行气养神，吐故纳新，出玄入玄，呼吸生门，其身神不使去，人即长生也。玄者有上下，谓鼻中、口、阴也。鼻、口、阴，亦谓之生门矣。老子曰：生不再来，故遵之以道。道者气之宝，宝气则得道，得道即长生矣。神者精也，宝精则神明，神明则长生。气行之则为道也，精存之则为宝也。行气名炼气，一名长息。其法正偃卧、握固、漱口咽之三。日行气，鼻但纳气，口但出气，徐缩鼻引之，且莫极满，极满者难还。初为之时，入五息，已一息，可吐也。每口吐气欲止，辄一咽之，乃复鼻内气，

---

① 罗其湘:《墨家宗教传承的民间轶闻》，载郭成智编著《墨子鲁阳人考论》，合肥：黄山书社，1999 年，第 208 页。

②《四库全书》(子部·云笈七签·诸子·卷五十九·诸家气法部四)。

不尔者，或令频。凡内气则气上升，吐气则气下流，自觉周身也。行气常以月一日尽十五日，念令气从手十指出；十六日尽月晦，念气从足十指出。若行之能久，自觉气从手足通通，则能闭气不息，便长生矣。”

“凡欲行气，先安其身而和其气，无与意争，若不安和，且止，和乃为之，常守勿倦也。气至则形安，形安则鼻息，鼻息则调和，调和则清气来至，清气来至，则自觉，自觉则形热，形热则汗出，且勿使起，则安养气，务欲其久。当去忿怒愁忧，忿怒愁忧止则气不乱，气不乱则正气来至，正气来至则口内无唾，而鼻息微长，鼻息微长则五脏安，五脏安则气各顺其理，百病退去，饮食甘美，视听聪明，形体轻强，可长生矣。夜半至日中为生气，从日中至夜半为死气。当以生气时正偃卧，冥目握固，闭气息，于心中数至二百，乃口吐出之，日增数。如此身神具，五脏安。能闭气数至二百五十，即绛宫神守泥丸，常满丹田，数至三百，华盖明，目耳聪，举身无病，邪不复干，玉女使令司命著生籍矣。”

由此看来，暮年隐居的墨子，承继了老子“行气养神”的“长生之道”，开创了“闭气行气”养生之法。《神仙传》说墨子成为“地仙”，似言之有据。若此，“显圣”墨子与“兵圣”鬼谷子“一起采药修道”与其暮年归隐都没有离开河南省中原伏牛山地区。

（四）“医圣”张仲景“论广”伊尹《汤液经》著就《伤寒论》，发展了我国中医学

据学者考证，中医历史可以追溯到先秦时期。这是中国历史从原始社会进入文明社会的重要阶段，在这段历史中，我们的祖先创造了一套完整的传统文化基础。其中，夏商时期的甲骨文、殷商时期的青铜器，都是人类文明的历史标志。在这个时期形成的阴阳、五行、周易、八卦等哲学体系的影响下，中医中药学得以发展。可以说，中医拥有的这种深厚的文化积淀，正是它与西方医学最重要的不同点。

从夏商伊尹济世救人，到伊尹《汤液经》问世；从春秋老子修道炼丹，到战国鬼谷子、墨子采药修道和隐居；从东汉张仲景“救贫贱之厄”，到《伤寒杂病论》成书，我国早期的“道家”“医家”“养生家”都活动在中原伏牛山区。

药物学起源于道家，道家和道教的主要源头就是巫术。而生于中原伏牛山区南麓南阳的张仲景，就是受商代“元圣”“巫师”“汤液圣”伊尹的影响，而成为著名中医学家的。

张仲景，东汉南阳郡涅阳，今河南省邓州市穰东镇人。生于150年，卒于219年，享年69岁。是东汉末年著名中医学家，后人称为“医圣”。相传，曾举孝廉，做过长沙太守。张仲景广泛收集医方，成就传世巨著《伤寒杂病论》，它确立的“辩证论治”原则，是中医临床的基本原则，是中医的灵魂所在。他出生于一个没落的官僚家

庭，其父张宗汉曾博览历代典籍，在朝为官。张仲景自幼接触典籍，从各类书籍中得到的知识为其后来成为一代名医奠定了基础。

据载，自汉献帝建安元年（196）起，十年内有三分之二的人死于传染病，其中伤寒病占总人数的70%。其《伤寒杂病论·自序》称，“感往昔之论丧，伤横夭之莫救”，于是他发愤研究医学，立志做解脱百姓疾苦的医生。“上以疗君亲之疾，下以救贫贱之厄，中以保身长全，以养其生。”

伊尹《汤液经》是张仲景撰著《伤寒论》的重要范本。杨绍伊所著《考次汤液经序》[①]载：

> 医家典籍，向推仲景书为汤液家鼻祖。仲景之前，未有传书。惟皇甫士安《甲乙经·序》云：“伊尹以元圣之才，撰用《神农本草》以为《汤液》，汉张仲景论广《汤液》为十数卷，用之多验。”据士安言，则仲景前尚有任圣创作之《汤液经》。仲景书本为《广汤液论》，乃就《汤液经》而论广之者。《汤液经》初无十数卷，仲景广之为十数卷，故云“论广《汤液》为十数卷”，非全十数卷尽出其手也。兹再即士安语而详之，夫仲景书，既称为论广《汤液》，是其所作，必为本平生

① 冯世纶主编:《解读〈伊尹汤液经〉》，北京：学苑出版社，2009年，第37—38页。

经验，就任圣原经，依其篇节，广其未尽；据其义法，著其变通。所论广者，必即以之附于伊经各条之后。必非自为统纪，别立科门，而各自成书。以各自为书，非惟不得云“广”，且亦难见则柯，势又必将全经义法，重为敷说。而仲景书中，从未见称引一语，知是就《汤液经》而广附之者。若然，则《汤液经》全文，则在仲景书中，一字未遗矣。

其意说，张仲景《伤寒杂病论》一书，历来被推为汤液学派的开山之著。皇甫谧在《针灸甲乙经》序中指出：伊尹在《神农本草经》基础上著成《汤液经》，至汉代张仲景又论广为《伤寒论》。《汤液经》一书本无十余卷，经仲景论广后方为十余卷，说明《伤寒论》一书并非完全出自仲景之手，而是其依据《汤液经》原书篇节和义发论广变通而成，论广的部分附于《汤液经》原文之后。由此看来，在《伤寒论》成书之前已有《汤液经》的存在，而《伤寒论》是张仲景根据《汤液经》论广而成，从张仲景《伤寒论》一书中即可窥到《汤液经》全文的面貌。

杨绍伊又云：

仲景书读之，触目即见其有显然不同之处。即一以六经之名作条论之题首，一以“伤寒”二字作条论之题首。再读之，又得其有显然不同之

> 处，即凡以六经名题首者，悉为书中主条；凡以“伤寒”二字题首者，悉属篇中广论，而仲景即自谓其所作为论“伤寒卒病”。于是知以“伤寒”二字题首者，为仲景所广，以六经名题首者为任圣（伊尹）之经。标帜分明，不相混窃。孰经孰传，读者自明。于以知士安之言，果不虚妄。

其意是：张仲景《伤寒论》一书所载条文体例截然不同，一部分条文题首以“六经名”，另一部分条文首冠以“伤寒”二字。仔细考察，不难发现，凡首冠“六经名”的条文均为书中的主要条文，即伊尹《汤液经》原文；凡题首“伤寒”二字的条文乃仲景的“论广”，即仲景所论“伤寒卒病”者。由此可知，皇甫谧先生“汉张仲景论广《汤液》为十数卷”之言不虚。

显而易见，“伊尹以元圣之才，撰用《神农本草》以为《汤液》”。“仲景书本为《广汤液论》”，而他以“平生经验，就任圣原经，依其篇节，广其未尽；据其义法，著其变通”，对伊尹《汤液经》论广，才成就了《伤寒论》。张仲景的《伤寒论》，是救世济人的灵丹妙药，挽救了千千万万人们的生命。张仲景，功莫大焉！

据上所述，中原伏牛山区是我国古代中医、中药和道家养生的发祥圣地。炎帝、黄帝、广成子、伊尹、老子、鬼谷子、墨子、张仲景等古代圣贤，都曾在此活动，或养生修道、或行医疗疾，济世救人，他们皆得益于伏牛山得天独厚的优越自然环境，无不在这里实现自己的人生追求。今天，在这古人曾经养生、长寿的天然宝地，开辟了永久性保护的国家级风景名胜区和森林公园，一批批游人深入伏牛山腹地，追寻圣人足迹，或避暑养生、或休闲度假，尽情享受大自然赋予的福祉。伏牛山区古代的养生长寿文明，亦是现代人们探究长寿主题，现代文明是古代文化的创新继承和发展。我们相信，伏牛山这块中华民族的中原圣地，将同中华文明一样，给和谐富裕的小康社会带来光辉灿烂的光明前景，给新时代富强的中华民族带来充满活力与希望的健康长寿人生！

第二篇　容成子与广成子

第一章　河南鲁山“容城遗址”是容成子故地

《容成氏》是《上海博物馆藏战国楚竹书（二）》中的第6篇，简称：上博简《容成氏》。学者普遍认为，这是一篇讲述上古帝王传说的史书，为战国中后期作品。内容可分为上古帝王，尧前古帝王，尧，舜，禹、启、益，桀、汤，纣、文王，武王伐纣八个部分。其整体体现出明显的墨家思想。赵平安认为《容成氏》整体思想内容都能体现出“墨家的兼爱、尚同、非攻、尚贤和节用的思想”“由容成氏简文的叙事过程看来，确实反映出了明显的墨家思想倾向”。[①] 黄海烈亦认为：“现学界持‘墨家说’者较多，所

① 赵平安：《楚竹简〈容成氏〉的篇名及其性质》，载饶宗颐主编《华学》第二辑，北京：紫禁城出版社，2003年，第75—77页。

持论据亦较充分。”[①] 这里上博简《容成氏》的墨家思想涉及我国古代容成子与墨子两个重要历史人物，并同伏牛山楚长城北部的鲁山“容城遗址”及“墨子故里遗址”紧相关联。

一、容成氏是我国“结绳记事”时期的古老氏族

我国古籍文献有不少与容成氏相关的容成、容城、容城公、容成子的记述。我们只有厘清他们之间的相互关系，才不至于混淆他们各自的历史定位。

（一）容成氏，是我国上古时期的古老氏族

《庄子》（卷四）载：“昔容成氏、大庭氏、伯皇室、中央氏、栗陆氏、骊畜氏、轩辕氏、赫胥氏、尊卢氏、祝融氏、伏羲氏、神农氏当时是也，民结绳而用之。甘其食、美其服、乐其俗、安其居，邻国相望，鸡狗之音相闻，民至老死而不相往来。”[②]《庄子》把容成氏列于“十二氏”之首。《淮南子·本经训》：“昔容成氏之时，道路雁行列处，託婴儿于巢上。”[③]《金楼子·兴王篇》：“容成氏、大庭氏、柏皇氏、中央氏、栗陆氏、骊连氏、赫苏氏、宗卢氏、祝和氏、浑沌氏、昊英氏、有巢氏、朱襄氏、葛天氏、阴康

---

① 黄海烈：《上博简〈容成氏〉的发现及其学派归属问题》，豆丁网（www.dooin.com）。

② 《二十二子》（庄子卷四），上海：上海古籍出版社，1986年，第37页。

③ 《二十二子·淮南子》，上海：上海古籍出版社，1986年，第1239页。

氏、无怀氏。”与《庄子》不同的是，这里将容成氏列于“十六氏”之首。显然，容成氏是我国历史上“巢居”“结绳记事”时期排列首位的古老氏族。

（二）周穆王时期的“容成氏”为黄帝时期容成氏的传承后裔

《穆天子传》有“辛卯，天子北征，东还，乃循黑水。癸巳，至于群玉之山（即《山海经》玉山西王母所居者）容成氏之所守”一说，说明延续至周穆王时期的容成氏族并未间断。他们应为轩辕黄帝“结绳记事”时代容成氏的传承后裔。

（三）容成，是黄帝史官之臣，亦作“黄帝师”称

《世本》（秦嘉谟辑补本）：“黄帝使羲和占日，常仪占月，臾区占星气，伶伦造律吕，大挠作甲子，隶首作算数，容成综此六术，而著调历。宋衷注曰：‘皆黄帝史官也。’”[①]《世本》（张澍稡集补注本）亦曰：“容成作调历。张澍：‘《尧典疏》《太平御览》《史记索引》《春秋序疏》’，宋衷注：‘容成，黄帝之臣。’”[②]《马王堆汉墓帛书十问》释文，有黄帝与容成对答长寿之道记载：“黄帝问于容成曰：‘民始敷淳溜刑，何得而生？溜刑成体，何失而死？何泄之人也，

① 宋衷注，秦嘉谟等辑:《世本八种》(秦嘉谟辑补本)，北京：中华书局，2008年，第356页。

② 宋衷注，秦嘉谟等辑:《世本八种》(张澍稡集补注本)，北京：中华书局，2008年，第11页。

有恶有好，有夭有寿？欲闻民气赢屈弛张之故。’容成答曰：‘君若欲寿，则顺察天地之道。天气月尽月盈，故能长生。’……”上述“容成”皆为黄帝同时期人。《辞源》释“容成”：“相传是黄帝的大臣，最早发明历法。”在我国历史上，帝王所聘有识之臣，敬称帝师的实例并非罕见。《潜夫论笺校正》：“舜师纪后，禹师墨如。”[①]“舜师”“禹师”，与黄帝称“容成”为“师”一样，同为敬称。《墨子·所染》：“舜染于许由、伯阳，禹染于皋陶、伯益，汤染于伊尹、仲虺，武王染于太公、周公。”[②]这里“染”，亦为“师”意。故此《世本》中“综六术”“著调历”之容成，与《马王堆汉墓帛书十问》黄帝问长寿之道的容成，同为黄帝时期之容成，是黄帝史官之臣，亦作“黄帝师”称。我们以为，黄帝史官之臣的容成，与轩辕黄帝时期的容成氏，当为同一氏族或为同一人，是容成氏之先祖，后人尊称其容成子。

（四）黄帝师或老子师的“容成”——容成公

《中国古代人名大辞典》：“容成：上古黄帝之臣，始造律历，道家有采阴补阳之术，谓本于容成公。有《容成阴道》二十六卷。”《列仙传》把黄帝时期的“容成”谓“容

---

① 王符著，王继培笺，彭铎校正：《潜夫论笺校正》，北京：中华书局，1997 年，第 1—2 页。

② 吴龙辉等译注：《墨子白话今译》，北京：中国书店，1992 年，第 8 页。

成公”，位列仙班，曰：“容成公者，自称黄帝师，见于周穆王，能善补导之事。取精于‘玄牝’，其要‘谷神不死’，守生养气者也。发白更黑，齿落更生。事与老子同，亦云老子师也。娓娓容成，专气致柔。得一在昔，含光独游。道贯《黄庭》，伯阳仰俦。‘玄牝之门’，庶几可求。”[①]《列仙传》把“容成”神而化之为仙，仙者，人依于山，隐居、修道于山间之人。并把“见于周穆王”时期，“亦云老子师”又“自称黄帝师”的“容成公”混淆为黄帝时期的容成。其实，这里所称的“容成公”，即上述容成氏延续至周代之后裔，非轩辕黄帝时期容成氏先祖——容成子。

（五）容成氏先祖——容成子，又称广成子

《列子·汤问》载：“唯黄帝与容成子居空峒之上。”[②]与轩辕黄帝同时期的容成氏之容成子，即黄帝时期“综六术”“作调历”“黄帝之臣”的“容成”，为容成氏先祖。

我国道教尊奉“容成子”谓“容成公”。《道教大辞典》释“容成公”：“古代仙人。传说为老子之师，字子黄，道东人。又说尝为黄帝之师，隐居太姥山修仙，后转徙崆峒山保精练气。呼吸导引，年二百余岁，面有少容。相传他擅长房中养生术，《汉书·艺文志》著录有《容成阴道》

---

① 李剑雄译注：《列仙传全译·续仙传全译》，贵阳：贵州人民出版社，1999年，第12页。

② 张长法注译：《列子》（汤问第五），郑州：中州古籍出版社，2010年，第123页。

二十六卷，乃后人伪托，早已佚失。《抱朴子·遐览篇》所列道经中，有《容成经》一卷。”[①] 显然，这里的“字子黄”“道东人”“太姥山修仙”等附会字句，盖不可考亦不可信。与《列仙传》相同的是，都一样把历史人物容成子，尊奉为道教神仙容成公。

《道教大辞典》释“广成子”：“神仙。①中国古代神话中的仙人。后为道教所尊奉。相传为轩辕时人，隐居崆峒山石室中。黄帝往问修身至道之要（见《庄子·在宥》）。②传说中黄帝之时老君化名。《太上老君开天经》：‘黄帝之时，老君下为师，号曰广成子。’”[②] 这里道教又把“广成子”尊奉为古代神话中的仙人和老君。值得注意的是，广成子为轩辕黄帝时人，隐居崆峒山，有黄帝问道广成子记述。而《列子·汤问》亦有“唯黄帝与容成子居空峒之上，同斋三月，心死形废”的记载。《道教大辞典》又说：“尝为黄帝之师”，“后转徙崆峒山”。《道教大辞典》又称“容成子”和“广成子”同“徙居”“崆峒山”，同为“古代仙人”，同“为黄帝之师”。这些释文与其他古典文献记载完全一致。《辞源》释：“容成，相传是黄帝的大臣，最早发明历法，见《世本》《淮南子》《汉书·艺文志》，阴阳家有《容

---

① 中国道教协会、苏州道教协会：《道教大辞典》，北京：华夏出版社，1994 年，第 11 页。

② 中国道教协会、苏州道教协会：《道教大辞典》，北京：华夏出版社，1994 年，第 146 页。

成子》十四篇，又方技房中有《容成阴道》二十六卷，皆不得。后道家附会为仙人，说是黄帝、老子之师。”[①]《辞源》释“容成”谓“容成子”，是黄帝发明历法的大臣，实有其人，并非神而化之的“神仙”。“仙人”为“道家附会”。

我国道家多把历史人物神而化之称为“仙人”。笔者以为，这里的“仙人”当作“先人”“贤人”且具高道大德之人的理解。这是古代人们对已故祖代人的崇敬与祈望。道教所崇敬“仙人”，多是为社会与百姓做出过重大贡献，且德高望重，并有一定造诣，或死于非命的贤人。古代，因交通信息不便，传承方式滞后，多是口授，误读、误传较多。加之“先人”“贤人”与“仙人”发音相近，又有文字的通假、借用关系，或后人附会，造成我国历史上真实人物的历史移位、错位现象并不少见。如本为春秋时期的赵公明，被移位、神化成《封神演义》中商末周初“神仙”，再演化为道教与百姓尊奉的“财神元帅”[②]。再如原本为春秋末期周朝管理图书、史料守藏室史李耳——老子，因其《道德经》为世人所尊崇，道教尊为“老君一气化三清”，供奉为“黄帝之时，老君下为师，号曰广成子”，等等。可见，对“容成子”称“容成公”或“容成”“容成”“广成

① 《辞源》(合订本)，北京：商务印书馆，1988年，第456页。

② 张新河、张海宽:《财神赵公明里籍考》,《洛阳师范学院学报》2016年第4期。

子”，实为同一人的称谓现象，在我国历史上并非鲜见。

据国学专家考证，“容成公亦称容成子”“容成子又称广成子”。《庄子·在宥》曰：“黄帝立为天子十九年，令行天下，闻广成子在于空同之上，故往见之……黄帝退捐天下筑特室席白茅闲居三月，复往邀之。广成子南首而卧，黄帝顺下风膝行而进。”[①]《列子·汤问》曰：“唯黄帝与容成子居空峒之上，同斋三月，心死形废。”[②]黄帝问道广成子中的“闲居三月”与《列子·汤问》中的“同斋三月”其地点同在“崆峒山”上，时间又同为“闲居三月”或“同斋三月”，两处古籍文献所载当为同一时期、同一事件，黄帝所见亦当为同一个人——容成子亦即广成子。因之《艺文类聚》引《列子》“容成子则作广成子”。王淑岷因谓容成公亦称容成子，盖即广成子。张长法注译《列子》：“容成子又称广成子。传说黄帝于空峒山向他问道。”[③]

如是，我们可以说，容成公亦即容成子，又称广成子，简称容成，或作容城，实为黄帝时期的同一个人——容成子。

---

① 《二十二子·庄子卷四·在宥第十一》，上海：上海古籍出版社，1986年，第38页。

② 张长法注译：《列子》(汤问第五)，郑州：中州古籍出版社，2010年，第123—125页。

③ 张长法注译：《列子》(汤问第五)，郑州：中州古籍出版社，2010年，第123—125页。

二、鲁山“容城遗址”是容成子故地

我国专家学者根据古文献记载和考古发掘，多以为，以炎黄为代表的华夏文化主要发祥地在中原地区。位于我国中原伏牛山区河南省鲁山县的“容城遗址”，就是容成子之故地，为容成氏发祥地，其后有关容城的许姓，也由此向四周扩展。

（一）鲁山县张良镇东前营村及附近新石器时代遗址是鲁山“容城遗址”

1994年版《鲁山县志·文化遗址篇》载：“容城：《中国历史地名辞典》：‘春秋许都，定公四年，许迁于容城，后二年郑灭之，在河南省叶县西。’今张良镇东前营有容城遗址，出土砖、石、瓦片等。”把“容城遗址”标定在“今张良镇东前营”。

据典籍记载，我国历史上以“容城”或“容城县”为地名的，除河南鲁山“容城”外，尚有“容城县”两处。一处为“西汉置，属涿郡。治所在今河北容城县北十五里城子村。东汉废”。另一处为“南齐置，属临漳郡。治所在今广西浦北县境，梁、陈时废”。[①] 另有“湖北监利容城说”，盖为《左传·定公六年》（前504）：“郑灭许，因楚败也。”部分许人南迁楚内地，仍沿袭鲁阳“容城”之故称。这三处“容城”地名，均晚于今河南鲁山张良镇春

① 史为乐主编：《中国历史地名大辞典》，北京：中国社会科学出版社，2005年，第2234页。

秋时已称容城的地名。据许氏族人及《许氏族谱》流迁记述，今河北省保定市容城县，是春秋时期郑灭楚国鲁阳容城的许国后，一支许姓族人沿太行山东部向北流徙至此。许姓为昭示其族人，铭记在楚国鲁阳容城灭国之耻，仍沿用原居住地容城地名。另据张正明主编《楚文化志·城市和建筑》载："楚本部及前期灭国城邑156座""属本部75座""楚前期灭国城邑81座"，内有"新石""容城""武城""中犨""鲁阳"等"楚本部城邑"，以及"蛮城""犨""梁""霍""许""缯关"等前期灭国城邑。这些城邑，均在今河南省鲁山县域或相邻地域。[①]"容城""中犨""鲁阳"这三处城邑，均属"楚本部城邑"，除鲁阳外，其他几处早在楚国前期已灭国。

鲁山县，因鲁山得名。据清嘉庆《鲁山县志·沿革》载："夏称鲁县，后称鲁阳。"《元和郡县图志》载："鲁山县……本汉鲁阳县，古鲁县也。"《左传·昭公二十九年》载："刘累，学扰龙于豢龙氏，以事孔甲……龙一雌死，潜醢以食夏后。夏后飨之，既而使求之。惧而迁于鲁县。"《春秋分记》："在夏为鲁县，刘累迁于鲁。"鲁县，又名鲁阳。《竹书纪年》："帝孔甲七年，刘累迁于鲁阳。"鲁阳于周，为东都近畿地。春秋时属郑又属楚。张正明《楚文化志》中的"中犨""犨""容城""鲁阳"等城邑，均属"夏

① 张正明主编：《楚文化志》，武汉：湖北人民出版社，1988年，第122页。

称鲁县”，后称“鲁阳”的今河南鲁山县辖地。

犨邑，在容城东部，两邑间距10余公里，位于鲁阳东南部。公元前585年前，容城已经属楚。顾栋高《春秋大事表》:“昭公元年（前541）楚城犨、郏。（犨县，属南阳，本郑邑）此时已入楚。《史记》沛公与秦南阳守庄齕战于犨东，即此。今汝州鲁山县东南，有犨县故城（在湛水南部）。”说明公元前541年前，犨已为楚所辖。明嘉靖《鲁山县志》载:“湛河在县东南三十里，源发裕州（方城）鲤鱼山东北流，经本县达之叶县界，合于沙河入于汝。《左传·僖公三十三年》楚人与晋师夹湛而军即此。”湛水于鲁（山）叶（县）段，为西东流向。公元前627年楚、晋“夹湛而军”，说明此时楚师于湛水之南、晋师在湛水之北，楚、晋两军处于南北对峙状态。《左传·成公六年》载:“楚子重伐郑（楚自南向北征伐），郑从晋故也……晋栾书救郑，与楚师遇于绕角。”[①] 杜佑《通典》:“汝州鲁山县东南有绕角城是也。”史为乐主编《中国历史地名大辞典》:“绕角，春秋郑邑。在今河南鲁山县东南。《左传》:‘成公六年（前585）“晋栾书救郑，与楚师遇于绕角”。’杜注：绕角郑地。”谭其骧《中国历史地图集》把“绕角城”标定在邻近鲁阳东部偏南的湛水北岸。说明“晋栾书救郑，与楚师遇于”湛水北岸。可见，公元前585年，当楚子重伐郑时，地处鲁阳东南部、湛水南岸的“容城”，早在42年前，已

① 《左传·成公六年》，长沙：岳麓书社，1988年，第153页。

为“楚国本部”所管辖。

《春秋·定公四年》:“六月，许迁容城。”[①] 这是公元前 506 年，许国作为楚国附庸在楚境的第六次迁徙。《左传·昭公十八年》(楚平王五年，前 524):“楚子使王子胜迁许于析（第五次迁徙），实白羽。(白羽故城，即今河南省西峡县东北的莲花寺岗古城)”第六次迁徙，是许国于楚析邑定居 18 年后，再迁今河南鲁山县东南故“容城”——鲁山“容城遗址”。《中国历史地名大辞典》:“容城，春秋许邑。在今河南鲁山县东南。《春秋·定公四年》:‘许迁容城’。”[②]《楚国历史文化辞典》“楚国历史文化大事纪要”:“前 506 年（楚昭王十年）六月，楚迁许于容城。”[③] 由此知，鲁山“容城遗址”，在我国春秋时期或更早已经存在。谭其骧所著《中国历史地图集》把许国第六次迁徙之“容城”，标定在今河南鲁山县东南、叶县西部、犨城遗址以西的鲁

① 宋元人注:《四书五经（下)》，北京：中国书店，1985 年，第 493 页。

② 史为乐主编:《中国历史地名大辞典》，北京：中国社会科学出版社，2005 年，第 2234 页。

③ 石泉主编:《楚国历史文化辞典》(“楚国历史文化大事纪要”)，武汉：武汉大学出版社，1997 年，第 525 页。

山县张良镇附近。[①] 此地正位于中原地区伏牛山楚长城外的楚国北部鲁阳辖境。

1994 年版《鲁山县志》把鲁山“容城遗址”标定在范围不大的今张良镇东前营村。其古代村落遗址一览表载：在鲁山县东南部张良镇偏西南向，另有紧邻的“贺塘”“小老庄”两处几乎相连的“新石器时代遗址”。其一览表显示“贺塘遗址”为:“仰韶、龙山、汉文化，以龙山文化为主”“小老庄新石器时代遗址”“面积在 5000 平方米”。[②] 这两处几乎相连，与张良镇东前营村紧邻的“新石器时代遗址”，正与“许迁容城”在时代及方位上吻合，与张良镇东前营村应同属“容城遗址”。其“汉文化遗址”也同张良镇临近的萧何村、韩信寨、张良街“汉三杰”地名相呼应。前者为“楚迁许于容城”的“容城遗址，后者为“汉文化遗址”。笔者在两处遗址现场考察发现，仰韶、龙山文化时期陶片随地可捡。今我国郑万（郑州至重庆）高速铁路选线，特意避开“贺塘”“小老庄”遗址中心区，改从其西侧边沿架空通过。笔者认为，除《鲁山县志》标定张良东前营村“容城遗址”外，同张良镇相连的“贺

---

① 谭其骧主编:《中国历史地图集(第一册 原始社会·夏·商·西周·春秋·战国时期)》，北京：中国地图出版社，1982 年，第 29—30 页。

② 鲁山县史志编纂委员会编:《鲁山县志》，郑州：中州古籍出版社，1994 年，第 718 页。

塘”“小老庄”两处“新石器时代遗址”，亦当数“许迁容城”的“容城遗址”。

（二）鲁山“容城遗址”是容成子之故地、容成氏族发祥地

远在春秋前已称“容城”的鲁山“容城遗址”，有不少仰韶文化时期陶片出现，当为容成氏族故地之佐证。按历史地名一般沿袭规律，古地名多为氏族居住姓氏或封邑命名，如：轩辕氏、祝融氏、伏羲氏、神农氏、仓颉氏及之后春秋时期叶邑（叶公沈诸梁）、鲁阳邑（鲁阳文君公孙宽），等等，都以氏族所居或所封而命名。我国历史上最早称“容城”的鲁山“容城遗址”，当为容成氏族之故地，亦即容成氏族发祥地。这里也确实存在着与容成氏族相关联的地名与事件。

1. 鲁山称“广州”与容城子修道，再称广成子有关

古代，地辖容城的鲁阳，曾多次以“广州”命名。史为乐《中国历史地名大辞典》释“广州”②称：“北魏永安元年（528）置，治所在鲁阳郡山北县（今河南鲁山县）。辖境相当今河南鲁山、宝丰、叶、郏、襄城、舞阳等县及平顶山市地。西魏大统十三年（547）属西魏，而东魏另置南广州于襄城郡（今河南襄城县）。北周建德六年（577）改为汝州。隋仁寿末改为鲁州。”《鲁山县志》亦有相应记载。

清武亿《鲁山县志》（沿革表）：元魏与西魏时，鲁阳曾于太和十八年（494）、永安中及西魏多次置“广州”（卷三）：顾祖禹《方舆纪要》：“（鲁阳）太和十八年改为荆州，

寻改为广州”；《元和郡县志》：“太和二十二年……又改为广州。”《方舆纪要》：“永安二年（529），复置广州，东魏武定中广州移置于襄城县。西魏得其地仍置广州。”《方舆纪要》：“西魏置广州，寻，改曰鲁州。”

笔者以为：鲁阳多次以“广州”命名，同容成子生于鲁阳容城，后入崆峒山修道，又名广成子与“庄生述黄帝问道崆峒，遂言游襄城、登具茨，访大隗”的重大历史事件紧密关联。鲁阳称广州，反映了“黄帝之师”容成子出生于鲁阳容城、入汝州崆峒山修道、再称广成子的历史。折射出鲁阳容城乡人，对容成子入崆峒山修道的崇敬与追念之情。

今河南汝州市临汝镇崆峒山一带，春秋为梁、霍地。《汝州志》：“临汝县，周为王畿之地，春秋时为戎蛮子国，鲁哀公四年（前491）被楚灭后，为楚梁邑。”[①]《水经注·汝水》：“哀公四年（前491），楚侵梁与霍。服虔曰：梁、霍周南鄙也。”梁、霍邻周，为楚北部边陲，汝州崆峒山为楚之鲁阳境，属鲁阳文君统辖。鲁阳亦因容成子修道，又名广成子，故称广州。这是鲁山“容城遗址”为容成子故地之佐证。

2. 道教始祖张道陵，曾寻访鲁阳“容城”

鲁山张良镇一带，民间尚存张道陵寻访容城的传说。今河南鲁山张良镇南，有一道教名山“嶂陡山”，海拔446

① 汝州地方志编纂委员会:《汝州志》，郑州：中州古籍出版社，1994年。

米，亦名“张道山”，俗名“姜道山”。世传，张道陵（为张良八世孙）到鲁阳容城遗址，寻访张良故地，幸得广成子亦即容成子里籍地，及“黄帝问道广成子”的传说，欲借容成子故地的“嶂陡山”修道，终因山势陡峭，山巅面积狭小，另选他处。因张道陵曾到过此地，故称“张道山”，民间俗呼“姜道山”。时至今日，山顶尚存多座庙院，供向善的人们拜谒。

（三）“黄帝问道广成子”处，在鲁山毗邻的汝州崆峒山上

《太平寰宇记》：“郑州，禹贡为豫州之域……古轩辕所都之地。”“新郑县，昔黄帝都于有熊即其地。”① 可见轩辕黄帝之都，在今郑州市新郑县境。《辞源》：“广成子，传说黄帝时人，居崆峒山中。《庄子·在宥》：‘黄帝立为天子十九年，令行天下，闻广成子在于空同之上山，故往见之。’”② 这里讲的广成子，就是容成子，是黄帝时期的真实人物，曾居于今河南汝州西南崆峒山上。《列子》中有“黄帝与容成子居空峒之上”。此崆峒山，在今河南鲁山毗邻的汝州市境。黄帝问道广成子典故，便发生于此。《太平寰宇记·汝州·崆峒山》：“崆峒山，在县西南四十里，有广成子庙，即黄帝问道于广成子之所也。按唐开元二年，汝州刺史充

① 乐史撰：《宋本太平寰宇记》，北京：中华书局，1999 年影印本，第 49 页。

② 《辞源》（合订本），北京：商务印书馆，1988 年，第 552 页。

本州防御使，卢贞立碑，其略云：《尔雅》曰：‘北戴斗极为崆峒，其地绝远，华夏之君所不至。’禹迹之内，山名崆峒者有三焉：其一在临洮，秦筑长城之所起也。其一在安定。二山高大，可取财用，彼人也各于其处为广成子立庙。而庄生述黄帝问道崆峒，遂言游襄城、登具茨，访大隗，皆与此山接壤。则临洮、安定非问道之所明矣。”

河南郑州新郑县具茨山，距襄城县和汝州市崆峒山仅百里。庄生即庄子，名庄周，战国时期楚国公族，今河南人，为先秦道家代表、老子思想继承和发展者。

明正德《汝州志·仙释》：“广成子，轩辕时人，隐居汝州崆峒山石室中。黄帝造焉，问以至道之要。答曰：‘至道之精，窈窈冥冥；至道之极，昏昏默默。无视无听，抱神以静，形将自正。必静必清，毋劳尔形，毋摇尔精，毋俾尔心，思虑营营，乃可长生。慎内闭外，多智为败。我守其一，而处其和。故千二百岁，未尝衰老。’”《汝州志·山川》“崆峒山”：“在州西六十里，上有丹霞院，即广成子修道之处，今有墓存。山下有洞，旧传，洞中白犬往往外游，故号小冢为玉狗峰，上有广成庙及崆峒观。下鹳山有广成城，有记，见《诗文类》河南副使江孟纶诗：‘广成仙子久飞升，名寄空山几废兴。丹龟余香今已尽，欲追遗迹恨无征。’知州彭纲诗：‘欲觅崆峒的，应将具茨隣。洞中仙犬暮，山外野云春。瑶草交几路，青苔饰旧珉；千秋昏默景，斯道即为真。'"[①]《汝州志》所载与《庄子·在宥》记述一致，记载与诗文佐证，此地即为黄帝"闻广成子在于空同（山）之上，故往见之"的崆峒山，是广成子修道处。

2017年4月29日，笔者在汝州崆峒山考察：崆峒山，海拔309米，体态不大，周围几里许。地处汝州市临汝镇程庄村西北向。地理位置：北纬34°14′28″，东经112°35′54″。山上有南北坐向的古建筑前、中、后三个院落。前院，大殿供奉主神姜子牙；中院，是"广成子庙"，主供广成子；后院，是大殿，供奉主神为真武祖师。各院有青石功德碑数通，其中，有尚能辨识文字古碑四块：第一块为明万历四十四年（1616）四月的"天坛醮碑"，上阴刻有"福地崆峒山广成宫"字样；第二块是清康熙癸亥年（1683）季夏"重修广成殿碑（□）"碑；第三块是清乾隆二十九年（1764）岁次甲申的《玄庙铭》，即"重修崆峒山玄帝、三官庙铭"碑等。碑文所示，这里就是"黄帝问道广成子"的"崆峒山"。

诚如上述，汝州市崆峒山，即黄帝与容成子所居之"空同山"；容成子即道教尊奉的容城公，因修道，又称广成子，为容成氏之先祖；其故地为鲁山"容城遗址"，即张良镇东前营村及"贺塘""小老庄""新石器时代遗址"，这里当为容成氏族发祥地。

---

① （天一阁藏明代方志选本）明·正德《汝州志》第二册，1963年，上海古籍书店据宁波天一阁藏明正德刻本影印。

三、容成氏故地与墨子故里同在今河南鲁山

如此巧合，容成氏故地在今河南鲁山，墨子故里也同在鲁山县境，一些专家学者可能不明就里。这在一定程度上，影响了他们对《容成氏》中墨家思想的准确判断，他们很难理解墨子为何屡至楚宫、拜见楚惠王，对其产生诸多疑虑。“清儒毕沅、武亿认为墨子应为楚地人，但孙诒让认为非是，应为鲁人。”“钱穆认为墨子在壮年和老年分别两次游楚地，最后终老于楚国。”这些论断，不仅使一些学者对“墨子为何地人尚难确定”，对“先秦两汉文献记载，墨子本人曾屡至楚越之地”也难以破解。看来，我们只有弄清墨子故里在楚国鲁阳的成因及其实证，进而明确上博简《容成氏》与墨子的时代节点，才能准确理解上博简《容成氏》的墨家思想渊源。

楚国鲁阳墨子故里，早在今河南鲁山县尧山镇（原二郎庙乡）存在，并为墨学专家、学者所共识。毫无疑问，上博简《容成氏》于楚地的发现及其墨家思想，确为清代毕沅、武亿“墨子为楚地鲁阳人说”又增添一力证。

关于墨子里籍，笔者在《墨家鲁阳悬疑案——墨子里籍与事迹考实》[①] 中已作过论证，这里仅对墨子故里作梗概叙述。

---

① 张新河、张九顺：《墨家鲁阳悬疑案——墨子里籍与事迹考实》，开封：河南大学出版社，2011 年。

（一）楚国鲁阳墨子故里成因

1. 墨子是炎帝后裔，目夷氏是黄帝后裔

墨子不是宋国目夷子的后裔，炎帝，伯夷、叔齐是墨子先祖。伯夷、叔齐是“封怡以绍烈山”的“禹师墨如”——姜姓炎帝后裔，是墨如之后的孤竹君之子，因“耻食周粟”饿死今河南省偃师市的西北首阳山，其后世子孙以竹为氏，为墨子先祖。

墨氏源流传承链是：炎帝—姜氏—墨如—墨氏；墨如—墨胎氏—墨氏（中子）；墨如—墨胎氏—竹氏（伯夷、叔齐后）—墨氏。

目夷氏源流的传承链是：黄帝—帝喾—殷契（子氏，封商）—微子启（子姓，封宋）—宋襄公—目夷须，其后为鱼氏。

从墨氏与目夷氏各自的传承链看，墨子不是“宋国的宗族”，更不是“目夷子的后裔”，而是炎帝后裔，伯夷、叔齐为墨子先祖。

2. 伯夷、叔齐后代为周室竹氏“百工”

墨子父、祖辈，参与了公元前520年的“王子朝作乱”，后随“王子朝兵败奔楚”，墨子为竹氏“百工”之后代。

3. 伯夷、叔齐后代竹氏“百工”

墨子父、祖辈在楚国为避公元前505年“王子朝被杀之难”，再由竹氏改墨氏，由楚长城之外的鲁阳丘陵区，转移至西部深山区今鲁山县尧山镇（原二郎庙）避难。故此，鲁阳墨子故里也是墨子父、祖代的避难之所。

（二）楚国鲁阳墨子故里的实证

1. 鲁山县墨子故里遗址

地处鲁山县西部、距县城70公里的尧山镇（原二郎庙乡）政府所在地墨子故里遗址，坐落于尧山镇西头街南，是县（市）级文物保护单位。

2. 墨子故里原有“墨子故里”石碑一通

“墨子故里”石碑见证人，是二郎庙街78岁的戴宏喜和87岁的李照祥及时年（2002）85岁的张冠文老人。据张冠文讲，“墨子故里石碑，原立于墨子祠外”，他少年时在山陕庙读私塾，陕西人来此做生意，为盖山陕庙，买下了相家人在此经营和看管的墨子故里地产，包括河边的一棵几个人合围抱不住的树龄在2000多年的大栎树。相家人住在西竹园相家沟，现在还有后人。拆墨子祠时，当地人不答应，建山陕庙的人怕群众闹事，就把原墨子故里碑和山陕庙碑等三块石碑并排立在庙前街南的路边。墨子故里碑立在中间，碑是用青石刻的。他站在碑前，伸手能摸住“墨”字，胸前对着“故”字。碑高1.7米，宽0.7米，上额圆头。民国二十四年（1935），二郎庙扩街，墨子故里碑失落了。20世纪50年代，原来相家那棵大栎树，才被砍掉。

3. 墨子故里庙产

墨子故里有庙产（含几个人合围抱不住的大栎树），属相家。（相里氏、相夫氏之后）

4. 墨子故里有相氏管理者

看管墨子故里者为相同寅（无后代），为相国光（时年

86岁，2002）之叔父，家住尧山（石人山）脚下西竹园村相家沟。

5. 墨庙有石刻遗址

世传，尧山镇（原二郎庙街）墨庙村是墨子出生地，有石庙遗址及相关石刻遗存。

上述容成氏故地与墨子故里同在楚国鲁阳的史实，为厘清上博简《容成氏》的墨家思想渊源奠定了坚实基础。

（三）容成氏与墨子的时代节点

鲁阳在夏朝称鲁县。“帝孔甲七年，刘累迁于鲁阳。”《史记·货殖列传》：“颍川、南阳，夏人之居也。夏人政尚忠朴，犹有先王之遗风。”鲁阳位于“颍川、南阳”之间，是夏人主要活动区。鲁阳于周，为东都近畿地，及至战国，其夏人思想已根深蒂固。墨子为楚国鲁阳人，自幼受夏人思想影响，《墨子》中的“法夏宗禹”思想，即故乡鲁阳夏人思想的呈现。

据考证，公元前480年，墨子生于楚国鲁阳西部今河南鲁山县尧山镇（原二郎庙）墨庙村。是年，岁次辛酉，肖鸡。时年为周敬王四十年、齐平公元年、鲁哀公十五年、孔子逝世（前479）前一年、楚惠王九年、宋景公三十七年。卒于公元前389年，享年91岁。[①] 墨子出生时，楚国鲁阳容成氏已经灭国。后来（前506年）迁于容城故地的

① 张新河、张九顺：《墨家鲁阳悬疑案——墨子里籍与事迹考实》，开封：河南大学出版社，2011年，第254页。

许国，也已被郑灭国24年。墨子会见楚惠王，见于典籍有两次，一次是“止楚攻宋”，一次是“献书惠王”。

墨子“止楚攻宋”发生在楚惠王四十九年（前440），时年，墨子41岁。[①]墨子自楚鲁阳（今河南鲁山）出发，至楚都之郊郢（今湖北钟祥市），说服楚惠王，停止楚欲攻宋的备战筹备。

墨子“献书惠王”，发生于墨子“止楚攻宋”次年（前439），楚惠王五十年时。《渚宫旧事》:“墨子至郢、献书惠王，王受而读之，曰:‘良书也。是寡人虽不得天下，而乐养贤人，请过进日百种以待，官舍人不足，须天下之贤君。’墨子辞曰:‘翟闻贤人进道不行，不受其赏。义不听，不处其朝。今书未用，请遂行矣。’将辞王而归，王使穆贺以老辞。鲁阳文君言于王曰:‘墨子北方贤圣人，君王不见，又不为礼，毋乃失士。’乃使文君追墨子，以书社五里封之，不受而去。”[②]《渚宫旧事》注云:“时惠王在位已五十年。”[③]除此外，未再见典籍有关墨子拜会楚惠王的记载。

值得注意的是，《墨子·贵义》载“子墨子南游于楚，

---

① 张新河、张九顺:《墨子“止楚攻宋”今考——墨子鲁阳人考》,《平顶山学院学报》2007年第6期；另见赵保佑、高秀昌、荆建刚编《墨学与和谐世界》，郑州：河南人民出版社，2009年。

② 余知古:《渚宫旧事·卷二》，朱记荣校刊，第14、15页。

③ 张新河、张九顺:《墨家鲁阳悬疑案——墨子里籍与事迹考实》，开封：河南大学出版社，2011年，第254页。

献书惠王，惠王以老辞，使穆贺见子墨子”[①] 与《渚宫旧事》“墨子至郢献书惠王，王受而读之，曰：‘良书也！’”的两处“献书”记载，实为同一件事。

墨子“献书惠王”说明：

1. 公元前440年，墨子劝说楚惠王“止楚攻宋”后，仍忧虑天下以强欺弱、以富辱贫、以大压小，诸侯间相互攻伐，百姓不得“安生生”的战乱局势。为制止诸侯攻伐，以墨子为代表的社会下层弱势群体，萌生以“尚贤”“尚同”“兼爱”“非攻”“节用”等思想，试图说服以楚惠王为首的诸侯强国，建立“和合天下”理想的社会秩序。故此，方有上博简《容成氏》率先成篇。

2. 墨子“献书惠王”同墨子“止楚攻宋”一样，是由楚国北部鲁阳至楚郢都的。只是时间在“止楚攻宋”次年，并有运送竹简负重，也不只墨子一人，更非上次急迫、简从，“跌蹄而趋千里以存楚宋”（《淮南子·修务训》）。鲁阳与楚郢都，地处南北方向，其间千里余。鲁阳（鲁山县）地理位置：东经113° 14′—112° 14′，此时的郢都（郊郢），在今湖北钟祥市区域，地理位置：东经113° 00′—112° 07′。鲁阳、钟祥两处东经地理位置，正是南北方向。故《墨子·贵义》：“子墨子南游于楚，献书惠王”，其时间、方位、间距都有据可考。

3. 墨子所献楚惠王书册，绝非一般竹简。其内容正

---

① 余知古：《渚宫旧事·卷二》，朱记荣校刊，第14、15页。

如赵平安所述:"《容成氏》虽然反映了墨家思想，但是它和《墨子》各篇的风格还是有所不同。《墨子》各篇有比较集中的主题，论说色彩很浓，举例简明扼要。《容成氏》则以顺序叙述古代帝王的传说来阐述自己的理念。形式更为朴拙，素材更为详备。"[①] 墨子献书楚惠王，是最大程度展示墨子才华横溢、治国理念的良好时机，内容必为说服国君的治国良策，不是面对百姓的一般道理说教，为墨子思想之精华。其叙述与阐述方式必然与今本《墨子》有所不同。内容无外乎上博简《容成氏》与今本《墨子》中所荐上古先王的成功治国之道与"尚贤""尚同""兼爱""非攻""节葬""节用""明鬼""城守"等墨子核心思想。

4. 上博简《容成氏》为墨子"献书惠王"之竹简。墨子"献书惠王"，即为楚惠王称之"良书"，当于楚宫有保存及传承价值。故此我们推断：楚地发现的战国中后期的上博简《容成氏》当为公元前439年，楚惠王五十年时，墨子"献书惠王"的墨子思想精华之简。诚如上述，容成氏是生活在楚国鲁阳地区的古老氏族，在我国古籍文献中又位列诸氏之首。尽管在楚辖之先，容成氏与鲁阳分置，但其后的容城故地却与鲁阳同属楚惠王统辖，为楚惠王所熟知。容成氏先祖容成子又为黄帝之师，足见道之高明，

① 赵平安:《楚竹简〈容成氏〉的篇名及其性质》，载饶宗颐主编《华学》第二辑，北京：紫禁城出版社，2003年，第75—77页。

加之墨子故里在鲁阳，墨子对鲁阳容成氏传说自幼耳濡目染，当为墨子所首推。故以上博简《容成氏》作篇首说服楚惠王，无怪乎惠王读后称道：“良书也！”

综上所述，容成氏故地与墨子故里同在鲁阳的史实，使墨子“止楚攻宋”与“献书惠王”从鲁阳出发至楚都之郊郢的“历史悬案”终得破解。同时亦为上博简《容成氏》是墨子“献书惠王”之竹简，提供了历史依据，更为解析上博简《容成氏》的墨家思想渊源探寻到佐证。

第二章　上博简《容成氏》的墨家思想渊源[①]

上博简《容成氏》的墨家思想，是墨子思想之精华，其源远流长。墨子是我国战国时期伟大的思想家、实践家。其思想渊源，多为个人的社会实践和对历史社会的经验总结。

一、上博简《容成氏》先于今本《墨子》成册

据考证，上博简《容成氏》内容可分为上古帝王，尧前古帝王，尧，舜，禹、启、益，桀、汤，纣、文王，武

① 本章原名《论上博简〈容成氏〉的墨家思想渊源——兼论河南鲁山“容城遗址”是容成子之故地》，后分为《论河南鲁山“容城遗址”是容成子故地》《论上博简〈容成氏〉的墨家思想渊源》两篇，分别载于《西安外事学院学报》2017 年第 4 期，第 15-23 页；第 5 期，第 34—38 页。

王伐纣八个部分。其“尚贤”“尚同”“兼爱”“非攻”“节用”的墨家思想尤为明显。

上博简《容成氏》阐述了古帝王尧、舜、禹“不传子而传贤”“让贤”“禅让”及“禹通三江五湖”“天下大和”行德政、治天下的高功大德以及“汤乃谋戒求贤，乃立伊尹以为佐”“得众而王天下”的“徵贤”之道。又列举桀“骄泰”失天下；文王佐纣，而纣不思悔改，最终被武王征伐而失天下的事例为比对，阐明举贤任能、治国理政是“尚贤者，天鬼百姓之利，而政事之本也”（《墨子·尚贤下》）的道理。其内容与《墨子》中“故古者圣王之为政，列德而尚贤”如出一辙。同《墨子·尚贤上》“故古者尧举舜于服泽之阳，授之政，天下平。禹举益于阴方之中，授之政，九州成。汤举伊尹于庖厨之中，授之政，其谋得。文王举闳夭、泰颠于罝罔之中，授之政，西土服”等内容完全一致。由此推断，上博简《容成氏》，当为墨子所作。

《墨子·尚贤下》载：“然昔吾所以贵，尧舜禹汤文武之道者，何故以哉？以其唯毋临众发政而治民，使天下之为善者可而劝也，为暴者可而沮也。然则此尚贤者也，与尧舜禹汤文武之道同矣。”①

我们应特别注意：“为善者可而劝，为暴者可而沮”，这是墨子撰著上博简《容成氏》之初衷，“然昔吾所以贵”

① 吴龙辉等译注：《墨子白话今译》（“墨子·尚贤上”，“墨子·尚贤下”），北京：中国书店，1992年，第28、40页。

（我以前所以看重）句，说明在《墨子·尚贤下》前，墨子已有过对尧、舜、禹、汤、文、武尚贤成篇的论述。此成篇竹简，极有可能是指已写进“献书惠王”的上博简《容成氏》的尚贤内容。截至目前，唯有此简，别无他途！若此，笔者推断：上博简《容成氏》在今本《墨子》之先已经成册！这正与姜广辉“《容成氏》提倡禅让，当成书于‘燕王哙让国’事件之前即公元前314年之前”[①]的时间推论吻合。也正同赵平安认为它如果不是早期墨家的作品，就应该是与墨家讲学时讲义一类的东西的结论完全一致。

二、上博简《容成氏》的墨家思想

赵平安认为，“《容成氏》整体的思想内容都能体现出‘墨家的兼爱、尚同、非攻、尚贤和节用的思想’”“由容成氏简文的叙事过程看来，确实反映出了明显的墨家思想倾向”。[②]

饶宗颐认为，《容成氏》第一简的最后总结之语“‘……垆毕氏之有天下也，皆不授其子而授其贤。其德酋清而上爱下’都是墨子兼爱、尚贤的主要思想”，并说“上海简尚未公布者，有若干条与墨子思想有关，主旨言‘兼’及鬼神之赏善罚恶等等，分明与《明鬼篇》有关；其余与

① 姜广辉:《上博藏简〈容成氏〉的思想史意义》,《中国社会科学院院报》2003年1月23日。

② 赵平安:《楚竹简〈容成氏〉的篇名及其性质》，载饶宗颐主编《华学》第二辑，北京：紫禁城出版社，2003年，第75—77页。

墨子思想有关的，还有多条涉及鬼神与帝王之贤与不贤之文的，今不多论，待公布后大家自然明白”。①

黄海烈认为:“现学界持‘墨家说’者较多，所持论据亦较充分。”他还列举出上博简《容成氏》与墨家思想相似的八条实证。

第一，《容成氏》释文“尊卢氏、赫胥氏、乔结氏、仓颉氏、轩辕氏、神农氏、樟氏、垆毕氏”有天下也，皆不授其子而授贤。其德酋清，而上爱下，而一其志，而寝其兵，而官其材。……简文其论上古帝王“皆不授其子而授贤”，这种“尚贤”思想在今本《墨子》中不胜枚举，如《墨子·尚贤上》:“故古者圣王之为政，列德而尚贤……”

第二，《容成氏》释文“其德酋清，而上爱下”，这是说古之帝王其德轻清，能够以上爱下，以上利下。这种“兼爱”的思想在今本《墨子》中也有相对应的内容，如《墨子·法仪》:“昔之圣王禹、汤、文、武，兼爱天下之百姓，率以尊天事鬼，其利人多，故天福之，使立为天子，天下诸侯皆宾事之。”

第三，《容成氏》释文“而寝其兵”，则表达了息武偃兵，“非攻”之意。

第四，《容成氏》释文“而官其材”，是说古之圣王各

---

① 饶宗颐:《由尊卢氏谈到上海竹简（二）的〈容成氏〉——兼论其与墨家关系及其它问题》，《九州学林》总第十一辑，香港城市大学中国文化中心，2006 年。

尽所能，任人以材……

第五，《容成氏》释文“禹然后始行以俭：衣不鲜美，食不重味，朝不车逆，舂不毇米，飨不折骨”。这完全是墨家“节用”思想的反映。

第六，《容成氏》释文中关于“舜”“禹”“汤”的史事记载也有与今本《墨子》相合之处。

第七，《容成氏》在其所述古帝先王的事迹中涉及的制度，亦可窥见墨家的痕迹。

第八，在某些关键字词的理解上，《容成氏》释文与今本《墨子》亦有相合之处。

上述所列学者论证《容成子》中的墨家思想，进一步说明上博简《容成氏》确为先于今本《墨子》思想精华之大成。

三、《容成氏》的墨家思想渊源

上博简《容成氏》的墨家思想来自哪里？“墨家思想”即墨子思想，充分体现在今本《墨子》中。今本《墨子》不仅描述尧、舜、禹、汤、文武之道，且对周室王廷腐败有深刻描述。作为庶民士人的墨子，这些古代知识由何而来呢？《墨子·尚贤中》的答案是：“此圣王之道，先王之书，距年之言也。”是说这是圣王的道理，先王的书，老年人的话。可见，墨子思想是从先王的书、老年人的话传承而来。“先王之书”当与周朝前的典籍有关，“距年之言”当与墨家祖传相联。据此，笔者以为，其渊源有四。

1. 源于诸侯间相互攻伐

战国时期诸侯称霸，相互攻伐，形成百姓颠沛流离、居无定所的混乱局势。这是墨子思想产生的社会基础。

乱必思治，是社会发展规律。战国诸侯攻伐的战乱局势，正如《墨子·天志下》所述“父子离散，国家灭亡，抎失社稷，忧以及其身”[①]，给百姓带来严重生存危机。于是，以墨子为代表的弱势群体，期盼建立稳定、安居的社会，使“近者安之，远者归之”(《墨子·尚贤下》)的平民思想应运而生。

2. 源于周室典籍

周王子朝兵败“奉周之典籍以奔楚”，是墨子借鉴“圣王之道，先王之书”的重要途径。

墨子父、祖辈为周室王廷“百工”，参与了“王子朝作乱”。墨子借鉴的历史典籍，与王子朝“兵败奔楚”有关。

《左传·昭公二十二年》(前520)："王子朝因旧官、百工之丧职者，与灵、景之族以作乱。"《左传·昭公二十六年》(前516)："召伯盈逐王子朝。王子朝及召氏之族、毛伯得、尹氏固、南宫嚚奉周之典籍以奔楚。"王子朝奔楚时，因楚与郑的“武城之盟”[前575—前491（楚以汝阴之田求成于郑）]，鲁阳属郑辖。《左传·定公五年》(前505）载，“五年春，王人杀子朝于楚”“周之典籍”流落楚国。鲁阳文君是楚国鲁阳封君，墨子为楚国鲁阳人，与鲁阳文君关系甚密。借鉴“周之典籍”不仅有机会，而且有

① 吴龙辉等译注:《墨子白话今译》(“墨子·天志下”)，北京：中国书店，1992年，第140页。

可能。墨子借助昔三代圣王尧、舜、禹、汤、文、武兼爱天下的和合盛世，给诸侯国君树立师范标杆，以期息战，鞭挞暴王桀、纣、幽、厉等兼恶天下的腐败行径。墨子欲借此说服诸侯，实现天下和合的理想社会目标。

3. 源于“夏人之居”及祖训传承

《史记·货殖列传》载：“颍川、南阳，夏人之居也。夏人政尚忠朴，犹有先王之遗风。”鲁阳在颍川与南阳之间，是夏人之居的中心区域。《淮南子·要略训》：“墨子……背周道而用夏政。”墨子的夏人思想，与其居住在夏人中心区的鲁阳故里有直接关系。

墨子义薄云天的兼爱、尚贤、非攻思想与墨家祖训传承关系紧密。墨氏先祖墨如，为姜姓炎帝后裔，是助禹治水之功臣，禹尊为师。墨如，或云墨台，亦即墨胎氏。商汤封为孤竹国君，其子伯夷、叔齐是商周之际，姜太公褒称的知名“义人”。《潜夫论笺校正·赞学第一》：“舜师纪后，禹师墨如。注：卢学士文弨云：‘“墨如”疑是“墨台”。’继培按：路史后纪四云：‘禹有天下，封怡以绍烈山，是为默台。’国名纪一云：‘怡’，一曰默怡，即墨台。禹师墨如，或云墨台。”《世本·卷七上》：“怡氏，姜姓之后。禹有天下，封怡以绍烈山，是为墨台。成汤封之离支，是为孤竹。”《尔雅·释地》郭璞注：“孤竹在北。”“孤竹，商代国名。在今河北卢龙县北。一说在卢龙县南。孤竹城，商周时孤竹国。在河北卢龙县南。”《世本》：“墨胎氏，伯夷、叔齐父孤竹君之氏也。孤竹君名初，字子朝，生伯夷名允字公信，叔齐名致字公达。”[①]《史记·伯夷列传》：“伯夷、叔齐，孤竹君之二子也。父欲立叔齐，及父卒，叔齐让伯夷。伯夷曰：‘父命也。’遂逃去，叔齐也不肯立，而逃之。国人立其中子。于是，伯夷、叔齐闻西伯昌善养老，盍往归焉。及至，西伯卒，武王载木柱，号为文王，东伐纣。伯夷、叔齐叩马而谏曰：‘父死不葬，爰及干戈，可谓孝乎？以臣弑君，可为仁乎？’左右欲兵之。太公曰：‘此义人也。’扶而去之。武王已平殷乱，天下宗周，而伯夷、叔齐耻之，义不食周粟，隐于首阳山。采薇而食之。及饿且死，作歌。其辞曰：‘登彼西山兮，采其薇矣。以暴易暴兮，不知其非矣。神农、虞、夏忽焉没兮，我安适归矣？于嗟徂兮，命之衰矣！’遂饿死于首阳山。索隐按：‘应劭云，伯夷之国也。其君姓墨胎氏。’集解，戴延之西征记云；‘洛阳东北首阳山有夷齐祠。今在偃师县西北。’”[②]伯夷、叔齐改姓竹氏。《世本》：“竹氏，本姜姓，封为孤竹君，至伯夷、叔齐以竹为氏。”[③]《世本》：“墨氏，孤竹君后，

---

① 宋衷注，秦嘉谟等辑：《世本八种》（秦嘉谟辑补本），北京：中华书局，2008年，第189页。

② 《二十四史（全二十册）·史记》，北京：中华书局，1997年，第539页。

③ 宋衷注，秦嘉谟等辑：《世本八种》（秦嘉谟辑补本），北京：中华书局，2008年，第189页。

本姓墨胎，避难改为墨氏。”① 墨子之墨氏，为伯夷、叔齐后裔，是墨子父、祖辈为周室王庭“百工”的竹氏、为避“王子朝被杀”之难，隐居鲁阳深山改姓墨氏。墨子父、祖辈随王子朝兵败逃亡楚国鲁阳避难前，曾长期生活于东周洛阳一带，对夏、商、周三代之居的天子传承史当为熟知。可想，墨子父、祖代的贤达品格及渊博学识，对墨子的熏陶及其思想形成有重要启蒙作用。

其墨家避难史，在《墨子》中留有难以磨灭的印记。《墨子·天志下》：“子墨子言曰：‘天下之所以乱者，其说将何哉？则是天下士君子皆明于小而不明于大也。’何以知其明于小不明于大也？以其不明于天之意也。何以知其不明于天之意也？以处人之家者知之。今人处若家得罪，将犹有异家所，以避逃之者。然且父以戒子，兄以戒弟，曰：‘戒之慎之，处人之家不戒不慎之，而有处人之国者乎？’今人处若国得罪，将犹有异国所，以避逃之者矣。然且父以戒子，兄以戒弟，曰：‘戒之慎之，处人之国者，不可不戒慎也。’今人皆处天下而事天，得罪于天，将无所以避逃之者矣。然而莫知以相极戒也。吾以此知大物则不知者也。”②

这是墨子家人随王子朝南逃楚国后，忐忑心境的真实

---

① 宋衷注，秦嘉谟等辑：《世本八种》（秦嘉谟辑补本），北京：中华书局，2008 年，第 189 页。

② 吴龙辉等译注：《墨子白话今译》（“墨子·天志下”），北京：中国书店，1992 年，第 139 页。

写照！墨子父、祖辈为避王子朝余部随时可能遭遇的杀身之难，遂隐姓埋名隐居楚国鲁阳地区，终日过着提心吊胆的生活，并有家人相互嘱咐的历史写真！这也正是墨子家人当时真实心态的流露！

墨子“止楚攻宋”“止齐攻鲁”“止鲁阳文君攻郑”的行侠仗义之举，无不体现出“尚贤”“兼爱”“非攻”的“侠义”的墨家传承祖训。

4. 源于“百工”职业传承

“参与王子朝作乱的‘百工’，是原周室王廷中掌管营建、制造等事的官或各种工匠。”“墨子父辈或祖辈，是周室‘百工’中的主要成员或官员，墨子是周室王廷中‘百工’官员的后代。”[①] 墨子父、祖辈“百工”职业的实践与传承，造就了墨子的哲学思想、科学成就和工匠技能。这些，在上博简《容成子》之后的今本《墨子》中，得到充分验证。

《墨子·贵义》篇，墨子对弦唐子说：“翟上无君上之事，下无耕农之难。”说明墨子不是为官者，也不是有土地可耕作的农人，而是庶民士人兼手工业者的“百工”匠人。《墨子》中多有“百工”的说辞。如《墨子·节用中》有“凡天下群百工”；《墨子·节葬下》有“使百工行此”；《墨子·法仪》有“子墨子曰：‘虽至百工从事者亦皆有法。百

---

① 张新河、张九顺：《墨家鲁阳悬疑案——墨子里籍与事迹考实》（墨氏源流考——墨子家史考），开封：河南大学出版社，2011 年，第 104 页。

工为方以矩，为圆以规，直以绳，衡以水，正以县。’‘故百工从事，皆有法所度。’”墨子对“百工”不仅甚为熟悉，且墨子对“百工”技艺更为熟知。《墨子·鲁问》：“公输子削竹木以为鹊，成而飞之，三日不下，公输子自以为至巧。子墨子谓公输子曰：‘子之为鹊也，不如翟之为车辖。须臾斫三寸之木，而任五十石之重。故所为巧，利于人谓之巧，不利于人谓之拙。’”墨子对百工技艺和操作规程如此熟知，说明墨子本人或家庭成员中，有工匠出身的百工人员或为周室的“百工”之官。

即便在墨子故里的河南鲁山县中汤一带山民中，至今仍传称，墨子是“坑染之师”和“百工之祖”。

值得注意的是，墨子的思想形成与河南鲁阳墨子故里有关。春秋战国之际，鲁阳属郑又属楚，鲁阳是楚文王十二年（前678）属楚的。缘于“武城之盟”，楚共王十六年（前575）鲁阳又归郑辖。《左传·成公十六年》（前575）：“十六年春，楚子自武城使公子成以汝阴之田求成于郑。郑叛晋，子驷从楚子盟于武城。”这是指公元前575年春，楚共王在武城派公子成去郑，将汝水南岸的楚地奉送给郑国。郑成公叛晋亲楚，并派子驷与楚共王盟于武城，史称“武城之盟”。《左传·哀公四年》（楚昭王二十五，前491）：“夏，楚人既克夷虎，乃谋北方……为一昔之期，袭梁及霍。”梁、霍在鲁阳北鄙，即今河南省汝州市。“武城之盟”鲁阳属郑84年后，又重归楚辖。墨子父、祖辈避难隐居鲁阳“墨子故里”时，鲁阳还未归楚，尚属郑辖，墨子也未降世。鲁阳重归楚辖 11 年后（前 491—前 480），墨子出生鲁阳，故称墨子是楚国鲁阳人。乡音难改，语言有源，语言是一个地方历史文化的活化石。《墨子》中语言，多带有河南或鲁阳（鲁山）方言，难怪学者普遍反映，《墨子》语言难以理解，但在河南鲁阳地区，对《墨子》语言的理解就容易得多。正如萧鲁阳先生所论："墨子中河南方言或曰鲁山方言，俯拾皆是。"① 如："批扞之声，无出之口"（《墨子·修身》），"批扞之声"鲁阳方言谓"破竹竿腔"，意为像破竹竿一样，声音不好听。"帝乃使阴暴毁有夏之城"《墨子·非攻下》，"阴暴"是鲁阳方言，意为暗中使阴招、损害手段。"天命融隆火于夏之城间西北之隅"（《墨子·非攻下》），"隆火"，鲁阳方言，意为"生火"（或点火），"一堆火"，也称"一隆火"。"内有以食饥息劳，将养其万民"（《墨子·尚贤中》），"将养"为鲁阳方言，亦称"将养将养"，意为对体弱者精心给以饮食调理与照料，使其恢复健康。另有"中""饥""樵""处家""安生生"等河南鲁阳方言。这些方言明显带有墨子故里地方语言特征，它是《墨子》源于河南鲁阳的佐证。应该指出的是，上博简《容成氏》是先于《墨子》成篇的墨子思想之精华，是否亦含有河南鲁阳方言？笔者尚无深究。

综上可知：容成氏是我国"结绳记事"时期的古老氏

① 萧鲁阳编著：《墨子元典校理与方言研究》，西安：西安地图出版社，2003 年，第 9—17 页。

族。其故地——鲁山“容城遗址”即今河南鲁山张良镇东前营村及“贺塘”“小老庄”“新石器时代遗址”，是以容成子为其先祖的容成氏族发祥地。容成子因修道，在鲁阳毗邻的汝州崆峒山上，又称广成子，传为“黄帝之师”，故而鲁阳古代又多次称广州。容成子与墨子是不同时期、同一地域的“鲁县”或“鲁阳”人。楚国鲁阳（今河南鲁山县）是容成氏故地、墨子故里，是史迁所称“颍川、南阳夏人之居”中心活动区，是上博简《容成氏》及《墨子》的墨家思想形成的大本营。上博简《容成氏》就是墨子“止楚攻宋”次年（楚惠王五十年，前439），墨子再沿“止楚攻宋”线路，由楚国鲁阳出发，至楚都之郊郢“献书惠王”之竹简。上博简《容成氏》是墨子思想之精华，其“尚贤”“尚同”“兼爱”“非攻”“节用”“节葬”等思想渊源，是墨子社会实践和对历史社会看法的经验总结，其内容含有战国诸侯攻伐、古代帝王及“周室典籍”、墨家祖训传承等因素，同中原地区“夏人之居”的历史文化密不可分。

第三章 《容成氏》是墨子“献书惠王”治楚良策

1994年，上海博物馆从香港古董市场购得1200多枚竹简，其中包括多种战国时期的古书，被学界称为《上海博物馆藏战国楚竹书》。经整理拼合后，《容成氏》现有竹简54枚，其中完简42枚，《容成氏》是《上海博物馆藏战国楚竹书（二）》中的第6篇。

由于这批竹简属于盗掘，所以出土地点并不明确，无法根据出土墓葬应用考古学方法断定相对年代，经中国科学院上海原子核研究所，由超灵敏小型回旋加速器质谱仪对竹简做历史年代测定，该竹简距今2257±65年。裘锡圭说：出现时间距郭店一号墓清理很近。可能是盗墓者获知郭店一号墓出简的消息之后，在邻近地区的一个楚墓中盗掘出来的。这批竹书中共有两篇跟郭店墓所出竹书相重。看来两批竹书抄写的时间不会相距很远，《上海博物馆藏战国楚竹书》也应该是战国中期物。从简文字体看，定为战国中期也是合适的。《容成氏》成书年代下限，当不晚于此时。

一、上博简《容成氏》的内容与墨家思想

学者普遍认为，上博简《容成氏》是一篇讲述上古帝王传说的史书。其整体体现出明显的墨家思想。内容可分为：容成氏等上古帝王，尧前古帝王，尧，舜，禹、启、益，桀、汤，纣、文王，武王伐纣八个部分。

第一部分主要讲容成氏等上古帝王的行政范例。

> 昔容成氏、大庭氏之有天下，厚爱薄敛，身力以劳百姓，其政治而不赏，官而不爵，无勉于民，而治乱不倦的尚贤、节用、节葬治国爱民思想。
>
> 昔尊卢氏、赫胥氏、乔结氏、仓颉氏、轩辕氏、神农氏、樟氏、垆毕氏之有天下，皆不授其子而授贤。其德酋清而上爱下的列德尚贤、兼爱

天下的禅让风尚。

第二部分主要讲尧前古帝王以德孝治天下的范例。

……以孝治，焉以行政。于是乎不赏不罚，不刑不杀，邦无饿人，道路无殇死者。上下贵贱，各得其所。四海之外宾，四海之内臻，禽兽朝，鱼鳖献。不用行政，四海朝贡，一派德孝治天下、政通人和的太平盛世。

第三部分讲帝尧为天子，为善兴贤，施行禅让的范例。

尧为天子，为善兴贤，不劝而民力，不刑杀而无盗。尧以天下让于贤者，天下之贤者莫之能受。

昔舜耕于鬲丘，陶于河滨，渔于雷泽，孝养父母，以善其亲，乃及邦子。尧闻之而美其行。尧于是乎为车十有五乘，以三从舜于畎亩之中。舜于是乎始免藉幵耨，芰芥而坐之芓，尧南面，舜北面。舜于是乎始语尧天地人民之道。与之言政，说简以行；与之言乐，说和以长；与之言礼，说溥以不逆……尧乃悦。尧乃老，视不明，听不聪。尧有子九人，不以其子为后，见舜之贤也，而欲以为后。舜乃五让以天下之贤者，不得已，然后敢受之。

第四部分讲帝舜政绩及禅让禹之范例。

> 舜听政三年，山岭不处，水潦不谷，乃立禹以为司空……舜乃老，视不明，听不聪。舜有七人，不以其子为后，见禹之贤也，而欲以为后。禹乃五让以天下之贤者，不得已，然后敢受之。

第五部分主要讲述禹近悦远至之政绩及益被启攻伐而篡位。

> 禹听政三年，不制革，不刃金，不砮矢，田无蔡，宅不空，关市无赋。禹乃因山岭平隰之封邑者而繁实之。乃因近以知远，去苛而行简。因民之欲，会天地之利。夫是以近者悦怡，而远者自至。海之内及海之外皆请贡。
>
> 禹然后始行以俭：衣不袭美，食不重味，朝不车逆俭朴廉洁、勤政便民作为。

第六部分主要讲述夏桀荒淫无道、骄奢淫逸，腐败失国与商汤逐夏桀及招贤伊尹以辅佐过程。

第七部分主要讲述殷纣王昏庸无道、暴虐失国及周文王的聪慧之举。

第八部分主要讲述周文王驾崩，武王即位，以盛德兴师伐纣之过程。

从整体内容看，《容成氏》前五部分，是讴歌先圣尚贤、德孝、禅让行政功德；后三部分，重点阐述执政者荒淫无度、腐败无能，行使虐政、暴政，最终亡命失国的教训。前部分尚贤、禅让兴国范例与后部分荒淫无道失国教训，形成鲜明比对，目的是提醒或警示执政者，实施尚贤、尚同，兼爱、非攻，节用、节葬一心为民众是上策，否则必将坠入亡命失国的下场。显然，《容成氏》是对战国时期执政者而发，读者对象并非平民。

上述内容在《墨子》中都能找到相应案例。比如《墨子·尚贤上》首先阐述尚贤之要："子墨子曰：'古者王公大人为政于国家者，皆欲国家之富，人民之众，刑政之治。然而不得富而得贫，不得众而得寡，不得治而得乱，则是本失其所欲，得其所恶，是其故何也？'子墨子言曰：'是在王公大人为政于国家者，不能以尚贤事能为政也。是故国有贤良之士众，则国家之治厚，贤良之士寡，则国家之治薄。故大人之务，将在于众贤而已。'"这里，墨子强调王公大人的急务就是尊贤使能，国家的治绩大小，关乎贤人的多少，贤良之士多，国家治绩就大，反之则小。

《容成氏》列举上古帝王、尧前古帝王及尧、舜、禹、汤、文、武，施行尊贤用贤的尚贤制度，是在褒扬先贤圣王"传贤不传子""授贤不授子"，使天下太平、民众安居乐业。而《墨子·尚贤上》曰："故古者尧举舜于服泽之阳，授之政，天下平。禹举益于阴方之中，授之政，九州成。

汤举伊尹于庖厨之中，授之政，其谋得。文王举闳夭、泰颠于罝罔之中，授之政，西土服。”《墨子・尚贤上》又载：“尚欲祖述尧舜禹汤之道，将不可以不尚贤。夫尚贤者，政之本也。”“故古者圣王甚尊尚贤而任使能，不党父兄，不偏富贵，不嬖颜色。贤者举而上之，富而贵之，以为官长。不肖者抑而废之，贫而贱之，以为徒役。”《墨子・尚贤下》载：“子墨子言曰：‘……然昔吾所以贵尧舜禹汤文武之道者，何故以哉？以其唯毋临众发政而治民，使天下之为善者可而劝也，为暴者可而沮也。然则此尚贤者也，与尧舜禹汤文武之道同矣。’”显然，《墨子・尚贤》这些主张，同上博简《容成氏》的整体思想完全一致。

另外，《容成氏》篇中，有上古帝王“厚爱而薄敛”；禹“乃因近以知远，去苛而行简。因民之欲，会天地之利。夫是以近者悦怡，而远者自至”，“禹然后始行以俭：衣不袭美，食不重味，朝不车逆”。而这些记述，同墨子节用、节葬思想完全一致。《墨子・节用上》载：“去无用之务，行圣王之道，天下之大利也。”《墨子・节用中》曰：“古者圣王制为饮食之法曰：‘足以充虚继气，强股肱，使耳目聪明，则止。’不极五味之调，芬香之和，不致远国珍怪异物。”这里“不极五味之调、芬香之和”与《容成氏》“食不重味”相同。《墨子・节葬下》载：“故古圣王制为葬埋之法曰：‘棺三寸，足以朽体。衣衾三领，足以覆恶。以及其葬也，下毋及泉，上毋通臭，垄若参耕之亩，则止矣。’”“昔者尧北教乎八狄，道死，葬蛩山之阴，衣衾三领……”“禹东教乎九夷，道死，葬会稽之山。衣衾三领，桐棺三寸，葛以缄之……”“子墨子制为葬埋之法曰：‘棺三寸，足以朽骨，衣三领，足以朽肉，掘地之深，下无菹漏，气无发泄于上，垄足以期其所，则止矣。’”足见，墨子节用及论葬与《容成氏》中古圣王、尧、禹所述“厚爱而薄敛”“棺三寸”“衣衾三领”完全一致，同为节用、节葬之法。尤其禹之“衣不袭美，食不重味”同墨子“去无用之务，行圣王之道”“不极五味之调，芬香之和”之论，为一脉相承。

赵平安认为，《容成氏》整体思想内容都能体现出“墨家的兼爱、尚同、非攻、尚贤和节用的思想”。“由《容成氏》简文的叙事过程看来，确实反映出了明显的墨家思想倾向。”[①] 饶宗颐《由尊卢氏谈到上海竹书（二）的〈容成氏〉——兼论其与墨家关系及其它问题》认为，全篇多述让贤之事，强调“贤”之重要性，并提出“上爱”，分明是墨家主要思想。郭永秉《从〈容成氏〉33 号简看〈容成氏〉的学派归属》指出 33 号简的内容和《墨子·节葬下》的说法完全相同。黄海烈亦认为，现学界持“墨家说”者较多，所持论据亦较充分。

大多学者关注上博简《容成氏》的尚贤思想，也有不少学者提出《容成氏》思想主旨为“禅让”。如姜光辉首先

---

① 赵平安：《楚竹简〈容成氏〉的篇名及其性质》，载饶宗颐主编《华学》第二辑，北京：紫禁城出版社，2003 年，第 75—77 页。

提出:"《容成氏》简文特别提炼和渲染其中'禅让'。"[①] 这种说法被很多学者接受。裘锡圭认为"此篇也是鼓吹禅让的"[②]。罗新慧认为《容成氏》《唐虞之道》都是适应社会现实需要而出现的讲述禅让学说的专篇。[③] 日本学者浅野裕一说:"强调'皆不授其子而授贤',亦即强调上古时代排除血缘继承而禅让贤者一事,则是《容成氏》的特色,因此,禅让正是《容成氏》所认为的理想的王朝更替形式。"[④] 吴根友云:"《容成氏》篇阐述了一个重要的权力转移原则:传贤不传子。"[⑤] 王青认为:"《容成氏》的思想主旨就是借助古史

---

① 姜光辉:《上博简〈容成氏〉的思想意义》,简帛研究网站,2003 年 1 月 9 日。

② 裘锡圭:《新出土文献与古史传说》,《中国出土古文献十讲》,上海:复旦大学出版社,2004 年,第 20 页。

③ 罗新慧:《〈容成氏〉〈唐虞之道〉与战国时期禅让学说》,《齐鲁学刊》2003 年第 6 期。

④ [日]浅野裕一:《容成氏的禅让与放伐》,载佐滕将之监译《战国楚简研究》,(台北)万卷楼图书股份有限公司,2004 年,第 87—88 页。

⑤ 吴根友:《"传贤不传子"的政治权力转移程序——上博简〈容成氏〉篇政治哲学的问题意识及其学派归属问题初探》,载郭齐勇主编《儒家文化研究》第一辑《新出楚简研究专号》,北京:生活·读书·新知三联书店,2007 年,第 157 页。

传说来阐述尧舜禅让和汤武革命。”[①] 以上博简《容成氏》的思想主旨为宣扬“禅让”，已成为学界主流看法。

那么，这里“禅让”的实质是什么？笔者以为，这里讲“禅让”，其目的就是在否定“子承父职”“兄终弟及”的“世袭”制度，主张推行“传贤不传子”“皆不授其子而授贤”的“尊贤”“尚贤”新政！而“尊贤”“尚贤”实质，就是“贤者举而上之……不肖者抑而废之”（《墨子·尚贤中》）、“以德就列，以官服事，以劳殿赏，量功而分禄”（《墨子·尚贤上》）、“列德而尚贤，虽在农与工肆之人，有能则举之”（《墨子·尚贤上》）、“官无常贵，而民无终贱，有能则举之，无能则下之。举公义，辟私怨”（《墨子·尚贤上》）的一系列行政新制度。非若此，谈何“传贤不传子”“皆不授其子而授贤”？若此，恰恰是《墨子·尚贤》论述的核心主张。

由此看，上博简《容成氏》的思想主旨，是在宣扬墨家“传贤不传子”“列德而尚贤”的“贤者举而上之”“不肖者抑而废之”的“禅让”主张。故此，上博简《容成氏》竹书，当为墨家之作品。

二、上博简《容成氏》为墨子原著

从上博简《容成氏》的内容思想，同《墨子》用字、用词、句法及用典关系与墨子“献书惠王”的时期推断，

---

① 王青:《论上博简〈容成氏〉篇的性质与学派归属问题》，《河北学刊》2007 年第 5 期。

可以肯定上博简《容成氏》这篇墨家作品为墨子原著。缘由有以下五点。

（一）墨子熟知容成氏故地历史。上博简《容成氏》的墨家思想涉及我国古代容成子与墨子两个重要历史人物，并同伏牛山楚长城北部鲁山“容城遗址”及“墨子故里遗址”紧密相关。据考，1994 年《鲁山县志》中的张良镇“容城遗址”，即容成子故地——容成氏故居；后容成子化名广成子，入汝州崆峒山修道，并遇黄帝拜见。拙著《论河南鲁山“容城遗址”是容成子故地》有论，此不赘述。[①]

（二）上博简《容成氏》与墨子“献书惠王”的时代节点一致。墨子（前 480—前 389）楚鲁阳人。据测定，《容成氏》竹简距今 2257±65 年，亦即说，其成书下限在（2257－1994＋65＝328）公元前 328 年，或（2257－1994－65＝198）公元前 198 年之前。此两时期都在墨子卒年的公元前 439 年、墨子 42 岁“献书惠王”之后。其时代节点，同测定的上博简《容成氏》成编年代完全吻合。当是时上博简《容成氏》已在墨子手中成编。《墨子·尚贤下》载：“子墨子言曰：‘然昔吾所以贵尧舜禹汤文武之道者，何故以哉？’”这里“昔——以前”是指《墨子·尚贤下》成编之前，墨子已尊崇尧、舜、禹、汤、文、武的尚贤之道。说明公元前 439 年、墨子 42 岁时《容成氏》已经成册。而当《墨子》成编

---

① 张新河、张九顺：《论河南鲁山“容城遗址”是容成子故地》，《西安外事学院学报》2017 年第 4 期。

时，平民圣人墨子已是晚年，或墨子已过世，《墨子》一书，由其弟子述记。两书成册时间，当相间40年以上，故前者上博简《容成氏》以“昔”称。亦即说，墨子对“尧舜禹汤文武之道”的崇拜，早在上博简《容成氏》显现。故而此后成册的《墨子·尚贤下》有“然昔吾所以贵尧舜禹汤文武之道者，何故以哉？”的反问。

（三）墨子是楚国鲁阳人，熟知楚国历史，其以上博简《容成氏》献书惠王，墨子针对楚国过往事件。墨子为《史记·伯夷列传》所载“伯夷、叔齐孤竹君之二子”辈后裔，对春秋前华夏历史熟知，更对家乡鲁阳过往了如指掌。加之，历史上又曾与容成氏生活在鲁阳同一块土地上，对鲁阳容成氏传说自幼耳濡目染，了解容成氏。墨子以上博简《容成氏》“献书惠王”，出于爱护楚国之善意警示楚惠王：不要重蹈楚国历史上曾发生多次“弑兄篡位”，及楚平王（前528—前516在位）熊弃疾“父纳子媳”、逐世子太子建、昏庸无道、祸国殃民覆辙。当是时，楚惠王已老，面临退位，正值新老交替之际。故墨子劝导楚惠王，要选贤任能，莫走“子承父职”“兄终弟及”“世袭”的老路，应效法先代圣王尧、舜、禹、汤、文、武，施行“传贤不传子”“皆不授其子而授贤”的“尊贤”“尚贤”新策，以保楚国安定！

据古文献记载与考证，历史上，墨子会见楚惠王共两次：一次是公元前440年，时为周考王元年，齐宣王十六年、鲁悼公二十八年、楚惠王四十九年、宋昭公二十九年。

墨子自楚鲁阳出发，至楚都之郊郢——今湖北钟祥市，成功说服楚惠王“止楚攻宋”。[①]另一次是公元前439年，楚惠王五十年，即墨子“止楚攻宋”后一年，墨子“献书惠王”，时年墨子42岁。楚惠王接受了墨子所献之书，并称其为“良书也！”《墨子·贵义》载:“子墨子南游于楚，献书惠王，惠王以老辞，使穆贺见子墨子。子墨子说穆贺，穆贺大说，谓子墨子曰:‘子之言则诚善矣，而君王天下之大王也，毋乃曰“贱人之所为”而不用乎？’”另见（唐）余知古《渚宫旧事》曰:“墨子至郢，献书惠王，王受而读之，曰:‘良书也。寡人虽不得天下，而乐养贤人。请过进，曰百种以待官，舍人不足，须天下之贤君。’墨子辞曰:‘翟闻贤人进道，不行不受其赏，义不听不处其朝，今书未用，请遂行矣！’将辞王而归，王使穆贺以老辞。鲁阳文君言于王曰:‘墨子北方贤圣人，君王不见又不为礼，毋乃失士。’王乃使文君追墨子，以书社五里封之。不受而去。时惠王在位已五十年矣。”是时，楚惠王已由郊郢（今湖北钟祥市）回归郢都（今湖北江陵县）。可惜，墨子这次献书楚惠王的良苦用心，楚惠王不领情，只留其读书简于渚宫，未接受“平民圣人”墨子的劝导。

（四）上博简《容成氏》与《墨子》有相同用字、用词之句法。《容成氏》与《墨子》不仅思想内容一致，且用

① 张新河、张九顺:《墨子“止楚攻宋”今考——墨子鲁阳人考》,《平顶山学院学报》2007年第6期。

字、用词之句法，大都一致。如《容成氏》有“天下、百姓”，《墨子》多篇也有“天下、百姓”；《容成氏》有“上爱”，即以上爱下、君爱民，《墨子》有“兼爱”“兼即仁也，义矣”“文王兼爱天下之博大也，譬之日月兼照天下之无有私也”（《墨子·兼爱下》），“兼爱”即兼天下之大爱；《容成氏》有“尚贤”，《墨子》有论“尚贤”（上、中、下）三篇；《容成氏》有“皆不授其子而授贤”，《墨子》有“甚尊尚贤而任使能，不党父兄，不偏富贵”；《容成氏》有“治孝”，《墨子》有“慈孝”；《容成氏》阐述“上古帝王、尧前古帝王”尧、舜、禹、汤、文、武帝王治国的圣贤之举，并列举夏桀、殷纣骄奢淫逸、昏庸无道的失国行径，《墨子·尚贤中》同样有褒扬“古者圣王”“尧、舜、禹、汤、文、武”“甚尊尚贤而任使能，不党父兄，不偏富贵，不嬖颜色”的尊贤之举，又列举“昔者三代暴王桀纣幽厉”“入则不慈孝父母，出则不长弟乡里，居处无节，出入无度，男女无别。使治官府则盗窃，守城则倍畔，君有难则不死，出亡则不从……”以致“失措其国家，倾覆其社稷”之教训；等等，不一而举。

（五）上博简《容成氏》出土地域属楚墓葬区。1993年10月，荆门市沙洋县郭店村，出土郭店一号墓楚简。荆门市沙洋县郭店村，正是楚墓葬区域。上博简《容成氏》根据超灵敏小型回旋加速器质谱仪，对其做出距今为2257±65年的历史年代测定，裘锡圭认为：《上海博物馆藏战国楚竹书》也应该是战国中期物。从简文字体看，定为战国中期也是合适的。另据邵学海《郭店楚简的发现与楚国的哲学文化》称:“据出土遗物推论，墓主可能是楚国太子的老师。”[①] 据此推断，上博简《容成氏》与郭店一号楚墓不会相距很远，当为战国中期楚惠王时流落渚宫。此时此地正与墨子“献书惠王”时间、地点完全吻合。

大多专家学者对上博简《容成氏》的思想主旨有“尚贤”“禅让”之说，这恰恰同墨子极力主张的“尚贤”“尚同”“兼爱”“非攻”“节用”“节葬”思想完全契合。故此笔者认为，上博简《容成氏》就是墨子“献书惠王”的治楚良策，并非有些学者所论什么“儒家的‘禅让’”之说。

三、墨子著上博简《容成氏》历史价值与现实意义

墨子著上博简《容成氏》，有重大借鉴历史价值及重要现实意义。墨子是楚国鲁阳人，不仅关心鲁阳、爱护楚国，且胸怀天下。墨子“止楚攻宋”“止齐攻鲁”“止鲁阳文君攻郑”保护天下百姓的三次重大行动，充分体现了他关爱百姓、胸怀天下的坚强心志。《容成氏》与《墨子》一样，共同传承着上古、古代圣王先贤心怀天下、一心为民的“亲士”“修身”“尚贤”“尚同”“兼爱”“非攻”“节用”“节葬”的治国理念。《容成氏》中，墨子“兼爱”“尚贤”“非攻”“节用”“节葬”的思想尤为突出，对当今我国反腐倡廉，反对铺张浪费，建设节约型社会，有重大借鉴历史价值。

① 邵学海:《郭店楚简的发现与楚国的哲学文化》,《荆楚学刊》2014年第10期。

同时，上古、古代帝王先圣在战争（征伐）问题上同墨子一样，一向坚持“非攻”的思想，主张“处大国不攻小国，处大家不乱小家，强不执弱，众不暴寡，诈不谋愚，贵不敖贱”。《墨子·非攻上》曰：“今至大为不义攻国，则弗知而非，从而誉之，谓之义。情不知其不义也……”《墨子·非攻下》载：“是故子墨子曰：‘今且天下之王公大人士君子，中情将欲求兴天下之利，除天下之害，当若繁为攻伐，此实天下之巨害也。今欲为仁义，求为上士，尚欲中圣王之道，下欲中国家百姓之利，故当若非攻之为说，而将不可不察者此也！’”2000 多年前，我国平民圣人墨子就揭露了“霸权”“霸凌”“霸道”者用“大拳头”欺负弱小的“长臂管辖”行径！足见，我国优秀传统文化价值重大、意义深远。

墨子原著约成书于（2257 + 65 = 2322）2322 年前的上博简《容成氏》，清晰地记述着“上古帝王”“尧前帝王”及“尧舜禹汤文武”帝王，为了“天下百姓”实施“政治而不赏，官而不爵，无勉于民，而治乱不倦”“皆不授其子而授贤”的“尚贤、禅让”之道，及“厚爱而薄敛”“禹然后始行以俭：衣不袭美，食不重味，朝不车逆”爱民、节用、节葬的勤俭治国方略。这是中华民族优秀传统美德之渊源！时至今日，仍具重大现实意义。当今，中华民族正向全面小康社会迈进，虽同上古、中古时代不可同日而语，但中华民族及古代圣王，心系百姓，爱好和平，反对侵略战争的“攻伐”，反对铺张浪费，提倡“节俭节用”“勤俭治国”的优秀传统美德，只可继承弘扬、不可一日忘怀！因为，它是我们的生存之道、治国之本！墨子是鲁阳人，不止心怀鲁阳、关爱楚国，而是胸怀天下，关切天下受苦的平民百姓。古代圣贤尚且如此，当今的我们，更当借鉴、继承和发扬！

中国共产党的宗旨是全心全意为人民服务，这是对中华民族优良传统的高度概括、继承和弘扬。上博简《容成氏》是中华优秀传统文化之结晶，不时闪烁着古代圣贤及墨子思想的历史光辉！在纪念墨子诞生 2500 周年之际，我们重温墨子原著上博简《容成氏》思想，倍觉当今“不忘初心、牢记使命”之亲切。

第四章 试论“析君墨启”为墨翟父代至亲

1978 年，湖北随州曾侯乙墓考古发掘，在出土的戟之援、胡上，有一行“析君墨启之造戟”七字铭文。有学者以为“墨启”为“战国初楚封君。名墨启。楚惠王、简王时人。封地在析，故称析君”[①]。石泉等认为:“楚惠王十二年始‘封子国于析’。曾侯乙墓年代为楚惠王五十六年（前

① 石泉主编:《楚国历史文化辞典》“墨启”，武汉：武汉大学出版社，1997 年，第 482 页。

433)，故‘析君墨启’有可能是了国之了。”[①]

楚惠王“始封子国于析”，开了楚国封君之先例。“析君墨启”于楚惠王五十六年（前433）已封析地。子国（即公孙宁，原楚令尹子西之子）与墨启同为楚惠王（前488—前432）时期，析邑的先后两任封君。前者始封于公元前477年，后者公元前433年尚在析君位，二位析君任职相间最长时间不超过44年，故石泉等推断“‘析君墨启’有可能是子国之子”。笔者研究发现，“析君墨启”实为楚鲁阳墨氏、名启，与墨翟同为随王子姬朝奔楚的周室“旧官、百工之丧职秩者”中的竹氏后裔。墨启是竹氏为避王子朝杀头之难、遂由竹氏改称墨氏后的第一代墨氏，为墨翟同宗父代至亲。

一、墨氏是炎帝神农氏姜姓后裔

墨氏先祖，源于炎帝神农氏姜姓之后，是“禹师墨如”、商周孤竹国伯夷、叔齐“义人”后裔。《世本八种》载:“姜姓，炎帝神农氏后。”[②]《二十五史人名大辞典》称:“炎帝，姜姓，号烈山氏，一作厉山氏。传说中上古姜姓

---

① 石泉主编:《楚国历史文化辞典》“析君戟”，武汉：武汉大学出版社，1997年，第227页。

② 宋衷注，秦嘉谟等辑:《世本八种》(秦嘉谟辑补本)，北京：中华书局，2008年，第178页。

部落首领。”[①]《世本八种》又载：“竹氏，本姜姓，封为孤竹君，至伯夷、叔齐以竹为氏。”[②]《辞源》释：“竹，姓。相传殷末孤竹君子伯夷、叔齐让国，周时隐于首阳山，后子孙以竹为氏。”《世本八种》还载：“墨氏，孤竹君后，本姓墨胎，避难改为墨氏。”[③]范又琪《百家姓姓氏起源》云：“夏朝，就封墨如的儿子胎初为孤竹国的国君，胎初即以父名为姓，人称墨胎初，传下去即为墨氏，奉墨如为墨姓始祖。”[④]显然，“竹氏，本姜姓，封为孤竹君，至伯夷、叔齐以竹为氏”，以竹为氏的伯夷、叔齐子孙后代，又因“避难改为墨氏”。墨氏为炎帝神农氏姜姓后裔。

二、墨氏的楚国情结

“王子朝奔楚”是竹氏“避难”改墨氏，隐居楚鲁阳之成因。

1. 伯夷、叔齐后裔为周室“百工”，参与了“王子朝之乱”

那么以竹为氏的伯夷、叔齐子孙后代“避”的什么

---

① 黄惠贤：《二十五史人名大辞典》，郑州：中州古籍出版社，1997年，第1页。

② 宋衷注，秦嘉谟等辑：《世本八种》（秦嘉谟辑补本），北京：中华书局，2008年，第189页。

③ 宋衷注，秦嘉谟等辑：《世本八种》（秦嘉谟辑补本），北京：中华书局，2008年，第189页。

④ 范又琪：《百家姓姓氏起源》，武汉：长江文艺出版社，1999年，第348页。

“难”，又怎么“避难”，因何改为墨氏呢？笔者考证，墨氏与楚国有深厚情结渊源，同春秋时期“王子朝奔楚”紧密相联。

据《论语·子张》《庄子·徐无鬼》《周礼·考工记》等典籍记载可知，周室“百工”概念有二：一是主管营建制造等事宜的周代职官；二是指各种工匠。后来参与王子朝作乱的“百工”，就是原周室中掌管营建、制造等事宜“旧官和百工中失去官职的”官或各种工匠。

由《史记·伯夷列传》记载可知，在武王伐纣路上，孤竹国伯夷、叔齐“叩马而谏”，姜太公称“此义人也”，从《庄子·让王》中周公叔旦对伯夷、叔齐要“加富二等，就官一列”等高度评价与敬重态度来看，当伯夷、叔齐“二贤”“不食周粟”“饿死首阳山”之后，其后代子孙，当于周室内安排有一定“官”职，或为“司空事官”类、“监百工者”之职，以示周室对伯夷、叔齐“二贤”“义人”人格的尊崇和以仁德大义为理念的执政宗旨，是其一；其二，“二贤”后代子孙流播周地，在寸土无有的异国他乡，为了生计，可能依靠自己的智慧或双手劳作，或“聚徒讲学”，或在长期实践中学得技能，逐步从事百工之业；其三，“二贤”后裔参与了周王室于洛阳附近相地、建城筑宫地工程建筑，继而成为百工者；其四，他们在后来周室宫廷建筑中，举而成为百工者。总之，随着历史发展，逐渐繁衍的竹氏后世，不断地传承着，或代代世袭着百工之技能或周室中“监百工者”之官。这是伯夷、叔齐后裔竹氏，在异国他乡，为生计成为百工的主要因素和重要途径。至周景王二十五年（前520），“旧官”或“百工之丧职秩者”（含伯夷、叔齐竹氏后裔）因失生计，即失去工官体制为其提供的生存保证，不得不参与“王子朝之乱”之抗争。

王子朝奔楚，旧史称“王子朝之乱”，对此，自春秋战国至今争议不断。早在先秦时期，秦宰相李斯的老师韩非子就将其列为历史疑案，最先揭示真相。《韩非子·说疑》中认为“单氏取周……人臣之弑君者也。奸臣闻此，既然举耳，以为是也”，认定这次事件的真相是单穆公政变“弑君”。王子朝奔楚事件在《左传》《国语》等典籍中均有记载，其经过亦十分明确，遗憾的是，后人主张以果代因，模糊了事件性质。近百年来，更有多名学者对先汉史料进行考证，认为历史上所谓的“王子朝之乱”实际是“单穆公之乱”，是中国历史上一桩最大的冤假错案。

因“王子朝之乱”，攸关伯夷、叔齐后裔——墨启与墨翟的人格评价，故而不得不多叙几笔。所谓“王子朝之乱”，其历史真相是这样的：

> 王子朝，是周景王姬贵的庶长子，周景王立嫡子姬猛为太子。公元前520年4月18日，周景王突发疾病，见太子姬猛柔弱多病，难以担当五霸争雄时期的大任，临死前写下诏书要大夫孟宾扶立王子朝继承王位。而反对变法的单穆公得知后，组织刘狄、单旗发动了宫廷政变，在王子朝

奉旨登基的典礼上将辅政大臣宾起杀害，并将支持王子朝的八个王子杀戮，扶立王子猛为王。“单穆公政变”的暴行受到周王室、大臣及国人反对，支持王子朝发动族人反击，将王子猛赶出王城。这时，曾极力反对周景王变法的晋国得知，遣大夫籍谈、荀跞带兵送王子猛回都城(今河南洛阳)。王子猛作为傀儡，难于应付局势，当年10月惊吓病死，王权落入晋国人手中。晋人又立王子丐（gài）为周敬王。公元前519年，晋军攻打王子朝，王子朝受挫逃到尹（今河南新安西南），尹氏立王子朝为王，人称“西王”。尹氏助王子朝将王子丐赶到狄泉（今河南洛阳东），狄泉在王城东，人称王子丐为“东王”。公元前517年，晋军将王子朝打败。《左传·昭公二十六年》载：“王子朝及召氏之族、毛伯得、尹氏固、南宫嚚奉周之典籍以奔楚。”公元前506年，当吴国和楚国爆发柏举之战时，楚国首都郢被吴军攻破。周敬王抓住有利时机，派人入楚杀死了王子朝。

鉴于上述史实，故有多名学者对先汉史料进行考证后，才认为历史上所谓的“王子朝之乱”，实际就是“单穆公之乱”，它是中国历史上的一桩最大冤假错案！多名学者如此评价，不仅还了王子朝以清白，也为跟随王子朝的“旧官、百工之丧职秩者，与灵、景之族以作乱”及“奉周之典籍以奔楚”的“召氏之族、毛伯得、尹氏固、南宫嚚”等一批仁人志士的正义行为，洗雪清白，平反冤假错案，彻底澄清和还原了历史的真实面貌。

2. 王子朝奔楚被杀与竹姓改墨氏隐居鲁阳

《左传·昭公二十二年》（周景王二十五年，前520）载：“丁巳，葬景王。王子朝因旧官、百工之丧职秩者，与灵、景之族以作乱。帅郊、要、钱之甲，以逐刘子。”“昭公二十六年（前516），冬十月丙申，王起师于滑。辛丑，在郊，遂次于尸。十一月辛酉，晋师克巩。召伯盈逐王子朝。王子朝及召氏之族、毛伯得、尹氏固、南宫嚚奉周之典籍以奔楚。”“定公五年（周敬王十五年、楚昭王十一年，前505）春，王人杀子朝于楚。”①《左传》这几段记载，是在说公元前520年，周景王姬贵卒，子悼王姬猛嗣位，弟姬朝率旧官和百工中失去官职的人和灵王、景王的族人发动叛乱。王子朝率领郊邑、要邑、钱邑驻军叛变驱除刘子。公元前516年，冬季，十月六日，周敬王在滑地起兵，二十一日在郊邑，住在尸地，十一月十一日，晋军攻下巩地。召伯盈逐（驱除）王子朝，王子朝和召氏的族人、毛伯得、尹氏固、南宫嚚保护着周朝的典籍逃亡楚国。公元前505年，成周人在楚国杀死了王子朝。

这里我们重点关注两点：一是“王子朝之乱”中，率

① 《左传》，长沙：岳麓书社，1995年，第338、350、373页。

有“旧官、百工之丧职秩者”即“旧官和百工中失去官职的人”；二是王子朝兵败为什么选择逃亡楚国？主因是，晋国支持王子猛、王子匄，出兵攻打王子朝，楚、晋为互争霸主，反目成仇，楚为南方强国，王子朝为有强国庇护，故此选择近于京都洛邑的楚国投奔，不巧的是，正赶上楚平王卒丧。《左传·昭公二十六年》（前 516）载：“九月，楚平王（前 528—前 516 在位）卒”，月余，“十一月辛酉”王子朝奔楚，楚国内部混乱。王子朝一行人只得滞留楚之北境，一可得楚相助，二距京都较近，便于择机重返洛邑。不想，入楚十年，吴、楚争战不休，楚人尚且自身难保，更无暇顾及王子朝一行人。王子朝不仅没有重新入主京都，反而被周人杀于楚国。实际上，王子朝被杀前是有预警的。《左传·昭公二十九年》（前 513）载：“二月己卯，京师杀召伯盈、尹氏固及原伯之子。”召伯盈、尹氏固等在洛阳京都被杀，警示：周室已对王子朝的亲信开了杀戒。信息如楚，必震惊王子朝及众随从，至公元前 505 年，王子朝又在楚国被杀，痛失主帅的一行随从，当若惊弓之鸟，各自飞散，为避杀头之祸，纷纷隐姓埋名，避难隐居。召氏之族，遂改晁氏，隐居南阳西鄂（今河南省南阳市卧龙区石桥镇西南）一带。《史记·周本纪》集解注：“《春秋》曰：‘子朝奔楚。’《皇览》曰：‘子朝冢在南阳西鄂县。今西鄂晁氏自谓子朝后也。’”[①]；毛伯得遂改名“毛字出头”的“三”

① 《二十四史·史记》，北京：中华书局，1997 年，第 44 页。

字，称“三郎”，隐居于今郏县“三郎庙”[①]；随“王子朝奔楚”之“旧官、百工之丧职秩者”的伯夷、叔齐竹氏后裔子孙，遂“避难改为墨氏”，滞留楚国北境的鲁阳（今河南省平顶山市鲁山县）西部深山区“二郎庙”（今鲁山县尧山镇）。此地至今尚存“墨子故里”遗址一处，现为平顶山市级文物保护单位。

河南省平顶山市鲁山县“二郎庙”在远离平原的伏牛山深山区，位临楚长城以北。这里人烟稀少，丛林繁茂，海拔较高，是冷兵器时代躲避战乱的绝佳之处。据当地百姓讲，“二郎庙，先有庙后有村，从墨子时期就有了村子”。遍寻“二郎庙”当地人，其说法完全一致。史为乐主编《中国历史地名大辞典》称：“二郎庙镇，即今河南鲁山县西九十二里二郎庙乡。清尹耕云《豫军记略》卷10：同治二年（1863）十二月，‘下汤之西为二郎庙’。”臧励和《中国古今地名大辞典》云：“二郎庙镇，在河南鲁山县西一百二十五里。当沙河上游。北出普救关通伊阳县（今汝阳县）。”两典所释，虽里程不同（所据线路不同，里程自然不一），实指一地。小小偏远的弹丸之地，却收入古今历史地名大辞典，足见“二郎庙”的重大历史价值。

三、墨氏隐居楚鲁阳后的愤懑与不安

为避难由竹姓隐居鲁阳的墨氏，当王子朝被杀（前

---

① 刘艳霞：《三郎庙历史渊源探索——春秋历史之谜解密（二）》，《平顶山家语学院学报》2018年第1期。

505—前 480）25 年时，墨翟于楚北境鲁阳西部的“二郎庙”降世。墨翟初年，历尽“避难”深山区的艰苦生活磨炼，饱受父、祖辈“旧官、百工”传承教育及王子朝“奉周之典籍以奔楚”的典籍熏陶。鉴于他对理论和实践的不断认知，不仅学得了“百工”工匠技能，还对华夏战国前期历史有了深刻了解与犀利评价，使墨翟逐渐走向人生成熟，步入纷乱的战国时代。楚鲁阳留下不少如“坑染之师”“与鲁班比巧”“堂匠班”等脍炙人口且具有“百工”“工匠”技能的优美传说。

据考，墨子（前 480—前 389），姓墨，名翟。为墨氏知名代表人物，是战国之际伟大思想家、实践家、科学家，是光学“小孔成像”原理的首先发现者与墨家学派创始人，世人尊崇其“墨子”。其思想、实践活动，在《墨子》一书中有着广泛深刻反映。

据古典文献记载，墨子曾游历过齐、鲁（东鲁）、宋、卫、楚等国，但从未见其到过周都洛邑之记载。《墨子》一书中反而流露不少墨子对周廷王室的鄙视与愤懑！

《墨子·尚贤中》称:“今王公大人欲王天下、正诸侯，夫无德义，将何以哉？其说将必挟震威强。今王公大人将焉取挟震威强哉？倾者民之死也！民生为甚欲，死为甚憎。所欲不得，而所憎屡至。”这是说，现在的王公大人没有德义，用威力和强权统治天下，把人民引向倾毁死亡之路。人民所喜求的生路得不到，而常得到的是厌恶的死路。墨子的这些言论，充满对“没有德义”的东周执政者的鄙视与憎恨！其《墨子·尚贤下》称：“今王公大人，其所富，其所贵，皆王公大人骨肉之亲、无故富贵、面目美好者，焉故必知哉？若不知，使治其国家，则其国家之乱，可得而知也。”这是说，现在的王公大人，所富的所贵的，都是王公大人们的骨肉之亲、无缘无故富贵以及面貌美好的人，这样的人怎能一定聪明呢？如果不聪明，让他治理国家，那么，国家的混乱也就可想而知了。这里，充分体现了墨子对任人唯亲的东周无能执政者的极度愤懑。其《尚同中》云：“今王公大人之为刑政则反此：政以为便譬、宗于父兄故旧，以为左右，置以为正长。民知上置正长之非正以治民也，是以皆比周隐匿，而莫肯尚同其上。”这是说，现在的王公大人行使政事却与此相反：将宠幸的弄臣、宗亲父兄或世交故旧，安置在左右，都置立为行政长官。于是人民知道天子设立行政长官并不是为了治理人民，所以大家都结党营私，隐瞒良道，不肯与上面意见一致。其《节用上》云：“今天下为政者，其所以寡人之道多。其使民劳，其籍敛厚，民财不足、冻饿死者，不可胜数也。”① 这是说，现在执政的人，他们使百姓劳乏，并且收很重的税。百姓因财用不足而冻饿死的不可胜数，如此等等。墨子在这里尖刻地指出东周王室的昏庸无道，大声为低层百姓呐喊、鸣冤叫屈。这些就是“王子朝因旧官、百工之丧职秩者，

① 吴龙辉等译注：《墨子白话今译》，北京：中国书店，1992年，第106—107页。

与灵、景之族以作乱”的重要因素。不唯如此，《墨子》一书，还有关于墨子家人南逃楚国鲁阳后，忐忑不安的心境的流露。

楚昭王（前 505）时，周敬王曾派人潜楚杀死王子朝。至楚惠王即位之初，其恐怖阴影，仍旧影响着同王子朝奔楚的众随从。当竹氏改墨氏隐居后，其提心吊胆的忐忑心境，尚未平复，他们仍高度警惕着随时遭遇杀害的可能。

正如《墨子·天志下》所云:“子墨子言曰:‘天下之所以乱者，其说将何哉？则是天下士君子，皆明于小而不明于大。’何以知其明于小不明于大也？以其不明于天之意也。何以知其不明于天之意也？以处人之家者知之。今人处若家得罪，将犹有异家所以避逃之者；然且父以戒子，兄以戒弟，曰:‘戒之！慎之！处人之家，不戒不慎之，而有处人之国者乎？’今人处若国得罪，将犹有异国所以避逃之者矣；然且父以戒子，兄以戒弟，曰:‘戒之！慎之！处人之国者，不可不戒慎也。’今人皆处天下而事天，得罪于天，将无所以避逃之者矣；然而莫知以相极戒也。吾以此知大物则不知者也。”[①] 其意是，墨子说道:“天下混乱的原因是什么呢？就是天下的士君子，都只明白小道理而不明白大道理。从何知道他们只明白小道理而不明白大道理呢？从他们不明白天意就可知道。从何知道他们不明白天

---

① 吴龙辉等译注:《墨子白话今译》，北京：中国书店，1992 年，第 139 页。

意呢？从他们处身家族的情况可以知道。假如现在家族中（有人）得了罪，他还有别的家族可以逃避，然而，父亲以此告诫儿子，兄长以此告诫弟弟，说：‘警戒呀！谨慎呀！身处家族中不警戒不谨慎，还能身处于别人的国里么？’假如现在国中（有人）得了罪，还有别国可以逃避，然而父亲以此告诫儿子，兄长以此告诫弟弟，说：‘警戒呀！谨慎呀！身处国中不可不警戒谨慎呀！’现在的人都身处天下，侍奉上天，如果得罪了上天，将没有地方可以逃避了。然而没有人知道以此互相警戒。我因此知道他们对大事情不知道。”

与其说此话是《墨子·天志下》开篇引言的比喻，倒不如说是墨子家人随王子朝南逃楚国后，忐忑心境的真实写照！“处人之国者，不可不戒慎也。”实际上，这正是墨子父、祖辈为避王子朝余部随时可能遭遇杀身之祸、隐姓埋名隐居楚鲁阳地区，终日过着提心吊胆的生活，并有家人相互嘱咐的历史写真！这正是墨子家人当时真实心态的流露！墨子将其家人落难的亲身实践叙述出来，在这里作为《墨子·天志下》的开篇引言。

墨子这些鄙视与愤懑的表述，不仅是对东周社会或执政者的愤世嫉俗，更流露出从父、祖辈起就身处异国他乡的忐忑心境。不唯墨氏持有如此心态，恐怕连随王子朝奔楚的一行人，在周敬王（前 519—前 476）执政的 44 年内，这种心态都不会完全消失，并随时都在寻找宣泄的机会！这种愤懑，正与楚国的楚人不谋而合。

楚人因周封“子男”之国而始终不满周室王廷，故而一向鄙视周廷“僭号称王”。楚人与墨氏族人对周室的共同愤懑，客观上的志同道合，形成了一股反对周廷的强劲势力。特别是在王子朝遭东周王室暗杀后，为了生存，墨氏族人辅楚抗周之夙愿必然更加强烈。这种精气神的集聚，导致出隐居鲁阳的墨子“止鲁阳文君攻郑”①“止楚攻宋”②“献书惠王”③及于楚地（今河南南阳邓州构林镇高洼村）“开办军校”（“墨城故址”）④等一系列重大政治、军事活动。

随王子朝奔楚的伯夷、叔齐竹氏后裔，自公元前505年王子朝被杀后，为避难隐居楚鲁阳而改姓的墨氏，至公元前480年墨翟诞辰的25年间，墨氏已繁衍两代。墨翟当为竹氏改墨氏后的第二代墨氏。约生于公元前497年的墨启，当为墨翟同宗之父辈。

---

① 方勇译注:《墨子·鲁问》，北京：中华书局，2011年，第449页。

② 方勇译注:《墨子·公输》，北京：中华书局，2011年，第468—472页。

③ 方勇译注:《墨子·鲁问》，北京：中华书局，2011年，第413页。

④ 张新河、张九顺:《墨家鲁阳悬疑案——墨子里籍与事迹考实》(“楚‘墨城故址’探源”篇)，开封：河南大学出版社，2011年，第167—181页。

四、墨启与墨翟的同宗至亲关系

（一）墨启与墨翟同为随“王子朝奔楚”的周室“旧官、百工之丧职秩者”后裔

1. 跟随“王子朝奔楚”的周室“旧官、百工之丧职秩者”参与了“抗吴救楚”战斗

公元前520年，王子朝为争夺王位，所谓“发动叛乱”主要支持者就是周室百工。为争取胜利，王室一方把百工作为争取主要对象。从《左传・昭公二十二年》记载“盟百工于平宫”可知，百工作为国人中占最大比重的群体，则成王子朝与王室双方寻求政治军事支持作为争取主要对象。从《左传・昭公二十二年》（周景王二十五年，前520）记载的“丁巳，葬景王。王子朝因旧官、百工之丧职秩者，与灵、景之族以作乱。帅郊、要、钱之甲，以逐刘子”来看，王子朝作为正义方，争得了“因旧官、百工之丧职秩者”之民心，成为与灵、景之族抗争的主要力量。

春秋末，楚与各诸侯国同周王室一样，都设有百工。楚国“掌百工之官”的是楚工尹，楚工尹“还经常参与战事。”自《左传・昭公二十六年》（前516）“十一月辛酉，晋师克巩。召伯盈逐王子朝。王子朝及召氏之族、毛伯得、尹氏固、南宫嚚（含部分‘旧官、百工之丧职秩者’）奉周之典籍以奔楚”至公元前505年，王子朝在楚被杀的十余年间，随王子朝奔楚的“旧官、百工之丧职秩者”，不可能长期闲置于楚，为争得日后楚国对王子朝复国、重掌朝政的大力支持，必然参与楚国面临灭国绝嗣而“联楚抗吴”

的顽强斗争。

2.“掌百工之官”的“楚工尹”“经常参与战事”

据《春秋左传正义·文公十年》载:“王(楚穆王)使(子西)为工尹。杜预注:‘掌百工之官。’”[①] 石泉主编《楚国历史文化辞典》称:“工尹,是春秋时期楚国中央机构中主管百工之官。楚工尹,还经常参与战事。”[②] 吴与周原为姬姓同宗,本与楚不谋。加之伍员为报楚逼杀父、兄之仇,借吴伐楚,致使吴、楚战事连年不断。王子朝奔楚前,必与楚平王有约,只是未见文献记载。据《春秋左传·昭公二十七年》(前515,王子朝奔楚次年)载:“吴子欲因楚丧(楚平王卒)而伐之。使公子掩余、公子烛庸帅师围潜。使延州来季子聘于上国,遂聘于晋,以观诸侯。楚莠尹然、工尹麇帅师救潜。左司马沈尹戌帅都君子与王马之属以济师,与吴师遇于穷。令尹子常以舟师及沙汭而还。左尹郤宛、帅师至于潜,吴师不能退。”[③] 这是说,吴王想借楚平王卒丧之机进攻楚国,派公子掩余、公子烛庸领兵包围潜地,派延州来季子到中原各国聘问。季子到晋国聘问,以观察诸侯态度。楚国的莠尹然、工尹麇领兵救援潜地,左司马

---

① 《十三经注疏下》,上海:上海古籍出版社,1997年,第1848页。

② 石泉主编:《楚国历史文化辞典》,武汉:武汉大学出版社,1997年,第10页。

③ 《春秋左传·昭公二十七年》。

沈尹戌率领都邑亲兵和王马的部属增援部队与吴军在穷地相遇。令尹子常带着水军到了沙汭而回来，左尹郤宛、工尹寿领兵到达潜地，吴军不能撤退。这里的“工尹麇”“工尹寿”为偕同莠尹然、郤宛救潜的楚国掌百工将领。这是王子朝奔楚次年，楚工尹，率百工偕同部队作战的有史记载时况。

3. 随王子朝奔楚的“旧官、百工之丧职秩者”参与了吴人伐楚的“抗吴救楚”之战

王子朝奔楚时，吴正借楚平王丧事之机伐楚。楚在灭国绝嗣的危难之际，正以举国之力，穷兵抗吴。王子朝一行人为寻求楚国庇护，正当楚国燃眉之急，焉能隔岸观火、袖手旁观？必然参与抗吴救楚战斗。《左传·定公四年》（前506）载：

> 秋，楚为沈故，围蔡。伍员为吴行人以谋楚。楚之杀郤宛也，伯氏之族出。伯州犁之孙嚭为吴大宰以谋楚。楚自昭王即位，无岁不有吴师。蔡侯因之，以其子乾与其大夫之子为质于吴。
>
> 冬，蔡侯、吴子、唐侯伐楚。舍舟于淮汭，自豫章与楚夹汉……
>
> 十一月庚午，二师陈于柏举。阖庐之弟夫概王，晨请于阖庐曰：“楚瓦不仁，其臣莫有死志，先伐之，其卒必奔。而后大师继之，必克。”弗许。夫概王曰：“所谓‘臣义而行，不待命’者，

其此之谓也。今日我死，楚可入也。”以其属五千，先击子常之卒。子常之卒奔，楚师乱，吴师大败之……

己卯，楚子取其妹季芈畀我以出，涉睢。针尹固与王同舟，王使执燧象以奔吴师。

庚辰，吴入郢，以班处宫……①

诚如上述“楚自昭王即位，无岁不有吴师”来伐。幼年即位的楚昭王熊轸（前 515—前 489 在位）时期，吴、楚战事已是常态。此时奔楚的王子朝自然明白“唇亡齿寒”的道理，必命随从“旧官、百工之丧职秩者”参与“抗吴救楚”的“工尹麇”“工尹寿”所率“百工”之师，以实际行动救援楚国，以换取楚人庇护。这些周室“旧官、百工”为了生存，为拯救危亡中的楚昭王。必当奋勇作战，阵前立功。从 2009 年湖北随州义地岗墓地发掘出土曾侯舆的编钟铭文来看，的确如此。据专家考证，此钟铸于王子朝奔楚（前 516—前 505）之后的公元前 497 年，钟身镌刻金文 160 余字，文曰：

唯王五月，吉日甲午，曾侯舆曰：“伯适上谔，左右文武，达殷之命，抚定天下。王遣命南公，营宅汭土，君此淮夷，临有江夏。周室之既

① 《春秋左传·定公四年》。

> 卑，吾用燮就楚。吴恃有众庶，行乱，西征南伐，乃加于楚。荆邦既残，而天命将虞。有严曾侯，业业厥声。亲敷武功，楚命是请。复定楚王，曾侯之灵。于穆曾侯，壮武畏忌，恭寅斋盟，伐武之表，怀燮四方。余申固楚成，改复曾疆。择予吉金，自作宗彝。龢钟鸣皇，用孝以享于予皇祖，以祈眉寿，大命之长，其纯德降余，万世是尚。”①

由铭文可知，曾国始封国君为南公氏，他就是辅佐周文王的南宫适。其后裔曾侯與，曾经在吴、楚大战中帮助楚昭王复国。上述铭文记载证实：曾侯與就是庇护楚昭王、帮其复国的一代曾侯。《左传》等史书记载“楚王奔随”，就是楚昭王在随国的保护下逃过一劫，并成功复国。随、曾“一国二名”，历史上随国就是曾国。曾侯與编钟铭文中“曾侯與曰：‘伯适上谔，左右文武，达殷之命，抚定天下。王遣命南公，营宅汭土，君此淮夷，临有江夏。周室之既卑，吾用燮就楚。吴恃有众庶，行乱，西征南伐，乃加于楚……复定楚王，曾侯之灵……余申固楚成，改复曾疆。择予吉金，自作宗彝，”就是对立有战功、拯救楚昭王的南宫适褒奖之明证。显然，铭文中的“南公”即“南宫适”，

---

① 石泉主编：《楚国历史文化辞典》，武汉：武汉大学出版社，1997年，第437页。

即跟随王子朝与召公之族及“奉周之典籍以奔楚”的南宫嚚先祖之南宫适。吴伐楚后，楚作为胜利的王者，又册封南宫适——的周室“旧官、百工”南宫嚚为曾侯、食邑于“随”。“随国”命名，当因南宫嚚“跟随”王子姬朝奔楚而得名，以感念南宫嚚拯救楚之功德。很自然，后代楚王对此后其他随从王子朝的周室“旧官、百工”为楚国立有战功者，必如楚人“外姓”南宫嚚及楚人之百工一样，效法先王以惯例论功行赏。如封周室“旧官、百工”之后的墨启为“析君”，已是历史必然。

(二) 楚人“内姓选亲，外姓选旧”惯例，是立有战功的墨启封“析君”的重要依据

“内姓选亲，外姓选旧”是楚国选用人才之惯例。春秋时期，虽多数诸侯沿用“子承父职、兄终弟及”的封建世袭制，但荆蛮楚人例外。楚在选用人才时，施行了比“世袭制”更加灵活的“内姓选亲，外姓选旧”制度。跟随王子朝奔楚的周室“旧官、百工之丧职秩者”，至楚惠王（高诱注《淮南子·览冥》的“鲁阳公”，韦昭注：惠王，昭王子，越女之子章）时，灵活性更大。楚惠王首开楚国历史先河，在地方“县邑”推行“封君”制。尤其“楚昭王奔随”与“白公之乱”两起外患内乱的发生，对楚惠王选才用人产生了重大影响。

据《左传·哀公十六年》（前479）载：“秋七月，（白公之乱）杀子西、子期于朝，而劫惠王。”令尹子西即公子申，楚平王庶出长子，昭王庶兄；司马子期即公子结，名

结，字子期，令尹子西之弟，昭王庶兄。叶公沈诸梁平叛“白公之乱”后，“国宁，乃使宁（子国）为令尹，使宽（文子）为司马”。

“宁”即“公孙宁”（字子国），原令尹子西之子。楚惠王（前477）论功行赏首封子国于析，是为析君；“宽”即“公孙宽”，司马子期之子，次封（前476）宽为鲁阳文君。楚惠王时这两次“封君”，充分体现了楚国“内姓选于亲”“赏不失劳”的惯例用人制度。

杨宽《战国史》认为：战国时“各国封君中，最重要的是有功的将相大臣。这些有功的将相大臣，有经过政治和军事斗争的考验而选拔出来的，也有原来是国君亲属出身的。当时的楚国，由于旧贵族势力强大，封君是最多的，见于文献记载的有18人，近年发现于考古资料的多到36人，共有54人，其中不少出于世袭”。楚史上的封君始见于楚惠王（前488—前432）时，虽“不少出于世袭”，但并非完全出于世袭。

据《左传·宣公十二年》（前597）载：“其君之举也，内姓选于亲，外姓选于旧；举不失德，赏不失劳。”[①] 此指楚庄王十七年，楚为称霸中原实施的遴选人才制度。在楚人内姓中选择亲近的支系；在外姓中选择世代旧臣及其子弟后裔；提拔不遗漏有德行的人，赏赐不遗漏有功劳的人。

① 蒋冀聘标点：《左传·宣公十二年》，长沙：岳麓书社，1988年，第129页。

及至楚昭王，其遴选制度更宽泛。《庄子·让王》载："楚昭王失国，屠羊说走而从昭王。昭王反国，奖赏从者。"昭王谓司马子期曰："屠羊说居处卑贱而陈义甚高，子期为我延之以三旌之位。"[①] 不管屠羊说后来居不居楚高位，楚惠王之父昭王，在楚族之外异姓中"奖赏从者"任楚要职的举动，已有史载。楚昭王之举必然影响其子惠王。《左传·哀公十七年》（楚惠王十一年，前478）记载，楚白公之乱后至灭陈国前，楚惠王曾向太师子谷和叶公沈诸梁询问统帅人选。子谷讲出了楚武王和楚文王曾破格用人的事例：观丁父原是鄀国俘虏，楚武王时，让他做军帅，"是以克州、蓼，服随、唐，大启群蛮"。楚文王时，能识别异国人才，放手重用，如彭仲爽原是来自申国的俘虏，楚文王破格提拔"以为令尹，实县申、息，朝陈、蔡，封畛与汝"[②]。太师子谷所举事例及楚昭王奖赏屠羊说实例用人习俗，对后代楚惠王的治国选才，产生了重大影响。

据《左传·哀公十八年》（楚惠王十二年，前477）载："巴人伐楚，围鄾。初，右司马子国之卜也，观瞻曰：'如志。'故命之。及巴师至，将卜帅。王曰：'宁如志，何卜焉？'使帅师而行，请承。王曰：'寝尹、工尹，勤先君者

① 《诸子百家经典精·第二卷·庄子集解·让王第二十八》，合肥：黄山书社，1997年，第1251页。

② 蒋冀聘标点：《左传·哀公十七年》，长沙：岳麓书社，1988年，第417页。

也。’三月，楚公孙宁、吴由于、薳固败巴师于鄾，故封子国于析。”公元前 477 年，巴人进攻楚国，包围鄾地（今湖北省襄阳市西北）。当初，右司马子国占卜，观瞻说：“符合你的意愿。”所以就命令他做了右司马。等到巴军来到，将要占卜统帅的人选。楚惠王说：“宁（公孙宁，字子国），已经符合意愿，还占卜什么？”派他领兵出行。请求任命副手，楚惠王说：“寝尹、工尹，都是为先君出过力的人。”三月，楚国的公孙宁、吴由于、薳固在鄾地击败巴军，所以析地作为子国封邑。子国就是公元前 479 年，楚“白公之乱”后，嗣父子西为令尹的公孙宁。很明显，楚惠王以为“寝尹、工尹”这些“为先君出过力的人”都是信得过的人，可委以重任。

公孙宁，名宁，字子国。楚平王之孙，曾为楚右司马，“白公之乱”后为楚令尹。楚惠王十二年（前 477），巴人伐楚，围攻鄾邑，子国率师击败巴人，立有战功，楚惠王首封为“析君”。楚国的“封君是一种特殊的更为尊荣高贵的爵称”[①]。“封子国于析”说明，是楚惠王对楚军统帅公孙宁的战功肯定和对析地战略地位的高度重视。这里“寝尹、工尹，勤先君者”，是指楚昭王时“寝尹”吴由于、工尹薳固，二人亦是楚惠王十二年，抗击巴人楚军统帅公孙宁的副手。其中工尹薳固，就是率百工“抗巴”之副统帅。

① 何浩:《战国时期楚封君初探》,《历史研究》1984 年第 5 期。

毋庸置疑，随王子朝奔楚的周室部分“旧官、百工之丧职秩者”后代，为承继、效法父辈“抗吴援楚”报效楚国之传统，同样参与了后来的“援楚抗巴”战斗。在楚副统帅工尹薳固所率百工之中，必然含随王子朝奔楚的周室部分“旧官、百工之丧职秩者”后人！由竹氏改为墨氏的墨启，当为楚人“外姓”中、知其名姓的一员英勇战将。

（三）“析君墨启之造戟”蕴含的历史信息

1978年，湖北随州曾侯乙墓考古发掘，在出土的戟之援、胡上，有一行“析君墨启之造戟”七字铭文，引起学界热议。石泉主编《楚国历史文化辞典》称：“墨启，战国初楚封君。名墨启。楚惠王、简王时人。封地在析，故称析君。”

石泉主编《楚国历史文化辞典》释“析君戟”称：“楚惠王十二年（前477）始‘封子国于析’。曾侯乙墓年代为楚惠王五十六年（前433），故‘析君墨启’有可能是子国之子。”“析君墨启”当是楚惠王“封子国于析”后，又一位知名的析地封君。石泉等的“有可能”说明，从当时掌握的历史资料来看，不能肯定墨启就是“子国之子”。当笔者仔细研究曾侯乙墓出土的“析君墨启之造戟”七字铭文后，发现其中正蕴含着墨启身份的真实信息。

1. 从时间看，“析君墨启”在楚惠王十二年的巴、楚战争中当立有战功

据《辞源》：“巴国，古国名，在今重庆、湖北、四川、贵州。”西周初，周室封巴氏为子爵诸侯，因首领为姬姓宗

族，故称巴子国，简称巴国。其地域大致在陕南汉水上游，南及大巴山北缘，东至襄阳，春秋时有所扩展。巴与蜀、楚、邓、庸等国为邻国。巴与楚战争频繁，巴国胜少败多，故都城被迫多次向西迁移，以远离楚国。

楚惠王十二年（前477），巴国再次伐楚，包围了楚国的鄾邑（湖北省襄阳市西北），同年三月，楚国派出了三位一流将领：公孙宁、吴由于、薳固在鄾地击败了巴国军队。巴国损失惨重而国力大衰，退出汉水流域。在楚史上，虽然巴国曾和楚国多次交战，但楚惠王时期的楚、巴战争有史记载的唯独其一。

从楚惯例“其君之举也，内姓选于亲，外姓选于旧；举不失德，赏不失劳”的封赏制度来看，楚“外姓”之墨启，绝不会无缘无故就封“析君”，必然在析地立有战功，才有被封为“析君”之可能。自楚惠王论功行赏首封子国（公孙宁）为“析君”，就开了楚封君之先河。楚之封君，多是对楚方国县公立有战功者的封赏。如“败巴师于鄾”的“析君子国”；封“鲁阳文君”于鲁阳的公孙宽；封驻防方城鄗关隘口的“阳城君”等，无不以战功或重要战略位置而封君驻兵戍守。魏武侯九年（前387）左右，吴起遭谗害，离开魏国，南投楚国。楚悼王任命吴起为宛城太守，一年后升任令尹。令尹吴起在楚国推行了“吴起变法”。据《韩非子·和氏》载：“昔者吴起教楚悼王以楚国之俗：‘大臣太重，封君太众……不如使封君之子孙三世而收爵禄……’”显然，楚国封君不仅享有封君爵禄，而且其子孙三代尚享有封君世袭的待遇。楚之“封君是一种特殊的更为尊荣高贵的爵称”封赏，其封君三代子孙享有承袭爵禄，而非再封其子为嗣君。比如鲁阳文君公孙宽的“子孙三世”，就称为“旅阳公”“鲁阳公骐期”等，均承袭其父、祖享有鲁阳文君的爵禄待遇，而未再嗣封什么所谓“鲁阳 × 君”等。若“析君子国”后世子孙封析地，亦当称为“析公”而继享“析君子国”之爵禄待遇，更不可能再封其子为“析君”。因此，“析君墨启”绝不会是析君公孙宁“子国之子”！据《左传·哀公十八年》（楚惠王十二年，前 477）记载，在楚惠王时“巴人伐楚，围鄾……楚公孙宁、吴由于、薳固败巴师于鄾”的战斗中，必有随王子朝奔楚的周室“旧官、百工之丧职秩者”之后人参战。“析君墨启”当是周室“旧官、百工”中为避王子朝杀头之难、由竹氏改为墨氏、隐居楚鲁阳知其名姓的第一代墨氏。作为楚之“外姓”墨启，必然参与了工尹薳固所率百工抗击巴军之战，并听命于楚统帅公孙宁帐下，且立有战功。故而封楚之“外姓”墨氏为“析君墨启”，完全符合楚之“其君之举也，内姓选于亲，外姓选于旧；举不失德，赏不失劳”的封赏制度。那么时年（前 477）已为成人（20 岁左右）的墨启，会立有什么战功呢？据 1978 年，湖北随州曾侯乙墓出土的“析君墨启之造戟”，实际上已经揭开了墨启立有战功的历史真实。

2.“析君墨启之造戟”蕴含着“百工”工匠之造戟技能

从曾侯乙之墓出土“析君墨启之造戟”来看，墓在楚之邻国随地。而随国曾保护过楚惠王之父昭王。《左传·定公四年》（前 506）载：

> 楚子涉睢，济江，入于云中。王寝，盗攻之，以戈击王。王孙由于以背受之，中肩。王奔郧，钟建负季芈以从，由于徐苏而从。……斗辛与其弟巢以王奔随。吴人从之……随人……乃辞吴曰："以随之辟小而密迩与楚，楚实存之，世有盟誓，至于今未改。若难而弃之，何以事君？执事之患，不唯一人。若鸠楚竟，敢不听命。"吴人乃退。

这里"王奔随"之"王"，亦即楚昭王。楚惠王感恩随国救父昭王，十分敬重随国。在楚、随两国交往中，行使着国家间正规交往礼仪。随、曾"一国二名"，历史上的随国就是曾国。当曾侯乙（即南宫躐）过世，不仅楚国君臣大都送了助葬礼物，而且祭奠形式严肃而庄重。在赠送曾侯乙随葬物品署名上，均不署简称，而用全称。如：随州曾侯乙墓出土楚惠王为曾侯乙所作乐器"曾侯乙钟"及"曾侯乙镈"之铭文，均署名"楚王熊章作曾侯乙宗彝"。[①] 这样署名，一是说明，这些随葬器物是楚惠王命"百工""匠人"专为曾侯乙"制作"（这里"作"，是"工作"，

① 石泉主编:《楚国历史文化辞典》，武汉：武汉大学出版社，1997 年，第 437 页。

是指由“百工”制作之意，并非楚惠王本人“制作”）；二是表明，楚惠王，姓熊氏，名章。署名全称而非简称，以示对逝者的尊重。王之行，君必效之。“析君墨启”亦当为全称，姓墨氏，名启，而非简称“有学者以为的‘名墨启’”。况且在楚人族姓中，从未发现有“墨氏”称谓。故“析君墨启”只能是楚人“外姓”之墨氏，绝非楚人之“内姓”的“公孙宁”之子——“子国之子”“名墨启”！

另外，我们知道在战争中使用先进武器，是遏制敌人、夺取胜利的重要保障。无论古代还是现代无不如此。“戟”是出现于商周、盛行于战国时期一种分枝状可勾可刺之兵器。青铜制，它是将矛、戈合成一体，既能直刺，又能横击，是冷兵器时代战争中的主要武器。1978 年，湖北随州曾侯乙墓出土的“析君墨启之造戟”，正蕴含着墨启是百工、工匠和造戟之技能的重要信息。“析君墨启之造戟”的推广，很可能是盛行于战国时期的源头！

春秋战国时期，在制造的器物上，一般署官名，而不署工匠制造者姓名。若非墨启所造戟，当署“墨启之戟”“析君戟”或“析君墨启之戟”等。在曾侯乙墓出土的“鄂君节”等随葬器物中，出现“造”字的唯有析君。“析君墨启之造戟”明确地告诉后人，此兵器是“析君墨启制造之戟”，并非单指“墨启之戟”一项。“析君墨启之造戟”在说，墨启不仅只是析君，还是个“百工”工匠，且具有很高的制造战戟的技能。墨启所造的这种兵器很锋利，在敌我双方战斗中曾发挥过重大作用。这件兵器，就是墨启特为祭奠曾侯乙制造的随葬器物，旨在保护曾侯乙在“阴世间”的人身安全，充分体现析君墨启对逝者的敬重与怀念。“析君墨启之造戟”的出土，折射出“百工”所造兵器之精湛，在赢得战争胜利中发挥了重要作用。故而或同南宫嚚“救驾”楚昭王立下战功、复封为曾侯（曾侯乙）一样，墨启不仅作战英勇，而且，他以百工技能制造出成批的锋利战戟类兵器，立下了战功，因此被楚惠王封为析君。“析君墨启之造戟”这件兵器的出土，意味着楚之“外姓”一个姓墨、名启的人，在保卫楚国利益的战斗中，于析地立有战功，故而被封为“析君”。这当是真实历史之见证。

3.“析君墨启”与墨翟同为竹氏改墨氏隐居鲁阳之后裔

墨启（约前497—？），墨氏，名启，是跟随“王子朝奔楚”的“旧官、百工”之后，为竹氏避难隐居楚鲁阳改姓后的第一代墨氏，曾与其他“旧官、百工”一起，共同效力于楚惠王。

（1）墨启与墨翟名字中蕴含的至亲关系。据《左传·僖公二十三年》载，叔詹谏曰：“臣闻天之所启，人弗及也。”其意说，叔詹劝谏说：“臣听说上天要赞助光大的人，别人就赶不上了。”《左传·宣公三年》载，石癸曰：“天或启之，必将为君，其后必番。”其意说，上天或许要使他光大，必然会做国君，他的后代必然蕃盛。上述两处“启”意，均作“光大”解。汉·许慎《说文解字》：“启，教也。从攴启声。《论语》曰：‘不愤不启。’康礼切。”这里《论语》说的“启”字，是发愤后的开始。正与竹氏改墨氏隐居鲁阳，欲重新奋发图强、开启新征程的心愿吻合。《汉语大词典》释：“启，开也。从户从口。启，有“打开：启封，启门；开始：启用，启程；开导：启迪，启发，启蒙，启示，承上启下”之意。作为隐居楚鲁阳第一代墨氏，取名“墨启”，有重新“光大”“启封”“启用”夏代墨氏始祖墨如之墨氏，承上启下、启迪后人，发愤创业之含蕴。

巧的是，这个“楚惠王、简王时人”的墨启，却与墨翟同处在一个时代节点上。在春秋战国墨姓是极其稀少的，同在与楚之鲁阳相邻的“析君”墨启与降世楚鲁阳之墨翟，为墨氏同宗已成历史之必然。据笔者考证，在我国历史上墨姓是极其稀少的，即便当今墨姓繁衍人口也不多。难怪有人在研究墨子时断言“墨子”并不姓墨。截至2010年12月17日，我国除港澳台外，墨姓总人口，也仅有8264人。[①] 不必论近2500（2010＋477＝2487）年前之墨姓，在华夏大地之中国，必当更罕见！

墨子，姓墨，名翟。生于公元前480年，岁次辛酉，生肖属鸡。翟，指长尾的野鸡。汉·许慎《说文解字》：“山雉尾长者。从羽从隹。徒历切。”《书·禹贡》“羽畎夏翟”。羽畎（quǎn），羽山之谷，以产翟著称；夏翟，形容五色羽毛的野鸡。墨子取名墨翟，一是有五彩斑斓凤凰（今称

① 张新河、张九顺：《墨家鲁阳县疑案——墨子里籍与事迹考实》（“我国墨姓分布、播迁及墨子姓氏读音考论”篇），开封：河南大学出版社，2011年，第130页。

红腹锦鸡）生于（鲁阳西部）山谷之吉祥含意；二是古时“翟”与“迪”本通假。之所以墨氏两代人以墨启与墨翟为名，有墨氏宗族承上启下“启迪”后世之意。以“启迪”名，当来自墨子父、祖辈的渊博学识。墨子对殷商元圣伊尹崇拜有加，《墨子》中多有提及。“《古文尚书·咸有一德》引伊尹之言‘皇天弗保，监于万方，启迪有命’；《太甲上》引伊尹言‘旁求俊彦，启迪后人’。”[①]。墨氏以此取名长者“启”、次者“翟”，有墨氏父、祖辈依据我国先秦古籍文献内容，期许后代重新开启夏代始祖墨如墨氏后世之光大，承前启后，顺天应人，发愤图强，以弘扬墨胎氏往日辉煌之意。

析邑，即今河南省南阳市西峡县东莲花寺岗故城遗址。史为乐等主编《中国历史地名大辞典》中称：“析，又名白羽。今河南西峡县治。”臧励和编《中国古今地名大辞典》云：“析，春秋许都。《左传·僖公二十五年》秦人过析隈。‘杜注’析，楚邑。一名白羽。又《昭公十八年》‘楚子迁许于析。实白羽’。汉置析县。在今河南内乡县西北。”唐李泰等著、贺次君辑校《括地志辑校》（卷四）云：“邓州内乡县城本楚析邑。”[②]《楚国历史文化辞典》释“西峡白

① 魏启鹏：《马王堆汉墓帛书〈黄帝书〉笺证》（伊尹·九主笺证），北京：中华书局，2004 年，第 278 页。

② 李泰等：《括地志辑校·卷四》，贺次君辑校，北京：中华书局，1980 年，第 195 页。

羽城"："又名析城。东周城址。位于河南省西峡县城东北0.5公里的莲花寺岗，临近析水。城址平面近长方形，东垣长700米，南垣500米，西垣750米，北垣400米。四边都有城门。南垣和北垣外有城壕。城内曾发现东周时期的铜剑，陶罐、瓮等。相传即楚析邑故城，楚平王五年（前524），曾迁许国于此。"《西峡县志》载："今西峡县城东莲花寺岗有一故城，西周及春秋初年称白羽，其后名析，曾为鄀之别邑，后为楚邑。"此系楚惠王十二年（前477）始"封子国于析"，后封"析君墨启"之地，即今河南省南阳市西峡县城东北临近析水的莲花寺岗，这里曾是许国故邑。公元前506年，许国东迁容城（楚之鲁阳），即今河南省平顶山市鲁山县张良镇一带后，析地遂成楚国公孙宁封邑。析君子国与鲁阳文君公孙宽，是先后封为析与鲁阳相间武城（今河南省南阳市南召县）而毗邻的两位县邑封君。析君公孙宁，守备楚之西疆；鲁阳文君公孙宽，戍守楚之北陲。同期受封的两位封君共同效力楚惠王。析邑与鲁阳邑是楚国于伏牛山楚长城相邻的两处战略地位十分险要的楚边陲。析地西通巴蜀、北通洛邑；鲁阳东临"夏路"、南有"三鸦"荒道。"夏路"系荆楚北去周都洛邑之官道；"三鸦"荒道，是南连武城"楚王行宫"（今河南省南阳市南召县云阳镇）北去穿越伏牛山楚长城、过鲁阳县直达洛邑之捷径。楚惠王封"宁"为析君，封"宽"为鲁阳文君，其主要目的是防御西部巴人及北部晋、郑等国攻伐。鲁阳西部深山区二郎庙，距析邑（河南省南阳市西峡县）较近。这里有墨子故里，就是周廷王室随王子朝奔楚的竹氏“旧官、百工”为避王子朝杀头之难而改姓墨氏后的隐居处，亦是与孔子并称“显圣”的墨翟与楚惠王封为“析君”墨启的共同家园。

墨启，生于公元前497年左右的王子朝被杀之后。公元前477年，当“巴人伐楚”时，墨启或已是20岁成人。至公元前433年，约64岁的墨启已是立有战功、被楚惠王封过“析君”多年，且具有独到成熟造戟技能之老人，约长墨翟17岁；时年墨翟（前480—前389）（480－433＝47）已满47岁。[①]由二人的年龄推知，墨启或为墨翟之父辈至亲。

“析君墨启之造戟”随葬年代在楚惠王五十六年（前433），说明“析君墨启”时年仍在“析君”位。从楚惠王十二年（前477）始“封子国于析”至曾侯乙墓考古发现楚惠王（前488—前432）五十六年（前433）“析君墨启之造戟”看，公孙宁与墨启先后两位析邑封君，间隔最长时间不会超过（477－433＝44）44年。以楚“其君之举也，内姓选于亲，外姓选于旧；举不失德，赏不失劳”的用人原则来推断，公元前477年，约20岁的墨启于“巴人伐楚”时，参与了战斗，并听命于公孙宁（子国）帐下，作战英勇，立有战功。而后或接替公孙宁，再封楚之“外姓”的墨启为析君。楚惠王启用“析君墨启”，一是褒扬楚

① 余知古:《渚宫旧事·卷二》朱记荣校刊，第14、15页。

之“外姓”“赏不失劳”之功绩，以联合王子朝余部（部分“旧官、百工之丧职秩者”）之后，防御巴人再次伐楚；二是以抵御郑、晋等国伺机南扩之企图。

（2）从客观实际看，析君墨启当是墨翟参与社会活动的重要精神支柱，但墨翟一向反对裙带关系。据笔者考证，《墨子》记载了墨子于44岁前后的墨启为析君时期，曾参与大量社会活动。如：墨子首先于今河南省南阳市邓州“墨城故址”开办“农工军校”，而后“止楚攻宋　”，接着又“献书惠王”，还到今河南省洛阳市汝阳县云梦山同鬼谷子一起采药修道等。若无坚强的精神支撑，一个隐居楚国鲁阳深山区的楚之外姓平民百姓，有何资格与胆识敢于亲往楚国参与“楚欲攻宋”的重大军事战备，说服楚惠王“止楚攻宋”？除其具渊博学识与矢志救世伟大抱负外，或其父辈至亲析君墨启，在客观上已成为支撑墨子胆识底气的精神支柱！关于这点，析君墨启与同为封君的鲁阳文君公孙宽当心知肚明。据《墨子·贵义》载：“子墨子南游于楚，献书惠王，惠王以老辞，使穆贺见墨子。”余知古《渚宫旧事》记载更详尽，曰：“墨子至郢，献书惠王，王受而读之，曰：‘良书也。是寡人虽不得天下，而乐养贤人，请过进日百种以待，官舍人不足，须天下之贤君。’墨子辞曰：‘翟闻贤人进道不行，不受其赏。义不听，不处其朝。今书不用，请遂行矣。’将辞王而归，王使穆贺以老辞。鲁阳文君言于王曰：‘墨子北方贤圣人，君王不见，又不为礼，毋乃失士。’乃使文君追墨子，以书社五里封之，不受而去。"[1] 鲁阳文君不在鲁阳其位，却在楚惠王之侧，又然何如此关注墨子之行？另据《墨子·鲁问》曰："鲁阳文君将攻郑，子墨子闻而止之……"又，"先生何止我攻郑也？"作为平民百姓的墨子，然何能"闻而止之"？如此重大的军事机密，一介平民墨子缘何听闻，又缘何敢于干预"而止之"呢？鲁阳文君又缘何非常客气地称其"先生"？不仅如此，《鲁问》篇有多处墨子与鲁阳文君会话之记载，且对话气氛犹如老朋友！由《贵义》《鲁问》《耕柱》等篇可知，墨子与鲁阳文君交往甚密，关系并不一般！如此密切关系缘何而来？笔者妄断，实际上这是以楚鲁阳为家园的析君墨启与其至亲墨翟同鲁阳文君三者相互间，已构成共同维护楚国安危的精神支撑点。但依墨翟的品德性情，虽有共同精神支撑，但他一向反对裙带关系，更鄙视"今王公大人，其所富，其所贵，皆王公大人骨肉之亲、无故富贵、面目美好者"，[2] 依赖裙带关系而投机钻营之人；反对"今王公大人之为刑政则反此：政以为便譬、宗于父兄故旧，以为左右，置以为正长"[3] 的卑劣龌龊行径！因而，墨子绝不

① 张新河、张九顺:《墨子"止楚攻宋"今考》,《平顶山学院学报》2007 年第 6 期。

② 方勇译注:《墨子·尚贤下》，北京：中华书局,2011 年，第 80 页。

③ 方勇译注:《墨子·尚贤下》，北京：中华书局,2011 年，第 101 页。

会凭借墨氏同宗父代至亲“析君墨启”职务之便，而谋取个人之官位！所以，我国古籍文献从未见有墨子提及墨启之记载。墨子仅凭个人学识本能，先于楚地（今河南省南阳市邓州市构林镇高洼村“墨城故址”）举办“农工军校”，培养了一批 300 百多名亦工亦农亦武的道德高尚、义薄云天的坚强弟子，继而“止楚攻宋”，走出楚国，周游齐、鲁、卫、宋等国，与各国诸侯进行多次主张天下和合、反对侵略战争的实质性会话。墨子一生不遗余力做出了“与孔子并称显圣”，更比“四体不勤，五谷不分”的儒家“孔子高明”的卓越贡献！正如毛泽东评价：墨子是中国的“赫拉克利特”，是“古代辩证唯物论大家”“墨子是一个劳动者，他不做官，但他是一个比孔子高明的圣人。孔子不耕地，墨子自己动手做桌子、椅子”。[①] 墨子为“古代辩证唯物论”者及“百工”之后裔特质，已经十分明显！

（3）春秋战国之际墨姓极其稀少。时至今日，从目前我国已发现的古籍文献看，从未见有春秋战国时期第二家墨氏，唯独墨启与墨翟！墨启与墨翟是同为一个时代、同一国度，又同处伏牛山区两个间距较近的县邑，且墨启约长墨翟 17 岁。二人不仅同处楚惠王时期一个时间节点，又同为“百工”之后，共同掌有百工之技能，还从不同角度一起效力于楚国。这些客观存在的因素，只能得出一个结

① 郑林华:《中共早期领导人对墨家思想的继承和弘扬》，《党史博览》2018 年第 1 期。

论:“析君墨启”非楚人“内姓”的“子国之子”，其与墨翟是竹氏改墨氏后的同宗至亲，墨启当为墨翟之父代。

综上所述，墨氏是炎帝神农氏姜姓后裔，为孤竹国墨胎氏伯夷、叔齐之后的周室“百工”，曾参与“王子朝之乱”因争王位失败，而跟随“王子朝奔楚”。居楚间，竹氏为避王子朝杀头之难，改称墨氏，迁徙伏牛山楚鲁阳西部深山区二郎庙隐居。竹氏改墨氏后的第一代墨姓墨启，同原周室“旧官、百工之丧职秩者”一起，于楚惠王十二年（前 477),“巴人伐楚，围鄾……楚公孙宁、吴由于、薳固败巴师于鄾”时，参与了“援楚抗巴”战斗，听命于楚军统帅公孙宁帐下。墨启不仅作战英勇，还凭“百工”工匠技能，造出了锋利的兵器战戟，为赢得战争胜利发挥了重要作用，因此立下战功，被楚惠王封为第二代析君，接替析君公孙宁，世称“析君墨启”。

墨启与墨翟同为隐居鲁阳之墨氏。墨启约长墨翟 17 岁，同为楚惠王时期的周室“旧官”“百工”之后，是共同效力于楚国的极少姓氏墨家。“析君墨启”是一位楚人“外姓”封君，同墨翟一样，都是竹氏改墨氏后楚鲁阳之墨氏同宗，墨启为楚鲁阳第一代墨氏，是第二代墨氏墨翟之父辈至亲。

第三篇　商汤与元圣伊尹

第一章　商汤在郼薄践天子位——兼论商汤初居之“薄城”

多年来，关于商汤居“薄”，学界多有纷争。据考证，河南大学陈昌远教授所提的“垣曲古城镇汤亳说”具有一定道理。邹衡先生《汤都垣亳说考辨》称：“古城镇汤亳说是最近由陈昌远教授所新创，并断定古城镇商代城址‘当为商汤居亳的最早亳都’。”[①] 我们认为，垣曲古城镇汤亳并非为“‘汤始居亳’的最早‘亳’都”，而是商汤初居之“薄城”。其时当在夏桀十五年（前1616）之前，商汤或未为商侯时。“薄城”名之来历应与“薄山”有关。

① 垣曲县博物馆编：《垣曲古代研究·汤都垣亳说考辨·邹衡》，北京：中国社会出版社，2009年，第53页。

一、“薄城”沿袭与商汤迁徙

（一）商汤初居之“薄城”在垣曲古城镇

郦道元《水经注·涑水》云：“涑水西南径监盐县故城，城南有盐池，上承盐水。水出东南薄山，西北流经巫咸山北。《地理志》曰：山在安邑县南。”安邑，是今山西省运城市夏县古称。秦、汉、三国时称安邑县，与今垣曲县毗邻。薄山，北临蒲阪，“薄山”名之“薄”字，当源于古“蒲阪”之“蒲”。邹衡先生《汤都垣亳说考辨》称：“所谓垣西汤亳说，其根据无非说垣曲西有亳原。此亳垣显然出自北周曾置蒲（亳）原县。”“蒲”“亳”“薄”古时通用。史为乐等主编《中国历史地名大辞典》：“陑山　即雷首山。在今山西永济市西南蒲州镇南。《寰宇记》卷46河东县：‘雷首在河东界，此山有九名，谓历山、首山、薄山、襄山、甘枣山、渠猪山、独头山、陑山等之名。’”历山即薄山。

“汤居薄”，应距“薄山”不远。《山西历史地名录》称，历山“在垣曲县东北九十里，俗称舜王坪，相传舜帝躬耕于此，海拔2321米，为本县最高的山峰。山上树林茂密，盛产药材”。垣曲县境之历山即薄山。陈昌远教授《商族起源地望发微》称，“汤始居亳”在今山西垣曲县古城镇。古城镇与洛阳隔黄河相望，此区域是传统称谓的河洛地区。《史记·封禅书》云：“昔三代之君皆在河洛之间。”当指此区间。

清人俞正燮《癸巳类稿·汤从先王居义》云：“汤始终皆绕葛居，又今山西垣曲夔北有亳城，即后周亳城县，西南有葛城。”清《山西志辑要》引《清一统志》曰：“葛城，（垣曲）县南五里，距亳十五里，士人名葛伯寨……”此云“亳城”与“亳”即“薄城”。“薄城”与“薄山”，或因“薄山”有“薄城”，或因“薄城”有“薄山”。其“薄”名相袭，亦极有可能。

沿今垣曲古城镇西北向的亳清河畔十几公里处，有上、下亳城，其亳城虽为后世命名，但必为古史或古人口语流传，绝非空穴来风。“亳清河”“上亳城”“下亳城”之“亳”，或为“薄”称“亳”，遂使“薄城”讹传为“上亳城”“下亳城”至今。

据邹衡考：“在上亳城村南约 1.5 公里，西距亳清河约 0.5 公里的农田里，有一通石碑，下部埋入地下，碑身微斜，宽 72 厘米、厚 16.5 厘米，地面上高约 150 厘米，弧圆顶，面西向亳清河，周围亦见有战国秦汉陶片。碑正面刻文两行，每行六字，共十二个大字：右行曰‘殷商烈祖成汤’；左行曰‘圣王居亳故都’。背面刻文为‘致和元年七月□日’，知此碑乃元代（1328）所立，或据《太平寰宇记》而为之者。”[①] 他所考甚详，但“或据”二字说明，他没有肯定就是元代人据《太平寰宇记》所立。倘若元代立碑者根据充分，此碑当是商汤居此之佐证，但非商汤“亳都”，实则汤之“薄城”！

---

① 垣曲县博物馆编:《垣曲古代研究·汤都垣亳说考辨·邹衡》，北京：中国社会出版社，2009 年，第 54 页。

从已发掘的垣曲古城镇商城遗址“二期为二里头晚期文化遗存，三期为二里岗下层文化遗存”来看，“有学者认为，垣曲商城与建于二里岗下层的郑州商城和偃师商城基本同时，但它的城垣、宫殿规模较小，不具备都城条件，只可能是当时的别邑”[①]，此应为商汤最早之“薄城”。邹衡亦认同垣曲商城古城镇，为夏末商汤所居。其《汤都垣亳说考辨》称:“二里岗期下层的绝对年代一般属早商时期，也可到夏代末年，应该包括成汤在内。所以陈教授的推测是基本可信的。就是说，古城镇商代城址与过去发现的郑州商城和偃师尸乡沟商城基本同时，或稍有早晚。”故此，我们认为，商汤最早之“薄城”当在此地。邹衡把郑州商城、偃师尸乡沟商城、夏县东下冯商城、垣曲古城镇商城和黄陂盘龙城商城的城垣周长和城内面积列简表比较后说:“规模大小相差如此悬殊，倘若古城镇商城为汤之亳都，那么与它基本同时的郑州商城和尸乡沟商城又该是商汤的何都？这将是难以解答的问题。”[②] 他认为，郑州商城城内面积大约在 300 万平方米；偃师商城在 190 万平方米；夏县东下冯商城在 13.69 万平方米，而垣曲古城镇商城仅 12 万平方米。这么小的面积，怎么会是商汤的亳都？

---

① 垣曲县地方志编纂委员会编:《垣曲县志·第三章 商城文化》，北京：中华书局，2001 年，第 505、507、504 页。

② 垣曲县博物馆编:《垣曲古代研究·汤都垣亳说考辨·邹衡》，北京：中国社会出版社，2009 年，第 46 页。

其实，这个问题本不难解答！从时期、规模和地理位置上看，“包括成汤在内”“属于早商时期”，城内规模面积小于郑州商城25倍、小于偃师商城16倍，位置处于夏商活动中心区域的垣曲古城镇商代遗址，只能是商汤初居之“薄城”，并非商汤之亳都。此时的商汤尚未即位，更未称王。所以，垣曲古城镇面积不可能太大。

“薄城”“位于黄河北岸陡起的高台地上，三面河流环绕，一面背倚山岭。此城与举世瞩目的仰韶文化发现地——渑池县仰韶村仅一河（黄河）之隔”[①]。东南距今河南省洛阳市新安县、洛阳市、偃师市很近，更是商汤渡河迁徙今偃师“郼薄”的便捷途径。

（二）商汤迁徙之“郼薄”在今偃师缑氏镇和府店一带

商汤最初居的今垣曲古城镇“薄城”，北部多山岭，东北部由海拔2000多米高的薄山阻隔；西部安邑是夏氏族长期聚居之处；南部紧临黄河。“薄城”所处的局促环境，使日益壮大的商氏族生存条件受到巨大限制。商氏族要求得生存和壮大的唯一途径，就是南渡黄河，实施迁徙。

“河南”之斟鄩，是夏桀之都，亦是夏人所居之地。《史记·夏本纪》索隐臣瓒云，斟鄩在“河南”，盖后迁北海也。《汲冢古文》云，太康居斟鄩，羿亦居之，桀又居之。《尚书》云：“太康失邦，兄弟五人须于‘洛汭’。”此即

① 垣曲县地方志编纂委员会编:《垣曲县志·第三章 商城文化》，北京：中华书局，2001年，第507页。

太康居之，为近“洛”也。又吴起对魏武侯曰“夏桀之居，左河、济，右太华，伊阙在其南，羊肠在其北”。又，《周书·度邑篇》云武王问太公“吾将因有夏之居”，即“河南”是也。《括地志》云：“故郭城在洛州巩县西南五十八里，盖桀所居也。”

《史记·殷本纪》“汤征诸侯”集解孔安国曰：“为夏方伯，得专征伐。”专有征伐诸侯大权的夏方伯之国的商汤氏族，南迁之地，近夏桀之居斟鄩也是情理中事。

今河南偃师“地处北纬34°71′，地理和气候条件十分适宜人们生息休养。它北依邙山，南临洛河，地势平坦，植被在当时尚未受人类活动多大破坏，土壤肥沃，即使在今天仍是有名的粮食高产区。虎牢在其东，函谷在其西，轩辕在其南，北面为黄河要津，自古以来这里就是重要交通孔道”。这样优越的地理环境，自然是商汤看中的地方。商汤南迁，便在刘累曾居住过的今偃师缑氏镇和府点一带的古豕韦故地落脚。商汤氏族原居“薄城”，新迁豕韦故地，故称“郼薄”。

王国维《今本竹书纪年疏证》：“（夏桀）十五（前1616）年，商侯履迁于亳（薄）。”其“亳”当为“郼薄”。原注：成汤元年。《尚书序》：“汤始居亳（薄）。”实指商汤元年，商汤自垣曲古城镇之“薄城”，迁徙偃师“郼薄”为商侯，非指商汤十八年，公元前1599年，商汤即王位时统治天下的亳都。这一点，我们必须弄明白！

《吕氏春秋·慎势》亦云：“汤其无郼，武其无岐，贤虽十全，不能成功。”汉高诱注：“郼、岐，汤、武之本国，假令无之，贤虽十倍不能以成功业。”陆玖注释“郼”：“汤为天子前的封国。”“郼”当为“郼薄”。这里，汉高诱与今人陆玖都认为，“郼”是商汤本来之国，“岐”是周武王的本来之国。《吕氏春秋·慎大》云：“汤立为天子，夏民大说，如得慈亲，朝不易位，农不去畴，商不变肆，亲郼如夏。”“亲郼如夏”是说亲近商汤诸侯国的百姓，像亲近夏国的百姓一样，一视同仁。说明“郼国”之民是商汤本国之民，“郼薄”是商汤本国。那么，高诱和陆玖所称的商汤本国之“郼薄”在哪里？

据我们考证，夏孔甲时的豕韦古国即商汤时之“郼薄”，其地，在今河南省偃师市缑氏镇和府店一带。

据《广韵》引《风俗通》云：“彭子受封豕韦，苗裔以国为氏。”马世之先生《中原古国历史与文化》称：“《路史·后纪》云：‘夏之中兴，别封其（彭祖）孙元哲于韦，是为豕韦，迭为夏伯。由此可知，豕韦始建于夏朝少康之世。’‘豕韦，夏代彭姓国。豕韦或作韦，郼，狶韦。’”[①]可见，豕韦可作“郼”。

《左传·昭公二十九年》载：“有陶唐氏既衰，其后有刘累，学扰龙于豢龙氏，以事孔甲，能饮食之。夏后嘉之，赐氏曰御龙，以更豕韦之后。龙一雌死，潜醢以食夏

---

① 马世之：《中原古国历史与文化》，郑州：大象出版社，1998年，第142页。

后。夏后飨之，既而使求之。惧而迁于鲁县，范氏其后也。”《史记·夏本纪》“（刘累）以事孔甲。孔甲赐之姓曰御龙氏，受豕韦之后”。足见，刘累受封豕韦是史实，此豕韦便是后来商汤所居之“鄗薄”。《古本竹书纪年》“（帝孔甲）七年，刘累迁于鲁县”，明正德《汝州志·卷之一·沿革》“鲁山县”条云：“在州治正南一百三十里，夏后时刘累醢龙惧罪逃于鲁，此其故地。”说明刘累在孔甲七年“醢龙惧罪逃于”鲁山县，其受封豕韦当在孔甲七年之前。《史记·夏本纪》集解，服虔曰：“‘后，刘累之为诸侯者，夏后赐之姓。’正义《括地志》云：‘刘累故城在洛州缑氏县南五十五里，乃刘累之故地也。’”又集解，徐广曰：“受，一作‘更’。骃案：贾逵曰‘刘累之后至商不绝，以代豕韦之后。祝融之后封于豕韦，殷武丁灭之，以刘累之后代之’。索隐按：系本，豕韦，防姓。”可见，刘累受封诸侯时的故地，后称刘累故城，亦是刘累更封的豕韦故地。其地在洛州缑氏县南55里，后来豕韦国又被殷武丁灭之，由刘累的后裔所替代。偃师古都学会编、三秦出版社出版的《故都偃师史话》云：“刘累所在的豕韦古国就在今偃师缑氏镇。丘菊贤等人所著之《中华都城要览》中夏主要部落方国兴亡及都邑表写着：‘豕韦古国—虞夏之际至殷孔甲时—（古都邑）豕韦—河南偃师县缑氏镇。’”武亿在乾隆版《偃师县志·金石录（上）》《周刘公铺名》中也引《括地志》云：“刘聚即刘累故城也。”“刘聚和刘累故城都在今缑氏镇和府店一带”，豕韦古国当在此为是。《故都偃师史话》又云：

"'刘'之地名在王季封为采邑之前即有之，而此处之'刘'与刘累故城之地望完全一致，都在今缑氏镇和府店镇一带伏牛山前台地上。这里东南有轘辕关，西南有大谷关，是洛阳东出平原地区的重要通道。周王封其季子，当然要选择形势险要，且已有建都基础的地方，刘累故城自然是首选之地。故周之刘聚即刘累故城是完全正确的。"可见，这里也是后来周代的故城。钱穆《古史地理论丛》云："《战国策》作'轘辕缑氏之口。'盖轘辕关北与郛口相值。"若此，"刘累故城"即豕韦古国，称"韦"，即"郼"，即是商汤本国"郼薄"之地望无疑。

《逸周书·殷祝解》："以薄之居，济民之贱，何必君更"，"汤放桀而复薄，三千诸侯大会"。这里的"以薄之居"与"汤放桀而复薄"之"薄"，均指商汤渡河南迁后所居之偃师"郼薄"，非指垣曲古城镇"薄城"。"郼薄"为商汤之本国，亦非商汤王天下之"亳"都。这在《吕氏春秋》和《逸周书》中已讲得很明确。

二、商汤在郼薄践天子位

商汤在伊尹、仲虺二贤相辅佐下，于夏桀31年，商汤17年，公元前1600年，终于战胜夏桀，在郼薄践天子位。《史记·殷本纪》集解皇甫谧曰："汤即位十七年而践天子位，为天子十三年，年百岁而崩。"这里的"汤即位"，是指汤为商侯，而非即天子王位。王国维《今本竹书纪年疏证》云："十八年癸亥，王即位，居亳。"《唐书·历志》："张说《五星议》：成汤伐桀，岁在壬戌，其明年，汤始建国为元祀。”显然，“汤即位十七年而践天子位”与“其明年，汤始建国为元祀”所指汤践天子位和汤始建国为元祀，是性质不同的两件事。时间上，一是在前，壬戌年即商汤十七年；一是在后，癸亥年即商汤十八年。性质上，前者是“践位”，后者是建国立都。很明显，践天子位不等于建国立都。这里“践”字即“践约”，其意是，商汤同众诸侯履行了约定，众诸侯同意商汤即天子之位。

《逸周书·殷祝解》记载了汤败桀后，商汤与夏桀的一段有趣对话，及商汤在郼薄与3000诸侯相让践天子位的实况。《逸周书·殷祝解第六十六》云：

> 汤将放桀于中野。士民闻汤在野，皆委货，扶老携幼奔，国中虚。桀请汤曰：“国所以为国者，以有家；家所以为家者，以有人也。今国无、家无人矣。君有人，请致国，君之有也。”汤曰：“否！昔大帝作道，明教士民。今君王灭道残政，士民惑矣。吾为王明之！”士民复致于桀，曰：“以薄之居，济民之贱，何必君更？”
>
> 桀与其属五百人南徙千里，止于不齐。民往奔汤于中野。桀复请汤，言：“君之有也。”汤曰：“否！我为君王明之。”士民复重请之。桀与其属五百人徙于鲁，鲁（士）民复奔汤。桀又曰：“国，君之有也。吾则外人，有言彼以吾道是邪，我将为之。”汤曰：“此君王之士也，君王之民也，

委之何？”汤不能止桀。汤曰：“欲从者从君！”桀与其属五百人去。（居南巢）

汤放桀而复薄，三千诸侯大会。(《书钞》《御览》增有以下十四字，“汤取天子之玺，置之于天子之座右”）汤退，再拜，从诸侯位。汤曰：“此天子位，有道者可以处之。天子（下），非一家之有也，有道者之有也。故天下者，唯有道者理之，唯有道者纪之，唯有道者宜久处之。”汤以此让。三千诸侯莫敢即位，然后汤即天子之位。与诸侯誓曰：“阴胜阳即谓之变，而天弗施；雌胜雄即谓之乱，而人弗行。故诸侯之治政，在诸侯之大夫治与从。”①

夏桀与他的属下五百人向南迁徙一千里，停在不齐。不齐的士民又赶往郊野之中投奔商汤。夏桀再次请求商汤，道：“国家，属君所有啊！”汤说：“不！我替君王开导他们。”不齐的士民听从商汤，又回去再次请求夏桀不要让国。夏桀与他的属下五百人又迁到了鲁。鲁地的士民，又去投奔商汤。夏桀再次请求商汤说：“国家属君所有啊！我是外人，我将离开它。”商汤道：“这些都是君王的士人、君王的百姓，抛弃他们干什么？”商汤最终不能制止夏桀。

① 黄怀信：《逸周书校补注释（修订本）》，西安：三秦出版社，2006 年，第 379—381 页。

商汤说：“想随君王的随君王！”于是，夏桀与他的属下五百人就离去了。

商汤放逐夏桀以后，回到郼薄，召集三千诸侯大聚会。汤取来天子的玉玺，放在天子座位的右边。汤退下来，两拜行礼，然后随在诸侯的位置上。汤指着天子的座位说道：“这是天子的位置，有道的人可以坐上了！”又说：“天下，不是一家所有，而是有道者所有。所以，天下只有有道的人才应该治理它，只有有道的人才应该经纪它，只有有道的人才应该长久地占有它。”汤把天子之位再三推让，三千诸侯没有敢即位的。然后汤才坐上天子的座位，并与诸侯相约束说：“阴胜阳，就叫作变，变则天不加惠；雌胜雄就叫作乱，乱则人不从顺。所以，诸侯治理国政，在于他的大夫的受治与从顺。”

此外，《逸周书·殷祝解》中有两点也是不可忽视的，对我们有重要的启示作用。

一是商汤与夏桀的争战，都围绕以夏桀之都斟鄩为中心，在其周边进行，不可能太远。夏桀的士民复致于桀，曰：“以薄之居，济民之贱，何必君更？”夏桀之民，这种不愿舍弃家乡，不愿更换君主，安居现状的心态，显而易见。

二是“扶老携幼奔”的士民，即夏民，当在夏桀统治中心的斟鄩附近。既扶老又携幼而出奔的夏民，距夏桀亡国之都——斟鄩，一定不会太远。

商汤战胜夏桀，是商汤施行德政的必然结果。正如《史记·殷本纪》所云：“诸侯闻之，曰：‘汤德至矣，及禽兽。'"故此，"三千诸侯莫敢即位"，"于是诸侯毕服，汤乃践天子位，平定海内"。

有学者把这里的"薄"释为"亳"，当是误解。此时，商汤尚未为王而统治天下。文中之"薄"实指"郼薄"，是商汤为诸侯时的本国，其地在今河南省偃师市缑氏镇和府店一带。这既吻合历史，也符合情理。

《逸周书·殷祝解》中有"桀与其属五百人徙于鲁，鲁（士）民复奔汤"的"鲁"，有学者释为："即齐鲁之鲁，今山东曲阜一带。"这是不对的。这里的"鲁"，实指夏代之"鲁"，并非指周成王践奄之后的"鲁国"。山东奄地（曲阜）称"鲁"，是在周成王践奄之后，再封周公之子伯禽时。文中之"鲁"，是在夏代就称"鲁"的今河南省平顶山市鲁山县一带。这里既近夏桀之都偃师斟鄩，又是夏孔甲时，刘累避难而迁之"鲁"。此"鲁"还是商王与鲁女联姻之地。马世之先生《中原古国历史与文化》称："在商代甲骨卜辞中，也多次提到鲁，如'鲁受年'（《续》5.6.10）、'帚姘鲁于黍年'（《续》4.25.2）'壬午卜，鲁嘉，鲁不其嘉？鲁不其嘉，鲁嘉允嘉延死'（《乙》3000）。鲁地的士民投奔商汤不久，夏朝灭亡。商王朝在建立过程中，受到鲁人的支持，因而商、鲁之间的关系一直比较密切。商王关心鲁的农业生产，二者之间还存在着姻娅关系，商王娶鲁女为妇。"商代甲骨卜辞中的"鲁"，当不指周成王践奄后称的鲁国。因为，商代"曲阜"称"奄"，不称"鲁"。我们切不可见"鲁"，就不区别时代，都释为"山东曲阜"；

见“薄”，就不区分时期，都释为“亳都”，把本来很简单的事情，搞得难以理解或更加复杂化。

三、商汤在谷熟南亳建都与迁都偃师西亳

（一）商汤在谷熟南亳建都称王

《尚书·伊训》曰：“造攻自鸣条，朕哉自亳。”这里“朕”是指“我”，指伊尹自己。《伊训》说明，商汤与夏桀鸣条之战，伊尹没有参加。伊尹在哪里？“朕哉自亳”，是说伊尹在南亳，即今河南省商丘市虞城县谷熟镇一带。

《仲虺之诰》曰：“成汤放桀于南巢，惟有惭德。曰：‘予恐来世以台为口实’，仲虺乃作诰……”《仲虺之诰》说明，商汤放桀于南巢，在郼薄践天子位后，于回归南亳的路上，针对商汤“予恐来世以台为口实”的思想，对商汤进行的劝导。说明仲虺参加了“逐桀于南巢”的争战。

《国语·周语》称：“伊洛竭而夏亡。”《吕氏春秋·慎大览》载：“商涸旱，汤犹发师，以信伊尹之盟。”说明，鸣条大战是在天象大旱时期进行。此时，为夏桀三十一年，商侯汤十七年，公元前 1600 年。夏末的大旱天象，也给居南亳的商氏族带来了灾难。

依上述可知，商汤对夏桀的争战其分工是：左相仲虺，随商汤一起率兵打仗；右相伊尹，留任大本营南亳主政，以备不测。在南亳主政的右相伊尹，面对大旱的天象，教民以区田、粪种之法，以抗旱抢种对付天灾。马国翰《伊尹书》说：“汤有旱灾，伊尹作为区田，教民粪种，负水浇稼。”《伊尹书》所指区田、粪种，当起于此时。

商汤在郼薄践天子位后，于次年商汤十八年岁次癸亥，即公元前 1599 年，在南亳今河南省商丘市虞城县谷熟镇一带，举行大典、正式建都称王。

商族“从契至汤，凡十四代，故《国语》曰‘玄王勤商，十四代兴’。玄王，契也”，《史记·殷本纪》集解皇甫谧曰：“梁国谷熟为南亳，即汤都也。”《括地志》“谷熟县”称：“宋州谷熟县西南三十五里南亳故城，即南亳，汤都也。”皇甫谧与《括地志》同称“谷熟”为汤都，此谷熟，即今河南省商丘市虞城县谷熟镇一带。足见，商汤在谷熟南亳立国是历史真实。

（二）商汤迁都西亳

商汤从垣曲古城镇之薄城，渡河南迁偃师郼薄后，与有莘氏联姻，并于此聘迎伊尹贤相，还把治国人才——伊尹推荐给夏桀辅政，此后，受夏桀逼迫，不得已由此东迁南亳，十多年后，又在这里践天子位。郼薄，不仅是商汤故地，它距夏桀之都——斟鄩很近，更是商汤感情上难以割舍的地方。这些因素，可能是商汤迁徙西亳的原因之一。

更重要的是，商汤于南亳建国后，考虑到居于西部的夏民可能有反抗情绪，为有效地控制、镇抚西部集聚的夏之遗民，又在夏都斟鄩附近修建了新的统治中心——西亳。关于偃师为商汤亳都，古文献多有记载。

《史记·封禅书》：“昔三代之君皆在河洛之间。”《汉书·郊祀志》：“昔三代之居皆在河洛之间。”这里的“三代”和“河洛之间”，均含偃师为汤都西亳之意。

《汉书·地理志》河南郡偃师县条班固自注云："尸乡，殷汤所都。"《书序》郑玄注："亳，今河南偃师县有汤亭。"这里的"尸乡""汤亭"，均指今偃师尸乡沟商城遗址。

《史记·殷本纪》集解皇甫谧曰："河南偃师为西亳，帝喾及汤所都，盘庚亦徙都之。"集解孔安国曰："契父帝喾都亳，汤自商丘迁焉，故曰'从先王居'。正义按：亳，偃师城也。商丘，宋州也。汤即位都南亳，后徙西亳也。《括地志》云：'亳邑故城在洛州偃师县西十四里，本帝喾之墟，商汤之都也。'"这里再次指明，商汤初即位于商丘南亳（谷熟），后迁徙本帝喾之墟的偃师县西14里的商汤之都——西亳。

《史记·殷本纪》"集解孔安国曰：'自汤至盘庚凡五迁都。'正义汤自南亳迁西亳，仲丁迁隞，河亶甲居相，祖乙居耿，盘庚渡河，南居西亳，是五迁也"。孔安国把"汤自南亳迁西亳"列为"自汤至盘庚凡五迁都"之一。

古文献记载，清晰地告诉我们：偃师尸乡沟商城遗址，是商汤从南亳西迁的故都西亳。

第二章 “郼薄”是商汤之本国——兼论商汤与伊尹携有莘氏东迁[1]

商汤是契十四代孙，名天乙，又名履。金文和周原甲骨文中称作成唐。天乙、大乙、高祖乙是商族后人在祭祀商汤时所称庙号，文献或称武王。

《世本·商谱》称:“汤名天乙。(书释文)澍桉索隐云‘汤名履，书曰予小子履是也，又称天乙者，谯周云，夏殷之礼，生称王，死称庙主皆以帝名配之，天亦帝也，殷人尊汤故曰天乙。孔疏云，汤名天乙者，依殷法，以乙日生，名天乙，至将为王，又改名为履，故二名也。安国不信《世本》，无天乙名’。”[2] 又见《世本·秦嘉谟辑补本》(殷)称:“汤氏，殷汤之后，以谥为氏。”[3] 汉应劭《风俗通义》释“汤”曰:“汤者，攘也，昌也，言其攘除不轨，改亳为商，成就王道，天下炽盛。”此解，显然是后人附会。由此看，商汤初名“天乙”，后改名“履”,“汤”名实为谥号。

---

① 本文曾以《试论“郼薄”是商汤之本国——兼论商汤与伊尹携有莘氏东迁》为题，发表于《洛阳理工学院学报(社会科学版)》2014年第29卷第1期。

② 宋衷注，秦嘉谟等辑:《世本八种》(张澍稡辑补注本),北京：中华书局，2008年，第92—93页。

③ 宋衷注，秦嘉谟等辑:《世本八种》(张澍稡辑补注本),北京：中华书局，2008年，第265页。

历史上商族经过多次迁徙。张衡称："殷人屡迁，前八而后五。"自上甲灭有易后，商族势力才逐渐发展壮大。农业和畜牧业发展，社会财富增加，促使商族由氏族制过渡到奴隶制。为了向外扩张，掠夺更多奴隶和财物，在上甲微到主癸六个商族首领时，商已是具有国王权力的大国诸侯。主癸死后，由他儿子汤继位商侯。

《晏子春秋·内篇谏上》曰："汤皙而长，颐以髯，兑上丰下，倨身而扬声。"① 这是说，商汤皮肤白皙而身材高大，下巴上长满了胡须，面部上尖下阔，昂头挺胸，说话声音洪亮。晋皇甫谧《帝王世纪第四》亦曰："（汤帝）丰下锐上，皙而有髯，倨身而扬声。长九尺，臂四肘……以水承金，始居亳。为天子十三年，年百岁而崩。汤娶有莘氏女为正妃，生太子丁、外丙、仲壬。太子早卒，外丙代立。"又曰"成汤，一名帝乙。丰下锐上，指有胼，倨身而扬声。长九尺，臂四肘"是为商汤形象描述。"以水承金，始居亳"是说水受金托，金生水，商汤命属水，开始就居于属金的西方"亳邑"，西方庚辛金，以应金生水之五行相生关系。汤居西方"亳邑"，有使商部族兴旺升发之含义。那么汤"始居亳"的西方之"亳"究竟在哪里呢？这是本文要解答的核心问题。

① 《二十二子·晏子春秋》，上海：上海古籍出版社，1986年，第561页。

一、商汤本国在“亳薄”

要回答汤“始居亳”中“亳”的具体位置，首先要弄清夏桀之都“斟鄩”与“西亳”之关系。因为，古文献记载“西邑”与“西亳”是一个地区内两个不同的地方。“西邑”是夏桀之都，在河南偃师“斟鄩”；“西亳”是商汤王天下后在河南偃师所建之“亳都”。

“西邑”屡见于殷墟卜辞中：

贞：于西邑？　　　（《殷墟文字乙编》7283）

贞：侑于西邑？

侑于西邑？　　　（林泰辅《龟甲兽骨文字》1·9·14）

己卯卜，争贞：于令匄（丐）□方？八月。

壬午卜，贞：燎于西邑？

贞：匄（丐）□方？

贞：于岳？

贞：侑于且（祖）乙五□？

匄（丐）□方？（《殷墟遗存》379＋《卜辞通纂》496）

丁巳……告秋（于）西邑？七月。　（《甲骨文合集》9631）

胡厚宣先生曾以《礼记·缁衣》中引《尹吉〈“吉”应读为“告”〉》“惟尹躬天见于西邑夏”，指出上述卜辞中“西邑”即《尹吉》中“西邑夏”，是夏朝晚期的都邑斟鄩。

这是对的。[①]《尚书·太甲》(上)亦曰:“惟尹躬先见于西邑夏”说明伊尹初在西邑——夏都斟鄩。《清华大学藏战国竹简·尹诰》载:“尹念天之败西邑夏。”[②]其“西邑夏”当指“夏桀之都西邑”。上述印证《礼记·缁衣》中所称“西邑夏”确指桀都斟鄩。《礼记正义·卷五五·缁衣》“惟尹躬天见于西邑夏”,汉郑玄注“伊尹始仕于夏,此时就汤矣。夏之邑在亳西。‘见’或为‘败’,‘邑’或为‘予’”。笔者以为,这里郑玄注“夏之邑在亳西”是对的。“西邑夏”,当为夏桀之都斟鄩在商汤“亳”都之西。殷墟卜辞中多记“西邑”,说明商汤非常关心桀都之“西邑”,并经常活动于“西邑”——斟鄩一带。

其次,要弄清“郼薄”与“斟鄩”的关系。“郼”即“郼薄”,是商汤为诸侯时的本国。《吕氏春秋·慎大》云:“汤立为天子,夏民大说,如得慈亲,朝不易位,农不去畴,商不变肆,亲郼如夏。”“亲郼如夏”是说亲近商汤诸侯国的百姓,像亲近原夏国的百姓一样,一视同仁。说明“郼国”

---

① 王晖:《汤都偃师新考 ——兼说“景亳”“郼薄”(郑亳)及“西亳”之别》,《中国历史地理论丛》2003年第18卷第2辑,第123—124页。《殷墟卜辞》载胡厚宣《殷卜辞中的上帝和王帝》(上),《历史研究》1959年第9期。

② 清华大学出土文献研究与保护中心编,李学勤主编:《清华大学藏战国竹简(壹)》,《释文注释·〈尹诰〉说明》,上海:中西书局,2010年,第123页。

之民是商侯汤本国之民，“郼薄”是商侯汤之本国。

《吕氏春秋·慎势》云：“汤其无郼，武其无岐，贤虽十全，不能成功。”汉高诱注：“郼、岐、汤、武之本国，假令无之，贤虽十倍不能以成功业。”陆玖注释“郼”：“汤为天子前的封国。”这里，汉高诱与今人陆玖都认为“郼”是商汤的本来之国。“岐”是周武王的本来之国。亦即说“郼岐”是商汤与周武王为诸侯时的封国。

《荀子·议兵篇》亦云“能凝之，则必能并之矣。得之则凝，兼并无强。古者汤以薄，武王以滈，皆百里之地也，天下为一，诸侯为臣，无它故焉，能凝之也”，显然，这里的“古者汤以薄”“百里之地”是指商汤侯国之本国——“郼薄”。

《墨子·非命上》：“汤封于亳（薄），绝长继短，方地百里。”

《荀子·正论篇》：“汤居亳（薄），武王居滈，皆百里之地也。”

《管子·轻重甲篇》：“桓公问管子曰：‘夫汤以七十里之薄，兼桀之天下，其故何也？’”

《淮南子·泰族训》：“汤处亳（薄），七十里。”

《史记·六国年表》：“禹兴于西羌，汤起于亳（薄），周之王也以丰镐伐殷。”

上述文献将商汤居亳，与禹兴于西羌、武王居滈对举，均指明此亳（薄）为商汤发迹之根据地。

“方地百里”的“郼薄”，相当于现在50平方公里以内的“郼薄”;“七十里之薄”或为30多平方公里内的郼薄。郼薄应距桀都斟鄩较近，很有可能是“商汤射伊尹之国”。《吕氏春秋·慎大》载:“(汤)欲令伊尹往视旷夏，恐其不信，汤由亲自射伊尹。”商汤射伊尹，是商汤故意做给夏桀看的假象。汤之居假若远距夏桀之都，试想，在交通、信息极为不便的夏商时期，夏桀在多么长的时间内才能得到“示伊尹有罪而亡”之信息？若过远距和迟到信息，岂不使“汤由亲自射伊尹”之计谋成为徒劳？“往视旷夏”的伊尹，当早被夏人识破，而成为夏桀刀下之鬼？显见，商汤距夏桀之都斟鄩很近。这时的商汤本国，应不是指在远距的“南亳”谷熟一带地域。

二、“郼薄”在今河南偃师缑氏镇和府店一带

商汤本国是夏桀的诸侯方国。虽是具有国王权力的大国诸侯，但国土面积也不太大。《吕氏春秋》多处所及“郼薄”。

其《离俗览·高义》云:“郼、岐之广也，万国之顺也，从此生也。”

其《似顺论·分职》云:“(汤、武)无费乎郼于岐周而天下称大仁、称大义，通乎用非其有。”很明显，这里的“郼、岐”与“郼于岐周”两处，都分别指商汤与武王在没有称天子之前的各自封国。

《吕氏春秋·具备》云:“汤尝约于郼薄矣，武(文)王尝穷于毕裎矣，伊尹尝居于庖厨矣，太公尝隐于钓鱼矣，贤非衰也，智非愚也，皆无其具也。”这里的“汤尝约于郼

薄”之地，亦是指商侯汤之本国。

王晖也认为“郼薄”是商汤之本国。其著《汤都偃师新考——兼说“景亳”、“郼薄”（郑亳）及“西亳”之别》云：“从《吕氏春秋》这些引文中可见：以时代来看，‘郼薄’或‘郼’相当于周人的岐周、毕裎（程）的时期。周武王克商而建镐京，岐周、毕、程皆古公亶父、季历和文王时期的都城。”

值得我们重提的是，《吕氏春秋·慎势》篇“汤其无郼，武其无岐，贤虽十全，不能成功”。高诱注“郼、岐、汤、武之本国”。显然，高诱在这里认定“郼岐”是指“郼薄”与“岐周”。

岐周，是岐山下的周代旧邑，地点在今陕西省宝鸡市岐山县境，周初立国于此。岐周是商朝诸侯方国——周武（文王）之本国，是周国战胜商纣王的“大本营”；“郼薄”是夏朝诸侯——商汤之本国，是商汤战胜夏桀的“大本营”。

“郼薄”不是“亳”。《吕氏春秋·慎大》载：“伊尹奔夏三年，反报于亳。”高诱注：“亳，汤都。”很明显，三年后的商汤“亳都”已经不是“汤之本国”的“郼薄”，而是商汤迁徙之后的“亳”。而同载于《吕氏春秋》中的“郼薄”与“亳”是两个不同地区的不同概念。

有学者称“‘郼薄’即‘亳’”实为误解。高诱撰《吕氏春秋序》曰：“暴之咸阳市门，悬千金其上，有能增损一字者与千金。时人无能增损者。”虽时人“盖惮相国畏其势耳”，但《吕氏春秋》其用词用字严谨程度可想而知。“郼薄”与“亳”当指两个不同地方。在《吕氏春秋》中，“郼薄”与“亳”这是两个不同概念，是不可能混淆的。“郼薄”是商汤本国在今偃师的诸侯国称谓。而“亳”则是“伊尹奔夏三年”后，商汤东迁之地的称谓，或为“南亳”的谷熟一带地域。这一点，我们应该特别注意。有学者预言“在豫东找到南亳是不可能的”，我们以为此说略显绝对也失之偏颇。豫东“南亳”遗迹，是否与黄河多次改道而深埋地下有关，不得而知。但我们深信，古文献记载“南亳”之地望，除因行政区划的历史演变之外，不可能有大错。我们不要忘记，偃师二里头夏代遗址和偃师尸乡沟商城遗址及郑州商城遗址的发现，不都是据古文献记载，后来才出现的发掘成果吗？历史教训提醒我们，切不可重蹈疑古派覆辙！随着社会发展和考古手段逐步科学化，“南亳”遗址的挖掘成果，将根据古文献记载，或迟或早也必然大白于天下，这是无可置疑的。

《清华大学藏战国竹简·尹至》曰：“惟尹自夏徂亳，逯至在汤。”① 意为从夏到亳，行至在汤。又曰：“尹曰：后，我来越旬日。”意为伊尹从夏而来有十日，路途艰辛。十日路距，若按一日步行在百里内推算，十日行程当在千里之

① 清华大学出土文献研究与保护中心编，李学勤主编：《清华大学藏战国竹简（壹）》，《尹至·释文》，上海：中西书局，2010年，第128页。

内，此距离恰符合“南亳”谷熟之远。可见此“亳”不是近夏都斟鄩的偃师之“亳”，当是商汤东迁的“南亳”谷熟一带地域。

那么，“鄗薄”究竟在何地？

近年来，由于偃师商城和郑州商城的“西亳”之争，“鄗薄”亦引起学者热议。王晖云：“‘鄗’就是《诗·商颂·殷武》中‘韦、顾既伐，昆吾夏桀’的‘韦’”，即“豕韦”，“此‘鄗薄’不管从地望还是考古遗址看，只能是郑亳”。邹衡先生亦曾指出“汤尝约于鄗薄的‘鄗’”，“其地就是郑州”；李锋《略论商汤灭夏前所居之亳》称“根据大师姑城址内所发现的考古学文化内涵和文献记载，发掘者王文华先生推测其在被破坏之前很可能是夏代方国韦国的都城所在地”等，多数学者总以考古发掘推论“鄗薄”之地望。笔者以为，根据文献记载，“鄗薄”当在今河南省偃师市缑氏镇和府店一带。

其一，孔甲时的豕韦古国即商汤时之“鄗薄”。据《广韵》引《风俗通》云：“彭子受封豕韦，苗裔以国为氏。”马世之先生称“豕韦，夏代彭姓国。豕韦或作韦，鄗，豨韦”。《左传·昭公二十九年》载：“有陶唐氏既衰，其后有刘累，学扰龙于豢龙氏，以事孔甲，能饮食之。夏后嘉之，赐氏曰御龙，以更豕韦之后。龙一雌死，潜醢以食夏后。夏后飨之，既而使求之。惧而迁于鲁县，范氏其后也。”《史记·夏本纪》“（刘累）以事孔甲。孔甲赐之姓曰御龙氏，受豕韦之后”。足见，刘累受封豕韦是史实。《古本竹书纪年》“（帝孔甲）七年，刘累迁于鲁县”，明正德《汝州志·卷之一·沿革》“鲁山县”条云：“在州治正南一百三十里，夏后时刘累醢龙惧罪逃于鲁，此其故地。”说明刘累在孔甲七年“醢龙惧罪逃于”鲁山县，其受封豕韦当在孔甲七年之前。《史记·夏本纪》集解，服虔曰：“‘后，刘累之为诸侯者，夏后赐之姓。’正义《括地志》云：‘刘累故城在洛州缑氏县南五十五里，乃刘累之故地也。’”又集解，徐广曰：“受，一作‘更’。骃案：贾逵曰‘刘累之后至商不绝，以代豕韦之后。祝融之后封于豕韦，殷武丁灭之，以刘累之后代之’。索隐按：系本，豕韦，防姓。”可见，刘累受封诸侯的故地，就是后称的刘累故城。此时的刘累故城亦即刘累更封的豕韦故地。其地在洛州缑氏县南 55 里；后来豕韦国又被殷武丁灭之，由刘累之后裔替代。

偃师古都学会编、三秦出版社出版的《故都偃师史话》云：“刘累所在的豕韦古国就在今偃师缑氏镇。丘菊贤等人所著之《中华都城要览》中夏主要部落方国兴亡及都邑表写着：‘豕韦古国—虞夏之际至殷孔甲时—（古都邑）豕韦—河南偃师县缑氏镇。’”武亿在乾隆版《偃师县志·金石录（上）》《周刘公铺名》中也引《括地志》云：“刘聚即刘累故城也。”“刘聚和刘累故城都在今缑氏镇和府店一带”，豕韦古国当在此为是。从今偃师县地图看，缑氏镇和府店一带，确在偃师县南五六十里地方，正与《括地志》云相符合，更与《孟子·公孙丑章句上》孟子曰“以德行仁者王，王不待大，汤以七十里，文王以百里”，《管子·轻重甲篇》“桓公问管子曰：‘夫汤以七十里之薄，兼桀之天下，其故何也’”完全一致；与《荀子·议兵篇》中“古者汤以薄”“百里之地”基本一致。

其二，彭氏之子驾车与商汤在今河南省洛阳市栾川县遏遇岭遇伊尹，同“鄗薄”有关。这两件（实为一起）事，都发生在商汤为诸侯时期。

先说，《墨子·贵义》曰：“昔者汤将往见伊尹，令彭氏之子御，彭氏之子半道而问曰：‘君将何之？’汤曰：‘将往见伊尹。’彭氏之子曰：‘伊尹，天下之贱人也。若君欲见之，亦令召问焉，彼受赐矣。’汤曰：‘非女所知也。今有药此，食之则耳加聪，目加明，则吾必说而强食之。今夫伊尹之于我国也，譬之良医善药也。而子不欲我见伊尹，是子不欲我善也。’因下彭氏之子，不使御。”[①] 这里的“彭氏之子”当为《风俗通》所云“彭子受封豕韦，苗裔以国为氏”的彭子后代，换言之，也就是“鄗薄，商汤本国”中的彭子后代。这说明，彭氏之子和商汤都是从商汤的本国鄗薄——原豕韦古国出发，前去聘迎伊尹的。这不是巧合，这应该是历史的真实契合。

次说，马世之先生《中原古国历史与文化》称：“传说伊尹的故里为河南省栾川县的伊河源头陶湾乡的山湾村。其耕莘处在栾川县城西南2.5公里处的上河南村墁子头，

---

① 吴龙辉等译注：《墨子白话今译》，北京：中国书店，1992年，第220页。

此地坐落在洛（阳）卢（氏）公路左侧，有清道光二十九年（1849）十一月石碑一通，碑额有‘山高水长’四字，中刻楷书‘耕莘故地’。墁子头后面约500米有个‘城址村’，据说伊尹曾在这里筑城居住，后人称之为‘伊尹城’。栾川城（西）北有‘遏遇岭’，系商汤使臣聘伊尹相遇处。特别巧合的是栾川墁子头遗址，面积约3万平方米，文化内涵十分丰富，下层为新石器时代文化遗存，上层为东周及汉代文化遗存，中间出土有二里头文化陶片，属夏代文化遗物，与史载伊尹活动的时代基本一致。”这里的“栾川城（西）北有‘遏遇岭’，系商汤使臣聘伊尹相遇处”。据笔者考证，“遏遇岭”是商汤遇伊尹处，而非商汤使臣遇伊尹处。[①] 此处所指栾川遏遇岭的地点正和上文《墨子·贵义》中“昔者汤将往见伊尹，令彭氏之子御”的事件相符合。两次之说，实为一件事。

再说，《栾川县志》载：“夏、商时代，栾川为有莘之野。夏末，伊尹诞生于伊水之上，躬耕于有莘之野，汤闻其贤，聘以为相。”[②] 栾川为有莘之野，属商汤与有莘氏联姻

① 栾川伊尹文化研究会，张新河、张海宽：《“伊尹处士”曾隐居河南栾川——兼论“遏遇岭”商汤遇伊尹》，载洛阳市社会科学联合会、洛阳伊尹文化研究会编《2012年河洛文化论坛 首届伊尹文化学术研讨会论文集》，第107—119页。

② 栾川县志编纂委员会编：《栾川县志》，北京：生活·读书·新知三联书店，1994年。

的有莘氏之国。此地北距偃师“鄗薄”在百公里左右，正是商汤在一两天内所企及之地。

其三，女鸠女房（方）为商汤之贤臣，为“汝水之阳”人。“汝水之阳”距偃师鄗薄不远。《史记·殷本纪》载：“伊尹去汤适夏。既丑有夏，复归于亳。入自北门，遇女鸠、女房，作《女鸠女房》。”集解，孔安国曰：“鸠、房二人，汤之贤臣也。”若此，二人当为何地人？

《世本》（张澍稡集补注本）云：“女氏，天皇封弟（王呙）于汝水之阳。后为天子，因称女皇。其后为女氏。夏有女艾，商有女鸠女方。澍桉女娲为女皇。其氏当为男女之女。”袁明洲等主编《华人姓氏辞典》亦称：“女姓。上古天皇封弟娲于女（汝）水之阳，后来做了天子，称为女皇，其后为女氏。《万姓通谱·语韵》记：女氏，殷代有女鸠、女方，为贤人。”《水经注·汝水》云：“汝水出河南梁县勉乡西天息山，《地理志》曰：出高陵山，即猛山也。亦言出南阳鲁阳县之大盂山。又言：出弘农卢氏县还归山。”《世本》所指“女氏，天皇封弟（王呙）于汝水之阳”即指此汝水，亦即发源于今河南省伏牛山与外方山间，流经嵩县车村、木植街、汝阳县南、汝州市南、郏县南、宝丰县北、襄城县南、叶县东北后于舞阳县入沙河的汝河之水。“汝水之阳”当指流经今河南省汝州市的汝河之北部及禹州市之西北部一带区域。此区或为女鸠、女房（方）所居女氏部族之处。在紧邻今河南省汝州市东部的禹州市西北部有方山镇和鸠山镇治所的历史地名，或为女房（方）、女鸠故居遗址处。这里距偃师仅百余公里。这一带发掘有属于二里头文化的二里头一期文化和二里头三期文化的“临汝煤山遗址”[①]相印证。“煤山遗址位于临汝县城北0.5公里，北刘庄村西的漫坡土岗上，汝河支流洗耳河自北向南从遗址东部流过。遗址南北长约500米，东西宽约400米，总面积200000平方米……该遗址属于……二里头文化的二里头一期文化和二里头三期文化。”[②]据《夏商周断代工程夏代年代学研究》（表二十）碳14测年数据，二里头三期文化（木炭样品）碳14年代（BP）3343±35，拟合后日历年代（BC）1610—1555。[③]其年代正是夏、商交替时期，和文献记载完全吻合。应该说，商汤时期的女鸠、女房（方）为“汝水之阳”的今河南省汝州市至禹州市方山镇、鸠山镇一带人。

依据上述文献记载和考古发掘事实，我们有理由说，商汤本国“鄣薄”当在今偃师境内的缑氏镇和府店一带。应该特别提醒的是，偃师西南约20公里的今缑氏镇陶家村一带“刘国故城遗址”不是今缑氏镇和府店一带伏牛山前

① 河南省文物所，袁广阔执笔:《临汝煤山遗址1987—1988年发掘报告》,《华夏考古》1991年第3期。

② 河南省文物所，袁广阔执笔:《临汝煤山遗址1987—1988年发掘报告》,《华夏考古》1991年第3期。

③《夏商周断代工程夏代年代学研究》，载夏商周断代工程专家组编著《夏商周断代工程1996—2000年阶段性成果报告》（简本），北京：世界图书出版公司北京公司，2000年，第77页。

台地上的“刘累故城”，二者间距在10公里左右，切不可混淆。

三、夏桀的制约与商汤战略东迁

商汤战略东迁是夏桀逼出来的。《吕氏春秋·具备》篇“汤尝约于郼薄矣，武（文）王尝穷于毕裎矣”。说明商汤在郼薄时是受夏桀制约的艰难时期，与文王在毕、裎时受制于商纣王相似。

商汤东迁与夏桀制约有关。《帝王世纪》云：“禹自安邑都晋阳，至桀徙都安邑。”安邑，在今山西省运城市夏县西北7.5公里处，遗址称“禹王城”。从现今地图来看，夏县正在洛阳以西的三门峡市正北方向。夏桀时，“自孔甲以来而诸侯多畔夏”，夏的活动范围实际上已经西退至洛阳以西，而商汤准备与夏桀相抗衡的一个重要措施，就是积极联合有莘氏。有莘氏为帝喾后裔，是居于今洛阳以西新安、嵩县、栾川一带的著名部族。有莘氏有一位著名人物伊尹，曾隐居于伊水流域的栾川一带。因伊尹作过有莘氏厨师，懂得食疗，又能用中药汤液治病救人，曾仕于夏桀而闻名遐迩。商汤为得到伊尹佐助，就与有莘氏结盟，曾多次使人聘迎伊尹，可是，伊尹未出。后来商汤亲自驾车到今栾川遏遇岭聘迎伊尹，又和有莘氏结为婚姻，伊尹才作为有莘氏媵臣到了商汤身边。商汤聘迎伊尹并与有莘氏联姻的举动，使夏桀王朝深感不安，直接受到商汤部族扩大势力范围的威胁。于是夏桀王朝就联合夏的同盟国，收复洛阳以东地域，直至把商汤部族驱逐至欑茅。杨伯峻先生《春秋左传注》考证，“欑茅”地望在“今修武县大陆村”。于夏代末期，夏桀南迁，开始居斟鄩之都。《今本竹书纪年》曰:“（夏桀）十三年，迁于河南。”面对夏桀的种种制约，不甘受制于夏桀的商汤，为了维护商部族的长远利益，自然要另辟奇径，寻求商族新生路。商汤与伊尹谋划，先用“汤由亲自射伊尹”的“间夏”计谋，使“伊尹去汤适夏”；商汤再从“鄗薄”出发，携已联姻的有莘氏，最终东迁至今豫东虞城县谷熟镇南亳一带立国。《今本竹书纪年》曰:“（夏桀）十五年，商侯履迁于亳。（夏桀）十七年，商使伊尹来朝。”

贺次君先生《括地志辑校》引《诗地理考》卷五《商颂》云:“汤即位居南亳，后徙西亳，在偃师县西十四里，本帝喾之墟。”偃师为西亳，是帝喾及商汤所都。《史记·殷本纪》集解引皇甫谧曰:“河南偃师为西亳，帝喾及汤所都，盘庚亦徙都之。”《史记·殷本纪》“汤始居亳，从先王居”。《括地志辑校》“偃师县”条云:“亳邑故城在洛州偃师县西十四里，本帝喾之墟，商汤之都也。”事实上“汤始居亳”并不特指“西亳偃师”，也不特指“南亳谷熟”，而是史迁所指“鄗薄”之误笔，实为“汤始居薄”，以“薄”误“亳”，使后人长期迷惑不解。其实际是“汤始居鄗薄”，因“鄗薄”亦在偃师境内，且距商汤王天下后徙之偃师西亳不远。“从先王居”是指“后徙西亳”的帝喾之墟，即偃师县西 14 里的汤都西亳。

“莘之墟”在今洛阳之西。《太平寰宇记》卷一引《国语》载:“汤伐桀,桀与韦顾之君等拒汤于莘之墟,遂战于鸣条之野。”这里的“莘之墟”,即指商汤携有莘氏东迁后的故地,在今洛阳以西的新安、嵩县、栾川一带。

马世之先生称:“在伊水流域的嵩县、栾川一带,曾经存在着伊、涂山氏和有莘氏几个古国。按时间顺序的链条将它们串在一起,可以看出它们的关系大致为:涂山氏灭掉伊国,有莘氏又兼并了涂山氏,莘国出了个著名的政治家伊尹。

“有莘氏活动范围应在夏族居住地域之内,禹所封高密,在今河南省新安县境,莘人在距离高密不远的地方建都立国。根据文献记载,豫西一带莘人活动比较集中的地方在陕县莘原和伊水流域。伊水流域的莘人可能是从陕县莘原迁徙过来的,或者同属一个莘国的地域范围。

“莘商联姻后,遭到夏人的胁逼,被迫举族东迁,迁居于商的势力范围内,在今河南开封陈留一带立国,开创了此后东莘数百年的宏伟基业。

“东莘,商代姒姓国,系莘人自伊水流域举族东徙后而建立的。东莘的地域在今河南省开封、民权、杞县一带。东莘都城在今开封县陈留镇附近。《史记·殷本纪·正义》引《括地志》载:‘古莘国在汴州陈留县东五里,故莘城是也。’”①

① 马世之:《中原古国历史与文化》,郑州:大象出版社,1998年,第316页。

这里的“古莘国”“故莘城”就是马先生所指的从伊洛河流域向东迁徙的“东莘”之故地。并非今洛阳之西的“莘之墟”。

陈昌远先生亦持此说，他在《伊尹出生栾川说》中称：“故有莘氏就是在栾川森林地区从事农业生产的姒姓夏部落联盟之一。根据夏族最早活动在伊洛河流域，而有莘国的姒姓古铜器铭文称为‘辛’，也当在今伊洛流域，故今栾川县为伊尹生地当为古莘国，是无可怀疑的。故李平心先生说‘根据周代以下的文献，我们可以推定伊尹本来是夏人，有莘正是姒夏部落联盟中的一族。《世本》载莘为姒姓，《史记·夏本纪》有莘氏，辛即是莘’。《孙子兵法·用间》第十三也同样说：‘昔殷之兴也，伊挚在夏，周之兴也，吕牙在殷。’《列女传·汤妃有㜪》曰：‘汤妃有㜪，质行聪明，媵从伊尹，自夏适殷。’说明伊尹应是姒姓夏人。其出生地望当然应在今之河南栾川县境。”① 陈昌远先生认定伊尹出生在今河南省洛阳市栾川县境。

陈昌远先生又说：“有莘氏古国，是夏之后向东发展建立的古莘国，因其迁徙向东发展，所以出现一些相同的地名。这种地名搬家的现象是经常出现的，不足为怪。但是其中有一点应该注意说明，就是最原始莘国的出现当在今

---

① 陈昌远：《伊尹出生栾川说》，载洛阳市社会科学界联合会、洛阳伊尹文化研究会编《2012年河洛文化论坛 首届伊尹文化学术研讨会论文集》，第16—17页。

河南栾川县境。”陈昌远先生确认，最早的莘国在河南省洛阳市栾川县，后向东迁徙发展。

陈昌远先生所指“地名搬家的现象”在我国历史上屡见不鲜。西周时，周公旦初封之“鲁国”本在今河南省平顶山市鲁山县地区，成王践奄后又更封“鲁国”于山东省济宁市曲阜市，后有“西鲁”“东鲁”之分。时至今日，河南省内夏孔甲时期的鲁县，有鲁山、尧山等历史地名，后来山东省济宁市曲阜市一带的鲁国也因袭有鲁县、鲁山、尧山等相同地名，这是“地名搬家”的历史印记。一些学者往往依此而纷争，我们切不可因此而混淆地名、闹出历史笑话。同理，有莘国是夏、商时期姒姓强国，原为夏姒姓部族的一个方国，曾居于夏朝周边的今河南嵩县、栾川一带。《世本》云:“莘国，姒姓，夏禹之后。”商汤娶有莘氏女为妃，目的是想通过联姻关系，凭借力量以分化对付强敌的夏桀王朝。所以，商汤的战略东迁必然携已联姻的有莘氏一起东迁。

商汤东迁目的很明确，就是“革”夏桀之“命”。《周易正义》“革卦”曰:“汤武革命，顺乎天而应乎人。”这里当指武王商汤“伐夏放桀”于南巢的行为是顺天应人。“汤武”是指武王商汤，“武王”是商汤之号。《史记》云:“汤曰:‘吾甚武’号曰武王。”而唐孔颖达等《正义》疏曰:“夏桀殷纣，凶狂无度，天既震怒，人亦叛王。殷汤周武，聪明睿智，上顺天命，下应人心。放桀鸣条，诛纣牧野，革其王命，改其恶俗。”这里除把“汤武”释“商汤周武”

外，其意也是把古代统治阶级改朝换代说成是天命的变革，所以称为“革命”。“汤革夏命”是我国有史以来的第一次“革命”行为。当然，这和现在所说的“革命”虽字同音近，但其意完全是两回事。商汤革命的第一步是汤伐葛国，剪除夏桀羽翼，这是商汤逐夏桀、灭夏朝吹奏的第一声进军号。很明显，其性质是我国古代奴隶社会中，奴隶主贵族为反对暴君进行的一场争夺统治权的斗争，这与现代所称的“革命”概念是不相同的。

商汤与伊尹携有莘氏东迁具有重要的战略意义。从经济战略上讲，既远离夏桀之都、麻痹了夏桀，又乘机占据黄河改道后的东部滩涂沃野，大力发展农业和畜牧业，壮大商部族经济，为以商灭夏战争蓄积实力；从政治策略上讲，商汤与伊尹东迁后，可尽力把商侯国实施的德政，扩大对各诸侯国的影响。《史记·殷本纪》载：“汤德至矣，及禽兽。”一方面，商汤竭尽全力团结各诸侯国，树立德政权威形象，与夏桀反其道而行之；另一方面，对不行正道的小诸侯国实施征伐，“杀鸡驯猴”。这无疑是对夏桀虐政淫荒行径的“革命”行为，首先对无德“不祀”的葛伯国用兵，杀君灭国，树权立威，为逐步孤立、分化和最后推翻夏桀王朝迈出了关键一步。

第三章 伊尹《汤液经》与商汤谥号——伊洛河畔话“喝汤”

“喝汤”是古代中原地区特有方言，是“吃晚饭”的代名词。至今在中原乡村，仍称吃晚饭谓“喝汤”、称洛阳水席谓“汤席”、称中药谓“汤药”、称温泉谓“汤泉”。

方言是地方历史文化传承的活化石。“喝汤”，蕴含着洛阳伊、洛河畔早商文化传承脉络。

一、伊尹《汤液经》与商汤谥号

伊尹，是商汤贤相，商汤誉他为“元圣”，撰有《汤液经》。皇甫谧《甲乙经·序》云:“伊尹以元圣之才，撰用《神农本草》，以为《汤液》。”钱超尘《仲景论广伊尹汤液考》称:“仲景论广伊尹《汤液》为十数卷，用之多验。”后世医家，多称《汤液经》是伊尹以《神农本草经》所撰。

商汤名天乙，又名履，商汤的汤是谥号，是后人依据天乙生前事迹，在其驾崩后，赐予之号。《帝王世纪》云:“殷出自帝喾，子姓也。主癸之妃曰扶都，见白气贯月，意感，以乙日生汤，故名履，字天乙，是谓成汤帝。”成汤，一名帝乙。《世本·商谱》曰:“汤名天乙。澍桉索隐云:‘汤名履，书曰予小子履是也，又称天乙者，谯周云，夏殷之礼，生称王，死称庙主，皆以帝名配之。天亦帝也，殷人尊汤故曰天乙。’孔疏云，汤名天乙者，依殷法，以乙日生，名天乙，至将为王，又改名为履，故二名也。”《世本·秦嘉谟辑补本》称:“汤氏，殷汤之后，以谥为氏。”后世汤姓，是以商汤谥号为姓。

“汤”之本义为“驱邪扶正”。汉应劭《风俗通义》释“汤”曰:“汤者，攘也，昌也，言其攘除不轨，改亳为商，成就王道，天下炽盛。”“攘”即攘除奸邪，驱除夏桀淫虐暴政，建立商朝，驱邪扶正，以商代亳。许慎《说文解字》释“汤”曰:“汤，热水也。”“热水”亦含“热可驱寒”“正可驱邪”之意。

商汤谥号与伊尹《汤液经》有关。伊尹《汤液经》是古代一部治病救人的驱邪扶正经。文献记载，商汤之后，伊尹又辅佐多位商王立国。伊尹是商汤贤相，一人之下，万人之上，权倾朝野。商汤驾崩，只有伊尹能驾驭商朝局势，商汤丧事，自然由伊尹主持办理，天乙的商汤谥号，只能由伊尹赐予。

（一）伊尹《汤液经》是平衡阴阳的“驱邪扶正经”

《吕氏春秋·本味》载有伊尹与商汤对话，伊尹对曰“阴阳之化，四时之数”。伊尹不仅对一年四季阴阳变化有成熟把握，对“阴阳”之概念已有准确定位。伊尹《汤液经》卷一把病症列为两类：一是阳病，一是阴病。阳病分太阳病、阳明病、少阳病三种；阴病分太阴病、少阴病、厥阴病三种，共六种，医药界称“六经”。冯世纶《杨绍伊研究经方成绩斐然》文称“从杨绍伊所撰《伊尹汤液经》卷一看，三阴三阳、六经在商代已存在”，针对人的“阴阳”病症，在伊尹《汤液经》卷二至卷六，列出了治疗阴阳病症的中医方剂。据笔者查阅统计，《汤液经》有方剂130余个，除17个称“散”“丸”方剂外，其余113个为“汤液”方剂，占总数的90%。《汤液经》方剂据各人所发病症，用不同的剂量，通过人体经络驱邪扶正、平衡阴阳，达到治病救人的目的。伊尹的《汤液经》治病救人的重大价值，亦正同商汤驱除夏桀邪恶暴虐之政、拯救天下百姓于水火、兴商灭夏的宏伟业绩相呼应。与汉应劭《风俗通义》释“汤”曰:“汤者，攘也，昌也，言其攘除不轨，改亳为商，成就王道，天下炽盛”的政治释意相吻合。天乙的商汤谥号，是伊尹依据《汤液经》中的“汤”字取义的。《汤液经》有“煮米熟汤成”“米熟汤成”术语，“米熟汤成”才能治病，只有“成汤”才能驱邪扶正、治病疗疾。所以天乙的谥号商“汤”，亦称“成汤”。

（二）饮食与中药结合，是伊尹《汤液经》一大特色

伊尹是有名的厨师。《墨子·尚贤中》曰:“伊挚，有莘氏女之私臣，亲为庖人。”《吕氏春秋·本味》曰:“(伊尹)说汤以至味。”“庖人”就是现在的厨师。古人称“药食同源”，食疗与药疗同为治病方术。《汤液经》中有不少与饮食相关的作料及食物作药用，如：姜、枣、葱白、鸡子黄、鸡子壳、米、米饭、粥、糜粥、瓜蒂、清酒等，这些作料、食物与药物结合成为伊尹《汤液经》的中医方剂，还有和饮食相关的，“饮热粥一升余”“不须啜粥”“蒸之如斗米饭久”“糜粥自养”“进热粥一杯”“煮米熟汤成”“米熟汤成”等术语。伊尹《汤液经》的撰著是以食疗为基础的，这是

伊尹由厨师成为医师的明证。不然，商汤也不会在“疟疾始生”时，“谋戒求贤，乃立伊尹以为佐”。

二、伊尹《汤液经》的演化与流播

中原地区称中药为“汤药”。“汤药”之名除含伊尹《汤液经》中药医病道理外，也蕴含“驱邪扶正”的“攘”“汤”之意的深层历史文化内涵。随着历史文化的传承与演化，驱邪扶正的“汤”意，也遍布于中原百姓的生活中。

（一）温泉称“汤”及鲁山的“旧名皇泉”与商汤

汉许慎《说文解字》释“汤”曰“热水”。温泉是地下热水，亦称“汤”。温泉富含对人体有益矿物微量元素，能养生保健、驱寒扶正，疗除疮疾、温泉亦称“汤泉”。

地处我国中原伏牛山区的河南省平顶山市鲁山县西部温泉群出。清嘉庆《鲁山县志》引《河南通志》载:“温泉在鲁山县，旧名皇泉。汤，商后尝浴其处。载《水经》。下泉如沸，中泉平温，上泉微温，俗呼为上、中、下汤。去县六十里，居民引为沐浴地，能愈疮痍宿疾。”这里“皇泉”“汤，商后尝浴其处”所指者何？《清华大学藏战国竹简·尹至》曰:“惟尹自夏徂亳，逯至在汤。汤曰:‘格，汝其有吉志。’尹曰:‘后，我来，越今旬日。’”商汤称“格”，是指“格于皇天”的伊尹；伊尹称“后”，即指“商汤”。《河南通志》引《水经》所称“商后”，实指“商汤”而言。3600年前，商汤曾于鲁山县西部温泉频繁沐浴。“上汤”“中汤”“下汤”之地名，皆以温泉得名。北京北小汤山，因温泉取名“汤山”；广东中山温泉素有“岭南名汤”

美称，我国温泉多称“汤”。笔者多年前曾在日本考察温泉，惊奇地发现，日本温泉也称“汤”，想必与华夏文明传承有关。温泉称“汤”，是就温泉驱邪扶正的功能而言。

（二）伊尹活动或举族迁徙地，称“吃晚饭”谓“喝汤”

据我们调查，大凡在伊尹活动或举族迁徙之地，现在乡村，吃晚饭亦仍然称“喝汤”。

陕西省渭南市合阳县百良镇莘村有伊尹及其族人活动过的遗迹。据百良镇莘村学校马育森讲：百良镇莘村一带，现在仍称“吃晚饭”叫“喝汤”，不称“吃晚饭”。

河南省商丘市虞城县谷熟镇，有河南省重点文物保护单位《魏堌堆遗址》“伊尹祠”，为伊尹曾经活动的地方。虞城县县志办公室主任杨保华讲：虞城县北部称“吃晚饭”叫“箸下”，不称“喝汤”，而在虞城南部及谷熟镇一带，称“吃晚饭”为“喝汤”。虽在虞城一个县内，对同一“吃晚饭”行为的说法也不一致。显然，这同伊尹《汤液经》有关。

河南省开封市杞县葛岗镇教师张俊昌讲：仅在杞县南25公里左右的傅集乡一带，称“吃晚饭”叫“喝汤”，他地不称“喝汤”。笔者考察，傅集乡一带有伊尹后人徙居，“喝汤”方言与伊尹相关。

河南省伏牛山以南，未发现有伊尹活动遗迹。这一带不称“吃晚饭”谓“喝汤”。据家居邓州市、现为西峡县龙潭峡景区总经理李明讲：伏牛山以南的南阳一带，“吃晚饭”叫“吃饭”，不称“喝汤”。

河南省洛阳偃师市，是商汤西亳之都，是伊尹活动过的地方。据偃师古都学会会长俞青禄讲：现在偃师一带农村仍称“吃晚饭”为“喝汤”。

笔者考证，洛阳市嵩县一带是伊尹里籍地，栾川一带是伊尹“耕莘古地”——隐居之地，两处都是伊尹曾经活动过的地方。现今，这两地的乡村仍称“吃晚饭”为“喝汤”。

平顶山市汝州、郏县、鲁山、宝丰、叶县、舞阳一带乡村，现今称“吃晚饭”仍叫“喝汤”，这自然与伊尹相关。

我们调查发现，商汤、伊尹活动过的地方，大多乡村都称“吃晚饭”为“喝汤”。盖因古代生产力落后，加之统治者残酷盘剥，百姓缺衣少食，衣不遮寒，特别是冬季晚上更加寒冷，人们用伊尹《汤液经》的中药方剂熬汤，用“汤”御寒，攘除阴邪，驱除寒冷。传承至今，称“吃晚饭”为“喝汤”，这是伊尹“汤液经”在河南洛阳伊、洛地区等地演化与流播的历史见证。

第四章　殷商德政典范宰相——伊尹①

夏代，伊尹生于伊水之上，隐居栾川，为民众寻药医

① 本文经编辑压缩后，曾刊载于中共洛阳市委主办《洛阳月谈》2015年第11期。

病，创、制中药《汤液经》传世，商汤聘迎后，赞称元圣，扶商灭夏，施德政兴商，辅佐四位商王治国理政。夏商时期的伊尹，是我国商代一位德政典范宰相。

伊尹活跃在3600年前的洛阳地区，是商汤极为赏识的著名人物。商汤在今栾川遏遇岭亲自聘迎伊尹后，封右相、誉元圣，商朝由此而兴。伊尹先适夏扶桀，力挽夏朝倾覆之舟，奈桀不听劝诫，自喻太阳不落，不得不去桀辅汤。伊尹扶商，实施德政，夏亡商兴，殷商代夏王天下。伊尹又辅佐三位商王治国理政，后，年高退隐，其功德昭著，深受后世赞扬。商汤《尚书·汤诰》赞誉伊尹，曰“聿求元圣，与之戮力，以与尔有众请命”，宋真宗赵恒《皇帝空桑伊尹庙碑赞》评价伊尹“始就于桀，以劝人臣之忠；后归于汤，以济天下之难。咸有一德，敷祐万方。大节昭明，嗣王服其训”。不唯古代帝王高度评价伊尹，就连春、战时期先贤、显圣孔墨，都佩服之至。《论语》中，孔子曰“大贤唯有伊尹”；墨子《尚贤》说“《汤誓》曰‘聿求元圣，与之戮力同心，以治天下’。伊挚，有莘氏女之私臣，亲为庖人。汤得之，举为己相，与接天下之政，治天下之民”。孟子对伊尹崇敬有加，其《万章上》曰“伊尹耕于有莘之野，而乐尧舜之道焉。有伊尹之志则可，无伊尹之志则篡也”。足见，伊尹品德纯贞、人格高贵，心系民众、济天下之难，德政治国、忠心辅商，其功德俱全。

一、品德纯贞、人格高贵

伊尹出生今嵩县、栾川一带的伊河之上有莘国空桑涧，自幼养于庖厨，后亲为庖人兼女师仆，陪有莘女出嫁商汤后，隐于有莘之野。他虽出身奴隶，但无可选择的卑贱出身，却铸就了他的高尚道德和伟大人格。

（一）不为币聘而动心，乐从尧舜方出山

商汤多次使人币聘而不受。《孟子·万章上》曰“万章问曰‘人有言，伊尹以割烹要汤，有诸？’孟子曰‘否，不然！伊尹耕于有莘之野，而乐尧舜之道焉。非其义也，非其道也，禄之以天下，弗顾也；系马千驷，弗视也。非其义也，非其道也，一介不以与人，一介不以取诸人。汤使人以币聘之，嚣嚣然曰：我何以汤之聘币为哉？我岂若处畎亩之中，由是以乐尧舜之道哉！汤三使往聘之，既而幡然改曰：与我处畎亩之中，由是以乐尧舜之道，吾岂若使是君为尧舜之君哉，吾岂若使是民为尧舜之民哉，吾岂若于吾身亲见之哉！’”后，商汤驾驭亲迎其于遏遇岭，乃从。《史记·殷本纪》载“或曰，伊尹处士，汤使人聘迎之，五反然后肯往从汤，言素王九主之事”。商汤见伊尹是不可多得的治国人才，为夏朝天下安宁，先荐伊尹于夏桀，奈夏桀昏庸暴虐，骄奢淫逸，目不识珍。

（二）强谏夏桀，力挽覆舟

夏桀昏庸暴虐成性，丧失民心。大臣劝谏，反遭杀戮。清钱保塘《帝王世纪续补》曰：“诸侯叛桀，关龙逄引皇图而谏，桀杀之。伊尹谏桀，桀曰‘天之有日，由吾之有民。日亡吾乃亡矣’。”桀不听谏。晋皇甫谧《帝王世纪》曰：“帝桀淫虐有才，力能伸钩索铁，手能搏熊虎。多求美女，以充后宫。为琼室瑶台，金柱三千。始以瓦为屋，以望云雨。大进侏儒倡优，为烂漫之乐，设奇伟之戏，纵靡靡之声。日夜与妹喜及宫女饮酒，常置妹喜于膝上。妹喜好闻裂缯之声，为发缯裂之，以顺适其意。以人驾车，为肉山脯林，以酒为池，使可运舟，一鼓而牛饮者三千余人，醉而溺水。以虎入市，而视其惊。伊尹举觞造桀，谏曰：'君王不听群臣之言，亡无日矣。'桀闻言，乃哑然笑曰：'子又妖言矣。天之有日，犹吾之有民。日亡吾乃亡也。'"桀屡屡不听谏言，伊尹如明珠投暗，眼见夏桀无可救药，只得去夏适汤。夏桀的残虐暴政，加之连年天象大旱，夏民生活已难以为继，"众庶泯泯，皆有远志"愿与夏桀同归于尽，曰"是日何时丧？予与女皆亡！"民众激愤，如滚油再锅，煎熬着行将就木的夏桀王朝！

（三）只身间夏，拯救天下

面对昏庸暴虐的夏桀，伊尹、商汤为天下民众安危，不得不谋划除暴安良、以商代夏，实施德政的宏韬大略。知己知彼，百战不殆。商汤为掩护伊尹获得夏桀准确情报，首先策划，假意箭射伊尹，送伊尹适桀的间夏行动。《吕氏春秋·慎大》曰："桀为无道，暴戾顽贪。天下颤恐而患之……汤乃惕惧，忧天下之不宁，欲令伊尹往视旷夏，恐其不信，汤由亲自射伊尹。伊尹奔夏三年，反报于亳，曰'桀迷惑于妹喜，好彼琬琰。不恤其众，众志不堪。上下相疾，民心积怨。皆曰：上天弗恤，夏命其卒'。汤谓伊尹曰：'若告我旷夏尽如诗。'汤与伊尹盟，以示必灭夏。伊尹又复往视旷夏。听于妹喜。妹喜言曰：‘今昔天子梦西方有日，东方有日，两日相与斗，西方日胜，东方日不胜。’伊尹以告汤。”《古本竹书纪年》曰：“后桀伐岷山，进女于桀二人，曰琬、曰琰。桀受二女，无子，刻其名于苕华之玉，苕是琬，华是琰。而弃其元妃于洛，曰末喜氏。末喜氏以与伊尹交，遂以间夏。”伊尹与商汤逐步展开诛葛伯、伐豕韦、克顾国、战昆吾地一系列剪除夏桀羽翼，最终推翻夏桀王朝的革命行动。

二、心系民众、济天下之难

（一）拯救民众尝百草，创制中药炮汤液

为医病救人，伊尹不顾个人安危，进山寻中药材，尝试百草，凭庖厨技艺，炮制汤液。栾川一带，至今尚有伊尹尝试百草、熬制汤药，拯救民众的传说。伊尹在为百姓治病的过程中，曾尝遍百草，中毒无数次，得出经验，生食草药不如煮熟为好，他从烹调配料中，悟出撰用《神农本草经》，以为《汤液经》。司马光《资治通鉴》称伊尹“闵生民之疾苦，作汤液本草”。皇甫谧《甲乙经·序》载：“伊尹以元圣之才，撰用《神农本草》以为《汤液》。”

夏朝末年，天灾人祸横行，伊洛干涸，天象连年大旱，且有灾异发生。《清华简·尹至》简文曰“惟灾虐极暴瘇”，是说时有灾殃疾病。上博简《容成氏》亦称：“当是时，强弱不辞让，众寡不听讼，天地四时之事不修，汤乃溥为征籍，以征关市，民乃宜怨，疟疾始生，于是乎有喑、聋、跛、眇、瘿、秃、偻始起，汤乃谋戒求贤，乃立伊尹以为佐。”足见，商汤聘伊尹尚有为民医病之重任。

（二）教民区田、粪种

《吕氏春秋·慎大》载“商涸旱，汤犹发师，以信伊尹之盟”。夏桀三十一年，商汤十七年，公元前1600年，“伊洛竭而夏亡”。(《国语·周语》)《竹书纪年》载，自商汤十九年（前1598）至商汤二十四年（前1593）的6年间，天象连续大旱，给百姓生存和农耕带来了极大的困难，对新生商汤王国政权更是个严峻考验。太宰伊尹，自不会泰然处之。固有马国翰《伊尹书》说“汤有旱灾，伊尹作为区田，教民粪种，负水浇稼”，并详细记载了伊尹区田粪种之法。

自幼出身奴隶的伊尹，曾为“处士”隐居今河南省栾川，在墁子头“耕莘古地”及遏遇岭一带种植中草药，积累了丰富的实践经验，对创区田粪种法，自当胸有成竹。

伊尹区田粪种法，实施“负水浇稼”，用现在的话说，就是“抗旱灌溉，科学种田，合理种植、教农民种地”。在科学飞速发展的当今，算不得稀奇事儿，而在3600年前，能运用此法实施灌溉、缓解旱情，增加禾、黍、麦、大豆、胡麻、粟等各种农产品收入，可谓重大发明！此法不仅在农田种植上，是对付无雨干旱的重要举措，更为促进农业经济发展、保障民众生活、缓解战争后带来的社会经济困难发挥了关键作用。

三、力行德政，惩治三风十愆

德政，是伊尹期待的尧舜之道，更是他与商汤制定的执政纲领。伊尹德政并非空洞高调，其内容涵盖善政、勤政和廉政多个方面，这是接受夏桀亡国教训，有针对性的治国理念。善政，是反对夏桀滥杀无辜、残暴虐政的对策；勤政，是纠正夏桀荒淫顽贪的疏懒朝政之举；廉政，则是摒弃夏桀置肉山酒池与琼宫瑶台、奢侈靡乐的不恤民众行径。其德政理念，首先集中体现在《伊训》中。

惟元祀十有二月乙丑，伊尹祠于先王。奉嗣王祇见厥祖。侯甸群后咸在，百官总己以听冢宰。伊尹乃明言烈祖之成德，以训于王。

曰："呜呼！古有夏先后，方懋厥德，罔有天灾。山川鬼神，亦莫不宁，暨鸟兽鱼鳖咸若。于其子孙弗率，皇天降灾。假手于我有命，造攻自鸣条。朕哉自亳。惟我商王，布昭圣武。代虐以宽，兆民允怀。今王嗣厥德，罔不在初。立爱惟亲，立敬惟长。始于家邦，终于四海。

"呜呼！先王肇修人纪，从谏弗咈，先民时若。居上克明，为下克忠。与人不求备，检身若不及，以至于有万邦。兹惟艰哉！

"敷求哲人，俾辅于尔后嗣。制官刑，儆于有位。曰：'敢有恒舞于宫，酣歌于室，时谓巫风。敢有殉于货色，恒于游畋，时谓淫风。敢有侮圣言，逆忠直，远耆德，比顽童，时谓乱风。惟兹三风十愆，卿士有一于身，家必丧。邦君有一于身，国必亡。臣下不匡，其刑墨，具训于蒙士。

> "呜呼！嗣王祇厥身，念哉！圣谟洋洋，嘉言孔彰。惟上帝不常，作善降之百祥，作不善降之百殃。尔惟德罔小，万邦惟庆；尔惟不德罔大，坠厥宗。"

这是说，太甲元年（前1581）十二月乙丑日，伊尹祭祀先王，侍奉嗣王恭敬地拜见他的祖先。侯服甸服的诸侯都在祭祀行列，百官率领自己的官员，听从太宰伊尹的命令。伊尹于是明白说明大功之祖商汤的盛德，来教导太甲。

《伊训》借祭祀商王及祖先的时机，面对诸侯、百官及新嗣王位的太甲，讲述一个国家施行德政可以兴国的重要性。例举夏代亡国教训和商王取得天下之经验，告诫大家要行善事、施行德政，并明确《伊训》的"三风十愆"，严刑吏治，警诫诸侯、百官和君王太甲，以保证国家的长治久安。

《伊训》作于太甲初嗣王位之时。充分表明太宰伊尹，精心辅佐商王朝的一片赤胆忠心。《伊训》反复说明，德政关乎国家兴衰存亡，"三风十愆"是德政大敌，如若有一，当严刑峻法。

距今已3600多年的商王朝，在伊尹的辅佐下施行德政，并用惩治"三风十愆"保证德政施行。这一古老治国理念，即便在当今，对我们深入推进党风廉政建设和反腐败斗争、治国理政，也具有重要的现实意义。

四、忠心辅商，天胆放君

（一）忠心辅佐，强谏太甲

商汤裔孙——太甲，初继王位，伊尹作《伊训》劝诫，嗣王洗耳不闻、我行我素，伊尹再行强谏，作《太甲·上》，曰：

> 惟嗣王不惠于阿衡，伊尹作书曰："先王顾諟天之明命，以承上下神祇，社稷宗庙，罔不祇肃。天监厥德，用集大命，抚绥万方。惟尹躬，克左右厥辟，宅师，肆嗣王丕承基绪。惟尹躬先见于西邑夏，自周有终，相亦惟终。其后嗣王，罔克有终，相亦罔终。嗣王戒哉，祗尔厥辟，辟不辟，忝厥祖。"
>
> 王惟庸，罔念闻。伊尹乃言曰："先王昧爽丕显，坐以待旦。旁求俊彦，启迪后人。无越厥命以自覆，慎乃俭德，惟怀永图。若虞机张，往省括于度，则释。钦厥止，率乃祖攸行。惟朕以怿，万世有辞。"
>
> 王未克变。伊尹曰："兹乃不义，习与性成。予弗狎于弗顺，营于桐宫。密迩先王其训。无俾世迷。"王徂桐宫居忧，克终允德。

这是说，嗣王太甲对伊尹不顺从，伊尹作书劝谏他。伊尹以赤诚之心大胆地放嗣王太甲于桐宫思过，这种

“臣教君”的做法，在我国古代史上极为罕见。所以，后人以己所测，多有猜疑，异说并出。

《春秋经传集解后序》说“仲壬崩，伊尹放太甲于桐，乃自立也。伊尹即位，放大甲七年，大甲潜出自桐，杀伊尹，乃立其子伊陟、伊奋，命复其父之田宅而中分之”。《晋书·束皙传》、《尚书·咸有一德》正义、《文选·豪士赋》注、《史通·疑古》、《史通·杂说上》、《竹书纪年》等，都有类似说法，此说皆不可信。因为在商代卜辞中，还屡见致祭伊尹的记载，其地位之尊介于殷先王与先公之间，而且还有大乙（成汤）、伊尹并祀的卜辞。直到春秋时叔夷还说:“伊（尹）少（小）臣惟辅，咸有九州，处禹之堵。”（《叔夷钟》铭）赞扬伊小臣（即伊尹）辅佐商汤取得天下。这同《尚书》《诗经》称颂伊尹“左右商王”的功业是一致的。可见，伊尹不仅授商汤以帝王之术，辅佐商汤建立商朝，取得天下，而且对“颠复汤之刑”、不守成汤法度、胡作非为的太甲的教育，也卓见成效。所以我们说，上述异说多属猜疑，前后矛盾不可深信。正如王国维《今本竹书纪年疏证》所述“约按：伊尹自立，盖误以摄政为真尔……此文与前后不类，盖后世所益”予以否定。王国维肯定了伊尹放太甲于桐宫和太甲悔过后，接嗣王重归王位是历史真实。

（二）太甲悔过 伊尹接嗣王归位

太甲在桐宫思过二年余，认识到因自己不明于德招致不善肆意放纵败坏法度、败坏礼制的罪过，真诚感谢伊尹及时匡救之恩德。太甲三年，公元前1579年十二月初一，伊尹去桐宫以君臣大礼接太甲回到亳都，辅佐太甲重归王位。《太甲·中》记述了整个过程：

> 惟三祀，十有二月朔，伊尹以冕服，奉嗣王归于亳。作书曰："民非后，罔克胥匡以生。后非民，罔以辟四方，皇天眷佑有商。俾嗣王克终厥德，实万世无疆之休。"
>
> 王拜手稽首，曰："予小子不明于德，自底不类。欲败度，纵败礼，以速戾于厥躬。天作孽，犹可违；自作孽，不可逭。既往背师保之训，弗克于厥初；尚赖匡救之德，图惟厥终。"
>
> 伊尹拜手稽首曰："修厥身，允德协于下，惟明后。先王子惠困穷，民服厥命，罔有不悦。并其有邦厥邻，乃曰：'徯我后，后来无罚。'王懋乃德，视乃烈祖，无时豫怠。奉先思孝，接下思恭。视远惟明，听德惟聪。朕承王之休无斁。"

伊尹以德高望重、四世佐商的太宰权威，和聪慧睿智匡救太甲，辅佐商朝，使太甲感恩涕零，五体投地。在我国古代奴隶社会中，太甲和伊尹共同上演了一场"忠贞匡扶君臣情"的重头大戏。这场商代历史演义，不仅直接影响了我国整个封建社会的君臣关系，甚至在当今，这种忠君思想，还深深地植根于中华民族的灵魂之中。最终，演化成为我国人民忠诚、守信的精神美德，成为我国当今建设和谐社会主义社会思想素养的基石。

浪子回头金不换。昏庸太甲，终受伊尹德政观感化，悔过归位，使商朝大业再兴。历史经验证明，中华民族的德政观、道德观，是根除人类社会弊端的珍贵良药。

第五章　墨子思想与伊尹德政观[①]

古代学者普遍认为，墨子思想源于夏。《庄子·天下篇》有“非禹之道也，不足为墨”。《淮南子·要略训》云：“背周道而用夏政。”孙星衍《墨子后序》称：“墨子以孔子异者，其学说出于夏礼。”我们发现，墨子思想不仅源于尧舜禹汤文武，更与商代宰相伊尹有紧密联系。墨翟与伊尹，是出自伏牛山区的两位圣人，墨翟崇拜伊尹，吸纳了伊尹“立爱惟亲”“咸有一德”的德政观，形成“兼爱”“和调”“列德而尚贤”的墨子思想。这种思想对当今我国建立和谐社会和推进世界和平有重要价值。

一、墨子与伊尹是同出于伏牛山区的两位圣人

《夏书·禹贡》曰“荆州、黄河之间是豫州”；《元和郡县图志》云“《禹贡》豫州之域，在天地之中，故三代皆为

① 本文第二部分，曾以《墨子思想与伊尹德政观》为题，发表于《平顶山学院学报》2013年第4期。

都邑。阳翟、夏城，禹都也。偃师、西亳，汤都也。周成王定鼎于郏鄏，使召公先相宅，乃卜涧水东、瀍水西，是为东都。今苑内故王城是也。又卜瀍水东，召公往营之，是为成周。今河南府东故洛城是也”。由此可知，大抵今河南禹州、偃师、洛阳地域，是夏商周三代都邑。古人称黄河与荆州间是“天地之中”，是夏商周三代核心活动区。

秦岭山脉东延，进入河南省西部后分为五支，从北向南依次排列为：小秦岭、崤山、熊耳山、外方山、伏牛山。伏牛山是秦岭东延后最南边一支山脉，属豫州，是近“故三代都邑”的“天地之中”。自古至今，这里曾涌现众多著名人物，发生不少重大历史事件。战国初期，与孔子并称“显圣”的墨翟和早在夏商时被商汤敬谓“元圣”的伊尹，都是出生并频繁活动于这一地区。

（一）墨子出生并频繁活动于中原伏牛山区

墨子，是我国古代著名思想家、实践家，是有着严密组织的墨家开山祖师。他出生并频繁活动于伏牛山区。

1. 墨子出生于楚国鲁阳

楚国鲁阳（今河南省鲁山县）是个古老方国，夏代已称“鲁”。《左传》记载，孔甲年间，刘累“惧而迁鲁”即指此；《逸周书》有夏桀、商汤在鲁活动的记载。《殷祝解》云：“桀与其属五百人徙于鲁，鲁士民复奔汤。”刘蔚华考证说，此“鲁”指鲁阳，即今河南鲁山。[①]马世之称：“在商代甲骨卜辞中，也多次提到鲁，如‘鲁受年’‘帚姘鲁于黍年’‘壬午卜，鲁嘉，鲁不其嘉？鲁不其嘉，鲁嘉允嘉延死’。鲁地的士民投奔商汤不久，夏朝灭亡。商王朝在建立过程中，受到鲁人的支持，因而商、鲁之间的关系一直比较密切。商王关心鲁的农业生产，二者之间还存在着姻娅关系，商王娶鲁女为妇。卜辞中提到的鲁，也绝非山东曲阜，极有可能指的是河南鲁山地区。鲁山一带大约在夏商时期就存在一个叫作‘鲁’的著名方国，周灭商后，将周公旦及其子伯禽封于此地，鲁便成了姬姓诸侯国。”[②]这里的“商王”应指商汤，“鲁女”即指今河南鲁山的女子。这就是鲁阳在夏商周三代时期的历史背景。《鲁山县志》载，公元前678年，鲁阳属楚。墨子就是出生在有着这样历史背景的楚国鲁阳。

地处伏牛山区的今河南省平顶山市鲁山县尧山镇，现有“墨子故里遗址”遗存。墨子姓墨名翟，公元前480年（楚惠王九年）（岁序辛酉），农历九月初八，生于楚国鲁阳。其先祖及姓氏源流是：炎帝—姜姓—墨如—墨胎氏—竹氏（伯夷、叔齐后）—墨氏。墨子父、祖辈原为伯夷、

① 刘蔚华：《墨子是河南鲁山人——兼论东鲁与西鲁的关系》，《中州学刊》1982年第4期。

② 马世之：《中原古国历史与文化》，郑州：大象出版社，1998年，第264页。

叔齐之后的改姓竹氏，时为东周“百工”，曾参与“王子姬朝作乱”，后为避王子朝被杀之难，遂改姓墨氏，隐居鲁阳西部深山区。墨子是父、祖辈为“百工”的后代。[①] 战国时期，墨子与众弟子经常活动在伏牛山区一带。

2. 墨子在伏牛山区的行迹

墨子不仅出生于伏牛山区楚国鲁阳，而且成年后，曾频繁活动于此。其主要活动有[②]：

一是发生在楚惠王四十九年（前440），墨子“止楚攻宋”的故事，时年墨子41岁。他起自楚国北部边陲、伏牛山楚长城之北的鲁阳，南行十日十夜止于楚郊郢——今湖北省钟祥市，说服楚惠王及公输般，制止了一场楚国将要攻伐宋国的战争。

二是发生于公元前394年，墨子在伏牛山楚长城之北楚国鲁阳，说服鲁阳文君公孙宽，制止了一场鲁阳文君意图攻打郑国的战争。

三是墨子在楚国“墨城故址”聚徒300多人，创办农、工、武相结合的古代“军校”，地点在伏牛山南今河南省南阳市邓州市构林镇高洼村附近。《邓州志》有“墨城故址”

① 张新河、张九顺：《墨家鲁阳悬疑案——墨子里籍与事迹考实》，开封：河南大学出版社，2011年，第94—121页。

② 张新河、张九顺：《墨家鲁阳悬疑案——墨子里籍与事迹考实》，开封：河南大学出版社，2011年，第182、214、202、221页。

遗迹记载。

四是墨子与鬼谷子一同在“周之阳城”云梦山“采药修道”。云梦山在今河南省平顶山市鲁山县西邻的汝阳一带，附近有“鬼谷子洞”遗迹。

五是公元前 381 年，墨家巨子“孟胜守阳城”事件，发生在与鲁阳紧邻的伏牛山东部偏南今河南省南阳市方城县。

上述五次墨家行迹，都发生在以鲁阳“墨子故里遗址”为中心的伏牛山地区。

（二）伊尹出生并隐居伏牛山区

《吕氏春秋·本味》[①] 载:“有侁氏女子采桑，得婴儿于空桑之中。献之其君，其君令烰人养之，察其所以然。曰：‘其母居伊水之上，孕，梦有神告之曰:“臼出水而东走，毋顾！”明日视臼出水，告其邻，东走十里，而顾，其邑尽为水，身因化为空桑。’故命之曰伊尹。此伊尹生空桑之故也。长而贤。汤闻伊尹，使人请之有侁（莘）氏，有侁氏不可。伊尹亦欲归汤，汤于是请取妇为婚。有侁氏喜，以伊尹媵女。”

《吕氏春秋》记载说明：一是伊尹母为有莘国人，居于有莘国“伊水之上”；二是因伊尹出生在“伊水之上”，“故命之曰伊尹”；三是伊尹自幼养于有莘国君的庖厨之中；四是伊尹长大后贤良有才，汤听说，使人向有莘氏请求要伊

① 高诱注:《吕氏春秋》，上海：上海书店，1986 年，第 139 页。

尹，有莘国国君不给；五是伊尹亦想归汤，汤就娶有莘氏女为婚，伊尹作为陪嫁送客一起到汤的商侯国。这几个问题，为我们研究伊尹里籍和探寻伊尹德政思想提供了依据。

1. 伊尹出生于今河南省洛阳市嵩县

马世之称:“在伊水流域的嵩县、栾川一带，曾经存在着伊、涂山氏和有莘氏几个古国。按照时间顺序的链条将它们串在一起，可以看出它们的关系大致为：涂山氏灭掉伊国，有莘氏又兼并了涂山氏。莘国出了个著名的政治家伊尹，对照中国古代‘以国为氏’的规矩，伊尹姓伊，很可能是伊国的遗民。”①

“《水经注》的作者郦道元明确指出，有莘氏女采桑的地点在河南伊川，此伊川指的是伊水流域。汪介人《中州杂俎·空桑考》云:‘空桑涧在嵩县南，有莘氏女采桑伊川，得子空桑，长而因水为姓……嵩，古伊川地也，县之南有水曰伊，即生于伊上，因以为姓者，水之南有涧曰空桑，即伊女所化，桑女得之于中者。’古空桑涧在今汝阳县西北。另外，嵩县城南5公里的白土窑村有伊尹祠，该祠建于明代，现存正殿5间，左为‘一德堂’，右为‘三聘堂’，有明宣德二年（1427）（明尚书）胡莹题‘伊尹祠诗’石碑一通。清光绪《嵩县志》载:‘伊尹之母葬于洛沟。’洛沟村属嵩县饭坡乡，墓冢方圆5亩许，高18.7米，当地人称之

① 马世之:《中原古国历史与文化》，郑州：大象出版社，1998年，第164页。

为‘伊姑冢’，今冢犹存。”马世之先生引证说明，伊尹出生在今河南省洛阳市嵩县。

《资治通鉴》称，洛阳市嵩县在古代炎帝时称为伊国；《路史》称，唐虞时称之为伊侯国和伊川；《左传》称，夏时称之为豫州和伊阙；《古都国志》云，夏末和商朝时称之为有莘之野国或空桑。《帝王世纪》载：“伊尹生于空桑。”《孟子》载：“伊尹耕于有莘。”《古郡志》载：“伊尹生于空桑，以伊水为姓。”《一统志》载：“空桑在嵩县南。”光绪《嵩县志》载：“嵩县为伊阙地，自夏以前，杂见他书者，如炎帝上世国于伊，即伊尹生地。伊祁，前编尧生于伊，故为伊祁氏，伊尹恐其后也。‘有莘之野’实生伊尹，今伊水南空桑涧。汤使所三至也。”文献记载亦说明伊尹出生在嵩县。

1990年，《嵩县志》载：“嵩县位于河南省西部，地处伏牛山北麓及外方山和熊耳山之间。跨东经111º24′—112º22′；北纬33º35′—34º21′。东与汝阳、鲁山县接壤，西与栾川、洛宁县毗邻，南与南召、内乡、西峡县相依，北与宜阳、伊川县为邻……嵩县历史悠久，炎帝时称伊国，夏时为豫州伊阙地。商代属有莘国之野，又名空桑。”①

上述古文献记载与《嵩县志》和遗迹遗存印证，说明伊尹出生在伏牛山一带的今河南省洛阳市嵩县地域。

① 河南省嵩县志编纂委员会编：《嵩县志》，郑州：河南人民出版社，1990年。

2. 伊尹隐于今河南省洛阳市栾川县

马世之在《中原古国历史与文化》中称："传说伊尹的故里为河南省栾川县的伊河源头陶湾乡的山湾村。其耕莘处在栾川县城西南 2.5 公里处的上河南村墁子头，此地坐落在洛（阳）卢（氏）公路左侧，有清道光二十九年（1849）十一月石碑一通，碑额有'山高水长'四字，中刻楷书'耕莘故地'。墁子头后面约 500 米有个'城址村'，据说伊尹曾在这里筑城居住，后人称之为'伊尹城'。栾川城（西）北有'遏遇岭'，系商汤使臣聘伊尹相遇处。特别巧合的是栾川墁子头遗址，面积约 3 万平方米，文化内涵十分丰富，下层为新石器时代文化遗存，上层为东周及汉代文化遗存，中间出土有二里头文化陶片，属夏代文化遗物，与史载伊尹活动的时代基本一致。"①

《栾川县志》载："栾川是河南省西部的一个山区县。县境位于伏牛山之北，熊耳山之南。地理坐标为东经 111º11′—112º01′，北纬 33º39′—34º11′。东接嵩县，西连卢氏县，南毗西峡县，北邻洛宁县。境内伏牛山分支遏遇岭居县境中部。""栾川历史悠久，五六千年前已有人类聚居，境内已发现多处仰韶文化和龙山文化遗址。夏、商时代，栾川为有莘之野。夏末，伊尹诞生于伊水之上，躬耕于有莘之野，汤闻其贤，聘以为相。伊尹佐汤灭夏，

① 马世之:《中原古国历史与文化》，郑州：大象出版社，1998 年，第 166 页。

建立商政权，后世尊伊尹为元圣。”①

《栾川县志》关于“栾川为有莘之野”，商元圣伊尹曾“躬耕于有莘之野”，“汤闻其贤，聘以为相”记载说明，伊尹曾隐居于栾川县境内，并在伏牛山区栾川遏遇岭与商汤使臣，或与商汤直接相遇过。

栾川县东接嵩县。《嵩县志》载：“嵩县历史悠久，炎帝时称‘伊国’，夏时为豫州伊阙地。商代属有莘国之野，又名空桑。”栾川县西连卢氏县，《卢氏县志》载：“卢氏县夏、商为莘川地。”②栾川、嵩县、卢氏三县是河南省西部紧邻的山区县，其县志记载都属夏、商有莘国。足见，伊尹出生“有莘国”即指此地，初年曾生活于此是历史真实。

古文献与《栾川县志》记载同考古发掘及遗址遗存吻合的事实，说明栾川县一带地域确为伊尹隐居“耕莘故地”。

上述文献记载与遗迹遗存印证，说明“显圣”墨子与“元圣”伊尹，同是生长于“天下之中”的伏牛山地区两位圣人。

二、墨子思想吸纳了伊尹的德政观

不同历史时期，同出生于伏牛山区的伊尹、墨子两位先贤，却有相通的执政思想基础。伊尹的德政观，是吸

---

① 栾川县志编纂委员会编：《栾川县志》，北京：生活·读书·新知三联书店，1994 年。

② 卢氏县志编纂委员会编，李啸东主编：《卢氏县志》，郑州：中州古籍出版社，1998 年。

取夏桀失德失国教训而产生的新执政理念。墨子的思想主要是汲取战国前尧、舜、禹、汤、文、武与桀、纣、幽、厉诸王的执政实践，创立制止诸侯纷争天下、建立“兼爱”“和调”社会的“济世良方”。两者“救世为民”的德政理念是一致的。

（一）伊尹的德政观

伊尹的德政观是指商代宰相伊尹对执政者道德素养与执政行为的具体要求。实质是接受夏桀失德亡国教训，告诫执政者对人民要“咸有一德，上合天心，为下为民，修德养性，施行德政”。其思想主要体现在《尚书》中的《伊训》《太甲》《咸有一德》各篇，其具体内容是伊尹对商汤长孙、商王太甲等的执政训诫。

《伊训》[①] 记载商王太甲元年（前 1581）十二月乙丑日，太宰伊尹在祭祀先王，侍奉嗣王，并恭敬地拜见他的祖先时，同着祭祀行列的侯服甸服的诸侯及百官率领自己的官员，所发出的训示命令。内容是伊尹以说明大功之祖商汤的盛德，来教导太甲。

伊尹首先列举夏代子孙没有遵循先人德政而灭国的教训，来教导太甲以修德警诫自身，施行德政，从家和国开始，最终推广到天下。

其次是实行已制定的《官刑》，以治理巫风、淫风、乱

① 《十三经注疏》（全二册）《尚书正义·卷八·伊训》，上海：上海古籍出版社，1997 年，第 162—163 页。

风“三风”中的“十过”，来警诫百官，匡正君主，保障德政施行。

最后是警诫太甲要修德、做善事，保障国家安宁；行不善，无论多大，就会丧失国家。

《伊训》所述国家实行德政，首先从君主开始，也就是从君主自身修德、警诫自身开始。最后对百官、卿士则用《伊训》中“三风十愆”的惩治来匡正。“卿士有一于身，家必丧；邦君有一于身，国必亡。臣下不匡，其刑墨。”可见刑罚之严峻。

《咸有一德》是伊尹将要告老回到他的私邑，把政权归还商王太甲，于是陈述修德，告诫太甲。这是留给太甲的临别赠言。

《咸有一德》[①] 中“一德”是指“纯一之德”或都有“精纯之德性”。这里指伊尹同商都有“纯一之德”。

伊尹指出天命与修德的关系，一是“天命决定于修德”。“咸有一德，克享天心”“纯一之德，能合天心”。“惟天降灾祥在德”上天降灾降福，在于德。天命佑助的是寻求纯德的君，故而，君主要施行德政。

二是君主要更新自己的德行，就会日新。大臣要协助君上，施行德政，对人民的治理要重视，要慎重，应当和谐、专一。“德无常师，主善为师；善无常主，协于克一。”

---

① 《十三经注疏》(全二册)《尚书正义·卷八·咸有一德》，上海：上海古籍出版社，1997年，第165—166页。

德没有不变之法，要以主善为法；善没有不变的准则，要协和于能一。德政就是善政，协和能一，就是善政追求的目标。

三是摆正君主与人民的关系。君主没有人民就无人可用，人民没有君主就无处尽力。不可自大而小视人，平民百姓如果不得各尽其力，人君就没有人跟他建立功业。

可见《咸有一德》意蕴是天道自然决定于修德，纯一之德是与天道自然相融合的。天道自然降灾、降福，佑助的是纯德的执政者，所以，执政者要施行德政。德政就是善政，天下协和能一，是善政所追求的目标，要摆正执政者和人民的关系。执政者不可自大而小视群众，执政者是人民任用的，人民没有执政者，是群龙无首；执政者没有人民，国家事业就无法巩固。

《咸有一德》与《伊训》《太甲》所见伊尹之思想大体一致。它们都强调德性是政治的基础，德性是执政者施行德政的执政依据。“咸有一德，上合天心；任官惟贤才，为下为民；修德养性，施行德政”，是伊尹给商王朝制定的执政大纲，我们称之谓伊尹“德政观”。

（二）墨子思想吸纳了伊尹德政观

1. 墨子敬佩和崇拜伊尹

墨子对伊尹的钦佩和崇拜，反映在《墨子》[①] 对伊尹多

---

① 吴龙辉等译注:《墨子白话今译》，北京：中国书店，1992 年。

次褒扬中。

《墨子·贵义》曰："昔者汤将往见伊尹，令彭氏之子御，彭氏之子半道而问曰：'君将何之？'汤曰：'将往见伊尹。'彭氏之子曰：'伊尹，天下之贱人也。若君欲见之，亦令召问焉，彼受赐矣。'汤曰：'非女所知也。今有药于此，食之则耳加聪，目加明，则吾必说而强食之。今夫伊尹之于我国也，譬之良医善药也。而子不欲我见伊尹，是子不欲吾善也。'因下彭氏之子，不使御。"

商汤把伊尹比作"良医善药"，又称其为"元圣"，对伊尹很敬重。《墨子·贵义》在此引用，说明墨子对商汤礼贤下士行为的赞扬和对伊尹贤能的钦佩和崇拜。以下《墨子·尚贤》三篇及《墨子·所染》等篇所引，均是此意。

《墨子·尚贤上》云："汤举伊尹于庖厨之中，授之政，其谋得。"这是说，汤举把伊尹从庖厨之中拔举出来，授予他政事，结果计谋得行。

《墨子·尚贤中》称："伊挚，有莘氏女之私臣，亲为庖人。汤得之，举以为己相，与接天下之政，治天下之民。"这是说，伊尹本是有莘氏的陪嫁私臣，身为厨子，商汤得到他，任用他为宰相，让他掌管天下的政事，治理天下的人民。

《墨子·尚贤下》曰："昔伊尹为莘氏女师仆，使为庖人。汤得而举之，立为三公，使接天下之政，治天下之民。"此即说，从前伊尹是有莘国君女儿的"家庭教师"，让他做厨师，汤得到并举用他，立他为三公，使他接管天下的政事，治理天下的人民。

《墨子·所染》曰“汤染于伊尹、仲虺”，这是说，商汤受到了伊尹和仲虺思想的熏陶和影响。

我们认为，墨子多次褒扬伊尹，其意有三：一是伊尹曾为奴隶，身份同墨子本人出身低下，有同病相怜的曲为比附。二是墨子对商汤不拘一格选贤任能，擢拔伊尹由奴隶到宰相的极力褒扬。三是对伊尹的雄才大略、辅佐商汤立国平天下睿智的高度赞赏。

2. 墨子思想吸纳了伊尹德政观

传统认为，墨子的思想主要由尚贤、尚同、兼爱、非攻、节用、节葬、天志、明鬼、非乐、非命十部分组成，基本涵盖了墨子的伦理、政治、经济、宗教思想和军事思想。梁启超《墨子学案》称:“墨学所标纲领，虽有十条，其实只从一个概念出来，就是兼爱。”①他认为“兼爱”是墨子思想之核心。

因为，墨子对伊尹雄才大略高度赞赏，对伊尹执政思想又十分赞同和钦佩，所以受伊尹“所染”，吸纳了伊尹的德政观，成就了“兼爱”“和调”的墨子德政思想，传承了伊尹德政观。

① 梁启超:《墨子学案》，商务印书馆印行，中华民国十二年（1923），第15页。

（1）墨子“兼爱”继承和发展了伊尹“立爱惟亲，立敬为长”的训示

墨子的“兼爱”思想源于伊尹德政观。伊尹《伊训》有“立爱惟亲，立敬惟长，始于家邦，终于四海”的训示。其意是，行爱于亲人，行敬于长上，从家和国开始，最终推广到天下。

《墨子·兼爱上》称：“圣人以治天下为事者也，必知乱之所自起，焉能治之……当察乱何自起？起不相爱……若使天下兼相爱，爱人若爱其身，犹有不孝者乎？视父兄与君若其身，恶（何）施不孝？犹有不慈者乎？视弟子与臣若其身，恶使不慈？故不孝不慈亡有。犹有盗贼乎？故视人之室若其室，谁窃？视人身若其身，谁贼？故盗贼亡有。犹有大夫之相乱家，诸侯之相攻国者乎？视人家若其家，谁乱？视人国若其国，谁攻？故大夫之相乱家，诸侯之相攻国者亡有。若使天下兼相爱，国与国不相攻，家与家不相乱，盗贼无有，君臣父子皆能孝慈，若此，则天下治……故天下兼相爱则治，交相恶则乱。”此段，是墨子对“圣人以治天下为事者”的伊尹，其所述“立爱惟亲，立敬为长”训示的诠释与深化。

《墨子·兼爱中》云：“子墨子言曰：‘今若国之与国之相攻，家之与家之相篡，人之与人之相贼，君臣不惠忠，父子不慈孝，兄弟不和调，此则天下之害也。’”“兄弟不相爱，则不和调。”“兄弟相爱，则和调。天下之人皆相爱，强不执弱，众不劫寡，富不侮贫，贵不敖贱，诈不欺

愚。凡天下祸篡怨恨，可使毋起者，以相爱生也。”“今天下之君子，忠实欲天下之富，而恶其贫；欲天下之治，而恶其乱，当兼相爱、交相利。此圣王之法，天下之治道也，不可不务为也。”墨子在最后强调说明，此“兼爱”“和调”是“天下之治之道”，是“圣王之法”，我不过是“吸纳”和“传承”而已！

上述说明，墨子不仅吸纳、深化了伊尹“立爱惟亲，立敬为长”的训示，而且形成了墨子自己独有的“兼爱”“和调”思想，这是墨子对伊尹德政观的吸纳与创新。

《墨子·兼爱下》云：“且不唯《禹誓》为然，虽汤说即亦犹是也。汤曰：‘惟予小子履，敢用玄牡，告于上天后曰：今天大旱，即当朕身履，未知得罪于上下，有善不敢蔽，有罪不敢赦，简在帝心，万方有罪，即当朕身；朕身有罪，无及万方。’即此言汤贵为天子，富有天下，然且不惮以身为牺牲，以祠说于上帝鬼神。即此汤兼也，虽子墨子之所谓兼者，于汤取法焉。”在这里，墨子引证汤说后，强调说，这就是商汤的兼爱，既是墨子的兼爱，也是从汤那里取法的。

《墨子·兼爱》不仅诠释了《伊训》“立爱惟亲，立敬为长”的具体内容，并且例举《禹誓》“禹兼”、汤说“汤兼”、《周诗》“文、武兼”的“兼爱”作为实证，进一步说明墨子“兼爱”是大爱，是没有差等的爱，是“兴天下之利，除天下之害”兼爱天下之爱。可见，墨子“兼爱”思想的形成是伊尹、墨子两位先贤对我国古代天下兴亡经验教训的总结，也是为后世执政者制定的治国理正的大要方略。

（2）伊尹“任官惟贤材，左右惟其人。臣为上为德，为下为民”是《墨子·尚贤》思想之源

伊尹《咸有一德》云:“任官惟贤材，左右惟其人。臣为上为德，为下为民；其难其慎，惟和惟一。”其意是说，任命官吏当用贤才，任用左右大臣当用忠良。大臣协助君上施行德政，协助下属治理人民，对他们要重视、要慎重，当和谐、当专一。

《墨子·尚贤上》云:“故古者圣王之为政，列德而尚贤。虽在农与工肆之人，有能则举之……故官无常贵，而民无终贱。有能则举之，无能则下之。举公义，辟私怨，此若言之谓也。故古者尧举舜于服泽之阳，授之政，天下平。禹举益于阴方之中，授之政，九州成。汤举伊尹于庖厨之中，授之政，其谋得……尚欲祖述尧舜禹汤之道，将不可以不尚贤。夫尚贤者，政之本也。”墨子“故古者圣王之为政，列德而尚贤”与伊尹“任官惟贤材”二者的思想是完全一致的。伊尹“任官惟贤材”是墨子“列德而尚贤”思想之源，墨子思想吸纳与传承了伊尹德政观。

《墨子·尚贤中》称:“故古者圣王甚尊尚贤而任使能，不党父兄，不偏富贵，不嬖颜色。贤者举而上之，富而贵之，以为官长。不肖者抑而废之，贫而贱之，以为徒役……故古者圣王唯能审以尚贤使能为政，无异物杂焉，天下皆得其列。古者舜耕历山，陶河濒，渔雷泽。尧得之服泽之阳，举以为天子，与接天下之政，治天下之民。伊

挚，有莘氏女之私臣，亲为庖人，汤得之，举以为己相，与接天下之政，治天下之民……故古圣王唯以审以尚贤使能为政，而取法于天。虽天亦不辩贫富贵贱、远迩亲疏，贤者举而尚之，不肖者抑而废之。”

墨子在这里进一步阐明伊尹《咸有一德》“任官惟贤材”的道理。这说明，古人很尊崇贤人而任用能人，不偏党父兄、不偏护富贵、不爱宠美色，凡是贤人便选拔上高位。并举伊尹“有莘氏女之私臣，亲为庖人，汤得之，举以为己相，与接天下之政，治天下之民”为例，劝戒执政者以商汤、伊尹为例，要不拘一格选拔贤才。

《墨子·尚贤下》云：“且今天下之王公大人士君子，中实将欲为仁义，求为上士，上欲中圣王之道，下欲中国家百姓之利，故尚贤之为说，而不可不察此者也。尚贤者，天鬼百姓之利而政事之本也。”墨子“上欲中圣王之道，下欲中国家百姓之利”与伊尹《咸有一德》中“臣为上为德，为下为民”的思想完全一致。墨子不仅吸纳了伊尹的德政思想，又三次例举商汤擢拔伊尹“昔伊尹为莘氏女师仆，使为庖人。汤得而举之，立为三公，使接天下之政，治天下之民”“汤之举伊尹也”“汤有小臣”等。可见墨子对商汤擢拔伊尹一事，甚为崇敬。

（3）《墨子·天志》思想与伊尹“惟上帝不常，作善降之百祥，作不善降之百殃”“惟吉凶不僭在人，惟天降灾祥在德”的天命观完全一致

伊尹《伊训》云：“皇天降灾，假手于我有命，造攻自

鸣条”，又曰“惟上帝不常，作善降之百祥，作不善降之百殃”。《咸有一德》称：“惟吉凶不僭在人，惟天降灾祥在德。”伊尹称“天”为“皇天”“上帝”，天是人类命运的最高主宰者。

《墨子·天志上》云：“……且语言有之曰：‘焉而晏日，焉而得罪，将恶避逃之？’曰：‘无所避逃之。’夫天不可为林谷幽闲无人，明必见之。”在这里，墨子同伊尹一样，称“天”无所不知、无所不见、无所不能。“天”，不仅能识别人类善恶，又是人类最高主宰者，连天子的执政行为，也受制于天。墨子说“我未尝闻天下之所求祈福于天子者也，我所以知天之为政于天子者也”，这是说，我从来没有听说上天向下祈求天子降福祉，因此，我知道上天是治理匡正天子的。墨子还把伊尹所讲的“德政”，阐释为“义政”；把“暴政”，阐释为“力政”，并界定说“顺天意者，义政也；反天意者，力政也”，也即说，顺从天意的，就是仁义政治；违反天意的，就是暴力政治。施行仁义政治，就是爱人、利人；施行暴力政治，就是恶人、贼人。“爱人利人者，天必福之；恶人贼人者，天必祸之。”（《墨子·法仪》）墨子曰：“顺天意者，兼相爱，交相利，必得赏；反天意者，别相恶，交相贼，必得罚。”“……顺天之意，得天之赏者，谁也？曰：若昔三代圣王尧、舜、禹、汤、文、武者是也……反天之意，得天之罚者，谁也？曰：若昔者三代暴王桀、纣、幽、厉者是也。”这些，都同伊尹“惟天降灾祥在德”的天命思想完全一致。墨子吸纳了伊尹天命思想，结合战国诸侯纷争实际，形成《墨子·天志》思想。

在我国夏商社会时期，殷商元圣伊尹讲的“天”“皇天”“上帝”同墨子所讲“天志”是一致的。这里的“天”就是“天下民人”，“天志”就是自然规律、天下民人的意志，即“民志”。墨子所云“顺天意者，义政也；反天意者，力政也”，就是把民人当作“天”、把自然规律当作“天意”来阐释的。故而有“爱人利人者，天必福之；恶人贼人者，天必祸之”之结论。这同当代“人民至上”的“全心全意为人民服务”宗旨是一脉相承的。

（4）《墨子·非乐》赞同伊尹德政观

《伊训》有“敢有恒舞于宫，酣歌于室，时谓巫风。敢有殉于货色，恒于游畋，时谓淫风。敢有侮圣言，逆忠直，远耆德，比顽童，时谓乱风。惟兹三风十愆，卿士有一于身，家必丧。邦君有一于身，国必亡”的训诫。

《墨子·非乐》云：“先王之书汤之官刑有之。曰：‘其恒舞于宫，是谓巫风。其刑，君子出丝二卫，小人否似二伯《黄径》。乃言曰：呜呼！舞佯佯，黄言孔章，上帝弗常，九有以亡。上帝不顺，降之百殃。其家必坏丧。’察九有之所以亡者，徒从饰乐也。”

《墨子·非乐》同伊尹《伊训》所述制定《官刑》“敢有恒舞于宫，酣歌于室，时谓巫风”的训诫完全一致。说明墨子完全赞同伊尹对整治“三风十愆”的训诫。

应该厘清的是，《墨子·非乐》是有条件的，不是反对所有娱乐活动。其前提是，在“民有三患，饥者不得食，寒者不得衣，劳者不得息。三者民之巨患也”的条件下，“虽身知其安也，口知其甘也，目知其美也，耳知其乐也，然上度之不中圣王之事，下度之不中万民之利。是故子墨子曰：‘为乐非也’”。这里，墨子主张“利人乎即为，不利人乎即止”。在“饥、寒、劳”三者“民之巨患”未除，在上“不中圣王之事”，下“不中万民之利”的条件下，“为乐，非也！”所以说，《墨子・非乐》不仅传承了伊尹德政观，而且，充分显示了墨子爱国为民、以万民利益为本的崇高思想品德。

（5）墨子对《伊训》的解读与传承

《伊训》云：“臣下不匡，其刑墨。”这是说，臣下不匡正君主，其刑罚就是墨刑。

《墨子・亲士》曰：“臣下重其爵位而不言，近臣则喑，远臣则唫，怨结于民心。谄谀在侧，善议障塞，则国危矣。桀纣不以其无天下之士邪？杀其身而丧天下，故曰：归国宝，不若献贤而进士。”这是说，如果臣下只以爵禄为重，不对国事发表意见，近臣缄默不言，远臣闭口暗叹，怨恨就郁结于民心了。谄谀阿奉之人围在身边，好的建议被他们阻碍难进，那国家就危险了。桀、纣不正是他们不重视天下之士吗？结果身被杀而失天下。所以说：赠送国宝，不如推荐贤士。

这里，墨子对《伊训》“臣下不匡，其刑墨”诠释得淋漓尽致。应该说，这是墨子对伊尹德政观最中肯的解读与传承。

墨子对伊尹德政观的吸纳与传承不唯如此，还有伊尹“居上克明，为下克忠。与人不求备，检身若不及”等。

三、墨子思想中的伊尹德政观来源

在生产力不发达的春秋战国时代，交通、通信条件极度不便，书册文字传输又十分困难，墨子怎么能够对千余年前商汤和伊尹的过往历史了如指掌？笔者以为，其来源有二：一是源于流落在楚国的“周之典籍”；二是源于伏牛山一带夏商时期商汤与伊尹的民间传说。

可能有人认为，其来源应该是墨子初学于东鲁。《吕氏春秋·当染》载：“鲁惠公使宰让请郊庙之礼于天子。桓王使史角往。惠公止之，（留止）其后在于鲁。墨子学焉。”史角是东周史官。鲁惠公使大夫宰让向周天子请郊庙之礼，桓王遣史角赴鲁授礼。因留居于鲁，墨子初学于鲁，尝从其后人研习《周礼》。按此说，墨子研习《周礼》时，有可能在东鲁接触过夏商典籍，但未见史料记载。若以此推论，无史为证，似不确。

山东大学郑杰文教授似有同感，其《中国墨学通史》云：“还应特别指出的是，《墨子·天志下》名《诗》之‘大雅’而曰‘大夏’，与上海博物馆藏战国楚竹书《诗论》中名‘大雅’而曰‘大夏’的称谓相同，这证明战国时确有名‘大雅’而曰‘大夏’的《诗三百》版本存在，《墨子》此引并非‘字误’。这也再次说明了《墨子》引《诗》所用版本确实与汉代‘四家诗’的祖本有别……总之，墨家引

《诗》所据版本确实与儒家传《诗》版本不同。"[1]又云:"这是否可以说，墨家所传先王之《书》，自有独自的选本系统。先王之《书》是春秋战国时期广为流传的记载先王言论兼及少量行事的上古典籍，孔子及其弟子曾子整理，成为战国时流传最广的选本。同时，也有此种选本之外的本子或散篇在流传。墨家所传先王之《书》，便是儒家选本之外的墨家选编本……墨家引《书》所占儒家传《书》比例如此之小，再一次证明墨家所传先王之《书》与儒家的《尚书》确实不同，墨家确有自己的《尚书》选本。"[2]

墨家所引版本不是东鲁儒家版本的事实，说明墨子初学于东鲁，并未得到儒家所藏上古典籍。"墨家确有自己的《尚书》选本"，"墨家选编本"是从哪里来的呢？从上文看，上海博物馆藏战国楚竹书《诗论》做出了回答。那么，"战国楚竹书"又是从哪里来呢？毫无疑问，"战国楚竹书"是战国时期楚国国内的竹简。这些不同于"孔子删修之外"的竹简，就是王子朝等"奉周之典籍以奔楚"时，使"周之典籍"流落在楚国，其后在楚，墨子学焉。

据《左传》载:"昭公二十六年（前516）十一月辛酉……王子朝及召氏之族、毛伯得、尹氏固、南宫嚚奉周

---

① 郑杰文:《中国墨学通史》，北京：人民出版社，2006年，第79—80页。

② 郑杰文:《中国墨学通史》，北京：人民出版社，2006年，第95页。

之典籍以奔楚。”据考，墨子父、祖辈是参与过“王子朝作乱”的“百工”后代，王子朝失败奔楚，其父、祖辈随王子朝一起到了楚国。后来，墨子又经常活动在楚国。典籍记载，墨子至楚郢都前后，曾接触过楚国贵族鲁阳文君、穆贺、楚惠王等，应该说墨子在楚国见到周室典籍，不仅有条件，而且是可能的。这是其一。

其二，从传说讲，墨子有条件获得夏商时期伊尹与商汤的民间传说。

墨子与伊尹都是出生在伏牛山地区的著名思想家。伊尹故居及隐居“耕莘古地”与墨子故里相距很近，嵩县、栾川、鲁山三地都有两位“圣人”历史的相应传说。墨子里籍在鲁阳，墨子出生并经常活动在这一带。夏商时期的“鲁”地，就是楚国鲁阳地区。这里有“桀与其属五百人徙于鲁，鲁士民复奔汤”的记载，鲁地士民投奔商汤不久，夏朝灭亡。商王朝在建立过程中又受到鲁人的支持，因而商、鲁之间的关系一直比较密切。商王关心鲁的农业生产，二者之间还存在着姻娅关系，商王娶鲁女为妇。卜辞中提到的鲁即今河南省平顶山市鲁山县，其商王应是商汤。周灭商后，周公旦及其子伯禽封于此地，鲁便成了姬姓诸侯国。墨子家乡在夏商周三代的核心统治区附近，要想获得夏桀、商汤、伊尹的传说，应该比知晓秦国“焚书坑儒”要容易得多。而伊尹又出生、成长于有莘国——今河南省洛阳市嵩县，隐居于有莘之野的“耕莘故地”——今河南省洛阳市栾川县。其三县地理位置，不仅同在河南省西南部伏牛山地区，而且墨子故里与伊尹故居相距很近，其间仅百余公里。

其三，县地域在战国时期都曾一度属楚国管辖。这些因素是墨子获取夏商周三代及商汤与伊尹信息的便捷条件。获取传说的便捷条件同王子朝“奉周之典籍以奔楚”的历史事件，为墨子思想中伊尹德政观来源，提供了桥梁通道。

四、墨子思想中伊尹德政观的当代价值

伊尹德政思想在我国历史上影响极其深远。战国初期，由于墨子吸纳了伊尹德政观，最终形成了墨子思想体系。

伊尹德政观与墨子思想同现在社会相比，有历史局限性和不科学的一面，我们自然不能求全责备。伊尹所指“上帝”“皇天”，我们可当“社会规律、自然规律”解释；所指“德政”，可理解为有益于人民的政治措施和政绩。墨子所指“圣王之道”，可理解为“国家战略方针”；所指“天意”，可理解为自然发展规律和社会发展规律。从“古为今用”的积极方面去解读，对当今天下治国理政，将大有裨益。

（一）伊尹“立爱惟亲”与墨子“兼爱”“和调”思想的当代价值

在科学飞速发展的当今，伊尹“立爱惟亲”，墨子“天下之人皆相爱，强不执弱，富不侮贫”“兼相爱，交相利”的思想有重要现实意义。我们知道，科学是把双刃剑，“义正”者掌握，可造福人类；“力正”者掌握，将祸害世界。当今世界某些国家执政者，正凭仗军事武力、挥舞着“核大棒”干涉别国内政，欺负弱小国家，闹得世界很不安宁。

不安宁的“病态”世界，需要“强不执弱，富不侮贫”“兼相爱，交相利”的“济世良药”。我国“和平发展”“合作双赢”的战略方针，无不闪烁着伊尹德政观和墨子“兼爱、和调”的中华民族优良传统文化光辉！

墨子是伟大的思想家、实践家，是中华民族的和平使者。我国在推进“和平发展”“合作双赢”的同时，要让和平使者——墨子，走向世界，让墨子“兼爱、和调”思想走进世界各国人民心中。让全世界人民同我们一起反对侵略战争、反对恐怖主义、反对霸权主义！要弘扬墨子思想，就要努力实现“天下之人皆相爱”——“世界大同”的宏图大略，为维护世界和平做出新的贡献。

（二）伊尹“任官惟贤材”与墨子“列德而尚贤”用人原则及现实意义

伊尹“任官惟贤材”“为上为德，为下为民”与墨子“列德而尚贤”“上欲中圣王之道，下欲中国家百姓之利”的用人原则有重要现实意义。

我们党和国家历来坚持以德为首、德才兼备、选贤任能的用人原则，要求国家工作人员“全心全意为人民服务”“立功于民，立德于世”。这同中华民族优良传统“任官惟贤材”“列德而尚贤”的思想是一脉相承的。

墨子所引伊尹《伊训》中的“三风十愆”对我国现今社会尤其重要。它启示我们：党风、政风，关系着国家生死存亡。党正风清是人民心愿，因此，执政者必须管住自己。

首先，要有正确用人机制，要为政“尚贤”，为政者要有“完整人格”“官无常贵而民无终贱。有能则举之，无能则下之。举公义，辟私怨”，要选贤任能，根除贿选，根除卖官鬻爵、买官买爵的社会流弊，保证人才选拔的公正性。

其次，法令、政策的贯彻实施，执政者和首脑机关必须率先垂范。执政者严重腐败，必将导致政息人亡。各级领导要“修身”“修德”发挥表率作用。上行必下效，必须保障法令、政策的正确贯彻施行，保证“尚同”，上下协调一致。

最后，法规、政策贯彻要实事求是，重在落实。对敢于违法违纪的工作人员，决不姑息迁就，应依法依纪严肃处理，以儆效尤。唯有如此，才能保证执政队伍纯洁性，保证国家长治久安。

夏商奴隶社会严刑峻法，现今故不可行；但若用古代墨子所举“圣王”《伊训》的“镜子”照照自己，“法为镜，知荣辱”，对增强“职务犯罪”“免疫力”将大有裨益。

（三）伊尹“惟天降灾祥在德”与墨子“顺天意者，必得赏，反天意者，必得罚”的现代启示

伊尹云“惟天降灾祥在德”，“作善降之百祥，作不善降之百殃”。墨子曰：“顺天意者，义政也；反天意者，力政也。”“顺天意者，兼相爱，交相利，必得赏；反天意者，别相恶，交相贼，必得罚。”说明伊尹与墨子都认为“天命决定于修德”。也即说，顺从自然和社会发展规律，施行“义政，必得赏”；违反自然和社会发展规律，施行“力政，必得罚”。

墨子对伊尹德政观的吸纳与传承，不仅成就了一代“显圣”——墨子，而且，伊尹德政观和墨子“兼爱、尚贤”思想，已成为中华民族优秀传统文化的宝贵结晶！

第四篇　伏牛山中上庄库是“财神”赵公明里籍地

关于“财神”赵公明里籍问题，此前我曾撰《财神赵公明里籍考》[①]《赵公明与栾川》[②]两文。随着深入实地考察，又有新发现，有必要再撰本文，以全面阐述。

我国古文献显示：“财神”赵公明春秋时期为鬼，晋朝称神，宋代再由鬼神化为道教正一派护法神。至明清，“财神赵公明”便成为陕西省西安市周至县“赵大村人”。对“赵大村”赵公明里籍一说，引起学界质疑，至今亦未认定。

“财神”赵公明之名，最早见于晋朝干宝《搜神记》。其卷五曰：“妖书”云，赵公明是鬼兵之将军，以瘟疫取人性命。宋不著撰人《三教源流搜神大全七卷》三卷，称：“赵元帅，姓赵讳公明，钟（终）南山人也。自秦时避世山中，

① 《财神赵公明里籍考》，《洛阳师范学院学报》2016 年第 4 期。

② 《赵公明与栾川》，《洛阳月谈》2016 年第 5 期。

精修至道。”后世所谓赵公明为终南山人，盖误出于此。

明朝中晚期，出现赵公明墓地记载。陕西省西安市周至县赵大村有赵公明庙，庙前立有石碑，其《重修玄坛赵公元帅庙碑记》曰:“赵大村，旧有玄坛神庙，财神生于斯也。庙不知创自何代……”“碑立于明万历九年（1581）八月十五日，然万历年间或以前，赵公元帅‘财神’身份史籍无考，故‘财神生于斯也’之‘财神’一词颇有可疑”，《财神》一书著者徐迅先生也提出了质疑。①

明正德年间《姑苏志·坛庙》载:“苏州玄坛庙在玄妙观前，玄坛或曰神姓赵，名朗，字公明，赵子龙从兄弟。”这里，赵公明被附会为三国时蜀国名将赵云兄弟，等等，说法颇多，不再赘述。

《世本·卷第五·王侯大夫谱》载:“世本公明生共孟及赵夙，夙生成季衰，衰生宣孟盾。”显然，史上确有赵公明其人，当为春秋时期晋国大夫赵括之先祖。

《左传·成公八年》（前583）载:“晋杀其大夫赵同、赵括。”《左传·成公十年》载:“晋侯梦大厉，被发及地，搏膺而踊，曰:‘杀余孙，不义。余得请于帝矣！’”

《左传》曰赵公明为“厉鬼”，《搜神记》说赵公明是“鬼兵之将军”，统称赵公明为“鬼”“神”类。足见，公元前583年时，赵公明已不在人世。

① 徐迅:《财神》，长沙：岳麓书社，2012年，第54页。

一、“财神”赵公明化鬼神说

中国上古始有“鬼”之概念。《说文解字》曰：“人所归为鬼。”《左传·昭公七年》载：“子产曰：‘鬼有所归，乃不为厉。’‘人生始化曰魄，既生魄，阳曰魂。用物精多，则魂魄强。是以有精爽至于神明。匹夫匹妇强死，其魂魄犹能冯（凭）依于人，以为淫厉。’”①古人认为，鬼魂有了依归，才不会再当恶鬼。人刚死叫作魂，产生了魄，阳气是魂。生时衣食精美丰富，魂魄就强健，所以有现形的能力，一直达到神化。普通人非正常死亡，他的魂魄还能依附在人身上，成为肆虐厉鬼。生前有灵异或暴死之人变鬼，其神通更大。厉鬼，即恶鬼，是生前未得善终或有冤枉之人，死后变恶鬼祸及生人。

赵公明化鬼说见《春秋左传正义·卷二十六》“成公八年”和“成公十年”记载与疏注。“成公八年”载：“晋杀其大夫赵同、赵括。”“成公十年”载：

> 晋侯梦大厉，被发及地，搏膺而踊，曰：“杀余孙，不义。余得请于帝矣！”坏大门及寝门而入。公惧，入于室。又坏户。公觉，召桑田巫。巫言如梦，公曰：“何如？”曰：“不食新矣。”公

---

① 《左传·卷十·昭公七年》，长沙：岳麓书社，1995年，第294页。

> 疾病，求医于秦。秦伯使医缓为之。未至，公梦疾为二竖子，曰:“彼，良医也。惧伤我，焉逃之？”其一曰:“居肓之上，膏之下，若我何？”医至，曰:“疾不可为也。在肓之上，膏之下，攻之不可，达之不及，药不至焉，不可为也。”公曰:“良医也。”厚为之礼而归之。六月丙午，晋侯欲麦，使甸人献麦，馈人为之。召桑田巫，示而杀之。将食，张，如厕，陷而卒。小臣有晨梦负公以登天，及日中，负晋侯出诸厕，遂以为殉。

晋杜预注、唐孔颖达正义曰:“厉，鬼也！赵氏之先祖也。八年，晋侯杀赵同、赵括，故怒。疏注:‘厉鬼至，故怒。’正义曰：鬼怒言，杀余孙，不义，必枉死者之祖也。景公即位以来，唯有杀赵同、赵括，故知是赵氏之先祖。赵氏之先祖其人非一鬼，不自言其名，未知谁之鬼。《世本》云：公明生赵夙。晋语云：赵衰，赵夙之弟（误，应为子——笔者据《世本》注），则括之祖、公明是也。”①

晋侯，即晋景公。唐孔颖达等正义，以为景公所梦之厉鬼就是赵公明，即被晋景公杀死的大夫赵同、赵括之先祖，赵公明怒晋景公杀其子孙不义，请于天帝以报其仇。

赵公明为神名，最早记录于晋干宝《搜神记》卷五:

---

① 杜预注，孔颖达等:《十三经注疏·春秋左传正义下》，上海：上海古籍出版社，1997年，第1906页。

散骑侍郎王祐疾困，与母辞诀，既而闻有通宾者，曰:“某郡，某里，某人，尝为别驾。”祐亦雅闻其姓字，有顷，奄然来至，曰:“与卿士类有自然之分，又州里情，便款然。今年国家有大事，出三将军，分布征发吾等十余人为赵公明府参佐，至此仓卒，见卿有高门大屋，故来投，与卿相得，大不可言。”祐知其鬼神，曰:“不幸疾笃，死在旦夕，遭卿，以性命相托。”答曰:“人生有死，此必然之事。死者不系生时贵贱。吾今见领兵三千，须卿得度簿相付，如此地难得，不宜辞之。”祐曰:“老母年高，兄弟无有，一旦死亡，前无供养。”遂唏嘘不能自胜。其人怆然曰:“卿位为常伯，而家无余财，向闻与尊夫人辞诀，言辞哀苦，然则卿国士也，如何可令死。吾当相为。”因起去。明日，更来。其明日，又来。祐曰:“卿许活吾，当卒恩否？”答曰:“大老子业已许卿，当复相欺耶！”见其从者数百人，皆长二尺许，乌衣军服，赤油为志。祐家击鼓祷祀，诸鬼闻鼓声，皆应节起舞，振袖飒飒有声。祐将为设酒食。辞曰:“不须。”因复起去。谓祐曰:“病在人体中，如火。当以水解之。”因取一杯水，发被灌之。又曰:“为卿留赤笔十余枝，在荐下，可与人使簪之。出入避恶灾，举事皆无恙。”因道

> 曰："王甲、李乙，吾皆与之。"遂执祐手与辞。时佑得安眠，夜中忽觉，乃呼左右，令开被，"神以水灌我，将大沾濡"。开被。而信有水在上被之下，下被之上，不浸，如露之在荷。量之，得三升七合。于是疾三分愈二。数日。大除。凡其所道当取者，皆死亡。唯王文英，半年后乃亡。所道与赤笔人，皆经疾病及兵乱，皆亦无恙。初，有妖书云："上帝以三将军赵公明、钟士季各督数鬼下取人。"莫知所在。祐病差，见此书，与所道赵公明合焉。①

南朝（梁）陶弘景《真诰·协昌期》称：

> 天帝告土下冢中直气五方诸神赵公明等，某国公位甲乙年如千岁，生值清真之气，死归神宫，翳身冥乡，潜宁冲虚，辟斥诸禁忌，不得妄为害气。

"直气五方诸神"有姓名者，只赵公明一人。"土下冢"即坟墓或阴间。魏晋南北朝至宋代，赵公明都被认作冥司鬼王、冥神、瘟神。此时的赵公明已化为神、或为鬼称。

---

① （晋）干宝撰，李剑国辑校:《新辑搜神记》，北京：中华书局，2007 年，第 100—101 页。

宋代不著撰人《三教源流搜神大全·七卷》三卷称：

赵元帅，姓赵讳公明，钟（终）南山人也。自秦时避世山中，精修至道。功成，钦奉玉帝旨，召为神霄副帅。按元帅乃皓廷霄度天彗觉昏梵气化生，其位在乾金水合气之象也！其服色：头戴铁冠，手执铁鞭者，金遘水气也；面色黑而胡须者北气也；跨虎者金象也。故此，水中金之义体，则为道用，则为法匕，则非雷霆无以彰其威，泰华西台其府，乃元帅之主掌，而帅以金轮称亦西方金象也。元帅上奉天门之令，策役三界，巡察五方，提点九州，为直殿大将军，为北极侍御史。昔汉祖天师修炼仙丹，龙神奏帝，请威猛神吏为之守护，由是，元帅上奉玉旨，授正一玄坛元帅。正则万邪不干，一则纯一，不二之职、至重。天师飞升之后，永镇龙虎名山。厥今三元开坛传度，其趋善建功谢过之人，及顽冥不化者，皆元帅掌之。故有龙虎玄坛实赏罚之。一司部下有八王猛将者，以应八卦也；有六毒大神者，以应天煞地煞年煞月煞日煞时煞也；五方雷神，五方雷神五方猖兵，以应五行二十八将，以应二十八宿。天合地合二将所，以象天门地户之阖辟；水火二营将所，以象春生秋煞之往来。驱雷役电，唤雨呼风，除瘟剪虐，保病禳灾，元帅之功莫大焉！至

> 如讼冤伸抑，公能使之解释，公平买卖求财，公能使之宜利和合。但有公平之事，可以对神祷，无不如意。故上天圣号为：高上神霄玉府大都督、五方之巡察使、九州社令都大提点、直殿大将军主领雷霆副元帅、北极侍御史、三界大都督应元昭烈侯、掌士定命设帐使、二十八宿都总管、上清正一玄坛飞虎金轮执法赵元帅。[①]

宋代《三教源流搜神大全》使赵公明又从鬼神演变成了道教正一派护法神，并有了所谓“终南山”之郡望。

然而，赵公明虽死处未定，却生地有传。在中原伏牛山区今河南省洛阳市栾川县叫河镇黎明（原娘娘庙）村一带，确有赵公明降生及其父祖辈活动传说与遗迹。

二、娘娘庙村的赵公明传说

河南省洛阳市栾川县叫河镇黎明村原称“娘娘庙”村，因村有“娘娘庙”得名。20 世纪 60 年代“文化大革命”“破四旧”，破除“娘娘庙”，取名“黎明”至今。

① 《三教源流搜神大全·七卷》郎园先生全书（己酉春仲郎园校刊）民国二十四年，长沙：中国古书刊印社印本，三卷十九 第 38 页“赵元帅”。

（一）娘娘庙村的“三霄娘娘庙”与石碑

原娘娘庙位于今黎明村小学处。因村建小学选址于娘娘庙，后拆庙建学。娘娘庙迁址于今学校西侧后方，现有高2米余，近3平方米大的小庙一处。小庙右侧立有《重修广生圣母殿记》石碑一通，由原娘娘庙址迁此，小庙内未见有神像雕塑。

在今黎明村小学院内，尚放置着三通古代青石石碑。其中一通为《创修玉仙水仙送子天仙庙志》碑，碑额刻有“日月同辉”与“二龙戏珠”图案及“万善同归”字样。1995年，为建设黎明村小学，原残存“娘娘庙”及重修的“广生圣母殿”彻底拆除，《创修玉仙水仙送子天仙庙志》碑及《创修五圣庙序》碑与另一通《五圣庙创修舞楼碑记》碑，同放置于此。

《创修玉仙水仙送子天仙庙志》碑文曰：“见庙宇鲜艳镇山头，神像辉煌映河洲”，“历相传，南山之巅有娘娘潭，其名不知创自何时，夫潭以娘娘名，似乎有仙居焉，娘娘以潭称，似乎有龙藏焉。”这说明，原“娘娘庙”及“娘娘潭”历史久远。碑文显示“玉仙水仙送子天仙庙”创修于“乾隆四十二年（1777）”。碑文中“玉仙水仙送子天仙”，是指民间俗称的云霄、碧霄、琼霄“三霄娘娘”，其道教神号为“天仙圣母云霄娘娘碧霞元君”“地仙圣母碧霄娘娘紫虚元君”“水仙圣母琼霄娘娘佩霞元君”三位神灵。显然，这里创修的“玉仙水仙送子天仙庙”就是“三霄娘娘庙”，庙内供奉主神为“三霄娘娘”。“其名不知创自何时”，说明

“三霄娘娘”的故事于此早有流传。不唯如此，这里还有“三霄娘娘”师兄“财神”赵公明降生老鸹寨下传说。

（二）赵公明降生老鸹寨下

世传，商末周初，今栾川县叫河镇倒回沟一带，有赵公明出生时的娘娘山、娘娘庙、陆压寨（老鸹寨）、大鹏山（歪头山）等地名遗存及云霄、碧霄、琼霄“三霄娘娘”传说和遗迹。这里传说的商末往事，却成了后来《封神演义》的素材。

据黎明村66岁的孙保善老人讲：孙家老祖宗孙英和孙袍老弟兄俩，在明代从山西省临汾市洪洞县迁到娘娘庙村。祖上老弟兄两个给孙家按辈分排字号是：“万世祠宗，富贵长兴，金玉满堂，元亨利贞。”孙保善辈分排为“长”字辈，即祖上迁娘娘庙村以来的第八代。自明代他们孙家迁到娘娘庙村后，祖上常听住在这里的当地人说，就在今天倒回沟里“陈家”［陈发家，陈发，时年（2016）83岁］住家附近有“娘娘山”和“老鸦寨”—“老鸹寨”，其地名也都与《封神演义》中“陆压”与“三霄娘娘”有关。明朝以前，这里就有“三霄娘娘”、老鸦寨和赵公明出世传说。据传，这里的娘娘山就是“三霄娘娘”修道的地方；老鸦寨就是老鸹寨，音传为“陆压寨”，寨下就是赵公明出生地。

倒回沟一带民间传说，赵公明母亲怀孕三年才生了赵公明，赵公明在娘胎里就会说话。赵公明出生前给母亲说：“生我时不要任何人看见！”母亲回答说：“你放心，这里没有人！”赵公明出世后，似仍不放心，又问母亲：“我出生时有什么动静吗？”其母答道：“你出生时别无动静，只有一只老鸹（老鸦）从这里飞过！”赵公明说：“不好！日后，我命必丧老鸦（陆压）之手！”后来，在《封神演义》第四十八回“陆压献计射公明”中，讲的就是赵公明在这里出世时遇老鸦，后遭陆压献计遇难的传说。

三、《封神演义》部分章节取材倒回沟

（一）《封神演义》成书过程

据日本内阁文库藏书显示，明许仲琳《封神演义》底本来自楚国，应为楚人原创。明代舒载阳刻本《封神演义》卷二题署“钟山逸叟许仲琳编辑”。此书明本唯日本内阁文库藏一部，仅卷二有题署。卷首有邗江李云翔撰写序文。序中云：“余友舒冲甫自楚中重资购有钟伯敬先生批阅《封神》一册，尚未竟其业，乃托余终其事。余不愧续貂，删其荒谬，去其鄙俚，而于每回之后，或正词，或反说，或以嘲谑之语以写其忠贞侠烈之品，奸邪顽顿之态，于世道人心不无唤醒耳。”

由此可知《封神演义》原本为许仲琳编辑或撰写，后经李云翔加以增删刻印。究其《封神》书稿来历，李云翔序文云：“余友舒冲甫自楚中重资购有钟伯敬先生批阅《封神》一册，尚未竟其业，乃托余终其事。”亦即说，李云翔完成的《封神》书稿，是由其好友舒冲甫在原楚国内地花

重资购买而来的。

历史上，栾川县部分地域在春秋战国时，曾分别隶属过鲁山、嵩县、卢氏县管辖。嵩县、栾川地处伏牛山北麓，鲁山县地处伏牛山北麓偏东。据《左传》载，公元前678年鲁阳（鲁山县）属楚；公元前624年楚子伐陆浑（嵩县地）之戎；公元前606年楚庄王借伐陆浑戎之机，把楚国大军开至东周洛阳南郊，举行盛大阅兵仪式，问鼎中原；公元前526年楚子使然丹诱杀蛮子嘉，遂取蛮氏，地（约在今嵩县东部与鲁山县西部一带）为楚辖。

栾川古称鸾川，因多鸾鸟于川而得名。汉至北魏置亭，唐置镇，宋徽宗崇宁三年（1104）置县，1154年废县为镇。1947年栾川解放，再置县。早在春秋战国时期，这一带地域曾一度属楚国管辖。

许姓，出自姜姓，以国为氏，是炎帝神农氏后裔。春秋时，许成为楚国附庸。《左传·昭公十八年》载："冬，楚子使王子胜迁许于析，实白羽。"亦即说，楚王命王子胜把许国从叶地迁往今河南省南阳市西峡县（西峡与倒回沟仅有老界岭一山之隔）。公元前506年，又令许由白羽迁都容城（今河南鲁山东南）。由于许国多次从属于楚国北部地域的今叶县、鲁山、西峡县等地迁徙，自此至今，这一地区散居不少许姓人家。《封神演义》作者许仲琳或其祖先徙居楚国地域，在今栾川一带驻足是完全可能的。李云翔序中所云"余友舒冲甫自楚中重资购有钟伯敬先生批阅《封神》一册"的"楚中"地域，与此地曾属楚国管辖完全一致。

从《封神演义》部分章回出现的地名和相关内容推断，《封神》书稿未成前，作者许仲琳或曾到过栾川倒回沟一带，应是历史真实。当他听到这里亘古不变的美丽神话传说后，茅塞顿开、突发异想，遂把这里的所见所闻及地名，一字不漏、照录不误，编入书中，遂成《封神演义》部分章回内容，这是完全有可能的事情。

（二）"三霄娘娘"传说与《封神演义》

明代，由许仲琳编辑的《封神演义》中部分章回素材，均与伏牛山区有关。该书第四十七回至第五十一回及第七十回等六章有关赵公明与云霄、碧霄、琼霄三位娘娘的故事，就取材于今栾川倒回沟一带的古老传说。

明代至春秋战国时期，娘娘庙村倒回沟一带，就流传有云霄、碧霄、琼霄三位娘娘和赵公明的故事。这里至今还有"娘娘山""陆压寨—老鸦寨—老鸹寨""大娘娘潭""小娘娘潭""娘娘庙""大鹏山""石磕山"等与《封神演义》相关的遗存及地名。《封神演义》第四十七回"公明辅佐闻太师"；第四十八回"陆压献计射公明"；第四十九回"武王失陷红沙镇"；第五十回"三姑计摆黄河镇"；第五十一回"子牙劫营破闻仲"五章的内容均与赵公明和"三霄娘娘"有关。第七十回"准提道人收孔宣"中的大鹏雕与倒回沟中的景观大鹏山（歪头山）相关。

栾川县叫河镇的倒回沟属伏牛山深山区。古代，这里人烟罕至，鸟兽云集。栾川古谓"鸾川"，因有很多形似凤凰的鸾鸟在此栖息而得名。《封神演义》中说云霄娘娘是青鸾鸟的化身，碧霄是鸿鹄鸟、琼霄是花翎鸟所变，此青鸾鸟正与鸾鸟——鸾川的地名吻合。即便今天，这里还有成群结队的国家二级保护鸟类红腹锦鸡栖息，其他鸟类更是繁多。

有说《封神演义》中“三霄娘娘”修行在碣石山，而今叫河镇倒回沟附近有石磕山，碣石、石磕倒用，曷、盍通假，碣石山和石磕山应为同一山。

《封神演义》写道，赵公明与燃灯在“保商与兴周”大战中，失去两件宝贝——“定海珠”与“缚龙索”。赵公明为了讨回宝贝，即刻前往三仙岛找“三霄娘娘”师妹借宝。原来，云霄、碧霄、琼霄三位娘娘曾与赵公明一起在“峨眉山”修道，他们是情同手足的同门师兄妹。赵公明知道云霄有“金蛟剪”和“混元金斗”两件宝贝，他前来借此宝贝的目的是讨回自己的“定海珠”与“缚龙索”。云霄虽然是个道姑，却终归是个有七情六欲的女人。赵公明长得相貌堂堂，性格豪爽，两人又同门修行，情趣相投，她早在心里爱上了他。她知道姜子牙道行很深，赵公明不是姜子牙的对手，担忧赵公明去讨宝，姜子牙会伤害师兄性命，因而不愿借宝贝给赵公明，但赵公明求宝心切，在他与菡芝仙再三向“三霄娘娘”求告下，云霄迫不得已，只得勉强同意把“金蛟剪”借给了赵公明。临行前，云霄叮咛再三，嘱咐赵公明莫乱使用“金蛟剪”。

赵公明得到“金蛟剪”后，就找姜子牙挑战。争斗中又伤了姜子牙许多将士，姜子牙十分恼怒，就听从道人陆压所献计谋，命人扎了一个草人，草人胸口上写有“赵公明”三字，又设了一台香案，一天三遍在草人面前烧香念咒。到了第21天，姜子牙又狠狠地朝草人射了一箭，赵公明顿时胸口流血，大叫一声，气绝身亡。

“三霄娘娘”得到赵公明被姜子牙咒死的消息，追悔莫及，恨自己给师兄带来杀身之祸，痛哭流涕。当下，“三霄娘娘”强忍悲痛下山，来到殷商闻太师大营，见到赵公明的尸体血肉模糊，又是一阵痛哭。“三霄娘娘”悲痛之余，亮出另一件宝贝“混元金斗”，要找姜子牙报杀兄之仇。闻太师立即整顿兵马，配合“三霄娘娘”与姜子牙决战。“混元金斗”果然厉害，姜子牙的将领一个个被擒拿，就连姜子牙也差点被擒。姜子牙眼见无奈，只好到昆仑山请师父元始天尊助阵。

元始天尊来到阵前，喝令“三霄娘娘”收宝回山，“三霄娘娘”不听，竟用“混元金斗”来擒拿元始天尊。元始天尊口念咒语，挥动衣袖，“混元金斗”失了神力，从半空掉了下来，落在碣石山上，变成了一大一小两个石盆，就是后来“三霄娘娘”经常用来洗浴身子的仙浴池。两个石盆的传说就是取材于倒回沟里的玉龙潭和碧玉潭，至今，当地百姓仍称之为“大娘娘潭”和“小娘娘潭”。“三霄娘娘”见宝贝被收，只好按下云头，拜倒在元始天尊面前。

“三霄娘娘”战败后，回山继续修行。“混元金斗”变成了仙浴池，成了她们的洗浴之地。她们在仙浴池里洗澡，越洗越后悔，越后悔越洗。至今，在倒回沟碧玉潭上方的石壁上，有一仰脸望天、袒胸露乳的女人石像，百姓称之为“娘娘问天”。“三霄娘娘”在洗浴时似在质问天公，姜子牙咒死她们师兄赵公明，元始天尊为什么不让报仇？天公似答道：此为天意，冤冤相报何时了？另在倒回沟里尚存有惟妙惟肖的石“玉女臀”一处，当地百姓俗称之为“石屁股蛋儿”，说这是“三霄娘娘”在此洗浴过的印记。据说，清光绪三年（1877）大旱后，暴雨倾盆，洪水滔天，“石屁股蛋儿”原在倒回沟中间，“屁股”朝向水来方向，虽自重有五吨左右，但因洪水冲刷，还是把它冲成了相反方向，就成了现在的样子。

赵公明死后，一道灵魂上了封神台。姜子牙在封神台上封神，封赵公明为“财神元帅”，统帅招宝神天尊萧升、纳珍神天尊曹宝、招财神使者陈九公、利市神仙官姚少司专管天下招财进宝之事。

据说，赵公明死后葬于陕西终南山下，后人却误传为陕西终南山人。

“三霄娘娘”始终忘不了赵公明，便在娘娘山附近一个特别向阳的地方修了一座财神庙，来祭奠赵公明。据传，倒回沟里柏树岭上的财神庙（公明道院）、公明殿，就是“三霄娘娘”祭拜赵公明的地方。

古代确实有很多传说的东西不可深信，但也不可完全丢弃，传说中，往往包含着历史的真实颗粒。《封神演义》中的故事，就是故事，多不可深信。事实是，倒回沟区域内和《封神演义》相关的地名遗迹及美妙传说，至今犹存。

它们才是我们今天见到的《封神演义》书稿中真正的原始素材。

四、跑马岭与上庄库养马的赵家

我国以“跑马岭”命名的地方很多。这里讲的跑马岭，是位于中原伏牛山区南阳市（西峡县）与洛阳市（栾城县）分界线上一条西南东北走向、长约10公里、海拔在1851米高的山岭，地理坐标为：东经111° 36′ 17″，北纬33° 76′ 74″。

跑马岭与王家古堡，距今栾川县叫河镇黎明村陈发家居（俗称陈家）不远，这三个地方，基本呈三角布局。在陈家东部，间距1.5公里处的是王家古堡，而在陈家西南部3公里左右的是跑马岭。由倒回沟（天河大峡谷旅游度假区）山门到王家古堡和跑马岭，陈家是必经之地。

黎明村村民、年近60岁的向导张建文说：

王家古堡原名叫王家庄。我十七八岁时的一年春季三月，到王家庄采药。在王家庄前的溪流斜对面，有一间草庵，庵里住着一个68岁的栾川陶湾人王老汉（现已过世，陶湾还有他的后代人）。他说：“听俺爷辈们传说，王家庄，周朝时叫‘下庄库’。房子是几千年前由石头垒砌的院落建筑，分上院、中院、下院三个院。每个院内有 9 间房屋，房屋墙体都用石块砌成，间距不大，共有房 27 间。2000 多年前的周朝末年（西周末、东周初），下庄库居住着一户有钱有势、在朝里做大官的王家，这里住有他的 12 个媳妇。平时，王家人及其官宦们，经常骑着马，路经跑马岭来到这里。在下庄库后边（东部）5 华里处，有一面积 5 亩大的场地，周朝末年时称‘上庄库’。上庄库旁有饮用水泉井一沿，历年水流不断，供给着人畜用水。上庄库距娘娘山老鸹寨下 7 华里远。上庄库住着一户养马的赵姓人家，也在周朝朝廷做官，院内经常拴有 20 多匹高头大马。后来，因老辈赵姓在朝廷受害、出事，赵姓小辈仍在此为朝廷养马，朝廷有事，就来这里调用马匹。人们来往出入，都是骑着马，经过跑马岭。因回马沟下有一高石崖，人马过不去，所以这条沟叫回马沟。去卢氏县城赶集，走跑马岭，都由此经过。此后，赵姓后代小辈，因养马有功，朝廷又封赵姓小辈入朝为官。至秦朝时，赵姓才由此迁出，去了陕西。时隔四五百年后，栾川县陶湾一户张姓人家、户主叫张麒麟，才迁往原赵姓居住的上庄库定居。张麒麟家从此迁出后，这里再无人居住，逐渐破损、荒芜。再后来，就有人来这里扒房、拆墙，开荒、种地……”

查阅现今地图，确有“娘娘山”“老鸹寨”“跑马岭”“回马沟”“赵家沟”“东石庙”等地名标识。

张建文又说：“上庄库去跑马岭，有路可通人马。跑马岭长 10 公里左右，在岭的两端，各建有一座小石庙。西部的叫‘西石庙’，东部的称‘东石庙’。”

我们现今实地看到的跑马岭，仍是人烟罕至，被遮天蔽日的原始森林覆盖。一棵棵粗壮挺拔的参天栎树，像一行行有序排列的英勇武士；陡峭山岩，如雄狮张牙舞爪，威严地守卫着跑马岭。

“西石庙”在“回马沟”与跑马岭相交的山头延伸处较低位置，是一座 6—9 平方米的石庙遗址。几块残缺的、歪歪斜斜的、留有加工痕迹的花岗岩石板，支撑着一座小石庙——“西石庙”。在地面上浅薄的土层里，似原来盖石庙房顶的隐藏石板。原石庙前墙，是一块人工凿有月牙形石门的石板，现作山墙用，与另两块石板（山墙、后墙）共同支撑着庙顶。庙顶，也非原石庙顶。显然，原西石庙已经遭受过严重破坏，后人不忍石庙被毁，在没有工具安装的情况下，慌乱中又急匆匆地把它支撑起来，成了现在的样子。

西石庙右侧，是一条通往西峡、卢氏县的崎岖古代山路，今仍留有古代道路痕迹——“马道”。古时去卢氏（属卢氏地域）赶集，也都从这里通过。周朝时，这一带曾属虢国管辖。

由此我们可以推断，东西两座石庙，除正常有祭祀活动外，其主要功能是森林中的导示作用。它指引着过往人们的正确行驶路线，避免走错方向。尤其是，西石庙的建成，特别警示行人，不要误入“回马沟”——这个人马不通的“断头路”。

据张建文介绍的情况，上庄库居住的赵姓人家，从时间、地点及养马职业特点看，恰与我们考证的赵公明父、祖辈，在伏牛山中跑马岭一带隐蔽养马、驯马、驭马一事吻合。

据《姓纂》载：“帝颛顼伯益嬴姓之后，益十三代至造父，善御，事周穆王，受封赵城，因以为氏。”善御马的造父，是受封赵姓的始祖。查遍典籍，在西周之前，赐姓赵或封地为赵者，唯赵公明先祖一家。故此，上庄库居住的养马赵姓人家，只能是赵公明及其父祖辈者，别无他赵。我们以为，周朝末年，下庄库与上庄库住的王、赵两姓人家，都在同一周朝朝廷为官，两处地名又均以“库”称，说明，这两处应为周朝朝廷的隐秘“王室御马仓库”。此处尚有距离适当的娘娘山、老鸹寨、赵家沟、跑马岭、回马沟等地名与之相对应，这里必然是养马赵家、专一为周朝朝廷驯马、御马场所。马在周代，一直被当作朝廷驾驶战车或交通运载的“国家重资”。御马者又多为王室近臣，故而周室王廷特别重视马匹的豢养与使用。据洛阳出土的周王城“天子驾六”，就足以说明马匹在周代的重要价值。“天子驾六”是我国古代礼制的一种行为，只有国王级别的人，才能乘坐六匹马拉的马车，即“天子驾六”。天子所御驾六，其余副车皆驾四。逸礼《王度记》曰:“天子驾六，诸侯驾五，卿驾四，大夫三，士二，庶人一。”显然，驾车马匹数量的多少，决定着官职、官位的等级，配备马匹数量有着严格区别，足见马匹在周王室的重要程度。下庄库居住的周朝做大官的王家，可能是周朝掌管马匹配备使用的大臣，或为养马赵姓的上司。另从王家养有的12位媳妇看，说明王家在周朝朝廷位高爵显、权大势重。“上庄库距娘娘山老鸹寨下7华里远”说明上庄库正可称谓“老鸹寨下”。赵公明出生老鸹寨下地传说恰与上庄库的实际地理位置相契合。无疑，上庄库就是赵公明出生之地，这当是历史真相！

五、“财神”赵公明氏族起兴

(一) 赵公明氏族的起兴

史载，赵氏得姓始祖为造父。造父，少昊之裔，西周著名驭马能手，受幸于周穆王。传说他曾取良马八匹，献予王而御之，西行至昆仑，见西王母，乐而忘返。后闻徐州徐偃王反，遂其亲御车驾，载着周穆王日行千里，适时而返，得以平定乱事，因功被赐于赵城（今山西省临汾市洪洞县赵城镇）。造父的第七代子孙叔带率部分宗族由周投晋，史称“去周如晋，赵姓始昌”，下传至赵襄子时，与韩、魏三分晋地，建立赵国，公元前222年赵为秦所灭。其后裔子孙以国名为氏，称赵姓，尊造父为始祖。《史记·赵世家》载：

> 赵氏之先，与秦共祖。至中衍，为帝大戊御。其后世蜚廉有子二人，而命其一子曰恶来，事纣，为周所杀，其后为秦。恶来弟曰季胜，其后为赵。季胜生孟增。孟增幸于周成王，是为宅皋狼。皋狼生衡父，衡父生造父。造父幸于周缪（穆）王。造父取骥之乘匹，与桃林盗骊、骅骝、绿耳，献之缪王。缪王使造父御，西巡狩，见西王母，乐之忘归。而徐偃王反，缪王日驰千里马，攻徐偃王，大破之。乃赐造父以赵城，由此为赵氏。自造父已下六世至奄父，曰公仲，周宣王时伐戎，为御。及千亩战，奄父脱宣王。奄父生叔带。叔带之时，周幽王无道，去周如晋，事晋文侯，始建赵氏于晋国。自叔带以下，赵宗益兴，五世而至赵夙。赵夙，晋献公之十六年伐霍、魏、耿，而赵夙为将伐霍。①

《史记·赵世家》载："自叔带以下，赵宗益兴，五世而至赵夙。"据《世本·王侯大夫谱》载："赵夙"确系赵公明

① 司马迁：《史记（全十册）卷四十三·赵世家第十三》，北京：中华书局，1959年，第1779页。

之子。依常理，此处当有赵夙其父赵公明之记述，然何空缺，是史迁疏漏，或有碍“陈规”不得著入，或是赵公明不够“入史”“资格”，这就成为一宗历史疑案！要破解此案，我们只有追溯“叔带以下”的赵姓家族史。

（二）赵叔带于西周王室丢官投晋

《史记·赵世家》载：“奄父脱宣王。奄父生叔带。叔带之时，周幽王无道，去周如晋，事晋文侯，始建赵氏于晋国。”这里记载了奄父之子赵叔带，在西周王室为卿士的坎坷行径。

《史记·周本纪》载：“幽王（前781—前771年在位）以虢石父为卿，用事，国人皆怨。石父为人佞巧善谀好利，王用之。”“幽王以虢石父为卿”，是奄父之子赵叔带“去周如晋”的直接原因。《史记·周本纪》载：“幽王二年，西周三川皆震……是岁也，三川竭，岐山崩。”对于此次地震灾害，周王室内外反响不一。若参考《东周列国志》所述，或可窥豹一斑，其《第二回》曰：

> 却说赵叔带怀着一股忠义之心，屡欲进谏，未得其便。过了数日，岐山守臣又有表章申奏说：“三川俱竭，岐山复崩，压坏民居无数。”幽王全不畏惧，方命左右访求美色，以充后宫。赵叔带乃上表谏曰：“山崩川竭，其象为脂血俱枯，高危下坠，乃国家不祥之兆。况岐山王业所基，一旦崩颓，事非小故。及今勤政恤民，求贤辅政，尚

> 可望消弭天变。奈何不访贤才而访美女乎？”虢石父奏曰：“国朝定都丰镐，千秋万岁！那岐山如已弃之屣，有何关系？叔带久有慢君之心，借端谤讪，望吾王详察。”幽王曰：“石父之言是也。”遂将赵叔带免官，逐归田野。赵叔带叹曰：“危邦不入，乱邦不居。吾不忍坐见西周有‘麦秀’之歌。”

于是携家竟往晋国——是为晋国大夫赵氏之祖，赵衰赵盾即其后裔也。

可见，是无道幽王与虢石父的乱国辅佐行径，致使赵叔带丢官、去周如晋。“幽王二年，西周三川皆震”从侧面说明，赵叔带或于是年（前780），投靠晋国，为晋国大夫。然而9年后，西周王室终于遭遇了幽王失国、平王东迁的重大变故。

汉宋衷注《世本八种》载：

> 魏（国）赵氏 公明生共孟及赵夙，夙生成季衰，衰生宣孟盾，盾生庄子朔，朔生文子武，武生景叔成，成生简子鞅，鞅生襄子毋卹，毋卹生桓子嘉。赵武子穿、为夙之曾孙……[①]

---

① 宋衷注，秦嘉谟等辑：《世本八种·世本·卷六》（秦嘉谟辑补本），北京：中华书局，2008年，第170页。

《世本·卷第五·王侯大夫谱》载：

赵谱 公明生共孟及赵夙，夙生成季衰，衰生宣孟盾。[①]

上述张澍稡注本与秦嘉谟辑补本同，两处均称赵夙为赵公明之子。《左传·卷四·闵公元年》（前661）载：

晋侯作二军，公将上军，太子申生将下军。赵夙御戎，毕万为右，以灭耿、灭霍、灭魏。还，为太子城曲沃。赐赵夙耿，赐毕万魏，以为大夫。[②]

《史记·周本纪》载：“（宣王）三十九年（前789），战于千亩，王师败绩于姜氏之戎。”其《晋世家》载：穆侯“十年，伐千亩，有功。”是说，穆侯随周宣王伐西戎的千亩之战，有功。周宣王（前827—前782）在三十九年（前789）千亩之战后，又历七年晏驾，幽王即位。幽王

① 宋衷注，秦嘉谟等辑:《世本八种·世本·卷六》(秦嘉谟辑补本)，北京：中华书局，2008年，第137页。

② 《左传·卷四·闵公元年》，长沙：岳麓书社，1995年，第45—46页。

（前 781—前 771）在位时，赵叔带去周如晋，周宣王时的有功旧臣赵叔带、晋穆侯及其子仇、成师会聚晋国。

“赵夙御戎”，是指公元前 661 年，晋献公“以赵夙为国君战车的驭手”。显见，公明子、能够驾驭车马时的赵夙，时年当在 20 岁至 35 岁间，此时，赵公明在 38 岁至 53 岁间。若此，赵公明应出生于公元前 714 年至公元前 699 年。

《史记·赵世家》所载“叔带以下，赵宗益兴，五世而至赵夙”说明，赵叔带以下至赵公明为四世，赵公明之子赵夙为五世。周宣王三十九年（前 789），“及千亩战，奄父脱宣王。奄父生叔带”。显然，这里指赵叔带为一世，赵公明其祖、父辈则为二、三世。依常规，每世按 30 年计，三世为 90 年，赵公明出生于公元前 699 年前。此计与上述推算基本一致。故此我们说，按史籍记载推断，赵公明生于公元前 714 年至公元前 699 年。那么，先祖本为晋国的赵公明，怎么会出生在伏牛山区的上庄库呢？这当同赵公明父祖辈的迁徙相关。

六、赵公明父祖辈逃避至伏牛山区的历史成因

（一）晋国内乱与虢人侵晋

赵叔带携家人投靠晋国，为晋国大夫、事晋文侯，其后裔子孙并不太平。先是晋国内乱，后是虢人伐晋，晋国战乱接连不断。

《史记·晋世家》载:“穆侯四年,取齐女姜氏为夫人。七年,伐条。生太子仇。十年,伐千亩,有功。生少子,名曰成师。”

周宣王驾崩次年(前781),即周幽王元年,晋穆侯太子仇,率其徒袭殇叔而立,是为文侯。晋文侯十年(前770),幽王无道,犬戎杀幽王,西周东徙。晋文侯仇卒,子昭侯伯立。周平王二十六年、晋昭侯元年(前745),封文侯弟成师于曲沃,号为桓叔。

《左传·桓公二年》载:“惠之二十四年(周平王二十六年,前745),晋始乱,故封桓叔于曲沃,靖侯之孙栾宾傅之。……惠之三十年(周平王三十二年,前739),晋潘父弑昭侯而纳桓叔,不克。晋人立孝侯。惠之四十五年(周平王四十八年,前723),曲沃庄伯伐翼,弑孝侯。翼人立其弟鄂侯。鄂侯生哀侯。哀侯(周桓王三年,前717)侵陉庭之田。陉庭南鄙启曲沃伐翼。”《左传·桓公三年》载:“三年(周桓王十一年,前709)春,曲沃武公伐翼,次于陉庭。”

自公元前745年至公元前709年的36年间,仅史籍有载的晋国战乱就发生过5次,平均每7年一次,至公元前668年,虢人又两次侵晋。《左传·庄公二十六年》载:“秋,虢人侵晋。冬,虢人又侵晋。”晋国内乱外患接二连三、政权更替频繁,社会处于动荡不安的局面。

晋国战乱局势,使投靠晋国的赵叔带后裔子孙,身处两难的尴尬局面。面对晋穆侯子孙孰对孰错,支持何人、反对何方，这个“选边站队”时刻，使投靠晋国的赵叔带后裔子孙无法选择，不得已，最终选择“走为上”，只有逃避一条路。这或是司马迁《史记·赵世家》中，没有记载赵叔带以下、赵夙以上——赵公明及其父、祖世参与晋国战乱的真正原因。那么，赵叔带后裔子孙该当逃避何方？笔者以为，当与赵氏家族养马、驯马、御马的传统习俗相关。

（二）承继先祖御马术，重操驯马、御马旧业

赵与秦虽原本同祖，但赵氏族人从事养马、驯马、御马的游牧生活，常效力历代王室。《史记·赵世家》载：“赵氏之系，与秦共祖。周穆平徐，乃封造父，带始事晋，夙初有土。”自夏桀时，费昌去夏归商、为汤御，至周代造父、奄父、叔带、赵夙等赵氏族人，几乎全部与御马有关。

《史记·秦本纪》载“秦、赵之祖”大费，佐舜“调驯鸟兽，鸟兽多驯服”；夏桀时费昌“去夏归汤，为汤御”；孟戏、中衍为帝太戊御“遂致使御而妻之”。可见，赵氏祖先是以狩猎、畜牧为主的游牧氏族。游牧氏族居无定所、长于迁徙，他们世代以“御”（同驭）即养马、驯马、赶马而著称。其先祖“恶来有力，蜚廉善走”且具猎人特点，造父以养马、御马而得功，至奄父仍为御者。《史记·秦本纪》所载，是赵氏祖先从事游牧生活的明证。此说，正与河南栾川西部民间传说的倒回沟“老鸹寨一带跑马岭，就是赵公明及其父、祖辈驯马、驭马的跑马场所”吻合。其非巧合，当为历史的真实契合！赵公明父、祖辈选择“走为上”、离开晋国，逃避哪里？据笔者考证，与适于养马、

驯马、御马的伏牛山区和今河南省洛阳市栾川县西部倒回沟一带独有的赵公明出生传说有关。

自古以来，洛阳市南部伏牛山腹地的栾川倒回沟娘娘山老鸹寨一带，就有地名“跑马岭”。传说老鸹寨一带跑马岭，就是赵公明及其父、祖辈驯马、驭马的跑马场所。

《左传·隐公五年》（前718）载:“曲沃叛王，秋，王命虢公伐曲沃而立哀侯于翼。”

《史记·晋世家》载:“鄂侯六年卒。曲沃庄伯闻晋鄂侯卒，乃兴兵伐晋。周平王［史迁误，按《中国历史纪年表》应为周桓王三年（前717)］使虢公将兵伐曲沃庄伯，庄伯走保曲沃。晋人共立鄂侯子光，是为哀侯。”

《左传》《史记》所载为同一事。此时的赵公明当未出生。其父、祖辈正在北虢西南之边陲（卢氏境）——今河南栾川西部伏牛山的娘娘山一带跑马岭，承继造父、奄父、叔带祖传驭马术，养马、驯马操练。他们于周平王四十八年（前723）至周桓王三年（前717）的6年间，在曲沃庄伯伐翼、弑孝侯时逃避于此。传说中的赵公明出生地点，洽于此段虢、晋历史吻合。上述传说，正好填补了叔带以下赵公明及父、祖辈三代人，这段缺失的历史空白。逃避本为秘事，世人鲜知，史籍无载，连司马迁亦难以知晓，故成历史疑案！

实际上，随着内容建立于传说基础上的（明）许仲琳《封神演义》刊布，商末的赵公明传说故事逐步深入人心，其民间形象亦基本趋于定型。有关赵公明出生时代，以《封神》说，是在商末周初；由《史记》说，是在周代之末，两说虽然时代不一，但其降生栾川西部娘娘山老鸹寨下的地点，却始终没有变化。

（三）伏牛山优越的地理环境

赵公明父、祖辈逃避虢国东南边陲，驯马操练的前提，是由晋国内乱，晋、虢交恶与虢国地理位置所决定的。

伏牛山是我国中原地区秦岭东延最南部一支较大山脉，俗称“八百里伏牛山”。不仅绵延横跨今河南省西南部，且山大林深，气候温润，适宜狩猎，便于人居。据笔者《殷商元圣——伊尹里籍·隐居·事功考实》考证，这里曾是殷商元圣——伊尹出生、隐居，采摘、种植中草药的地方。商汤就是从这里的遏遇岭聘迎伊尹出山的。[①]东周时，这里北临东都洛阳国家政治中心，虽是护卫洛阳的军事要塞，但其地属虢国东南边陲，是虢人无暇顾及的边沿地带。《左传·宣公三年》（前 606）载，楚庄王“问鼎中原”，楚国大军开至东周首府洛阳南郊，举行盛大阅兵仪式，就是由此进入的。可见，其地势既有利奇袭出击，又能隐蔽操练。如此优越的地理环境，也当是晋国与虢国决斗、进退自如的绝佳战略区位选择。虽距晋国较远，却距虢人都城较近，加之赵氏族人有御马、善走特长，虽途长但当不足

① 张新河、张海宽：《殷商元圣——伊尹里籍·隐居·事功考实》，北京：社会科学文献出版社，2015 年，第 77—78 页。

虑。这种天然战略优势，自然是晋人灭虢南、北夹击查略的首选之地。正如前述，东周平王驾崩后，虢人开始伐晋。《左传·隐公五年》（周桓王二年，前718）载：“曲沃叛王。秋，王命虢公伐曲沃而立哀侯于翼。”《左传·隐公八年》（前715）载：“夏，虢公忌父始作卿士于周。”周平王驾崩，桓王以虢公忌父作周卿士，周室又由虢人执政，这使本已交恶的虢、晋关系雪上加霜。

公元前668年，虢人举兵两次侵晋，晋国按捺不住激愤，终将还手。次年，《左传·庄公二十七年》（前667）载：“晋侯将伐虢，士𫇭曰：‘不可。虢公骄，若骤得胜于我，必弃其民。无众而后伐之，欲御我谁与？夫礼乐慈爱，战所畜也。夫民让事乐和，爱亲哀丧而后可用也。虢弗畜也，亟战将饥。’”士𫇭分析形势，认为伐虢条件不备，暂时作罢。晋为灭虢备战，提升士气，转而先伐霍、耿、魏三国。《史记·魏世家》载：“献公之十六年（前661），赵夙为御，毕万为右，以伐霍、耿、魏，灭之。以耿封赵夙，以魏封毕万，为大夫。”亦即《左传·闵公元年》载：“赵夙御戎，毕万为右，以灭耿、灭霍、灭魏。”三年后，晋伐虢。《左传·僖公二年》（前658）载，晋国“假道于虞以伐虢”，“伐北虢，灭下阳。”《春秋左传正义·僖公二年》载：“虞师、晋师、灭下阳。杜预注：下阳，虢邑，在河东大阳县。”《汉书·地理志上》弘农郡陕县下班固自注云：“故虢国。有焦城，故焦国。北虢在大阳，东虢在荥阳，西虢在雍州。”大阳即北虢。《左传·僖公五年》（前655）载：“晋灭虢”，遂袭虞。此虢，在今河南省三门峡市陕县东南，地辖今卢氏及栾川西部倒回沟一带。

赵夙之父赵公明，或于此役因功战死、或非命冤死于此前。故，后世则有赵公明为厉鬼和“封神”之说。按史籍记载推算，“财神”赵公明当生于公元前714年至前699年间的今河南省洛阳市栾川县西部倒回沟一带娘娘山老鸹寨下，死于非命，在公元前655年假虞灭虢之战或此前。

据此，我们可以断定：西周末、东周初期，伏牛山中跑马岭下的上庄库，就是“财神”赵公明父、祖辈，由晋国迁徙虢国东南部山区养马、驯马、御马的逃避场所，更是“财神”赵公明降生之地。

七、伏牛山中祭造父

史事都不是孤立存在的，其前因后果、来龙去脉总互相牵连。据考，赵公明父祖代，为逃避周朝对晋国攻伐和晋国内乱局势，不得已，又回到伏牛山区祖居地避难。伏牛山中，确有赵氏先祖“造父之墓”存焉。

位于伏牛山的鲁山县赵村乡，有赵氏先祖“造父之墓”尚存。当地人称谓“三只眼，马王爷”造父之墓。盖出自赵公明先祖为养马、御马世家的缘故。多年来，世界赵姓知名人士纷纷来此认祖归宗，络绎不绝地寻根拜祖。

2014年3月12日，《平顶山日报》、平顶山新闻网记者段孝和《赵姓寻根在鲁山》报道：3月3日，世界赵氏联研总会组织香港、澳门等地千余名赵氏后人，到鲁山县赵村乡宽步口村祭拜了始祖造父。

另据，2015年3月20日，《平顶山日报》、平顶山新闻网讯欧阳报道：3月20日上午，2015年赵姓宗亲祭祖典礼在鲁山县赵村乡宽步口村造父墓前举行，来自海内外的千余位赵姓子弟参加典礼。

历史区划的今栾川县地域，曾一度隶属卢氏和嵩县管辖，与古鲁国（西鲁，后谓鲁阳，今称鲁山县）地域相邻。赵公明先祖造父，祖居本地域不无可能。世界赵姓纷纷来此拜祖，绝非空穴来风，当事出有因。

史载，造父，嬴姓，其祖先伯益为颛顼裔孙，舜赐姓嬴，造父为伯益9世孙。《史记》曰：“穆王使造父御，西巡狩，见西王母，乐之忘归。而徐偃王反，穆王日驰千里马，攻徐偃王，大破之。乃赐造父以赵城（今山西省临汾市洪洞县北），由此为赵氏。”造父即以赐地为姓，其族人由此而得赵姓，故拜造父为得姓始祖。

根据民间传说和史籍记载考证：“财神”赵公明先祖赵叔带，初因功封为西周卿士，周幽王时“去周如晋”为晋国大夫。后因晋国内乱及虢国对晋国的多次侵伐，赵公明父、祖辈为逃避晋国战乱，于东周平王四十八年（前723）至周桓王三年（前717）的6年间，在曲沃庄伯伐翼、弑孝侯时，由晋国南迁至北虢（卢氏）境，隐蔽周之北虢西南部伏牛山中跑马岭下的上庄库一带，即今河南省栾川县境，以养马、驯马、御马为业。本次“南迁逃避”，客观上，为后来晋国灭虢国奠定了坚实基础，更为其后裔子孙重归晋国建功立业铺平了道路。赵公明或于公元前 714 年至公元前 699 年间，降生于伏牛山中娘娘山老鸹寨下的上庄库，公元前 655 年假虞灭虢之战或此前，冤死于非命。

《封神演义》作者，曾在栾川倒回沟一带采访、搜集素材，遂把赵公明与“三霄娘娘”这个西周末、东周初年的故事，误撰至商末周初，以部分章节纂入书稿。至明代，随着《封神演义》成书刊布，赵公明在民间被尊为“财神元帅”崇仰而供奉，以祈招财进宝，迎祥纳福。

第五篇　伏牛山战略要地——鲁山

第一章　河南鲁山是“周公旦封鲁”故地

“周公旦封鲁”《史记》多篇有载。《史记》是中国传统史学公认的经典。这部鸿篇巨著，是后世史家研究我国古代历史的重要典籍依据。但受时代局限或受交通、信息制约，一些历史真实却因误识而疏漏，遂成瑕不掩瑜之瑕疵。我们虽不能求全责备古人，可学者逐一发现《史记》的瑕疵，也不得不明确指出，以免因贻误而影响对一些历史事件正确的判断与理解。尤其当学者据《史记》论及“周公旦封鲁”时，出现不少差异。有说“周公旦从未封过鲁”或“封鲁”的是后代“周公”，也有说“伯禽首封于鲁”“伯禽曾两次封鲁”，还说“始封于鲁者为伯禽，而非周公”，或河南鲁山是“伯禽首封之鲁”等。总之，否认“周公旦封鲁”是历史真实。

那么，周公旦封过鲁吗？究竟是“周公旦首封于西鲁”还是“伯禽首封于西鲁”？《史记》中“封周公旦于少昊之虚曲阜”是历史真实吗？笔者以为，“首封于西鲁”者是周公旦，其子伯禽只是代就封于“西鲁”，非“首封西鲁”，伯禽首封之地是山东曲阜；“周公旦封鲁”故地为河南鲁山。《史记》中“封弟周公旦于曲阜”及“封周公旦于少昊之虚曲阜”均为史迁之讹误。

一、周公旦在世“周公世家”两次受封于“鲁”

关于武王姬发首封“叔旦于鲁而相周，为周公”，因“留佐武王，不就封”，遂“使其子伯禽代就封于鲁”及“因商奄之民，命以伯禽，而封于少昊之虚”。成王姬诵，封周公旦元子伯禽东迁商奄之地曲阜鲁国为鲁侯，这是周初武王父子，分别于不同时期，对周公姬旦与其元子伯禽两个不同对象的两次分封。然而因《史记》载述讹误，出现后人对“周公旦封鲁”认知分歧，致使相关历史事件无法定论。因此有必要予以辨析，以恢复历史的本来面目。

（一）《史记》中关于“周公旦封鲁”的两个荒唐结论

司马迁《史记·管蔡世家》“封叔旦于鲁而相周，为周公”与《史记·鲁周公世家》“封周公旦于少昊之虚曲阜，是为鲁公。周公不就封，留佐武王”。原本为风马牛不相及的两个荒唐结论。

1. 从周初礼制，分辨“周公旦封鲁”实质

《史记·宋微子世家》载：“父死子继，兄终弟及，天下通义也。”《公羊传·庄公三十二年》载：“鲁一生一及。”汉

何休注："兄死弟继曰及。"孔子说："殷因于夏礼，所损益可知也；周因于殷礼，所损益可知也。"显然，周文化含有夏商文化重要因素，商周时代已施行"天下通义""父死子继，兄终弟及"家国天下的世袭传承制。王国维《观堂集林·殷周制度论》："商之继统法，以弟及为主，而以子继辅之，无弟然后传子。"《礼记·王制》曰："王者之制禄爵，公侯伯子男凡五等。"《尚书·武成》："列爵惟五。"注："爵五等，公、侯、伯、子、男。"由此看，周初或已推行"公侯伯子男""五等"的禄爵分封制。"公、侯"指公爵与侯爵。汉班固《白虎通·爵》："所以名之为公侯者何？公者通，公正无私之意也；侯者候也，候逆顺也。"这里"公、侯"泛指有爵位的贵族和官高位显之人。《后汉书·朱景王杜马等传》论："自兹以降，迄于孝武 ，宰辅五世，莫非公侯。"李贤注："自高祖至于孝武凡五代也，其中宰辅皆以公侯勋贵为之。"由商周承传至后汉的爵禄制度尚且如此，试想周初实施"宰辅皆以公侯勋贵为之"的制度或更严格。

周初，一个以"仁""德"为纲常取代殷商天下的周王朝，在"功臣昆弟"中施行论功行赏"父死子继，兄终弟及"以"公侯伯子男"为封爵礼制，或已为历史真实。《史记·管蔡世家》载："武王已克殷纣，平天下，封功臣昆弟。"这是周初武王姬发克殷纣后对"功臣昆弟"实施的首次分封，曰：

管叔鲜、蔡叔度者，周文王子而武王弟也。

> 武王同母兄弟十人。母曰太姒，文王正妃也。其长子曰伯邑考，次曰武王发，次曰管叔鲜，次曰周公旦，次曰蔡叔度，次曰曹叔振铎，次曰成叔武，次曰霍叔处，次曰康叔封，次曰厓季载。厓季载最少。同母昆弟十人，唯发、旦贤，左右辅文王，故文王舍伯邑考而以发为太子。及文王崩而发立，是为武王。伯邑考既已前卒矣。武王已克殷纣，平天下，封功臣昆弟。于是封叔鲜于管，封叔度于蔡：二人相纣子武庚禄父，治殷遗民。封叔旦于鲁而相周，为周公。

可见文王十子，姬旦行四。长子伯邑考早故，姬发行二，文王崩，其子中行二的姬发嗣“武王”位。《史记·鲁周公世家》载：“封周公旦于少昊之虚曲阜，是为鲁公。”武王既封四弟“姬旦”为“鲁公”，因“相周”又为“周公”。《史记·鲁周公世家》说，是因“周公不就封，留佐武王”。武王既要“周公”姬旦相佐，然何又首封姬旦为“鲁公”？史迁无交代。尤其当武王与三弟叔鲜尚在世，却反“父死子继，兄终弟及，天下通义”之礼制，让四弟“鲁公”姬旦再改封“周公”，继享其父“太王所居周地为其采邑”？似无可能！即若继承，也是二子姬发或三子叔鲜，尚轮不到四子姬旦。若论功行封，姬旦已封鲁公。若姬旦封“周公”，也只有当武王去世后周公为“冢宰”之际，鲁公姬旦方有改封“周公”可能。亦即在成王执政“命以伯禽，而封于少昊之虚”(《左传·定公四年》),“分之土田陪敦,祝、宗、卜、史”《诗经·鲁颂·閟宫》,中成王封伯禽,曰:“俾侯于鲁,俾侯于东……赐之山川,土田附庸”之时,方如《史记》“集解谯周曰:‘以太王所居周地为其采邑,故谓周公。’索隐周,地名,在岐山之阳,本太王所居,后以为周公之采邑,故曰周公。即今之扶风雍东北故周城是也”。当武王新故,姬旦已被武王封为“鲁公”的情势下,姬旦能独霸“太王所居周地为其采邑”而自称“周公”?仅以周公旦“行孝道、施仁德”之道高人品,亦更不可能。显然“后以为周公之采邑”非姬旦为“鲁公”时,其正同《史记·鲁周公世家》:“周公卒,子伯禽固已前(周公姬旦的)受封,是为鲁公”一样,长者在世,幼者是不可能继其封位享其爵禄的。因此姬旦“为周公”只能在其为“冢宰”辅佐成王间,或“七年后”成王执政时。《逸周书·作雒解第四十八》载:

> 武王克殷,乃立王子禄父,俾守而祀。建管叔于东,建蔡叔、霍叔于殷,俾监殷臣。武王既归,乃岁十二月,崩,镐殡于岐周。周公立相,天子三叔及殷东徐奄及熊盈以略。

这里“(武王)崩,镐殡于岐周。周公立相”,当为鲁公姬旦为“冢宰”、改封“周公”时。此即《史记·管蔡世家》:成王姬诵“封叔旦于鲁而相周,为周公”的真实历史。而《史记·鲁周公世家》“封周公旦于少昊之虚曲阜，是为鲁公。周公不就封，留佐武王”句，当是司马迁早年受学于董仲舒“罢黜百家，独尊儒术”思想影响及汉武帝推崇“罢黜百家，独尊儒术”时局所限，有意无意使儒家曲阜“东鲁”掩盖了河南鲁山“西鲁”的真实存在，混淆了两个鲁国历史界限。《史记·鲁周公世家》载：

> 周公旦者，周武王弟也。自文王在时，旦为子孝，笃仁，异于群子。及武王即位，旦常辅翼武王，用事居多。武王九年，东伐至盟津，周公辅行。十一年，伐纣，至牧野，周公佐武王，作牧誓。破殷，入商宫。已杀纣，周公把大钺，召公把小钺，以夹武王，衅社，告纣之罪于天，及殷民。释箕子之囚。封纣子武庚禄父，使管叔、蔡叔傅之，以续殷祀。遍封功臣同姓戚者。封周公旦于少昊之虚曲阜，是为鲁公。周公不就封，留佐武王。

这里记载了周公旦封“鲁公”原因，并肯定为武王姬发所封。那么“封周公旦于少昊之虚曲阜”与“留佐武王”是历史真实吗？令人质疑。

一是据《左传·定公四年》载：“因商奄之民，命以伯禽，而封于少昊之虚。”“昔武王克商，成王定之，选建明德，以藩屏周。故周公相王室，以尹天下，于周为睦。”早于《史记》的《左传》记述，明明是“命以伯禽，而封于少昊之虚”。非“封周公旦于少昊之虚曲阜”，且“周公相王室”是在“成王定之，选建明德，以藩屏周”后，不在“武王克商”后，说明周公所相王室辅佐的是成王，并非武王，姬旦为成王“冢宰”而非武王“冢宰”。《史记·周本纪》“武王即位，太公望为师，周公旦为辅”，显然在说，太公望为“军师”“冢宰”，而周公旦是辅助、帮助、佐助，是助手，并非武王之“冢宰”！“封周公旦于少昊之虚曲阜”及“周公不就封，留佐武王”。为史迁之妄断并非历史真实。

二是据《左传·定公四年》“因商奄之民，命以伯禽，而封于少昊之虚”所载，与《诗经·鲁颂·閟宫》曰“王曰叔父，建尔元子，俾侯于鲁……俾侯于东……赐之山川，土田附庸”为同一事件，都是在武王过世后其子成王封姬旦长子伯禽之记述。试想“在镐京离世，棺柩暂殡于周庙”多年的武王姬发，尚需周公旦“留佐”吗？说明“封周公旦于少昊之虚曲阜”“周公不就封，留佐武王”是史迁受其师董仲舒“罢黜百家，独尊儒术”思想影响，更受汉武帝推崇“罢黜百家，独尊儒术”时代局限的无据推断。“周公不就封，留佐武王”是指武王在世“留佐武王”，武王过世，只能“留佐成王”“封周公旦于少昊之虚曲阜”，其历史真实，是史迁对武王过世后、成王封伯禽为鲁侯真实历史的混淆！它是《史记·鲁周公世家》所述“于是卒相成王，而使其子伯禽代就封于鲁（西鲁）”的历史真实。武王过世、周公旦为“鲁公”时，“周公恐天下闻武王崩而畔，周公乃践阼代成王摄行政当国”是周公安排“使其子伯禽代就封于鲁”的，并非武王姬发直接封“昆弟”以下侄辈伯禽为“鲁公”。这同《史记·周本纪》所载，武王驾崩“太子诵代立，是为成王”之“代”一样，年少的武王子姬诵尚未有行使王权能力资格，是特殊时期采取的一种填补职能空缺的代理形式，并非王权正式赏封。《左传·定公四年》载“因商奄之民，命以伯禽，而封于少昊之虚”，才是成王首封伯禽于“东鲁”的真实历史。

2. 从早于《史记》的《左传》《吕氏春秋》记载，辨析“周公旦封鲁”实质

早于《史记》成册的《左传》详细记载了这两次于不同时期、不同对象、不同封地的情况。《左传·定公四年》载：

> 子鱼曰：以先王观之，则尚德也。昔武王克商，成王定之，选建明德，以藩屏周。故周公相王室，以尹天下，于周为睦。分鲁公以大路、大旂，夏后氏之璜，封父之繁弱，殷民六族，条氏、徐氏、萧氏、索氏、长勺氏、尾勺氏，使帅其宗氏，辑其分族，将其类丑，以法则周公，用即命于周，是使之职事于鲁，以昭周公之明德；分之土田陪敦，祝、宗、卜、史，备物、典策，官司、彝器，因商奄之民，命以伯禽，而封于少皞之虚；分康叔以大路、少帛、綪茷、旃旌、大吕，殷民七族，陶氏、施氏、繁氏、锜氏、樊氏、饥

> 氏、终葵氏；封畛土略，自武父以南，及圃田之北竟，取于有阎之土，以共王职。取于相土之东都，以会王之东蒐，聃季授土，陶叔授民，命以《康诰》，而封于殷虚。皆启以商政，疆以周索；分唐叔以大路，密须之鼓，阙巩，沽洗，怀姓九宗，职官五正。命以《唐诰》，而封于夏虚，启以夏政，疆以戎索。三者皆叔也，而有令德，故昭之以分物。不然，文、武、成康、之伯犹多，而不获是分也，唯不尚年也。管蔡启商，惎间王室。王于是乎杀管叔而蔡蔡叔，以车七乘，徒七十人。其子蔡仲，改行帅德，周公举之，以为己卿士。见诸王而命之以蔡，其命书云："王曰：胡！无若尔考之违王命也。"若之何其使蔡先卫也？武王之母弟八人，周公为大宰，康叔为司寇，聃季为司空，五叔无官，岂尚年哉！曹，文之昭也；晋，武之穆也。[①]

这里"分鲁公以大路"；"分康叔以大路"；"分唐叔以大路"一连三个"分 × 以大路"是因"三者皆叔也"，即武王姬发"昆弟"三人："叔旦""康叔""唐叔"。而"三者皆叔也"之一的"叔旦"，即"鲁公"姬旦，就是武王姬发

① 郭丹译：《左传》（下册），北京：中华书局，2014年，第982页。

“封叔旦于鲁”今河南鲁山“西鲁”的“鲁公”，“后以为”称“周公”。这就是《史记·管蔡世家》“封叔旦于鲁”的历史真实。“以法则周公，用即命于周。是使之职事于鲁，以昭周公之明德”亦即在周公封地伯禽代管的“西鲁”，给予“分鲁公以大路，大旗，夏后氏之璜，封父之繁弱”，分别是大车、大军旗、夏后氏的玉璜、封父的良弓。在通信不发达的古代，只能以信物作凭证，不然，原“鲁地士民”怎么能相信你是管理“西鲁”的“鲁公”呢？这里的大军旗上，当有代表周朝的符号，而夏后氏的玉璜代表着夏朝君王收藏的宝器，夏代丹朱、刘累之后裔，当认同夏朝君王收藏之宝器。因为夏后氏丹朱、刘累本来就在“鲁地”周边一带活动，故“分鲁公以夏后氏之璜”，以便原夏民认同。封父的弓应该是同《礼记》里的“封父龟”类似，都属于夏商天子才具有的礼器。然后，把原“殷民六族，条氏、徐氏、萧氏、索氏、长勺氏、尾勺氏”，都作为“西鲁”的国民，接受“西鲁国”管辖，实行周公的统治精神，服从周公定下的制度，由此归附周朝听取命令，让上面的六族之人为“西鲁国”处理事务，以宣扬周朝周公的明德。这里的“殷民六族，条氏、徐氏、萧氏、索氏、长勺氏、尾勺氏”，当是“西鲁”的原殷商各族遗民。“分之土田陪敦，祝、宗、卜、史……因商奄之民，命以伯禽而封于少皞之虚”的“分之”，是指分给“东鲁国”曲阜“鲁侯伯禽”的，并非“鲁公”姬旦。《吕氏春秋·仲夏纪·古乐》载：“成王立，殷民反，王命周公践伐之。商人服象，为虐于东夷。周公遂以师逐之，至于江南。”这里“王命周公践伐之”就是指成王命“践奄”之“东夷”、周公（七年致政之后）东征“以师逐之”后，把商奄之曲阜封给鲁侯伯禽的，亦即《左传·定公四年》“命以伯禽，而封于少昊之虚”时的分封;《诗经·鲁颂·閟宫》:“王曰叔父，建尔元子，俾侯于鲁。俾侯于东……赐之山川，土田附庸。”[①]“土田”“山川”正是于此时封给“东鲁国”伯禽的。这是成王姬诵，赐给“东鲁”鲁国伯禽的土田附庸小国、大祝、宗人、太卜、太史，还有服用器物、典籍简册，以及百官、彝器等。此处“因商奄之民”的“因”,《古代汉语辞典》作“继”“继之”“相继”解。如《论语·先进》:“加之以师旅，继之以饥馑。”《史记·平准书》“太仓之粟，陈陈相继”而不作《现代汉语辞典》“凭借”“因果”解。全句说，继武王姬发后的成王时期“商奄之民，命伯禽封于少皞之虚”去安抚。

《左传·定公四年》“其子蔡仲，改行帅德，周公举之，以为己卿士”及《史记·管蔡世家》“蔡叔度既迁而死。其子曰胡，胡乃改行，率德驯善。周公闻之，而举胡以为鲁卿士”。这两处“以为己卿士”与“以为鲁卿士”是指同一件事，就是周公姬旦举荐蔡叔度“仲子”即第二个儿子“蔡胡”为武王所封周公旦于“西鲁”为“鲁公”的“鲁卿

---

① 向熹译注:《诗经·鲁颂·閟宫》，北京：高等教育出版社，2009年，第385页。

士”。“己卿士”“鲁卿士”均指鲁公姬旦之“卿士”。两部典籍对同一件事用“己”与“鲁”二字表述，说明均指周公姬旦本人这个同一对象，无意中揭示出周公旦封于“西鲁”为鲁公并执政于“西鲁”的历史真实。

《左传·定公四年》“子鱼曰”所记这次分封伯禽之所以同武王姬发封周公姬旦一起阐述，主要是本文中晋国子鱼认为，武王对“三叔”及成王对伯禽的这两次分封，都属于“先王观之，则尚德”之典型事例，是武王、成王父子对“周公家族”前后两次（西鲁与东鲁）一个“鲁国”的分封，均属崇尚“周公家族”的“尚德”行为。若人们不明这段历史，必然迷茫或误解，就会出现在断句时混淆两个不同时期、两个不同对象封赏的误断。

至于《史记》中“少昊之虚”在商奄之“曲阜”句，《左传》已有“命以伯禽，而封于少皞之虚”，《辞海》亦明确解释:“‘少皞’一作‘少昊’。传说中远古东夷族首领。名挚，一说号金天氏，东夷族以鸟为图腾。”这里“东夷族”与《中国历史地名大辞典》释“‘少皞陵’在今山东曲阜市东北八里旧县村”的习惯认知一致。《史记》“少昊之虚曲阜”“在今山东”当不误。《吕氏春秋·仲冬纪·长见》载:

> 吕太公望封于齐，周公旦封于鲁，二君者甚相善也。相谓曰:“何以治国？”太公望曰:“尊贤上功。”周公旦曰:“亲亲上恩。”太公望曰:“鲁自此削矣。”周公旦曰:“鲁虽削，有齐者亦必非吕

> 氏也。”其后，齐日以大，至于霸，二十四世而田成子有齐国；鲁公以削，至于觐存，三十四世而亡。[①]

这里记载两位先贤中关于“周公旦封于鲁”，即指武王姬发封周公旦于今河南鲁山之“西鲁国”。“鲁公以削”的“鲁公”指“周公旦”，“公”亦非今陆玖先生所释“‘日’之误”，更非史迁“封周公旦于少昊之虚曲阜”，而混淆鲁山“西鲁国”与曲阜“东鲁国”两个鲁国的历史界限之误笔。《吕氏春秋·恃君览·长利》亦载：

> 辛宽见鲁缪公（鲁国第29任君主，前410—前377年在位）曰：“昔者太公望封于营丘之渚……吾先君周公封于鲁……”[②]

这里“我先君周公封于鲁”与上述《仲冬纪·长见》“周公旦封于鲁”所指同，均指今河南鲁山之“西鲁国”！

《史记·鲁周公世家》“封周公旦于少昊之虚曲阜”及《史记·周本纪》“封弟周公旦于曲阜，曰鲁”的两处表述，

---

① 《吕氏春秋·仲冬季·长利》，陆玖译注《吕氏春秋》（上册），北京：中华书局，2011年，第332页。

② 《吕氏春秋·仲冬季·长利》，陆玖译注《吕氏春秋》（上册），北京：中华书局，2011年，第744页。

都是司马迁对先后西、东两地，两个不同时期鲁国称谓的混淆！古代在交通不便、信息不发达的社会局限下，吕太公望与周公姬旦又是同为武王伐纣后的首次封赏之“功臣”“昆弟”，且齐国与周成王践奄后封伯禽由西鲁东迁至商奄曲阜的东鲁，又相距较近，极易把武王姬发首“封周公旦于鲁”的今河南鲁山而混淆为今山东曲阜。最终导致《史记》与《左传》《吕氏春秋》等先秦典籍记载相悖的历史差异。

3. 后世史家否认史迁“封周公旦于少昊之虚曲阜”的论断

《史记·鲁周公世家》载:“封周公旦于少昊之虚曲阜，是为鲁公。周公不就封，留佐武王。”后世史家否认“封周公旦于少昊之虚曲阜”的论断，那么这里的“鲁公”之“鲁”是指哪里？

荆三林先生在河南鲁山考古43年后，否认史迁“封周公旦于少昊之虚曲阜”的论断。其《试论殷商源流》断言:“周公初封地不是今日山东的曲阜，而是河南鲁山”，“鲁国因鲁山得名，鲁山在县治东三十里，夏为夏邑，又称鲁阳，西周为鲁的初封地”。[①] 荆三林先生长期在鲁山考古后，认定“周公初封地是河南鲁山”，即河南鲁山“西周为鲁的初封地”。《史记·鲁周公世家》又载:

---

① 荆三林:《试论殷商源流》,《郑州大学学报(哲学社会科学版)》1986年第2期。

（武王）遍封功臣同姓戚者。封周公旦于少昊之虚曲阜，是为鲁公。周公不就封，留佐武王……其后武王既崩，成王少，在强葆之中。周公恐天下闻武王崩而畔，周公乃践阼代成王摄行政当国……于是，卒相成王，而使其子伯禽代就封于鲁。周公戒伯禽曰：我文王之子，武王之弟，成王之叔父，我于天下亦不贱矣。然我一沐三捉发，一饭三吐哺，起以待士，犹恐失天下之贤人。子之鲁，慎无以国骄人……周公卒，伯禽固已前受封，是为鲁公。①

史迁这段表述，透露出周公姬旦为“鲁公”时，因武王驾崩、辅佐年少成王而不能就位“鲁公”，“而使其子伯禽代就封于鲁”（今河南鲁山）前，对伯禽的谆谆嘱托，证实并非武王姬发命伯禽“代封于鲁”就封“鲁公”的。周公卒，伯禽才继享其父之封（“伯禽固已前受封”）“是为鲁公”称谓的，即说周公在世，成王封伯禽于山东曲阜鲁国前，周公尚称“鲁公”，其子伯禽东迁曲阜鲁国之初，尚称“鲁侯”而不称“鲁公”。

河南省社会科学院考古所原所长马世之在《中原古国

① 荆三林：《试论殷商源流》，《郑州大学学报（哲学社会科学版）》1986 年第 2 期。

历史与文化》中引评《史记·鲁周公世家》说：

> 关于上述记载，后世史家多认为属太史公之讹误。李白凤《东夷杂考》指出“伯禽封鲁”古籍上说在武王伐纣以后是不对的，当时周人势力尚未达到东方，而且禽鼎和禽簋可以作证伯禽还任太祝之官，就是成王东征践奄时，他还亲率大军充当一个方面军的统帅，只有在成王四年践奄以后才有封予鲁地的可能。唐兰《西周青铜器铭文分代史征》也说：“成王还没有践奄，如何能封周公于鲁。”司马迁疏忽之处，在于把“始封之鲁”错误地定位于曲阜。李、唐二氏虽然指出史迁之误，却不知曲阜之外还有一个较之时代更早的鲁国，此即河南鲁山一带的“西鲁”。[①]

马世之先生是位清醒的史学家，以他对中原古国历史文化认知，科学地揭示了李、唐二位史家对“伯禽封鲁”的迷茫。他们的同一认知不仅是司马迁把始封之鲁错误地定位于曲阜，马世之先生还指出学者在“伯禽封鲁”上一些错误认知的原因，那就是“却不知曲阜之外还有一个较之时代更早的鲁国，此即河南鲁山一带的‘西鲁’”的真实

① 马世之：《中原古国历史与文化》，郑州：大象出版社，1998年，第262页。

存在。

1982 年，山东省社会科学院院长刘蔚华先生亦在所撰《墨子是河南鲁山人——兼论东鲁与西鲁的关系》一文，据《诗经·鲁颂·閟宫》“居常与许”记载，揭示出“南常和西许”的真实地点，道破了“周公封鲁”的历史真实。他说:“南常在今山东省微山湖东，西许正好在鲁阳（即河南鲁山）地区，诗的作者要求恢复‘周公之宇’，说明这里老早是周公的封土。”

即武王姬发“封弟周公旦于鲁”之“西鲁国”。刘蔚华先生认定“周公的封土”是河南鲁山之“西鲁”。

陕西师范大学王晖教授在《古文字与商周史新证》中认为，鲁国初封地在“河南汝水上游至鲁山一带”[①]，即在成周之南，正指此区。

上述史家不仅认定鲁山之“鲁”为“西周鲁的初封地”，更肯定此“鲁”即“周公初封地”。现代学者中国孔子研究院院长杨朝明《从〈诗经·閟宫〉看鲁国前期历史》一文说:“那么，鲁国始封地到底在何处呢？诗中言成王与周公旦议论时，欲使伯禽‘侯于鲁’，这个鲁地当是伯禽最初受封之地。从诗中看，此鲁地其名在鲁国建立前是已经存在的。夏商时期确也有鲁地存在，甲骨文中有‘鲁受黍’‘鲁受年’等，《逸周书·殷祝解》有‘桀与其属五百

---

① 王晖:《古文字与商周史新证》，北京：中华书局，2003 年，第 145—155 页。

人徙于鲁，鲁士民奔汤’据专家考证，这个‘鲁’地在今河南鲁山一带。”[①] 杨朝明先生亦认为西周初“鲁国始封于河南鲁山，后迁到曲阜”。这是对的，但若认为“西鲁”为“始封于鲁者为伯禽，而非周公”，那就失之严谨了。《史记·周本纪》载：

> 武王为殷初定未集，乃使其弟管叔鲜、蔡叔度相禄父治殷。已而命召公释箕子之囚。命毕公释百姓之囚，表商容之闾。命南宫括散鹿台之财，发钜桥之粟，以振贫弱萌隶。命南宫括、史佚展九鼎保玉。命闳夭封比干之墓。命宗祝享祠于军。乃罢兵西归。行狩，记政事，作武成。封诸侯，班赐宗彝，作分殷之器物。武王追思先圣王，乃褒封神农之后于焦，黄帝之后于祝，帝尧之后于蓟，帝舜之后于陈，大禹之后于杞。于是封功臣谋士，而师尚父为首封。封尚父于营丘，曰齐。封弟周公旦于曲阜，曰鲁。封召公奭于燕。封弟叔鲜于管，弟叔度于蔡。余各以次受封。

这里“封弟周公旦于曲阜，曰鲁”更是离谱！此正是司马迁错误地把周公姬旦始封在河南鲁山之西鲁混淆为山

---

① 杨朝明：《从〈诗经·閟宫〉看鲁国前期历史》，《齐鲁学刊》1989年第1期。

东曲阜东鲁的实证。武王姬发在世时，周初的周人势力尚不能达到至“曲阜”“商奄”之地，当成王“践奄”后封伯禽于鲁国曲阜时，武王姬发已过世多年，怎么能“封弟周公旦于曲阜，曰鲁”呢？实际上，正是司马迁疏漏了周公姬旦封“西鲁”为“鲁公”执政“西鲁”之时段，才造成了后世鲁山西鲁与山东曲阜东鲁一些不必要的历史纷争。《史记·鲁周公世家》载：

> 武王克殷二年，天下未集，武王有疾，不豫，群臣惧，太公、召公乃缪卜。其后武王既崩，成王少，在强葆之中。周公恐天下闻武王崩而畔，周公乃践阼代成王摄行政当国。

《尚书·蔡仲之命》载：“惟周公位冢宰，正百工，群叔流言。乃致辟管叔于商；囚蔡叔于郭邻，以车七乘；降霍叔于庶人，三年不齿。”

由此难怪周室弟兄对周公旦流言。自“武王克殷二年，天下未集，武王有疾，不豫，群臣惧，太公、召公乃缪卜。其后武王既崩，成王少”，姬旦由周之“鲁公”跃至“践阼代成王摄行政当国”，到“管、蔡、武庚等果率淮夷而反，周公乃奉成王命，兴师东伐”，诛杀了殷纣王之子武庚及其周家行三的管叔鲜；囚禁了行五的蔡叔度，并用车七辆把他送到郭邻；把行八的霍叔处降为庶人，三年不许录用。并“收殷余民，以封康叔于卫，封微子于宋，以奉殷祀。

宁淮夷东土，二年而毕定。诸侯咸服宗周”。若武王姬发下令“命周公姬旦辅佐成王”“使其子伯禽代封于鲁”，那么还会出现武庚勾结“三监”之管叔、蔡叔、霍叔叛乱吗？仅凭“武王已克殷纣，平天下”姬发神威之功绩，宾服武王的“三监”之弟也不可能出现叛乱。“叔旦相周”“不就封”“鲁公”“留佐武王”的行径，当为周公姬旦个人应急之策！也正因此才引发“三监”对“姬旦篡政”之疑。所以“周公乃告太公望、召公奭”为“洗雪自身”、道破“群叔流言于国”的如下表白。《史记·鲁周公世家》载：“其后武王既崩，成王少，在强葆之中。周公恐天下闻武王崩而畔，周公乃践阼代成王摄行政当国。管叔及其群弟流言于国曰：‘周公将不利于成王。’周公乃告太公望、召公奭曰：‘我之所以弗辟（避）而摄行政者，恐天下畔周，无以告我先王太王、王季、文王。三王之忧劳天下久矣，于今而后成。武王蚤终，成王少，将以成周，我所以为之若此。’于是，卒相成王，而使其子伯禽代就封于鲁。”

这里周公姬旦说“我所以为之若此”，说明“乃践阼代成王摄行政当国”“而使其子伯禽代就封于鲁”是周公姬旦个人决策行为。“代就封于鲁”，是指伯禽代替周公姬旦就封于鲁，这时的周公旦仍为“鲁公”之爵，伯禽尚为“太祝”之官，而非“首封伯禽于鲁”“为鲁公”。因周初“公侯伯子男”“父死子继，兄终弟及”的封爵礼制是严格的，所以周公姬旦在世称“鲁公”时，伯禽不可能再称“鲁公”。武王姬发在世，首封其弟周公旦于鲁之后一段时间，武王才因病驾崩，成王年少，周公因留佐成王，故而使其子伯禽代就封于河南鲁山“西鲁”的，这当为历史真实。

（二）“周公旦封鲁”为“鲁公”的执政时限

《左传·定公四年》:“其子蔡仲，改行帅德，周公举之，以为己卿士。”《史记·管蔡世家》:“蔡叔度既迁而死。其子曰胡，胡乃改行，率德驯善。周公闻之，而举胡以为鲁卿士。”既然周公举蔡叔度仲子胡为“鲁卿士”“己卿士”——为“鲁公”自己的卿士，那么“周公旦封鲁”为“鲁公”执政于“西鲁”时间几何？

据《史记·周本纪》载:“武王即位，太公望为师，周公旦为辅，召公、毕公之徒左右王，师修文王绪业。九年，武王上祭于毕。集解马融曰:‘毕，文王墓地名也。’索隐按：文云‘上祭于毕’，则毕，天星之名。毕星主兵，故师出而祭毕星也。正义上音时掌反。《尚书武成》篇云:‘我文考文王，诞膺天命，以抚方夏，惟九年，大统未集。’太誓篇序云:‘惟十有一年，武王伐殷。’《太誓篇》云:‘惟十有三年春，大会于孟津。’大戴礼云:‘文王十五而生武王。’则武王少文王十四岁矣。礼记文王世子云:‘文王九十七而终，武王九十三而终。’按：文王崩时武王已八十三矣，八十四即位，至九十三崩，武王即位适满十年。言十三年伐纣者，续文王受命年，欲明其卒父业故也。《金縢篇》云:‘惟克商二年，王有疾，不豫。’按：文王受命九年而崩，十一年武王服阕，观兵孟津，十三年克纣，十五年有疾，周公请命，王有瘳，后四年而崩，则武王年九十三矣。

而太史公云九年王观兵，十一年伐纣，则以为武王即位年数，与尚书违，甚疏矣。东观兵，至于盟津。集解徐广曰：‘谯周云史记武王十一年东观兵，十三年克纣。’武王有瘳（chōu）。后而崩，集解徐广曰：‘封禅书曰“武王克殷二年，天下未宁而崩”。’皇甫谧曰：‘武王定位元年岁在乙酉，六年庚寅崩。’”

“太子诵代立，是为成王。成王少，周初定天下，周公恐诸侯畔周，公乃摄行政当国。管叔、蔡叔群弟疑周公，与武庚作乱，畔周。周公奉成王命，伐诛武庚、管叔，放蔡叔。以微子开代殷后，国于宋。”

显然，当武王驾崩，周公旦辅佐年少的太子姬诵代立为成王“摄（代）行政当国”初始，周公旦就果决平定了由周室内部反叛引起的第一场动乱。

周公行政七年，成王长，周公反政成王，北面就群臣之位。成王在丰，使召公复营洛邑，如武王之意。周公复卜申视，卒营筑，居九鼎焉。曰：“此天下之中，四方入贡道里均。”作召诰、洛诰。成王既迁殷遗民，周公以王命告，作多士、无佚。召公为保，周公为师，东伐淮夷，残奄，集解郑玄曰：“奄国在淮夷之北。”正义奄音于险反。括地志云：“泗徐城县北三十里古徐国，即淮夷也。兖州曲阜县奄里，即奄国之地也。”迁其君薄姑。集解马融曰：“齐地。”正义括地志云：“薄姑故城在青州博昌县东北六十里。薄姑氏，殷诸侯，封于此，周灭之也。”成王自奄归，在宗周，正义伐奄归镐京也。作多方。集解孔安国曰：“告众方天下诸侯。”既绌殷命，袭淮夷，归在丰，作周官。①

这里记载是“周公行政七年，反政成王”后，才“东伐淮夷，残奄”的！

由上知，武王即位是“太公望为师”；成王践奄是在“周公反政成王后”，当成王“东伐淮夷，残奄”时，才使“召公为保，周公为师”的。这里“为师”或为“军师”“冢宰”。此时当为成王封“叔旦”为“冢宰”为“周公”时。成王“践奄”，当为武王驾崩“周公乃摄行政当国”“七年”，成王执政后第一次征伐行动。亦即武王驾崩后周王室的第二次征伐，而“既绌殷命，袭淮夷”当为周王室平定殷商遗民的第三次征伐。正是这三次由周公姬旦亲自率师的征伐，才巩固了周室王廷天下。足见周公姬旦为万民敬仰之高道大德。

论及鲁公姬旦于“西鲁”执政时间，当以公元前1996—前2000年，我国“夏商周断代工程”研究最终成果确定的武王伐纣时间为公元前1046年1月20日为准推算。

《史记·周本纪》:“武王已克殷，后二年……武王病。天下未集，群公惧……武王有瘳。后而崩，”集解徐广曰:“封禅书曰‘武王克殷二年，天下未宁而崩’。”皇甫谧曰:“武王定位元年岁在乙酉，六年庚寅崩（前1043)。”《逸周书·作雒解第四十八》载:“武王既归，乃岁十二月，崩，

① 《史记·周本纪》《二十四史（全二十册〈史记·周本纪〉)》北京：中华书局，1979年，第38页。

镐殡于岐周。”《孔子家语·冠颂》云：“武王崩，成王年十有三而嗣立。”由此推知，武王驾崩当在公元前1043年，岁次庚寅，十二月，其子姬诵13岁时；次年初，14岁的姬诵嗣成王位，即公元前1042年，岁在辛卯。亦即说武王姬发在位仅六年，克殷二年驾崩，四年时周公“乃摄行政当国”；“周公行政七年（前1036），成王长（时年20岁），周公反政成王，北面就群臣之位”。由此看，武王姬发封“周公旦于鲁”“是为鲁公”近二年，就辅佐成王“摄行政当国”，即说周公姬旦为鲁公、执政于西鲁仅二年时间（前1046—前1044）。其间，周公尚举蔡叔度仲子胡为“鲁卿士”“已卿士”，之后因辅佐病中的武王姬发，而“不能就封”，故《史记·鲁周公世家》载：“于是卒相成王，而使其子伯禽代就封于鲁。”由上推知“伯禽代就封于鲁”时间，当在公元前1043年至公元前1036年之间。

武王姬发封“周公旦于鲁”（今河南鲁山）、“是为鲁公”，周公旦虽执政“西鲁”近二年短暂时间，但它毕竟是我国漫长历史上客观存在而不可疏忽的重大历史环节。因为缺少这个环节，间断的历史链条就无法衔接。

二、武王姬发封“昆弟”姬旦于今河南鲁山鲁国为鲁公

武王封“昆弟”姬旦于河南鲁山鲁国之成因

夏代“鲁县”温泉地区是商王频繁活动地。“周公旦封鲁”主要原因之一是周王室为监控与商后有密切姻娅关系的“鲁士民”及刘累之后唐公后裔作乱。

1. 河南鲁山是商后频繁活动之地

（1）商汤逐夏桀“鲁士民复奔汤”

河南鲁山地区早在夏商之际已称鲁，帝尧之子丹朱裔子刘累，为避孔甲杀头之难迁此。《左传·昭公二十九年》载：“……及有夏孔甲，扰于有帝。帝赐之乘龙，河、汉各二，各有雌雄，孔甲不能食，而未获豢龙氏。有陶唐氏既衰，其后有刘累，学扰龙于豢龙氏，以事孔甲，能饮食之。夏后嘉之，赐氏曰御龙，以更豕韦之后。龙一雌死，潜醢以食夏后。夏后飨之，既而使求之。惧而迁于鲁县。”

这里“鲁县”即今河南鲁山县地域。刘累所迁之处即今鲁山县城西 12 公里的昭平台水库“邱公城”遗址，这里有夏刘累墓遗迹，现没于邱公城东北 30 余米库水中。

鲁山县近洛阳偃师二里头夏文化遗址及殷商文化遗址。夏末商初，商汤逐夏桀，鲁地士民拥戴具有大德的商汤，跟随不离。《逸周书·殷祝解》载：“桀与其属五百人徙于鲁，鲁士民复奔汤。”此“鲁”即夏末商初“鲁县”——今河南鲁山地区。

（2）商王同“鲁士民”关系密切，关心鲁地农业，并娶鲁女为婚

殷商甲骨文有“鲁受黍”“鲁受年”“帚姘鲁于黍年”“壬午卜，鲁嘉，鲁不其嘉？鲁不其嘉，鲁嘉允嘉延死”等记载。据专家考证，这里记载的七处“鲁”地，皆指今河南鲁山地区。

商王朝在建立过程中，受到鲁人支持，因而商、鲁之

间关系一直比较密切。商王关心鲁的农业生产，二者之间还存在着姻娅关系，商王娶鲁女为妇。因而周灭商后，鲁地成了周廷王室地重点防范区。

（3）商后曾在河南鲁山“三汤温泉”频繁活动

明嘉靖三十一年（1552）《鲁山县志》载:“温泉有三，其水热沸，俗呼为上汤、中汤、下汤，俱在县西。而下汤去县惟五十里，居民常引为沐浴池，疮痍濯之皆愈。今考《水经》名，商后皇女汤。”商王及其女眷，曾于此“三汤”沐浴，故称“商后皇女汤”。

清康熙三十三年（1694）《鲁山县志》载:“温泉有三，旧名皇女汤，商后常浴其处，载《水经》中。其下泉水热如沸，中泉水平温，上水微温，俗呼为‘上、中、下汤’。去县六十里。居民引为沐浴池，能愈疮痍宿疾。”上、中、下汤三处温泉，均为商王经常沐浴之处。

清乾隆八年（1743）《鲁山全志》载:“温泉有三，旧名皇女汤，商后尝浴其处，载《水经》中。”上、中、下“三汤”之地的三处温泉，都是商王与其女眷经常沐浴的地方。

由此可知，商王朝在建立过程中，曾受到鲁人大力支持，商王对鲁地情有独钟。商、鲁之间关系密切，商王娶鲁女为妇，商王非常关注鲁地的农业生产。周之初兴，面对鲁地这块“三汤温泉”优越环境，并一向对殷商忠贞不二，且具姻亲关系，鲁地更为周之洛邑近畿地。在周初大局未稳的特殊时期，必然引起了周王室高度重视，故而于武王克殷“封功臣昆弟”之际，把得力干将四弟周公姬旦，首封近镐京及洛邑的鲁地。一是便以周公姬旦辅助武王，二是更可着重监控鲁地的殷商遗民以防反叛。但武王天命不长，“克殷二年，天下未集，武王有疾，不豫”，“是为鲁公”的周公姬旦，因留佐武王，不能就位鲁公，不得不“使其子伯禽代就封于鲁”。这里我们应当明确一个概念，“伯禽代就封于鲁”并非“伯禽首封于鲁”，因为时任周室“太祝之官”的伯禽，尚不能承担辅佐武王及防范鲁地商民反叛的双重重任。史实是首“封叔旦于鲁”者为武王姬发，受封于鲁者乃周姬旦。

（4）鲁山出土有商代酒器兕觥

河南鲁山县仓头乡至董周乡有条由北向南流入滍水（沙河）的“禹王河”水系，在上游仓头乡禹王河畔，有已被列入县文保单位的“禹王塚”一座，专家考定为夏代遗存。另外，在1974年冬平整土地时，仓头乡下仓头村发现有商代酒器兕觥出土，经专家鉴定属国家级文物，现存郑州河南省博物院。这是殷商时期，商后于此活动的文物佐证。

综上所述，商、鲁之间的密切关系，对新生西周王朝安全构成了重大威胁。为防止殷商鲁地士民反叛，引起武王姬发之辈高度重视，封重臣“昆弟”周公旦为鲁国鲁公，重点掌控此区安危已成历史必然。

2. 周公旦于“西鲁”与成王及其弟叔虞以桐叶为圭封应侯，无意造成鲁、应两国地域重叠矛盾

武王过世，周公姬旦同幼年成王及其弟叔虞在鲁山

"西鲁"一同阅边，于"叶应山"以桐叶为圭封叔虞为应侯故事，至今尚在民间老年群体流传。

河南鲁山辛集乡徐营村，是著名诗人徐玉诺的故乡。古代徐营周围有坚固寨垣保护。笔者于幼年的兵荒马乱战争年代，经常随母住徐营外婆家，以保居家安全，常听母亲讲起徐营周边故事。她曾说："你外爷这一辈儿是'教'字派，舅舅一辈儿是'言'字派，舅们有言高、言林、言锁、言明等，还有（家族排行）你大舅言信，就是徐玉诺。"懵懵懂懂年幼的笔者，问母亲："徐玉诺为啥又叫言信？"母亲说："言信是小名，玉诺是学名、大号，过去知书达理人叫'圣人'，你大舅是教书先生，也算是圣人，经常教学生识文断字。'言信'是说、说话要算数（言必信、行必果），吐出的唾沫不能收回，圣人说实话不说瞎话，说过的话算数，不能前说后祛、轻易收回（讲诚信）。你外爷和大舅常说，徐营东有个山坡头叫'叶应山'。听古辈儿人传说，有个圣人叫周公，他带着俩侄儿在叶应山察边境（阅边），俩侄儿小、不懂事儿，在地上拾了一片桐叶玩，大的对小的说，'这个"封"给你！'周公听见说，君子（君）无戏言，就用一片桐叶封了'应国'和'叶县'俩地方。这是圣人教下辈儿说话要算数，自己说过的不能轻易改！你大舅'言信'，就是说自己也要像圣人一样，说话要算数、不能轻易就改……"母亲不识字，讲的故事不一定准确。老人家虽已作古多载，但回忆其音容笑貌，倍感亲切。所讲故事目的是教笔者怎样做人、做事，却无意道出鲁山地区周初“成王戏弟，以桐叶圭封”的往事。至今故事在徐营村一带八九十岁以上老人群体中仍有流传。笔者考察“叶应山”即今河南平顶山市新城区应河西临之“应山”。

“叶应山”故事与“成周八师”驻叶，或同为“周公旦封鲁”为鲁公时的历史见证。清武亿、董作栋著《鲁山县志》载:“周应侯《通鉴·地理通释》:‘应，姬姓，武王子，封在汝州鲁山县。’《春秋地名考》谨按《韩诗外传》:‘成王戏弟，以桐叶圭封之。周公曰：天子无戏言，王应声而对之曰“应侯”。’”武亿、董作栋把周初之应侯及“桐叶圭封”的故事编入《鲁山县志》“应侯”栏下，说明“应侯”与“桐叶圭封应侯”为同一件事，并一度属周初的鲁国管辖。但武亿不能肯定“桐叶圭封”真伪，故而又考证说:“考剪桐事，《吕氏春秋》《史记》皆以为：叔虞外传妄也。”其不知，即便《史记》也有不少讹误之处。《孔子家语·冠颂》云:“武王崩，成王年十有三而嗣立。周公居冢宰，摄政以治天下。”“桐叶圭封应侯”当在成王虽“嗣立”而尚未执政时。

据《中国古今地名大辞典》:“‘应’周国名，姬姓。故城在今河南宝丰县西南。《左传·僖公二十四年》:‘富辰曰:“应”武之穆也。’（杜注）应国。在父城县西南。《魏书地形志》：山北县有应城。”此应国即周之应国。其“应水”条曰:“在河南宝丰县南十二里。一名瀴河，又名石渠，东南注入滍水。”应水，即应河又称桥水，发源鲁山、宝丰交界之恃山东北，古称“应水”，流经宝丰小店镇南应山脚下入滍水（即今沙河）。

巧的是，1986 年至 2007 年间，河南省文物考古研究所联合平顶山市文管会办公室组成考古队，在距“叶应山”不远的应国墓地进行了长达 21 年的考古发掘。在平顶山滍阳岭共发掘墓葬 500 余座，出土铜、陶、骨、玉石、贝蚌等各类遗物万余件，揭示了这一湮灭已久的中原古国的历史文化面貌。

1986 年 6 月，考古队在 1 号墓中发现了“白玉线雕鹰”；在 84 号墓出土了“应侯卣”，为应国在今平顶山地区的历史存在，找到了实证。

专家认为鹰应该是应国国人所信仰的动物图腾，在甲骨文中，“应”与“鹰”是同源字，而在墓室里面发现的这只玉鹰也证明了鹰确实是应国的文化图腾，具有族徽意义。而且玉鹰应该是应国君王专属，相当于皇帝的玉玺，代表着至高无上的权力。所以这座神秘古应国墓葬的主人就是一代应侯，具体是哪一代就不得而知了，因为古应国留下来的东西是少之又少，但这座墓葬至少证明古应国是真实存在的。（见图 1）

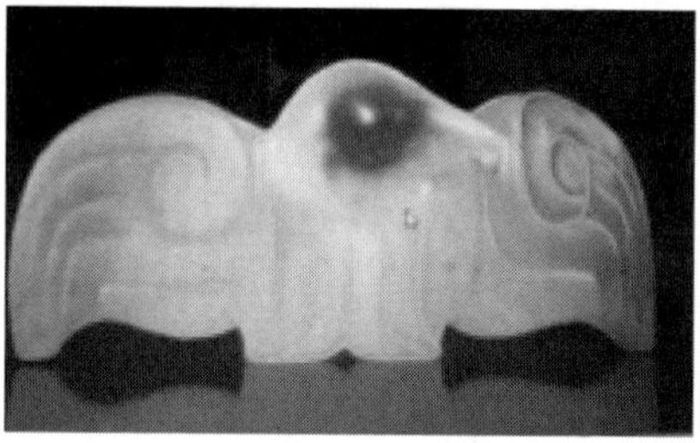

图 1　平顶山滍阳岭 1 号墓出土的“白玉线雕鹰”

据史书记载，西周时期，武王姬发封其第四个儿子姬达为应侯，其封地位于今河南宝丰东边，平顶山市区以及襄城一带，立国为应国，国都为滍阳，姬达或为叔虞即应叔，此后应叔子孙皆以应为姓。

平顶山滍阳岭84号墓出土了“应侯卣（yǒu）”，专家鉴定为西周应国应侯器物。卣，是古代用来盛酒的容器，也有说卣专门盛放祭祀时用的一种香酒。卣主要流行于商代和西周早期。（见图2）

图2　平顶山滍阳岭84号墓出土的西周“应侯卣”

平顶山滍阳岭墓葬出土西周时期“白玉线雕鹰”与“应侯卣”同西周初武王封“周公旦于鲁”的鲁山“西鲁”相呼应，今平顶山市应为西周初之应国故地。其地域范围，包括汝河以南地区的今鲁山县、叶县、宝丰县、郏县等地。《水经注·滍水》记载，应国位于滍水（今沙河）、应水、彭水交汇处。已发掘的“应国墓地”以其出土的大量精美文物和科研价值，1996年入选全国十大考古新发现之一；2001年入选20世纪河南省十项重要考古发现；2006年5月被列入第六批全国重点文物保护单位名单。

河南平顶山考古发掘出土西周时期的“白玉线雕鹰”及“应侯卣”，从另一方面证实，清《鲁山县志》与清《鲁山县全志》两部方志所载西周初的应国，确实封在鲁山“西鲁国”地域内，使成王“桐叶戏封”弟叔虞成为历史真实，当为周武王“封叔旦于鲁”的历史辅证。其由有三：

一是据两部清代《鲁山县志》所记“周之应侯”及“以封弟叔虞”说明，西周初，由山西古应国南迁河南鲁山之殷商子民，曾一度属周公姬旦所封鲁国为鲁公监管。今河南平顶山市别名鹰城，当为周武王姬发之子叔虞的应国封地，都于滍阳。笔者2011年在山西朔州考察《应县志》记载，夏商时期，今山西省朔州市，应县曾为古应国。据马世之《中原古国历史与文化·应》称：“西周灭商以后，周成王改封其弟于应，应便成了姬姓诸侯。《左传·僖公二十四年》载：‘周大夫富辰言：昔周公吊二叔之不咸，故封建亲戚，以蕃屏周。邘、晋、应、韩，武之穆也。’杜预注‘四国皆武王子’。由此可知，西周应国是在伐灭商代应国之后……封周武王之子所建立的南部屏障之一。《水经·滍水注》‘牛兰山水，又东南迳鲁山南。阚骃曰：鲁阳县，今其地鲁山也。水南注于滍，滍水东迳应城南，故应乡也，应侯之国，《诗》所谓应侯顺德者也’。滍水即今之沙河，应国故城当在沙河之北。”①

由此可知，西周应国是周武王子成王姬诵封其弟为应侯，建立于鲁山东部，同《鲁山县志》所载“成王戏弟，以桐叶圭封之”的世传故事完全一致。

商末周初，古应国的原殷商子民，奉命南迁至“周公

① 马世之:《中原古国历史与文化》，郑州：大象出版社，1998年，第267页。

旦封鲁”的鲁国（今河南鲁山）定居。为什么南迁？那就是便于接受与“周公旦封鲁”的鲁国当地原有忠于商后的殷商“鲁士民”一并监控，以维护西周初尚未稳定的社会局势。

二是鲁山与叶县紧相接连的“叶应山”，与其发生的“桐叶为圭封叔虞”故事广为流传，故此收入清代《鲁山县志》。武亿虽把“成王灭唐，以封弟叔虞”。收入清嘉庆元年（1796）《鲁山县志》，处于责任感，又不能肯定“桐叶圭封”传说真伪，既而又道“考剪桐事，《吕氏春秋》《史记》皆以为：叔虞外传妄也”之补述。实际上清乾隆八年（1743）《鲁山县全志》编者，经考证后给予了肯定。清乾隆八年《鲁山县全志·流寓》“夏　刘累”载:“《竹书纪年》云:‘孔甲七年，刘累迁于鲁阳。’唐《世系表》云：唐氏出自祁姓帝尧，初封唐县，中山唐县。舜封尧子丹朱为唐侯。至夏时，丹朱裔子刘累迁于鲁县。累孙犹守故地。至商，更号豕韦氏。周复改为唐公。成王灭唐，以封弟叔虞。其后，更封刘累裔孙在鲁县者为唐侯，以奉尧祠。方城是也。”这里已肯定“成王灭唐，以封弟叔虞”为历史真实。笔者同张九顺一同实地考察发现，“更封刘累裔孙在鲁县者为唐侯”的唐地，即今鲁山县张良镇南与方城之交界山，俗呼谓“小唐山”即“成王灭唐，以封弟叔虞”的标志山以北地域，亦即西周初，一度属鲁山周公姬旦之鲁国鲁公所辖的今平顶山“应国”故地。

《史记·晋世家》载:“武王崩，成王立，唐有乱，周公诛灭唐。成王与叔虞戏，削桐叶为圭以与叔虞，曰："以此封若。"这里，史迁又把鲁山刘累后裔之唐侯混淆为"遂封叔虞于唐。唐在河、汾之东，方百里，故曰唐叔虞"。据《括地志》云："夏后盖别封刘累之后于大夏之墟，为唐侯。至周成王时，唐人作乱，成王灭之而封大叔，迁唐子孙于杜，谓之杜伯，范丐所云'在周为唐杜氏'。正义按：鲁县汝州鲁山县是。今随州枣阳县东南一百五十里上唐乡故城即是。"由此看，刘累之后的唐侯，在周成王时因作乱，"周公诛灭唐"（《史记·晋世家》），又"迁唐子孙于杜"，至今湖北"随州枣阳县唐乡故城"。原唐侯的"鲁县汝州鲁山县"地，随"而封大叔"，这个"大叔"即"成王戏弟，以桐叶圭封之"的"成王灭唐，以封弟叔虞"之叔虞无疑！《括地志》又云："故应城，因应山为名，在汝州叶县。武王代商，封其后于应，或谓弟。周公平武庚管蔡之乱，封武王子叔韩于应。"这里的"叔韩"当为史迁《晋世家》所载"叔虞"之误。也有说"据史书记载，西周时期，武王姬发封其第四个儿子姬达为应侯，其封地位于今天的河南省宝丰东边，平顶山市区以及襄城一带，立国为应国，国都为滍阳，姬达更名为应叔，此后应叔的子孙皆以应为姓"。此说"姬达""应叔"或"叔虞"之误。

由上可知，世传发生于鲁山东"叶应山"成王以"桐叶戏封"弟叔虞故事不妄也，为历史真实。盖于周公首次东征平叛武庚管蔡之乱后，年少的成王，以"桐叶为圭戏弟"，在周公姬旦"天子无戏言"严厉训导下，成王姬诵应声封弟叔虞为应侯。其地点在今平顶山市应河西岸的“应山”，即传说的“叶应山”为是。

应国地望，据《水经注》，在河南省滍水之北。经考古发掘证实，应国故都位于今平顶山市古滍阳镇遗址，现已没于白龟山水库西北部的库水中。

“叶应山”位于今平顶山新城区应河之西。应河即桥水，发源鲁山、宝丰交界之恃山东北，古称“应水”，流经宝丰小店镇南应山脚下入滍水。上述“以桐叶为圭封叔虞”故事与《叶县志》“商代属应侯国；西周，已有叶之称”记载正相吻合。1995年《叶县志》载:“夏代，禹定九州，县境属豫州；商代，属应侯国；西周，已有‘叶’之称，‘成周八师’曾驻于此。”成王所封“应侯”与“叶”同在今河南平顶山地区内，故事发生地点“叶应山”至今尚在。“叶应山”当为成王封弟叔虞为应侯的历史见证。叶之南，有阳城（今方城）隘口，为周代军事要塞，曾有“成周八师”驻防，当为“西鲁”“鲁公”——周之“冢宰”——周公姬旦的军事布防。

三是据郦道元《水经·汝水注》载，鲁山附近有“周公渡”，汝水上游有“鲁公水”“鲁公陂”等，以“周公”和“鲁公”命名的渡口及水、陂，从一个侧面折射出“周公旦封鲁”及伯禽代周公就国于鲁山的史影。

综上所述：由鲁山辛集乡徐营、西羊石一带的“叶应山”民间传说及典籍记载与荆三林在河南鲁山考古43年后，认定“河南鲁山是周公初封地”。刘蔚华考证“西鲁是周公的封土”及马世之等史家考证“司马迁疏忽之处，在于把‘始封之鲁’错误地定位于曲阜”之结论，同已发掘出土文物佐证，河南鲁山是周武王姬发首封“周公姬旦于鲁”，“武王既崩，成王少，在强葆之中。周公恐天下闻武王崩而畔”“于是卒相成王，而使其子伯禽代就封于鲁”的“西鲁”故地，毋庸置疑。亦说明《吕氏春秋》“周公旦封于鲁”“我先君周公封于鲁”及《史记》“封叔旦于鲁而相周”是武王封周公旦于河南鲁山“西鲁”的真实历史。

三、成王“践奄”后首封伯禽为东迁商奄曲阜鲁国为鲁侯

鲁山鲁国东迁曲阜鲁国的历史背景，在于鲁山鲁国与应侯应国的重叠管辖及周成王姬诵与冢宰周公姬旦之间双重矛盾凸显。

少年成王戏封弟叔虞，不意使“应”成为“西鲁”管辖之应侯。武王封弟“周公旦于鲁”的“西鲁”与成王戏封叔虞为应侯之“应国”的重叠管辖局势持续几年后，及成王长，周公反政于成王，被成王戏封的应侯叔虞亦逐渐成熟，正式就位“应侯”。成王执政与周“冢宰”周公姬旦侄叔之间，同伯禽代就之鲁与戏封叔虞之应两国之间，重叠管辖的双重矛盾必将逐渐显露，对应之策，亦迫在眉睫。《史记·周本纪》载：

“成王少，周初定天下，周公恐诸侯畔周，公乃摄行政当国。管叔、蔡叔群弟疑周公，与武庚作乱，畔周。周公奉成王命，伐诛武庚、管叔，放蔡叔。以微子开代殷后，

国于宋。颇收殷余民，以封武王少弟封为卫康叔。”

记载告诉我们，周公旦从“冢宰”到“周公之代成王治，南面倍依以朝诸侯”后，执掌周初的封赏与罢黜权，难怪“管叔、蔡叔群弟疑周公”篡位。加之伯禽代父就鲁、执政西鲁后，周公家族权势有了明显扩张。带来的是西周家族兄弟之间的矛盾迅速加剧。

伯禽代父周公姬旦“就封于鲁”前任周室太祝之官，《大祝禽鼎》《禽鼎》是其明证。“伯禽代就封于鲁”后，“有管蔡等反也，淮夷、徐戎亦并兴反”。于是伯禽在周公姬旦兴师东伐时，曾“率师伐之于肸，作《肸誓》（‘肸’注：集韵兵媚切，音秘。邑名。在鲁。史记·鲁世家作肸誓。注鲁东郊之地名。尚书作费。通作肹）……遂平徐戎，定鲁”。基于伯禽“定鲁”功绩，成王命伯禽由已“代就封”之“西鲁”，东迁山东曲阜之“东鲁”为“鲁侯”，使伯禽“俾侯于鲁”“俾侯于东”享有“诸侯”鲁国之侯爵，“伯禽代就封于鲁”间仍享有“太祝”之爵禄，并未享有武王封父姬旦为“鲁公”之爵禄。成王命“叔父鲁公”由鲁山西鲁东迁至商奄曲阜东鲁，既封赏了有功于西鲁的伯禽，亦解除了应侯应国与西鲁重叠管辖之矛盾，还加强了对东夷殷商之民的管控，更安抚了身居“冢宰”大位功勋昭著的叔父周公（鲁公姬旦改封周公，当在此时）。可谓“一箭四雕”，成王已具其父武王大智聪慧、城府深邃的特质。《史记·鲁周公世家》载：“成王长，能听政。于是周公乃还政于成王，成王临朝。周公之代成王治，南面倍依以朝诸侯。及七年后，还政成王，北面就臣位，嘘嘘如畏然。”

周公行政七年，成王长，周公反政成王，北面就群臣之位后，听命成王调遣。《史记·周本纪》载：“成王七年二月乙未，王朝步自周，至丰，使太保召公先之雒相土。其三月，周公往营成周雒邑，卜居焉，曰吉，遂国之。”“如成王在丰，使召公复营洛邑，如武王之意。周公复卜申视，卒营筑，居九鼎焉。曰：‘此天下之中，四方入贡道里均。’作召诰、洛诰。成王既迁殷遗民，周公以王命告，作多士、无佚。召公为保，周公为师，东伐淮夷，残奄。”

《成王政》：“成王东伐淮夷，遂践奄，作《成王政》。”成王执政，遂国于洛邑，与周公姬旦一同东征，伐淮夷，残奄，平息了东方叛乱。为加强这一地区控制，周王朝又进行了一次分封。《左传·定公四年》载“命以伯禽，而封于少皞之虚”即此时，伯禽方得首封为鲁国侯爵，封周公姬旦为周公，继享“以太王所居周地为其采邑，故谓周公”。

无独有偶。2022 年 12 月 3 日，来自网络发布于山东省《历史上真实的鲁国》一文，道出此段历史真实。

“周公初封原在今河南鲁山。周公东征胜利后，占领了徐奄，才把鲁由鲁山迁徙于今山东曲阜，仍称其国为鲁。曲阜原是徐奄的地方。周公东征胜利以后，徐奄人民被迫向江淮流域迁徙，留下来的就成为鲁国的附庸。”《左传》定公四年（前 506），“因商奄之民，命以伯禽，而封于少皞之虚”，商奄也就是少皞的后人。《史记·鲁周公世家》说

“伯禽即位之后，有管蔡等反，淮夷、徐奄戎亦并兴反。于是伯禽率师伐之于肸，作《肸誓》”。按《史记》这一记载，可能有误。因为周公东征，伯禽随行，则伯禽即位应在管蔡之乱以后。是的，“伯禽即位”前，是周公姬旦“使其子伯禽代就封于鲁”。（今河南鲁山）

上述未见署名的作者其认知与笔者同一。《诗经·鲁颂·閟宫》有相应记述：“王曰叔父，建尔元子，俾侯于鲁。大启尔宇，为周室辅。乃命鲁公，俾侯于东。赐之山川，土田附庸。”

诗中前五句“王曰叔父，建尔元子，俾侯于鲁。大启尔宇，为周室辅”是成王劝说周公姬旦的话。后四句是叙述结果，于是“乃命鲁公，俾侯于东。赐之山川，土田附庸”。这是周公东征之后，首封伯禽“俾侯于鲁，俾侯于东”的记述。这四句说，封伯禽为鲁国诸侯，鲁侯伯禽要东迁鲁国。前句是成王与周公商议封伯禽为侯爵，后句是命伯禽为侯爵，并要西鲁东迁。劝说周公，扩大周公姬旦原西鲁的封管区域，以辅助周室，命周公姬旦（鲁公）协助侯爵的伯禽迁河南西鲁至山东曲阜东鲁。这就是“周公世家”两次接受前后两位周王封赏的历史真实。

鲁山西鲁东迁至曲阜东鲁决策的实施，既解决了原西鲁与应国应侯的重叠管辖矛盾，又加强了对东部商奄地区殷商遗民的监控，且使成王封伯禽于曲阜鲁国、同北部武王封太公望的齐国，于中国东部连成整体。西周势力的再次东扩，为在中国东部建立一个齐、鲁南北呼应，周廷管辖范围更大的统一的周天下奠定了坚实基础。正所谓“大启尔宇，为周室辅”。从而使齐、鲁两国两个重要军事集团，成为护卫周庭王朝东部安危的巨大军事屏障，进而震慑了东夷并不安稳的商奄遗民。

四、《史记》“封周公旦于曲阜为鲁公”及“封叔旦于鲁而相周，为周公”的瑕疵形成

史迁《史记》《鲁周公世家》“封周公旦于少昊之虚曲阜，是为鲁公”与《管蔡世家》“封叔旦于鲁而相周，为周公”两处“鲁国”概念的混淆，造成令人费解的《史记》瑕疵。

前文已述“封周公旦于少昊之虚曲阜，是为鲁公”史家多有质疑。武王既封其四弟“姬旦”为“鲁公”，不可能于姬发过世前再改封“鲁公”为“周公”。自武王故至其子姬诵未执政的“七年”间，姬旦当仍称“鲁公”而不称“周公”。当成王执政周公奉成王命，兴师东伐后，至“命以伯禽，而封于少皞之虚”“分之土田陪敦，祝、宗、卜、史”及《诗经·鲁颂·閟宫》成王封伯禽“俾侯于鲁，俾侯于东……赐之山川，土田附庸”时，姬旦可能改封谓“周公”。《史记》“封周公旦于曲阜为鲁公”及“封叔旦于鲁而相周，为周公”的瑕疵是如何形成的？读《史记·太史公自序》可窥见一斑。《太史公自序》曰：

> 子迁适使反，见父于河洛之间。太史公执迁手而泣曰：“余先周室之太史也。自上世尝显功名

于虞夏，典天官事。后世中衰，绝于余乎？汝复为太史，则续吾祖矣。今天子接千岁之统，封泰山，而余不得从行，是命也夫，命也夫！余死，汝必为太史；为太史，无忘吾所欲论著矣。且夫孝始于事亲，中于事君，终于立身。扬名于后世，以显父母，此孝之大者。夫天下称诵周公，言其能论歌文武之德，宣周召之风，达太王王季之思虑，爰及公刘，以尊后稷也。幽厉之后，王道缺，礼乐衰，孔子修旧起废，论诗书，作春秋，则学者至今则之。自获麟［集解骃案：鲁哀公十四年（前481）至汉元封元年（前110）三百七十一年］以来四百有余岁。而诸侯相兼，史记放绝。今汉兴，海内一统，明主贤君忠臣死义之士，余为太史而弗论载，废天下之史文，余甚惧焉，汝其念哉！”迁俯首流涕曰：“小子不敏，请悉论先人所次旧闻，弗敢阙。”卒三岁而迁为太史令，䌷（集解徐广曰：“䌷音抽。”索隐如淳云：“抽彻旧书故事而次述之。”徐广音抽。小颜云：“䌷谓缀集之也”）史记。[1]

司马迁父子于河、洛间不期而遇的一段对话，反映了

① 司马迁：《史记·太史公自序第七十》卷一百三十·宋·裴骃集解 唐·司马贞索隐 唐·张守节正义。

《史记》内容出于司马氏三代人心血的成册过程。

一是司马迁之父太史公司马谈曰:“余先周室之太史也。自上世尝显功名于虞夏，典天官事。后世中衰，绝于余乎？汝复为太史，则续吾祖矣。”由此知，司马谈前辈就是周廷王室的太史，谈本人又为西汉太史公，司马迁接续其父为下代汉室太史公后，这三代司马氏太史公，必然分别掌握有不同时代的重要历史资料。司马迁编撰《史记》必定录入三代人的历史辑录。这些跨越时代之长、历史事件之丰富的“先人所次旧闻”，难免含有一些不实之事或混淆、或失之偏颇，最终成为《史记》的历史瑕疵。

二是司马迁儒学老师是董仲舒（前179—前104），太史公司马迁崇尚儒家。《太史公自序》既是读懂《史记》的钥匙，也体现了司迁修史的指导思想。“太史公曰：先人有言：自周公卒五百岁而有孔子。孔子卒后至于今五百岁，有能绍明世，正易传，继春秋，本诗书礼乐之际？意在斯乎！意在斯乎！小子何敢让焉。”显然，司马迁学的是儒家推及的知识文化，其《史记》写法必然倾向儒家，倾向曲阜鲁国是以继承孔子思想为己任。《史记》在人物立传上除有《孔子世家》外，还有《儒林列传》《仲尼弟子列传》等，是儒家学派的群体传记。《孔子世家》通篇着力刻画了孔子的圣人形象，无论是道德、学问，还是政治、人伦，都达到了一个几乎完美的境界。

在篇末还表达自己对孔子的敬仰之情，“高山仰止，景行行止。虽不能至，心向往之”。董仲舒是西汉哲学家，汉景帝时任博士，讲授《公羊春秋》。他创建了一个以儒学为核心的思想体系，深得汉武帝刘彻（前156—前87）的赞赏，其“罢黜百家，独尊儒术”主张被汉武帝采纳，儒学成为中国社会正统思想，影响长达2000多年。时代局限思维，司马迁编纂《史记》受汉武帝倡导“罢黜百家，独尊儒术”及董仲舒极力推崇“罢黜百家，独尊儒术”思想的思维局限已成历史必然。

三是由《太史公自序》“自获麟以来四百有余岁。而诸侯相兼，史记放绝。今汉兴，海内一统，明主贤君忠臣死义之士，迁俯首流涕曰：‘小子不敏，请悉论先人所次旧闻，弗敢阙。’卒三岁而迁为太史令，紬史记”的父子对话可知，司马迁谈自“鲁哀公十四年（前481）至汉元封元年（前110）三百七十一年间”，因“诸侯相兼”“余为太史而弗论载，废天下之史文，史记放绝”后，今《史记》这段历史，实际上是由继任太史公司马迁主笔而补就。而鲁哀公十四年（前481）前，《太史公自序》所载“请悉论先人所次旧闻”这段历史，盖由其父司马谈主笔，依据史前传说“抽彻旧书故事而次述之”才完成。即《史记》原稿是由西汉先后两位太史公司马氏父子参考“先周室之太史”公录著共同完成。历史事件繁杂，多手辑纂成编的《史记》，其历史真实程度可想而知！终使“无错不成书”之瑕疵，混淆了历史之本真。

总之，早于《史记》的典籍关于“周公旦封鲁”为“鲁公”的“旧书”记载应该是明确的。自周初至春秋战国，当时世人应该很明白“周公旦封鲁”故地是今河南鲁山之“鲁国”，伯禽东迁封于曲阜鲁国是成王“践奄”之后，古籍没必要把当时世人已明白的事实再予注释，推想即便太史公司马谈“抽彻旧书故事而次述之”时“周公旦封鲁”已载入《史记》原稿。之后，或因春秋战国“诸侯相兼”局势混乱、或秦“焚书坑儒”“废天下之史文”而缺失。更可能因司马迁受恩师董仲舒儒家思想及汉“罢黜百家，独尊儒术”的影响，在孔子儒家曲阜鲁国“声名远播”下，遂使“新事掩后事”，混淆了两个鲁国之界限！使“封周公旦于少昊之虚曲阜，是为鲁公”及“封叔旦于鲁而相周，为周公”。两处不伦不类的失实论断，堂而皇之地扬于后世。最终成为《史记》难以挽回的历史瑕疵。

综上所述，根据殷商甲骨文商后关心“鲁”地农业生产与“鲁”的密切“姻娅”关系，及《吕氏春秋》“周公旦封于鲁”“吾先君周公封于鲁”与《左传》“命以伯禽，而封于少皞之虚”及《诗经·鲁颂·閟宫》成王封伯禽“俾侯于鲁，俾侯于东……赐之山川，土田附庸”等原汁原味的典籍记载，辨析《史记》中周公旦在世“周公世家”曾两次受封于“鲁”的实质及地方志“周之应侯”“成王灭唐，以封弟叔虞”“成周三师”等记述和“叶应山成王以桐叶封叔虞”故事流传与平顶山滍阳岭墓葬发掘“白玉线雕鹰”“西周应侯卣”等出土文物佐证，以及史家考定“周公初封地不是今日山东的曲阜，而是河南鲁山”，“鲁阳……这里老早是周公的封土”等论断，我们方清醒地走出“东、西两个鲁国”的历史迷雾，透视出“周公旦封鲁”在今河南鲁山这段毋庸置疑的历史真实。

第二章 恃山纪事

清乾隆八年（1743）《鲁山县全志》载：“恃山 东北二十五里。俗讹寺山，东、西四堆联络，又名四山。北邻宝界，桥水所出，见《水经注》。”

1996 年《宝丰县志》载：“恃山在张八桥乡南部、小店乡西南部，东北距县城九公里，为宝丰、鲁山之界山。俗称‘寺山’，因东西有四座山头，又名‘四山’。海拔 286.2 米。《水经注》载‘桥水（今应河）出鲁阳县北恃山东南’即此。当地居民为防匪乱，在山上筑有石寨，名曰‘恃山寨’。1947 年 11 月，中国人民解放军陈（赓）谢（富治）集团四纵十一旅三十三团二营曾据此阻击国民党军队。”

恃山是豫西鲁山、宝丰两县之界山。位于鲁山东北、宝丰西南向。解放战争中，鲁山为豫西革命圣地，系豫陕鄂边区、伏牛山根据地首府，中共河南省委于此诞生。宝丰是中共中央中原局、中原军区驻防地。恃山介乎其间，是守护鲁、宝两地的前沿哨所，在解放战争中发挥了重要战略作用。

一、鲁山在我国历史上的战略地位

河南省鲁山县位于中原伏牛山东北麓。是夏代鲁县、西周鲁国、春秋战国楚属鲁阳国，为我国中原地区历史上的战略重镇。

《中国古今地名大辞典》释“北岭”曰:“昆仑山之中支。在甘肃四川交界而东，为西倾山、岷山、嶓家山，入陕西为秦岭，有太华等秀峰；入河南为伏牛山，有嵩山等秀峰，至淮源为桐柏山，折东南为大别山……为长江与黄河、淮河之分水岭。”地处昆仑山中支秦岭东延的伏牛山，是我国中原地区长江、黄河、淮河三大水系分水岭，系亚热带与北温带气候地理分界。固有“橘生淮南则为橘，生淮北则为枳，水土异也”的地域性生物差异。于是，在我国历史上，中原这块瑰宝就成为“得中原者而天下”历代兵家的必争之地。

而地处中原、气候温润、水源充沛、适应农作物生长、适宜人类生存又物产丰盈的鲁山县，其南、北、西三面环山，东为开阔沃野，南有南召抵达鲁阳的“三鸦路”与“鲁阳关”当道，北有鲁阳与汝州交界兵家驻守的“歇马岭关”，西有嵩县与鲁阳接洽的“莫大岭”险要关口，山深隐秘、固若金汤。尤其东部，是西周应国与鲁国搭界，东南部叶邑有“成周八师”驻守及楚长城与方城隘口；东北部是鲁、应两国搭界的红石关相交；鲁山（露山）东南脚下的“三鸦镇”（今三街村），为由东部西南行进入伏牛山腹地至“三鸦路”的战略要地；东北有南北走向、近十里入滍水的“元和岭”“凤凰岭”（八里坡）“傅家岭”三岭横贯，系红石关交界岭内的三道天然防线，更是兵家必争之中心地区。

在东部红石关外，古代交通便捷。《括地志集校·卷三》云:“鲁山县 故应城，殷时应国，在父城。故应城，因应山为名，在汝州鲁山县东三十里，《左传》云：‘邘、晋、应、韩，武之穆也。’”春秋早期，应国被郑国兼并。公元前678年，楚文王伐郑“封畛于汝”，应国归楚国版图。鲁、应东临即通达宛洛荆襄著名之古夏路，是西去古都洛阳、南达荆楚之捷径。鲁山县这块中原之中的优越隐秘环境，早为历代政治、军事家看中。

（一）鲁山县是我国古代史上藏龙卧虎的隐秘地

鲁山西北临近洛邑、偃师商都及二里头遗址的天然地理环境，自古以来都是避难、隐居者的最佳选择，深得帝王将相、贤达名人的青睐。汗青宏卷，史书如林，而小地鲁阳却历历在目，深受夏商周三代帝王的关注，其历史从未间断。

《左传·昭公二十九年》载：夏代刘累为避孔甲杀头之难“惧而迁于鲁县”;《逸周书·殷祝解》曰：商汤逐夏桀“桀与其属五百人徙于鲁，鲁士民复奔汤（鲁亦地名)”;据河南省社会科学院考古所原所长马世之先生考证：殷商甲骨文有“鲁受年”“帚姘鲁于黍年”“壬午卜·鲁嘉，鲁不其嘉？鲁不其嘉，鲁嘉允嘉延死”记载，说明“商王朝在建立过程中，受到鲁人支持，商鲁之间关系一直比较密切。商王关心鲁的农业生产，二者之间还存在着姻娅关系，商王娶鲁女为妇”。“周灭商后，周公旦及其子封于此地，史称鲁公或鲁侯。”《史记》载:“封叔旦于鲁而相周，为周公。”“封周公旦……是为鲁公。周公不就封，留佐武王。”“使其子伯禽代就封于鲁。”

《吕氏春秋·仲冬纪·长见》载：“吕太公望封于齐，周公旦封于鲁”;《吕氏春秋·恃君览·长利》亦载：“辛宽见鲁缪公（鲁国第29任君主，前410—前377年在位）曰：‘昔者太公望封于营丘之渚……吾先君周公封于鲁……’”这里的“我先君周公封于鲁”与《仲冬纪·长见》所指同，必当指今河南鲁山之“西鲁”。

春秋时期，楚庄王为称霸中原，以父城（西周应国）为“问鼎中原”的军事戍守地。自公元前604年至前597年八年间，对郑一鼓作气、实施连续攻伐。《楚国历史文化大辞典》云：“庄王九年至十六年期间，与吴国及越国定盟，划定楚东部淮河中游疆界，并着力争夺中原与国。曾七次伐郑（郑都阳翟，今禹州），两次伐陈，一次伐宋。”庄王七次伐郑，都以父城为军事戍守地。至今楚庄王故居（今宝丰白雀寺）、运粮河旧址等遗迹尚存。

东周王子姬朝因争王位落败而隐居鲁阳团城山称王近十年。《左传·昭公二十六年》载：“王子朝及召氏之族、毛伯得、尹氏固、南宫嚚（yin）奉周之典籍以奔楚。”跟随王子朝奔楚的周室“百工”墨家，因王子朝被周人杀害而震惊，墨家为了“避难”不得已而隐居鲁阳深山，致使与孔子并称“显圣”的墨翟降世于今鲁山县尧山镇墨庙村。墨翟在这一带的历史活动留下了众多脍炙人口、难以磨灭的传说与痕迹。不唯如此，鲁山藏龙卧虎的隐秘环境，即便在我国近、现代史上亦同样具有重大军事价值和战略意义。

（二）鲁山在我国近现代史上的战略地位

鲁山这块古代藏龙卧虎的隐秘圣地，即便在我国近、现代史上亦闪烁着耀眼的红色光辉。抗日战争时期，国民党河南省政府，为避难曾于1942年4月至1944年5月，迁徙鲁山三年余；1945年6月，鲁山又成为中国共产党领导的豫西抗日根据地，解放战争时期，中共豫西革命圣地鲁山，为豫陕鄂边区、伏牛山根据地之首府。

1. 鲁山是豫西抗日根据地

1944年4月，侵华日军集中五六万人，发动了河南战役。国民党将领蒋鼎文、汤恩伯、胡宗南所辖的精锐部队总计不下40万众一触即溃，一个月失地千里，郑州、洛阳等38座城市相继陷落，河南人民沦于日军铁蹄之下。据此，中共中央和中央军委做出挺进河南，控制中原的战略决策。

1944年6月30日，中共中央指示太岳、太行军区筹派两个团的兵力，伺机深入登封、临汝、密县及新安南北山地开展游击战争。7月25日，中共中央又发出速向河南敌后进军的命令，太行、太岳军区抽调精干部队挺进豫西，开辟抗日根据地。以皮定均为司令员、徐子荣为政委的“豫西抗日先遣支队”成立，后改称为“豫西抗日游击第一支队”。9月21日，渡过黄河，抵达登封。

“豫西抗日先遣支队”出发后，中共中央又决定组建“河南人民抗日军”，王树声任司令员、戴季英任政委、刘子久任副政委、熊伯涛任参谋长、吕振球任政治部主任。11月14日，由太岳军区十八团和五十九团组成的“豫西抗日游击第二支队”，在闵学胜、刘聚奎率领下渡过黄河挺进渑池、新安和洛宁一带。

1944 年 12 月，王树声、戴季英自延安出发，率领由中央警卫三团组成、陈先瑞为司令员的“豫西抗日游击第三支队”和以三八六旅七十七团组成、张才千为司令员的“豫西抗日游击第四支队”开始南下，并抽调一批河南籍或熟悉河南情况的干部随部队行动。1945 年 2 月，他们进抵嵩山与皮、徐支队会师。

1945 年 4 月初，中共中央在登封箕山白栗坪宣布成立“中共河南区委员会”和“河南军区”，戴季英任区党委书记、军区政治委员，王树声任军区司令员，刘子久任区党委副书记、军区副政治委员，熊伯涛任军区参谋长，吕振球任军区政治部主任。军区辖 4 个支队、4 个军分区，总兵力 1 万余人。

中共河南区委员会和河南军区成立后，中共中央又把陕甘宁晋绥联防军所属的太岳军区三十六团、三十七团组成“豫西抗日游击第五支队”与“豫西抗日游击第六支队”，分别由刘昌毅、张力雄任司令员。

6 月 3 日，中共河南区委员会和河南军区、河南人民抗日军司令部及第三支队、第六支队与第一支队一团从登封南部出发挺进鲁山。进入鲁山后，首先以二郎庙、赵村为基地开展军事活动和政权建设工作。王诚汉回忆说：“在豫西，我们支队一年打了近 200 仗，多是运动战和游击战。由于没有巩固的后方，没有外援，又没有自己的兵工厂提供弹药，加之兵力不多，连续作战自身伤亡很大，所以我们打不起阵地战，尽量避免与敌人拼消耗。一般情况下是不打攻坚战的，但对我们有利而损失又小时也打。”他是湖北黄安（今红安县）人，1917 年出生，13 岁参加红军，16 岁加入中国共产党，19 岁任红军第 262 团团长，1944 年 11 月，任豫西抗日游击第 2 支队团长，后来曾任中国军事科学院政委兼党委书记。当回忆豫西抗日时期时，他激情满怀，感慨万千，随即挥毫泼墨，题词“豫西抗日根据地鲁山”，抒发对鲁山抗日根据地的眷恋与深情厚谊。

2. 鲁山是豫西革命圣地

1948 年 8 月，刘杰带领晋察冀干部大队 2000 余人，金明率中原支队干部 3000 余人徒步先后到达宝丰、鲁山，中共中央中原局在宝丰周营召开欢迎大会。刘伯承、邓小平、陈毅、邓子恢在欢迎会上讲话，邓小平高度评价“南下干部的到来，胜过十万大军”。会后南下干部经过学习、培训，一部分留在豫西，其余分配到豫鄂苏、桐柏和江汉解放区。

2007 年 6 月 22 日，鲁山县召开纪念中共豫西区党委成立暨鲁山解放 60 周年座谈会，时年 93 岁高龄、原 33 岁时的中共豫西区党委副书记、66 岁时的中共河南省委书记刘杰应邀出席。时隔 60 年，刘杰又回到鲁山。他激情难耐，感慨万千，红色记忆促使这位无产阶级革命家欣然题词“鲁山豫西革命圣地”。

（1）刘邓大军挺进中原、陈谢集团师出豫西

1947 年 6 月 30 日晚 9 点整，邓小平、刘伯承根据中央

军委和毛泽东的指示，指挥晋冀鲁豫野战军4个纵队，共12.4万人分别从8个渡口同时行动，开始了强渡黄河的伟大壮举。突破黄河防线后，打响了鲁西南战役。

1947年7月21日至23日，中共中央在靖边县小河村举行前委扩大会议，研究了解放战争的战略反攻问题，决定陈谢纵队由原定西进陕北改为南出豫西。

1947年7月17日，中共中央军委指示组成陈谢集团前委，以各部队首长为委员，陈赓、谢富治、韩钧三人为常委，陈赓为书记。同日，陈谢集团由晋冀鲁豫野战军第四纵队、第九纵队、第三十八军、太岳军区第二十二旅组成，共计8万人。

1947年8月初，陈赓由陕北返回山西翼城住地，对挺进豫西作了一系列充分准备工作。

一是于8月7日在太岳解放区阳城召开了各有关部队军政负责同志参加的陈谢集团（亦称陈谢兵团）前委扩大会议。陈赓传达了中央前委扩大会议精神。会议制订了强渡黄河挺进豫西的军事计划，研究了新解放区的各项政策问题。

二是迅速组建了陈谢集团，同时组成中共豫陕鄂前线委员会，书记陈赓，副书记谢富治，委员还有韩钧、秦基伟、黄镇、汪峰、孔从洲、裴孟飞、孙定国，以陈、谢、韩三人为常委。在前委领导下，又成立了豫陕鄂后勤司令部，主要负责新解放区的地方政权、武装建设和筹集粮款等工作，司令员孙定国、政委裴孟飞、副政委杨少桥。

三是为了负责开辟豫西新解放区的地方工作，组成了新的中共豫西工委，由裴孟飞任书记，刘道安任副书记。还确定高芸生为豫西专署专员，贺崇升为副专员。豫西工委、专署对准备南下的干部进行了集中训练，对开辟豫西地方工作做了必要的准备。

四是进行政治思想教育和军事训练。提高了部队的军事素质。

五是各纵队及旅团都派人到准备渡河的地段做了详细侦察。

8 月 14 日，四纵先头部队到达阳城西之董村镇。17 日，九纵二十六旅前卫部队进抵泌阳。20 日左右，陈谢集团左、右两纵队分别进到济源县邵原镇和平陆县茅津渡等渡河准备位置。

此时，向大别山挺进的刘邓大军已渡黄泛区，正渡汝河。8 月 16 日，蒋介石得知刘邓大军挥师大别山的行动意图，遂调动了敌顾祝同部 20 多个旅向豫南追堵，无力顾及豫西地区。便于陈谢集团南渡黄河，挺进豫陕鄂边区，乘虚发展，寻机歼敌，创建根据地。

8 月 22 日夜和 23 日晨，陈谢集团左右两个纵队在 150 公里长的黄河沿线发起渡河作战。第九纵队 22 日到达济源县城，24 日进至黄河北岸。各旅分别由关阳、李河沟、长泉等渡口胜利过河。至此，陈谢集团全部突破了黄河天险。

（2）中央军委电令陈谢集团用全力在伏牛山建立根据地

陈谢集团突破黄河，挺进豫西，腰斩陇海路，连克新安、渑池、宜阳、洛宁等城镇，取得歼敌4800人的胜利，不仅为我军开辟豫陕鄂解放区创造了条件，而且向敌军中原防线的侧背杀进一刀，从战略上调动了敌人。针对陈谢集团渡河后取得的初步胜利，中央军委与毛泽东对陈谢集团下步行动及时给予战略部署。

1947年9月18日4时，中共中央军委关于秦纵用全力在豫西伏牛山建立根据地的部署致陈赓、谢富治、韩钧电称强调“用全力在伏牛山建立根据地，是为至要”。可见建立伏牛山根据地的重要性，“得中原者得天下”，这正是“用全力”在伏牛山建立根据地“是为至要”的伟大意义所在。

二、恃山的历史地理与环境

恃山位于今鲁山县辛集乡北部，如一条蜿蜒腾飞的巨龙自东而西行，过鲁山县城北八里黑山庙坡“鲁阳公挥戈返日处”，向西绵延数十里至鲁、宝、汝三县交界阿武婆寨楚长城。其龙身既似守护鲁山北部安危之屏障，龙头恃山又如护卫鲁山东北门户之哨所。

清乾隆八年（1743）《鲁山县全志》载:“恃山　东北二十五里。俗讹寺山，东、西四堆联络，又名四山。北邻宝界，桥水所出，见《水经注》。”恃山不单是一座孤峰，因有“东、西四堆联络”“又名四山”。“堆”者，丘也，为丘陵小山。“东、西四堆”者为东、西四座丘陵小山。《志》（《鲁山县全志》简称，下同）载:“三峰山　东北二十三里，在恃山右。上有兴龙观今废，碑尚存。”“右”指“恃山”西，“三峰山”即“东、西四堆”的“西堆”之一。“东堆”

是哪里？《志》载："红石关在宝丰交界岭，无考。""交界岭在东北三十五里。发恃山，南经了北湖，东结舒山，则为宝境矣。""荆山 东北三十五里。前为交界傅家庄（俗呼交界铺），南有了北湖。"源发恃山的红石关交界岭在县东北 35 里，其南经了北湖。《志》称"了北湖 东北三十里釜山后，上通马家泉，下由羊石渠入滍。旱干为沃壤，雨霖则积水，渟泓遥望，若鉴湖焉，通北而去，不见其际，故名湖为了北"。"元和岭自恃山东南行结为釜山。釜山俗名馒头山，东接宝邑舒、应二山。"笔者实地踏勘，恃山东南行其首联便是南延之凤凰岭（八里坡），东接了北湖、釜山与漫流村，南延坡脉至狗詹营、程村东、范店南入滍水。东临便是了北湖"南行结为釜山"的元和岭。撰《志》者所称"四堆"，正是对这一带相联丘陵的精确表述。东"三堆"指与了北湖、元和岭相联的"舒山""釜山"含"凤凰岭"（八里坡）在内的小山丘陵地。即《志》称的"恃山"又称"四山"与"东、西四堆联络"的真实含义。

恃山为鲁山古代地理的战略屏障。"恃"，本为"持守""屏障"意。《说文解字》释"恃"，"赖也"。汉典基本解释为："依赖，仗着，仗恃。"可见"恃山"是关乎地方安危、依赖之屏障，为兵家戍守防御、依仗之战略要地。

（一）恃山在鲁山古代史上的战略作用

鲁山县志编纂办公室原主任尹崇志引马金骧考证说："马金骧先生在世时说：'四山'（恃山）佛寺宋代政和年间建，元代至正年间毁于兵火，明洪武三年重修。据《说文解字》，‘寺’初为官署，以后指佛教庙院。春秋战国时，四山（恃山）高处有寨垣、房舍，与红石关同时为驻兵防务要地，与县西北的阿乌婆寨山烽燧及歇马关（均有驻兵）共为戍守处，因官军在此，其住所也可称‘寺’，但与汉代以后佛教之寺不是一个概念。马先生所说定有根据。”由此看“东、西四堆联络，又名四山”的“恃山”“春秋战国时”已具防御戍守重要军事功能。这里的“佛寺”或为“官军”“戍守处”。

笔者《“武阳大战”后“鲁阳公骐期”主要历史活动考实》一文考:“‘寺山寨’（四山寨），更似‘瞭望台’，远眺可至宝丰虎狼爬岭南，近观可见宝丰西南清晰状况。不仅同东寺一样具相同观察、窥视功能，还是军事重地。由寺山寨西去，正与鲁山县城北八里的张店北‘黑山庙坡’鲁阳公（骐期）‘挥戈返照’处（前 393）在东西一线上。由此看，当时（战国鲁阳公骐期时期）的楚国北部边陲防线，已由北汝河撤至鲁阳邑以北八里的军事防御范围之内。”余考与马金骧先生所考不谋而合。位于今河南省鲁山县东北 25 里的鲁、宝交界的恃山不是一座孤峰，而是由四条丘陵相连、绵延结成的四座小山丘陵。其东部与荆山、红石关交界岭连接，为四岭紧密相联、横贯鲁山东部南入滍水、护卫古代鲁阳安危之天然屏障。

恃山所处鲁山辛集乡北之地理环境位置，决定了它在鲁山历史上的战略地位与军事价值。它默默地守护着鲁山这块藏龙卧虎的隐秘圣地。

（二）恃山在鲁山近代史上的战略作用

恃山东堆凤凰岭，俗名八里坡。因古代坡上“贾家坟”有凤凰栖息故名。其岭与恃山紧联，自北向南横贯辛集乡东、绵延近十里至程村东、坡脉入滍水，具重要战略防御功能。在慌乱战争年代，是护卫岭西李村、后店、梁村、高村、辛集、赵村、郝村、黄村、荆疙瘩、高庄、程村、三街、柴庄“一溜十三村”安危的天然屏障。

1. 国民党河南省政府，曾以恃山东堆凤凰岭为防御前哨

抗日战争时期，1938 年 6 月 6 日，国民党河南省会开封失守。河南省政府开始四处流亡，首先迁徙镇平，1939 年秋由镇平迁至洛阳，1942 年 4 月由洛阳迁至鲁山，1944 年 5 月由鲁山迁至内乡县丹水镇（今属西峡县），1945 年 4 月由丹水镇迁至卢氏县朱阳关镇，1945 年 8 月中旬日本投降，国民党河南省会又重新迁回开封。

其间，国民党河南省政府迁驻鲁山 3 年余。曾以鲁山东部恃山东堆凤凰岭（八里坡）为防御前哨，派驻河南省保安二团驻守该岭东、西两侧漫流村、梁村、高村、辛集村、柴庄村等南北一线的村庄。据高村村民现年 91 岁的高振兴回忆说:“国民党省政府迁驻鲁山期间，河南省保安二团团部驻高村。团长白某、黄某，先后住高村寨东门内路北高豪家院内，童年时代本人曾同白团长女儿白大雯一起在辛集（今辛集乡政府院）上小学。连长住高村西头高老末家，士兵住在高村寨内‘西南高岗儿’，凤凰岭东漫流村

驻守有河南省保安二团一个营，岭西辛集村、柴庄村各驻一个连，梁村驻一个通讯排。”

2. 恃山东堆凤凰岭下村民，素有爱国正义感，积极参加“剿匪反霸”及抗美援朝战争

凤凰岭下“一溜十三村”的村民，多为明清时期由山西洪洞县迁徙而来，素有爱国主义革命正义感。辛亥革命时期，曾一度积极参加孙中山领导的反帝、反封民主革命至反军阀的割据斗争。

（1）清代梁村村民张应瑞次子张镜，曾就读于北京国子监，后为道光年间“岁进士候选儒学训导”，其曾孙张书册（1891—1943），1911 年辛亥革命时期至北伐战争到反对军阀割据，曾任师长，由河南攻至北平；1937 年调任河南许昌，维护汝、伊、鲁、宝、郏一方平安。其长子张祖培民国时期居河南省会开封，1949 年大陆解放时跟随国民党去台湾台北市。三子张祖因，1949 年中华人民共和国成立初供职中央人民政府财政部，病逝于北京。生前系徐营村著名诗人徐玉诺女儿徐西兰之丈夫。

（2）辛亥革命后的 1924 年，梁村张庆恩为黄埔军校学生、连长，与董必武、陈赓同学，系第一届黄埔同学会成员。曾接受校长蒋介石所赠军刀一把，并晋升连长职务，后供职陈赓兵团。1948 年 3 月，陈（陈赓）谢（谢富治）兵团兵工厂由临汝迁至鲁山下汤，张庆恩任下汤兵工厂会计。解放初期，又转任地方宝丰县司法科科长。

（3）高、梁村村民积极参加“剿匪反霸”斗争。陈谢

兵团第二次解放鲁山不久的1948年7月，鲁山县开展“反匪反霸”“土地改革”试点工作。辛集高村试点工作组组长何伟，曾带领十几个工作队员住高、梁村。高、梁村村民积极参加剿匪反霸斗争，当时，参加鲁山县剿匪大队的高村有高昌、高文德、高书运、杨黑吞，梁村有高玉玺、高黑6名队员。高玉玺是共产党员，曾任剿匪大队排长；高黑在剿匪火线立功，也光荣地加入了中国共产党。

（4）积极参加抗美援朝战争。1950年，朝鲜战争爆发，梁村村民积极响应共产党号召纷纷报名参加抗美援朝战争。仅几十户人家的小梁村，就有张克明、张克申2人参加抗美援朝。

张克明，共产党员。1932年国民党抓壮丁被迫当兵。1949年参加成都起义加入中国人民解放军。1950年参加中国人民志愿军抗美援朝、入朝作战，历任工程兵班长、副连长职务。曾在火线抢救战友，冒着敌人炮火背回受伤战友范钦耀。荣立二等功、三等功各一次。1953年复原返乡务农。自1963年开始任高村大队梁村生产队队长多年，领导群众搞好集体生产。为人忠厚、耿直、公正、廉洁清正、刚正不阿，深得民心，受广大村民普遍赞扬。

张克申，共产党员。1953年8月，河南鲁山第一初级中学毕业后，带头报名应征入伍中国人民志愿军、参加抗美援朝战争。后转业上海冶金局钢铁研究所任处长，继任军工安徽徽州钢铁厂保卫处处长。

高、梁村素有的爱国主义及正义感革命传统，同解放战争时期的人民解放军有着密切不解之缘。

（5）梁村村民自发为解放军“打过长江去，解放全中国”壮行。1949年农历四月间，我们看到解放军某部曾由此南下，身着军装、头戴军帽、紧绑裹腿，背着背包、肩挎长枪、斜挎着米袋及子弹带，腰间紧绷的武装带上挎着水壶、挎包、茶缸、白毛巾的解放军战士们，个个雄姿英发，迈着坚定步伐由八里坡东的漫流方向（为不踩群众庄稼），排成一字长蛇队绵延几里长，快步朝梁村走来，由此南下渡江作战。早有梁村贫农代表张广泰、妇女支前模范代表高香等带领村民四五十人，在梁村东头南去的路口，挂着“打过长江去，解放全中国”的红色横幅，路边摆着“贺桌”给战士们送鸡蛋、蒸馍、烙馍、开水，以慰问、壮行。群众手举小红纸旗高呼口号，欢送解放军南下渡江作战，军民互动场面热烈十分感人！后来，才听说是中国人民解放军林彪率领的第38军部分部队由此通过。

3. 解放战争时期恃山阻击凤凰岭战场的防御作用

1947年11月6日晚，陈（赓）谢（富治）兵团部下露营凤凰岭西侧梁村老槐树旁“大车门院”内。1947年农历九月立冬前一天，当地百姓传说“过队伍，八路军来啦！”这天上午，有两名解放军战士来到梁村东头“打麦场”侦察，询问村里国民党军驻军情况。当得知无国民党驻军后，解放军一支部队突然来到梁村，村里执事人主动传知各家各户“摘门板”，提供给人民子弟兵当床用。在老槐树树窟窿上挂着军用水壶、饭包及衣物，并有很多枪支紧靠或架设在槐树周围。在“大车门院”内，住着一大批解放军战士，受伤的战士，虽然伤处已包扎，但伤口处仍向外浸着血！战士们忙着一边打扫场地，一边整理行装，准备就地宿营。次日晨，只见“大车门院”内地上还支着一口做饭的军用大锅，锅内尚存有大米饭锅巴紧贴在锅底……可能部队还未远行，炊事人员还未来得及收拾。听村民们说，当晚解放军在凤凰岭上的石佛寺等处还设置了几处岗哨。后来知道，这支部队就是陈谢兵团十旅旅长周希汉所率的第三十团部下，在宝丰堂洼阻击战完成迟滞国民党军任务后，傍晚才西撤至鲁山辛集东部凤凰岭下西侧的梁村宿营。次日凌晨，解放军南渡沙河、挺进伏牛山去了。

1947 年 11 月 4 日，解放军陈谢集团第十旅攻克郏县县城后，挥师宝丰。该旅三十团奉命于 6 日晨，在宝丰县城西南设防，阻击尾追的国民党军第五兵团李铁军部。阵地设在堂洼村一条土岭上的战斗。三十团部分人员翻越凤凰岭后以此岭为屏障、布岗设哨、就近露营梁村大槐树旁及大车门院场地上。

寺山阻击战。1947 年 11 月 6 日，陈谢集团（秦基伟所率）的九纵二十五旅在鲁山县城东北四山（恃山、寺山）寨阻击国民党军李铁军部，重创敌军。接着，解放军立即撤过沙河，进入南召县境。

1947 年 11 月 7 日，即宝丰堂洼阻击战次日，为掩护兵团主力南下转移，陈谢集团四纵十一旅（时年旅长李成芳）三十三团二营，又在宝丰、鲁山交界的恃山地区进行了一场尾追之敌的战斗，激战 12 小时、连续挫败敌约两个团的 7 次轮番进攻，毙伤敌 300 余人，保障了主力部队的行动，圆满完成了阻击任务。

解放军露营梁村的次日晨，附近的恃山寨（寺山寨后称四山寨）坡及大山坡（凤山）等处，枪炮声整整响彻一天。高振兴回忆说，1947 年 11 月初一天上午，他同梁村高廷言一起去辛集上小学时路过高村西寨门外，发现有二三十位头上扎着白毛巾的解放军战士。他俩好奇地问："你们是哪一部分的？"一位解放军战士，见他俩年龄尚小，诙谐地笑着回答："我们是人民部分！"同时，他们还见到在辛集小学西边郝村的东场上，堆放不少老百姓给解放军提供的粮食、柴草等军需物资。

笔者调访查实，当时第三十三团八二迫击炮连就设在恃山寨坡主峰西南侧今辛集乡政府北大山坡（凤山）上。据赵村老人张秀兰、徐趁讲，指挥部就设在主峰南侧今赵村东头她家院内。她们说，一个排长傍晚时还在院子里说笑，当晚就不幸牺牲了，噩耗传来，大家难以承受！

恃山是守护鲁山东北大门之前哨，大门失守，鲁山必破。陈谢兵团先后用九纵、四纵两个纵队的部分兵力，在恃山阻击国民党李铁军部，足见此战之重要！

（三）陈谢兵团九纵两次解放鲁山县城

1. 九纵第一次解放鲁山县城及陈谢兵团南召店会议召开

1947 年 10 月底，陈谢集团（秦基伟所率）九纵二十五旅经伊阳、临汝县境，进军鲁山西北部，摧垮地方土顽势力，解放了背孜、瓦屋一带。这时，原博爱县副县长李涵若和县财粮科科长刘纯奇带领的博爱支队（由民兵和担架队组成）300 多人亦随军到达。按照部队首长指示，李涵若在背孜学校召开群众大会，宣布成立伊（阳）鲁（山）县民主政府，李涵若任县长，同时在瓦屋张贴建立民主政府布告，署名区长刘纯奇。

10 月 30 日，九纵二十七旅分两路由嵩县鸣皋进至鲁山二郎庙、瓦屋一带，出敌不意，转而向南，沿山间小路轻装强行军，围歼南召之敌。

11 月 1 日夜，九纵二十五旅七十三团，以迅雷不及掩耳之势将鲁山包围。2 日发起攻城战斗。解放军毙、俘敌 30 余人，首次攻克鲁山县城。

11 月 3 日，解放军九纵二十五旅解放张良镇；二十七旅一部解放下汤。

11 月 5 日，九纵首长以“鸡毛信”指示李涵若，火速在鲁山城南沙河架设一座能通过重炮的临时桥梁。李涵若命刘纯奇以瀼河区区长名义，召集附近村庄群众，利用木板、木桩、草袋连夜把桥梁架成，以便解放军顺利南进。

当天傍晚，太行干部支前大队（孙竹庭任大队长，李庆伟、戴云程任副大队长）由陈谢集团前委委员裴孟飞带领，在一个营的兵力护送下进入鲁山，住宿城西贾王庄。次日凌晨，紧急集合出发，经婆娑街、下汤、四棵树进入南召县境。部队撤离后，李涵若带领博爱支队部分人员到城南沙河拆除了桥梁，又按部队首长指示，在瀼河张贴布告，将抓获的宝丰县保安团团长枪决于瀼河西寨门外河滩里。此时，主力部队已经走远，李涵若带领博爱支队留下的民兵和干部 80 余人，携机枪 3 挺、步枪 70 多支，进入鲁山西南部山区打游击。后来，辗转到背孜、瓦屋、仓头一带与土匪进行斗争。

11 月 7 日，发生在鲁山县东部辛集一带的恃山阻击战，迟滞了国民党军李铁军部的尾追，为陈谢兵团前委 11 月 8 日南召店会议召开，决定成立豫陕鄂后方委员会及“豫西牵牛战”等重大战略决策，争取到了极其宝贵的时间。

11 月 19 日，中共豫陕鄂、行政公署和军区在鲁山城西的下汤成立，下设七个军分区。鲁山属第五专区。

2. 九纵第二次解放鲁山县城，豫陕鄂边区机关进驻，伏牛山根据地首府在鲁山市建立

1947 年 11 月 23 日，秦基伟命九纵二十七旅再夺鲁山县城。11 月 20 日下午，二十七旅八十团、七十九团将鲁山城包围。八十团二营主攻城北门，一营在城东佯攻并截击敌人；七十九团以一部在县城西担任整个战斗助攻任务，以一部在城南截击。攻城战斗持续两个昼夜，于 23 日，敌人弃城逃往许昌，鲁山宣告解放。李涵若带领博爱支队部分人员随即进入县城。

11 月 24 日，陈谢兵团司令部和豫陕鄂边区党、政、军领导机关进驻鲁山县城。

11 月 26 日，戴云程带太行支前干部吴庆生、李锐、王永安、侯宜民等到达鲁山，组织中共鲁山县委和县、区政

权机构。

11 月 8 日，南召店前委会议后至 11 月底，陈谢集团共歼敌 5.6 万余人，解放了 36 座县城，解放人口 600 余万人，在鲁山成立了豫陕鄂行政主任公署和豫陕鄂军区，建立了 8 个专署和军分区以及 39 个民主县政权。在黄河、平汉铁路、汉水和潼关之间开辟建立了豫陕鄂解放区。豫西鲁山县成为豫陕鄂首府和军事指挥中心。

1948 年 1 月，陈谢兵团九纵二十五旅七十三团进驻鲁山，承担豫陕鄂边区领导机关的警卫任务和驻地剿匪任务。

1948 年 4 月 25 日，鲁山县城召开了豫陕鄂前委和后委联席会议，邓小平做了《跃进中原的胜利形势与今后的政策策略》报告后，6 月 1 日，中共豫西区党委、行署在鲁山成立。

中共豫陕鄂边区党、政、军领导机关先后进驻鲁山县城后，至 1948 年 5 月，豫陕鄂边区陆续组建了 9 个地委、专署、军分区，在全区 54 个县建立了民主政权、稳定了局势。伏牛山根据地的建立，为挺进中原、实施无后方作战的刘邓大军，由大别山回师豫西提供了稳定的休整地。

（四）刘邓大军回师豫西，驻防在恃山北宝丰赵官营一带

1948 年 4 月 20 日，在叶县，刘伯承、邓小平向中共中央和中央军委提出了加强中原局和组建中原军区的建议。

5 月 9 日，中共中央、中央军委作出决定：除中原解放区现辖境地外，凡陇海路以南、长江以北，直至川陕边区，均属中原解放区。同时，建立中原军区，挺进中原的晋冀

豫野战军改名为中原野战军。中原军区下辖鄂豫、豫皖苏、皖西、桐柏、江汉、豫陕鄂军区。中共中央中原局的建立，加强了对中原各战略区的统一领导和指挥。

1948 年 5 月下旬，为了便于战略展开，中共中央中原局、中原军区由叶县移驻宝丰县西北地域宽敞的赵官营一带驻防。

（五）中共豫西区鲁山整党会议在恃山东堆凤凰岭下程村召开

1948 年 5 月下旬，中共中央中原局、中原军区在宝丰驻防后，邓小平、刘伯承、陈毅、邓子恢等主要领导人曾多次在鲁山县城召开重要会议。

据张玉卿《怀念慈母》回忆："鲁山解放初'后院'（梁村张氏始祖院'张稷府邸'后院）张家用了一个'长工'姓王，哥姐们都叫他王叔叔。母亲平常待人温和善良，又善于观察思考，她发现王叔叔的言谈举止不同寻常：办事沉着稳重，还常给孩子们说'你们应读书认字，长大后才能干大事'。他有时夜里出去很晚才回来。她就悄悄告诉家里有关人，这位王叔叔不是一般人，我们可要善待他。还交代孩子们出去不要乱讲王叔叔的事。因此大家对王叔叔就像家人一样，一直同桌吃饭，共同干活劳动，从不把他当成外人。解放后才知道，这位王叔叔是我县中共三街区区委书记刘裕民，云姐和从姐还一起到程村及县城找过他。王叔叔还问家人们好，又对姐姐说'你母亲是个有本事的人'。母亲和家人当时的做法有意无意地保护了这位王叔

叔。”（见梁村《张氏族谱》，第 107 页）

1948 年 2 月前后，鲁山县开展“点火抄家，反匪反霸”“土地改革”试点工作。辛集高村试点工作组组长何伟，带领十几个工作队员住高、梁村。

根据中共中央中原局指示，1948 年 9 月 13 日至 10 月 25 日，中共豫西区党委在鲁山县城东程村召开了整党会议，即中共豫西区党委整党会议，简称“鲁山整党会议”。

中原局驻防在宝丰赵官营，南距恃山 10 公里余，距鲁山县城东部程村 20 多公里。10 月 15 日上午，中原局第一书记邓小平同警卫员一起，由宝丰赵官营出发、骑马驰行在梁村、高村东头牛驾铁轮车行大道上，后抵达程村整党会议，传达中共中央精神，并做重要讲话。

历史实践证明，恃山之功，不可不记，是为至要。

第六篇 “王子朝奔楚”大本营在鲁山团城山

“王子朝奔楚”，是一起发生在东周时期、以胜负为是非判断标准的重大历史疑案。虽古籍多有记载，但其“奔楚”十年的具体活动，却未见只字于史册。近年专家学者有部分研讨成果，然并未彻底地揭开全部奥秘。诸如相关中华文明“周之典籍”下落，“周守藏室史”老子随从轨迹，王子朝奔楚大本营地点，其随从人员归宿等重大历史问题，仍为悬案困惑学界。

笔者考证，鲁山团城山位于楚之北境，紧邻“三鸦路”。北取捷径，可直达东周洛邑，南过南召，直通南阳石桥镇。且近靠楚长城、邻南召云阳楚武城“楚王行宫”，东北近楚鲁阳军事重镇。这里环境隐秘、温泉连串，存有王廷殿堂遗址“朝王殿”“旗杆街”“姬塚”遗迹，以及“兵将”“旧官、百工”宿营地“大团营”“小团营”遗址等。笔者推断：鲁山团城山当为“王子朝奔楚”存身之“大本营”。现详述于后，求方家指正。

《左传·昭公二十二年》载:“丁巳，葬景王。王子朝因旧官、百工之丧职秩者，与灵、景之族以作乱。帅郊、要、饯之甲，以逐刘子。”《左传·昭公二十六年》载:“冬十月丙申，王起师于滑。辛丑，在郊，遂次于尸。十一月辛酉，晋师克巩。召伯盈逐王子朝。王子朝及召氏之族、毛伯得、尹氏固、南宫嚚，奉周之典籍以奔楚。”《左传·定公五年》（周敬王十五年、楚昭王十一年，前 505）载:“五年春，王人杀子朝于楚。”《左传》这几段记叙了公元前 520 年，即周景王二十五年，景王姬贵卒，子悼王姬猛嗣位，弟姬朝率旧官和百工中失去官职的人和灵王、景王的族人发动叛乱。王子朝率领郊邑、要邑、钱邑驻军叛变驱除刘子。公元前 516 年，冬季，十月六日，周敬王在滑地起兵。二十一日在郊邑，住在尸地。十一月十一日，晋军攻下巩地，召伯盈赶走了王子朝，王子朝和召氏的族人、毛伯得、尹氏固、南宫嚚保护着周朝典籍逃亡楚国。公元前 505 年，成周人在楚国杀王子朝之事，史称“王子朝奔楚”。

其实，发生“王子朝奔楚”并非如此简单，它深深含蕴着东周王朝与诸侯间政治斗争和军事较量尖锐矛盾的历史背景。封建社会在以“胜者王侯败者贼”为判断是非标准的定格下，王子朝最终成为“作乱”失败者代表被载入史册。

一、“王子朝奔楚”历史背景

行将没落、龟缩洛邑的东周王朝，与诸侯间的尖锐矛盾，周景王姬贵是深有感触的。为挽败局，他着手革故鼎新。未料，结果却成为庶子王子朝“奔楚”的导火索。

东周王公贵族，主要依靠诸侯进贡维系王廷消费。《国语·晋语四》曰：“公食贡，大夫食邑，士食田，庶人食力，工商食官，皂隶食职，官宰食加。”[①] 这是说，王公依靠进贡物生活，大夫依靠自己封地生活，士依靠自己所受公田生活，庶人依靠出卖劳力生活，工商（工，百工。商，官贾）依靠服务官的所得而生活。其“公食贡”，就是王公贵族的消费来源。

《左传·昭公十五年》（周景王十八年，前527）载：

> 十二月，晋荀跞如周，葬穆后，籍谈为介。既葬，除丧，以文伯宴，樽以鲁壶。王曰：“伯氏，诸侯皆有以镇抚王室，晋独无有，何也？”文伯揖籍谈，对曰：“诸侯之封也，皆受明器于王室，以镇抚其社稷，故能荐彝器于王。晋居深山，戎狄之与邻，而远于王室。王灵不及，拜戎不暇，其何以献器？”王曰：“叔氏，而忘诸乎？叔父唐叔，成

① 《国语》（卷十·晋语四），上海：上海古籍出版社，1998年，第371页。

王之母弟也，其反无分乎？密须之鼓，与其大路，文所以大蒐也。阙巩之甲，武所以克商也。唐叔受之以处参虚，匡有戎狄。其后襄之二路，鏚钺，秬鬯，彤弓，虎贲，文公受之，以有南阳之田，抚征东夏，非分而何？夫有勋而不废，有绩而载，奉之以土田，抚之以彝器，旌之以车服，明之以文章，子孙不忘，所谓福也。福祚之不登，叔父焉在？且昔而高祖孙伯黡，司晋之典籍，以为大政，故曰籍氏。及辛有之二子董之晋，于是乎有董史。女，司典之后也，何故忘之？”籍谈不能对。宾出，王曰：“籍父其无后乎！数典而忘其祖。”

籍谈归，以告叔向。叔向曰：“王其不终乎！吾闻之，所乐必卒焉。今王乐忧，若卒以忧，不可谓终。王一岁而有三年之丧二焉，于是乎以丧宾宴，又求彝器，乐忧甚矣，且非礼也。彝器之来，嘉功之由，非由丧也。三年之丧，虽贵遂服，礼也。王虽弗遂，宴乐以早，亦非礼也。礼，王之大经也。一动而失二礼，无大经矣。言以考典，典以志经，忘经而多言举典，将焉用之？”①

这是公元前527年，景王的太子和王后相继去世，诸

① 《左传》(昭公十五年)，长沙：岳麓书社，1988年，第318—319页。

侯国都当进贡，但晋国不带贡品。景王骂他们“数典而忘其祖”。东周王室与诸侯间之矛盾，知微见著，如干柴遇烈火。东周王室这堆腐朽干柴，与诸侯间丁点矛盾的火星，就点燃了晋国助推东周王室更替主宰的烈火。这把燃烧的烈火，必然直接影响周王室执政权威和社会的安定！

周景王（前545—前520）为革新这种局面，早于公元前543年，就着重臣草拟“前哲令德之则”的法律“刑书”条文，将铸“无射钟”上，公布于众。

据《左传·昭公二十一年》载：

> 二十一年春，天王将铸无射。泠州鸠曰：“王其以心疾死乎？夫乐，天子之职也。夫音，乐之舆也。而钟，音之器也。天子省风以作乐，器以钟之，舆以行之。小者不窕，大者不槬，则和于物，物和则嘉成。故和声入于耳而藏于心，心亿则乐。窕则不咸，槬则不容，心是以感，感实生疾。今钟槬矣，王心弗堪，其能久乎？”①

《国语·卷三·周语下》《左传·昭公二十一年》均有单穆公谏周景王铸无射钟记载。《国语》记载篇长字多，《左传》记载文简字少，内容亦不一。单穆公，为周景王重

---

① 《左传》（昭公二十一年），长沙：岳麓书社，1988年，第334页。

臣，曾劝阻周景王不要铸大钱和铸大钟。他认为：“作重币以绝民资，又铸大钟以鲜其继。若积聚既丧，又鲜其继，生何以殖？”又说：“三年之中，而有离民之器二焉，国其危哉！”周景王没听其劝，既铸大钱又铸了大钟。后来，周景王与单穆公在王位继承人上又产生矛盾。王欲谋在打猎时将单穆公杀死，因周景王突发心脏病死去，“无克而崩”。后，单穆公参加了周王室“宫廷政变”，辅佐王子姬猛同王子朝抗衡。

《左传·昭公二十二年》载：

> 王子朝、宾起有宠于景王，王与宾孟说之，欲立之。刘献公之庶子伯蚡事单穆公，恶宾孟之为人也，愿杀之。又恶王子朝之言，以为乱，愿去之。宾孟适郊，见雄鸡自断其尾。问之，侍者曰：“自惮其牺也。”遽归告王，且曰：“鸡其惮为人用乎？人异于是。牺者，实用人，人牺实难，己牺何害？”王弗应。
>
> 夏四月，王田北山，使公卿皆从，将杀单子、刘子。王有心疾，乙丑，崩于荣锜氏。戊辰，刘子挚卒，无子，单子立刘蚡。五月庚辰，见王，遂攻宾起，杀之，盟群王子于单氏。①

① 《左传》（昭公二十二年），长沙：岳麓书社，1988年，第338页。

上述“王子争位”的真相是：周景王在位时，因长子太子寿早死，原立嫡子姬猛为太子。王子朝是周景王姬贵之庶长子。公元前 520 年 4 月 18 日，周景王突发疾病，见太子猛柔弱、多病，难以担当大任，崩前写下诏书，要大夫宾孟扶立王子朝即位。单穆公得知，组织刘狄、单旗发动政变。于王子朝即位前，将辅政大臣宾孟杀害，遂立王子猛，与王子朝抗衡。单穆公“宫廷政变”受到周王室、大臣及国人反对，纷纷支持王子朝发动族人反击，将王子猛赶出王城。曾极力反对周景王革故鼎新的晋国得知后，遣大夫籍谈、荀跞带兵护送王子猛回京都洛邑（今洛阳）。病弱的王子猛难以应付局势，当年 10 月惊吓病死。晋国再立王子匄为敬王。公元前 519 年，晋军攻打王子朝，王子朝受挫逃尹地（今新安西南），尹氏立王子朝为王，人称西王。尹氏助王子朝将王子匄赶到狄泉（今洛阳东），狄泉在王城东，人称王子匄为东王，公元前 517 年，晋军将王子朝打败。“王子朝及召氏之族、毛伯得、尹氏固、南宫嚚奉周之典籍以奔楚。”

被晋军打败的王子朝，只得仓皇投奔楚国，流离失所，异国他乡，无立足地。其心态如《左传·昭公二十六年》所载：“王子朝使告于诸侯曰：‘兹不谷震荡播越，窜在荆蛮，未有攸底。’”[①] 足见其“奔楚”后漂泊不定、居无定所

① 《左传》（昭公二十六年），长沙：岳麓书社，1988 年，第 351 页。

的凄楚心境！

王子朝奔楚十年，不可能长期无定所，其一行必然选择适当场所作大本营，以谋东山再起，重返京都洛邑。

二、王子朝奔楚滞留楚北境

楚平王安排或王子朝选择“奔楚”，不仅欲借晋楚争霸矛盾、可得楚之庇护，主要是与楚勠力同心，共同抵御晋国，夺回东周王位。其次，因楚近洛邑，便于日后重返京都、称王朝廷。不想王子朝奔楚却遇楚平王卒丧，年幼的楚昭王刚刚即位，还要力对吴国伺机攻伐。楚国迫在眉睫的一系列大事，却无暇他顾。《左传·昭公二十六年》（前516）载:“九月，楚平王卒。”月余后，“十一月辛酉”王子朝奔楚。其一行人只得滞留楚之北境，一可得楚庇护；二距京都较近，便于重返洛邑；三可避南部吴楚之战的袭扰。

《左传·昭公二十七年》即王子朝奔楚次年，载：

> 吴子欲因楚丧而伐之。使公子掩余、公子烛庸帅师围潜。使延州来季子聘于上国，遂聘于晋，以观诸侯。楚莠尹然、工尹麇帅师救潜。左司马沈尹戌帅都君子与王马之属以济师，与吴师遇于穷。令尹子常以舟师及沙汭而还。左尹郤宛、帅

师至于潜，吴师不能退。[①]

吴人借楚丧之机，兴师攻楚，双方成对垒之势。王子朝奔楚滞留楚北境十年，吴与楚争战不休，是时，吴姬光与伍员攻入郢都，楚人国破家亡，楚昭王不得不“奔郧”又“奔随”仓皇狼狈逃命，焉能对王子朝庇护？更无力与王子朝同心协力抵御晋国。王子朝不仅没有机会重返洛邑，最终却被成周人乘机杀害于楚地。那么，一个失魂落魄的东周王子，携“旧官、百工”一行人奔楚十年，究竟于楚何地“避难”？史册无载。在以“胜者王侯败者贼”为评判是非标准的朝代，又有哪位史官敢于冒杀头危险，把一个逃亡在外，且最后又被执政当局乘机杀害的“罪人”载入史册呢？

三、王子朝奔楚大本营在楚北境鲁山团城山

鲁山县位于中原伏牛山东麓河南省中西部。古代境内80%以上是山区面积。且山高林密、环境隐秘、雨量充沛、温泉连串，非常适宜人类隐居。其独特环境，曾招致夏代“刘累迁鲁”避难，夏桀徙鲁避战，商后沐浴，周公封鲁，

① 《左传》(昭公二十七年)，长沙：岳麓书社，1988年，第352—353页。

竹氏改墨氏隐居鲁阳等，向为兵家所必争，因成我国著名“藏龙卧虎”的文化圣地，也是“中华刘氏发祥地”“中国墨子文化之乡”“中国牛郎织女文化之乡”“豫陕鄂前后方工作委员会旧址”。

（一）古代鲁山的隐秘环境，是避难、避战的良好所在

古代鲁阳隐秘环境，曾招致夏商周三代至春秋战国的帝王将相或先贤驻足。《左传·昭公二十九年》载，夏孔甲年间，刘累养龙，因一雌死，为避孔甲追杀“惧而迁于鲁县”避难，今存有刘累故地“邱公城遗址”时隐时现于昭平台水库中。专家考定，这里是中华刘氏发祥地。据《周书·殷祝解》载：商汤逐夏桀“桀与其属五百人徙于鲁，鲁士民复奔汤（商汤）”，夏桀徙鲁，为躲避商汤追逐。清乾隆八年（1743）《鲁山全志》载：“温泉《水经注》：‘温泉出北山，七泉奇发，炎热特甚。’旧名皇女汤，商后（商汤）尝浴其处，载《水经》中。其下泉水热如沸，中泉水平温，上泉微温。俗呼为上、中、下汤。去县六十里，居民引为沐浴池，能愈疮痍宿疾。《洛都赋》曰：‘鸡头温水，鲁阳神泉，不爨自沸，热若焦然。烂毛瀹卵，煮绢濯鲜。瘘疾痱痾，浸之则痊。功迈药石，勋著不言。’”[①] 鲁山县北部仓头乡考古发现，有“商代兕觥”酒器出土等，系商汤

① 旧志再版，政协鲁山县委员会文史委员会、河南省墨子学会石人山文化研究中心重印，清·乾隆八年《鲁山县全志》，第36页。

驻足鲁山之佐证。这里还是周武王初封周公姬旦之鲁国，史称“西鲁”，其存续时间在15年至20年间，后因武王崩、周公留佐成王，更封伯禽东迁曲阜为（东）鲁国。这里更有蜿蜒起伏的“楚长城”遗址，遍布鲁山南、北、西边境，其西部深山区今尧山镇，有“墨子故里遗址”等。据考证，墨子是周代“百工”后裔，先祖为百工竹氏、跟随王子朝奔楚，为避王子朝被杀之难，遂改竹氏为墨氏隐居深山二郎庙（今尧山镇）。

这些史实，佐证了近于东周洛邑（洛阳）、偃师“夏代二里头遗址”、“商代都城遗址”的古代鲁阳（今鲁山县）隐秘环境，是先代前人避难、避战的良好去处。

（二）隐秘的团城山为“王子朝奔楚”建立大本营创造了条件

古代帝王、先贤在鲁山驻足或避难的史实，为王子朝选择楚北境鲁阳避难、建立军事大本营，创造了条件，铺就了道路。

1. 王子朝奔楚行程路线及走向

今鲁山县城西部14公里的夏代“邱公城遗址”，是刘累迁鲁故地，亦是故鲁阳城旧址，其北部紧邻古代耿集镇，原名“竹峪寨”，别号“豢龙故里”。耿集镇的“别名雅号”，向现代人们透露着它远古的历史故事。据考，“竹峪寨”是墨子祖辈竹氏“百工”，随王子朝奔楚至王子朝被杀前的栖息地。王子朝被杀后，竹氏百工为避杀头之难，遂改竹氏为墨氏，再徙鲁山深山区二郎庙隐居①；“豢龙故里”是御龙氏刘累曾在此寄居的历史印痕。这里是北来荡泽河与东流沙河的两水交汇处，水资源丰富，地理环境优美，为古代先贤所青睐。荡泽河，古称波水，发源于鲁山西北地区瓦屋镇、背孜乡一带山谷。清乾隆八年（1743）《鲁山县志》载：“波水，《水经注》：‘出霍阳西川大岭东谷。’俗谓之歇马岭。即应劭所谓‘孤山，波水所出也’。”“霍阳山”俗呼岘山，又名铁顶山，海拔 1165.8 米，位于汝州、汝阳、鲁山三县交界处。鲁山背孜乡古有“歇马岭关”，今遗址尚存，为古鲁阳西北、通达东周洛邑（今洛阳）的军事要塞，更是洛邑东南通往楚国鲁阳之捷径。推想当年王子朝奔楚，当自洛邑东南行，经梁、霍故地，部分人走“歇马岭关”，由此沿荡泽河顺流而下，先期到达楚地古鲁阳，再沿沙河而上，寻西南入团城山；另部分人，则“奉周之典籍”、寻“夏路”过“方城外”叶邑（今叶县）南向入楚。这东、西两条线路，是古代连接今洛阳与南阳仅有的重要通道。走“三鸦路”虽要翻山越岭，但比走“夏路”便捷得多，其间距可近其一半路程，王子朝当然不会舍近求远，而选择走东部的“夏路”！

2. 团城山隐秘环境，是王子朝设立大本营的先决条件

团城山，海拔 649.8 米，位于今鲁山县西南部团城乡，

---

① 张新河、张九顺：《墨家鲁阳县疑案——墨子里籍与事迹考实》，郑州：河南大学出版社，2011 年，第 115 页。

原名鸡冢乡，乡以塚名。据《鲁山县志》记载：明代，鸡冢属鲁山县大宁乡，清代，属阜里。1941 年，属鲁西乡。1947 年，划归下汤区，设鸡冢乡。因鸡冢乡有团城山及小团城，2006 年，因改团城乡。其距县城 38 公里，总面积 101.14 平方公里，全乡辖鸡冢、泰山庙、小团城、枣庄、玉皇庙、五道庙、辣菜沟、应山、寺沟、牛王庙、花园沟 11 个行政村，92 个村民组，14218 人。

团城乡所处位置比古鲁阳更隐蔽，四围山高，中间较低，山高林密，雨量充沛，环境极其隐秘，毗邻下汤温泉。境内海拔 300 米至 800 米高的山峰有 11 座，较高山峰有帽式山海拔 838.2 米、大王垛海拔 873.6 米、马野寨山 874 米。大王垛没有马野寨山高，却称“大王”，是妄称还是确有哪位“大王”到此而命名？不得而知。1994 年版《鲁山县志》记载鸡冢乡古迹尚有：黄土岗仰韶文化遗址及鸡冢古墓，它向人们诉说着团城山的古老往事。

团城山东，有古三鸦路，可北通东周洛邑，南达今湖北钟祥市西北的楚国都郢。团城山优美的自然环境，成就它为人们避难、避战、益寿养生的天然圣地。

（三）团城山遗迹遗存，同王子朝奔楚紧密关联

1. 楚北境的团城山所处地理环境及军事优势，是王子朝奔楚存身所急需

团城山，东北部近鲁阳故城，北部紧邻下汤温泉“商后沐浴处”的“皇女汤”遗址；东部是古三鸦路。三鸦路南有“鲁阳关”，北有“歇马岭关”，南北两道险关守护着

古鲁阳军事重镇。三鸦路南向经今南召县可达南阳，紧靠鲁山分水岭楚长城。过“鲁阳关”、越楚长城，便是今南召县云阳镇古代楚国武城邑的“楚王行宫”，武城邑是北邻楚长城、紧邻鲁阳的军事重镇。自公元前575年至公元前478年的百年间，不绝于古文献记载。《左传·成公十六年》（楚共王十六年，前575）载“楚子自武城使公子成以汝阴之田求成于郑。郑叛晋，子驷从楚子盟于武城”，史称“武城之盟”。《左传·襄公九年》（楚共王二十七年，前564）载：秦景公乞师于楚，将以伐晋。“是年秋，共王帅师驻于武城，以为秦援”是为“武城之役”。《左传·哀公十六年》（楚惠王十年，前479）载：“王卜之，武城尹吉。使帅师取陈麦。陈人御之，败。遂围陈。秋七月己卯，楚公孙朝帅师灭陈。”公孙朝，是令尹子西之子，公孙宁（字子国）之弟，鲁阳公（鲁阳楚之县公）公孙宽（子期之子；子西与子期同为楚平王庶子）之胞弟，时任武城尹，足见楚对武城的重视程度。鲁山团城山，邻近武城楚之军事重镇，近于“楚王行宫”，既方便与楚王沟通，又可得楚军事救援。这是王子朝奔楚选择团城山为大本营的首要条件。

2. 鲁山县遗存的古老姓氏与王子朝奔楚一行相关联

《左传·昭公二十六年》（前516）载：“十一月辛酉，晋师克巩。召伯盈逐王子朝。王子朝及召氏之族、毛伯得、尹氏固、南宫嚚奉周之典籍以奔楚。”可见随王子朝奔楚人员的姓氏，有周、姬、召、毛、尹、竹、南宫等。2500多年来，虽然鲁山县人口播迁发生过翻天覆地的变化，但据

《鲁山文史资料》记载，1992 年人口普查资料证实，今鲁山（古鲁阳）县，尚有周姓 1602 户、姬姓 433 户、邵姓（召、邵同宗）262 户、毛姓 333 户、尹姓 512 户。而且，他们都是元代前鲁山仅有的 92 姓中的主要姓氏。① 笔者以为，这些在鲁山留下的古老姓氏中，一部分当为“王子朝奔楚”在楚地鲁阳留下的史证。

3. 团城山遗迹遗存与王子朝奔楚之关联

南阳石桥以北至陕州双观音堂，数百里皆鸦路。团城山临今南召县云阳镇及古武城邑“楚王行宫”，近“三鸦路”。清乾隆八年（1743）《鲁山县全志》载:“团城山，西六十里。大山绵延数十里，上有殿址，莫知其由，其东侧为交口山。”“交口山，西南四十五里。鲁（山）与南召交界也。”“分水岭，西南六十里，团城山东西分水。旧志云:‘水即鸦河。’”“鸦河”即临“三鸦路”之水，为今鲁山县境流经瀼河乡、熊背乡瀼水之上游。清乾隆八年（1743）《鲁山县全志》又载:“鸦路，《资治通鉴·质实》云:‘在南阳府城北七十里分二路。东北带西而行者谓之三鸦路，行人来往趋西洛之便路也。石川为第一鸦；分水岭为第二鸦；在汝州界者第三鸦也。自南阳石桥以北至陕州双观音堂，凡数百里皆鸦路也。’据《水经注》:‘鸦水亦俗名鲁阳关水。

① 鲁山县政协文史资料研究委员会:《鲁山文史资料》，2000 年第 17 期，第 26—31 页。

水出鲁阳县南分水岭。’”[①]《鲁山县全志》中“自南阳石桥以北至陕州双观音堂，凡数百里皆鸦路也”记载，说明“南阳石桥以北”在古“三鸦路”上。据《史记·周本纪》集解注：“《春秋》曰：‘子朝奔楚。’《皇览》曰：‘子朝冢在南阳西鄂县。今西鄂晁氏自谓子朝后也。’”《中国历史地名大辞典》中“西鄂县”条称：西汉治，属南阳郡，治所在今河南南阳北 50 里鄂城寺。1990 年版《南阳县志》载，西鄂故城遗址，在今石桥镇西南约 500 米处，其位置与古鲁阳（今鲁山县）隔伏牛山南北相望，间距约 60 公里。王子朝墓在楚国北部近鲁阳的事实，证明“王子朝兵败奔楚”走了三鸦路，其随从“旧官、百工”等，确实安置在楚国北境，与三鸦路临近的地方，并非在楚国中部。

2018 年 12 月 12 日《平顶山日报》刊载王相生《鲁山县团城山鸡冢探疑》一文说：团城山“鸡塚前，左有朝王殿，右有接官亭，接官亭向北有泰山庙，周围还有大团营、小团营”。“自昭平湖向南十里路程是泰山庙。当地人传说，此庙宏大，殿堂多层，石人石像众多，占据了整个南山之坡。这堂庙坐北朝南，应该是王室祭拜天地的庙堂大殿。泰山庙向南五里直达接官亭，接官亭东南有小团营盆地，向西数里是旗杆街，具备了古代帝王来此祭奠的护卫礼仪。旗杆街再向西是朝王殿沟。从接官亭向南十里就是鸡冢，

① 旧志再版，政协鲁山县委员会文史委员会、河南省墨子学会石人山文化研究中心重印清·乾隆八年《鲁山县全志》，第 94 页。

鸡塚南边还有古墓沟、石碑湾之地名。虽然如今古墓沟里不见古墓，石碑湾里也不见石碑，但这些地名都与祭奠之事有关。”[①] 不仅如此，作者还发现此地尚有“五道庙”“大王山”地名。如是说，在古代一个交通闭塞、人烟罕至的深山老林团城山周围，居然有与帝王相关的朝王殿、接官亭、旗杆街等遗迹遗存。可以肯定，团城山周围，一定蕴含有过往发生的惊天大事！作者推想:“朝王殿”当与王子朝奔楚有关。“鸡冢前，左有朝王殿”说明，“朝王殿”与“鸡冢”关系紧密。王子朝奔楚前于洛邑虽未即位，但在洛邑西尹地曾称“西王”。当“奔楚”被杀后再称“西王”已经时过境迁，显系不合时宜，东周即位的周敬王，派人在楚地杀死王子朝，自然不会再赐其谥号。对被成周人杀害的王子朝当如何称谓？其随从“旧官、百工”对其后事当有议论。窃以为：其跟随的“旧官、百工”便更称“西王”谓“朝王”。亦即说，王子朝被杀后的“西王”称谓，更改以“姬朝”名字命名，称其“朝王”，既区别与已即位的“东王”姬匄的景王称谓，又方便后人以纪念，对原王子朝之居所，便以“朝王殿”称。其“鸡塚”遗迹，本为“姬塚”，是跟随王子朝奔楚的“旧官、百工”，以其在此留居之衣冠，堆积而成的“姬朝衣冠冢”简称“姬冢”，或为埋藏“王子朝及召氏之族、毛伯得、尹氏固、南宫嚚奉周之

---

① 王相生:《鲁山县团城山鸡冢探疑》,《平顶山日报》2018年12月12日,《文化》第A06版。

典籍以奔楚”时“周之典籍的籍冢”。因“鸡”“姬”“籍”音通，后人不明就里、不辨“姬”姓及“籍”之含义，便以近身所见闻，理解为“鸡”，误称之“鸡冢”。“旗杆街”“迎官亭”是与“朝王殿”匹配之建筑物。这些殿堂、亭、庙建筑，对京都洛邑来此的“旧官、百工”无论建筑材料、建造技能当不在话下，轻而易举便可完成；“大团营”“小团营”，当为“旧官、百工”驻军之宿所；至于“泰山庙”“文王殿”，应为王子朝祭天、祭祖场所；“古墓沟”则为后人传承之地名；“五道庙”当为祭奠王子朝、召伯盈、毛伯得、尹氏固、南宫嚚五人之堂庙；“大王山”因其高大，或为纪念王子朝而命名。

上述建筑物称谓的历史时段、历史空间和地理区位，同古文献记载时间是完全吻合的，与鲁阳故城、楚长城、武城、墨子故里等历史地名的遗迹遗存，同文献记载亦完全一致；同鲁阳“百工”传承及遗存的“木匠庄”“铁匠炉”“盆窑”“瓦窑”等地名，以及“堂匠班”“镢头班”“以工换工”的生产组织与谋生的生产、生活方式等，亦不谋而合。这些丰富的遗迹遗存证实，同王子朝奔楚有直接关联。

4. 鲁山独特的“百工”传承与遗存，同“王子朝奔楚”相关

“百工”是周室中掌管营建、制造等事的官或各种工匠。据《墨子·贵义》篇，墨子对玄唐子说“翟上无君上之事，下无耕农之难”。说明墨子既不是为“官”者，也不是有土地可耕作的农人，而是个庶民士人兼手工业者的

“百工”匠人。鲁山尚有“百工”传承的遗迹轶事。

鲁山“墨子故里”遗址的存在，说明墨子父、祖代是跟随“王子朝奔楚”之“百工”。

在《墨子》书中，亦多有“百工”说辞，《墨子·节用中》“凡天下群百工”、《墨子·节葬下》“使百工行此”等。《墨子·法仪》称：“子墨子曰：‘天下从事者，不可以无法仪。无法仪而其事能成者，无有也。虽至士之为将相者，皆有法，虽至百工从事者，亦皆有法。百工为方以矩，为圆以规，直以绳，正以县。无巧工不巧工，皆以此五者为法。巧者能中之，不巧者虽不能中，放依以从事，犹逾己。故百工从事，皆有法度。’”足见，墨子对百工甚为熟悉，不仅如此，墨子对百工技艺更为熟知。《墨子·鲁问》称：“公输子削竹木以为鹊成而飞之，三日不下。公输子自以为至巧。子墨子谓公输子曰：‘子之为鹊也，不如翟之为车辖，须臾斫三寸之木，而任五十石之重。故所谓功，利于人为之巧，不利于人为之拙。’”墨子对百工技艺和操作规程如此熟知，说明墨子本人或家庭成员中，有工匠出身的百工人员或为周室“百工”之“旧官”。现今，在古“三鸦路”“鲁阳关”附近的“风筝山”“老虎岭”一带，尚存有上述墨子与鲁班比巧的民间传说。

在鲁山中汤温泉一带，山民传称墨子是“坑染之师”和“百工之祖”。“坑染”是指古代民间用污泥和橡壳为染料，染制棉布丝麻等制品的方法，相传，此法是墨子传授。

古代鲁山民间，尤其山区，还传承着百工组织的“堂匠班”“木匠庄”“铁匠炉”“盆窑”“瓦窑”等以工匠为成员的生产组织形式和生活方式。这些当是“王子朝奔楚”在楚北境古鲁阳地区，其跟随“旧官、百工”所传承的独特历史印记。

综上所述，春秋末期，王子朝根据鲁山团城山隐秘的理环境和近于武城、楚王行宫、楚长城、三鸦路等军事要塞的特殊环境与条件，选择在此安营扎寨，驻扎十年，直至在楚被杀。团城山下“朝王殿”“鸡冢”“旗杆街”“迎官亭”“大团营”“小团营”“泰山庙”“文王殿”“五道庙”等遗迹遗存及鲁山特殊的“百工”传承遗迹轶事，共同佐证：鲁山团城山是东周时期“王子朝奔楚”之大本营。随着专家学者对王子朝奔楚考古发现的进一步研究，其在楚十年的历史及“奉周之典籍以奔楚”的“周之典籍”奥秘，必将逐步大白于天下！

（本文原稿曾刊载《尧神》2019 年第 3 期）

第七篇 解谜鲁阳公

第一章 包山楚简鲁阳公城郑补议——三位“鲁阳公”辨析

湖北荆门包山2号楚墓出土竹简的纪年，有“鲁阳公以楚师后城郑之岁”条。李学勤在《论包山楚简鲁阳公城郑》[①]一文中已精辟论述，本当不议，但李学勤先生似无详解。本人每当读到此文，总觉尚需补言，又感“鲁班门前耍锛”——不自量力！本人故居鲁阳，熟知乡情，注重墨子及地方史话有年，有责厘清故土先贤来龙去脉。因成“包山楚简鲁阳公城郑补议”，一了多日心愿，二祈方家指正。

关于鲁阳公，本人十年前在《墨家鲁阳悬疑案——墨子里籍与事迹考实》，有过零星提及，今试作系统论述。

---

① 李学勤:《论包山楚简鲁阳公城郑》,《清华大学学报（哲学社会科学版）》2004年第19卷第3期。

一、高诱注及钱穆与李学勤的“鲁阳公”困惑

鲁阳位居伏牛山东北麓今河南省鲁山县。夏商称“鲁”或“鲁县”，西周一度称鲁国。夏帝孔甲时刘累为其养龙，因一雌死“惧而迁于鲁县”(《左传》)[①]；商汤逐夏桀“桀与其属五百人徙于鲁，鲁士民复奔汤”(《逸周书·殷祝》)[②]；殷甲骨卜辞有“鲁受年”“帚姘鲁于黍年”“壬午卜，鲁嘉，鲁不其嘉？鲁不其嘉，鲁嘉允嘉延死”文，商王朝建立受到鲁人支持，商、鲁关系甚密，商王娶鲁女为妇，二者有姻娅关系，商王关切鲁地农业生产；《诗经》有周初“建尔元子，俾侯于鲁（西鲁）。大启尔宇，为周室辅，乃命鲁公，俾侯于东”[③]；周公长子伯禽代父姬旦初封鲁国（西鲁）为鲁侯，成王践奄后，再徙封奄地（东鲁）为鲁公；原“西鲁”地归郑辖；公元前678年，楚文王十二年秋，楚伐郑。《左传·庄公十六年》“郑伯自栎入，缓告于楚。秋，楚伐郑，及栎，为不礼故也”[④]。鲁为楚辖，称“鲁阳”。鲁

---

① 杨伯峻前言，蒋冀骋标点:《左传》(昭公二十九年)，长沙：岳麓书社，1988年，第359页。

② 罗家湘:《逸周书·殷祝》，上海：上海古籍出版社，2006年，第217页。

③ 刘蔚华引:《诗经·鲁颂·閟宫》,《中州学刊》1982年第4期。

④ 杨伯峻前言，蒋冀骋标点:《左传》(庄公十六年)，长沙：岳麓书社，1988年，第35页。

山历史悠久，文化底蕴丰厚，故殷商甲骨卜辞或出土简帛及古典文献多有触及，“包山楚简鲁阳公城郑”是其一例。

李学勤《论包山楚简鲁阳公城郑》说：“鲁阳文君即鲁阳公参加了伐韩的战役，这就是《淮南子·览冥》所说：‘鲁阳公与韩构难，战酣日暮，援戈而拗之，日为之反三舍。’”又引钱穆《先秦诸子系年》指出：“‘楚、韩交兵，始自悼王之世’，与司马子期之子公孙宽年代无法相及。司马子期死于白公之难，见《左传》哀公十六年，公孙宽继任其职，下距悼王有80年。鲁阳公或鲁阳文子，应当是公孙宽的子辈，在惠王晚年受封，到悼王时也约有40年了。”①钱穆与李学勤所言虽有一定道理，但“鲁阳文君即鲁阳公参加了伐韩的战役”其说令人质疑。我们知道《墨子》中，墨子劝导的是鲁阳文君，止楚“攻郑”，劝导的绝非鲁阳公，止楚“攻韩”，郑亦不是韩；《淮南子·览冥训》与“韩构难”是鲁阳公，并非鲁阳文君，鲁阳文君不是鲁阳公，古文献记载已经非常明确。何况墨子同鲁阳文君这次对话，是在公元前394年，时年墨子已86岁，鲁阳文君在90岁余，不可能“与韩构难，挥戈返日”！称“鲁阳文君”者，早见《墨子·耕柱》《鲁问》篇，其他先秦文献未见称“鲁阳文君”谓“鲁阳公”者。只见高诱《淮南子·览冥训》鲁阳公注：“鲁阳公，楚之县公也，楚平王之孙，司马子期

① 李学勤：《论包山楚简鲁阳公城郑》，《清华大学学报（哲学社会科学版）》2004年第19卷第3期。

之子，《国语》所谓鲁阳文子。楚僭号称王，其守县大夫皆称公，故曰鲁阳公。今南阳鲁阳是也。”正基于高诱“其守县大夫皆称公，故曰鲁阳公”这个带有普遍性注脚，掩饰了历史特殊性，致使楚平王之孙、司马子期之子—公孙宽—鲁阳文子，与其孙辈“鲁阳公骐期”混为一谈，把“与韩构难，挥戈返日”的鲁阳公骐期，注成鲁阳文君公孙宽。

二、楚惠王开创楚国封君制

楚国封君制是由楚惠王（前488—前432年在位）开创。白公之乱前，楚县大夫称“公”，楚封君制度施行后，其封君之子，亦仿效西周分封制“公侯伯子男”，县邑封君子辈下亦称“公”。楚司马公孙宽，楚惠王再封其鲁阳文君，当与楚北鄙险境梁与霍有关。

《左传·哀公四年》载:“夏，楚人既克夷虎，乃谋北方。左司马眅、申公寿余、叶公诸梁致蔡于负函，致方城之外于缯关，曰:‘吴将溯江入郢，将奔命焉。’为一昔之期，袭梁及霍。单浮余围蛮氏，蛮氏溃。”这是叶公沈诸梁参与指挥，袭取鲁阳西北紧邻的“梁及霍”记载。

袭取“梁及霍”12年后《左传·哀公十六年》载:“诸梁兼二事，国宁，乃使宁为令尹，使宽为司马，而老于叶。”这是沈诸梁在平定“白公之乱”后，原令尹子西之子公孙宁，嗣楚令尹，原司马子期之子公孙宽，嗣楚司马，沈诸梁告老退养叶邑之记载。

次年《左传·哀公十七年》（楚惠王十一年，前478），原楚令尹子西之子、公孙宁之弟公孙朝时任武城尹。武城在鲁阳南部紧邻今南召云阳镇北，这是楚惠王时期加强楚长城内北部军事防御的战略支点。

紧接着《左传·哀公十八年》（楚惠王十二年，前477）："巴人伐楚，围鄾。……及巴师至，将卜帅。王曰：'宁（公孙宁，字子国）如志，何卜焉？'三月，楚公孙宁、吴由于、薳固败巴师于鄾，故封子国于析（今伏牛山中的河南西峡）。"楚惠王为褒奖有功将帅、加强楚边境守护，开楚国封君之先河，首封公孙宁（子国）为析君，管辖析国。这是原楚令尹子西之子公孙宁，嗣楚令尹后，又任析国国君之记载。

对"封子国于析"，何浩亦认为楚国"最早出现的封君，当为受封于楚惠王十二年（前477）的析君公孙宁"。其依据就是《左传·哀公十八年》"封子国于析"这条材料；陈颖飞《楚国封君制形成与初期面貌新探》认为："何浩的这一论断是成立的，曾侯乙墓、新蔡楚简的出土材料已可印证。作为楚国最早的封君，'子国封析'，成为'析君'，标志封君制度在楚国的出现。"学者一致论断说明，楚国封君制，确是由楚惠王封"子国于析"开始的。楚惠王意识到，立有大功的王族子弟，为"楚大夫王孙"，对巩固楚王室十分重要。在一定程度上，对奠定后来楚惠王时期王室依赖王族子弟的政治格局，成为楚封君制度产生的历史背景。

楚惠王为楚昭王之子，母越姬为越王勾践之女。令尹子西与司马子期是楚昭王两个弟弟。子西与子期同楚惠王是叔侄关系，楚惠王同子西子公孙宁与子期子公孙宽，为同族兄弟关系。因而，对公孙宁与公孙宽的使用，自然要把握“各封为君”的平衡关系。

紧接“封子国于析”后，《左传·哀公十九年》（楚惠王十三年，前476）载：“越人侵楚，以误吴也。夏，楚公子庆、公孙宽追越师，至冥，不及，乃还。”之后，又封已嗣楚司马的公孙宽为鲁阳文君，管辖鲁阳国。《国语·楚语下》曰：“惠王以梁与鲁阳文子，文子辞曰：梁险而在北境，惧子孙之有二者也。夫事君无憾，憾则惧逼，逼则惧二。夫盈而不逼，憾而不二者，臣能自寿也，不知其他。纵臣而得全其首领以没，惧子孙之以梁之险而乏臣之祀也。‘王曰：“子仁人，不忘子孙，施及楚国，敢不从子？”与之鲁阳。’”从楚惠王对鲁阳文子尊重而客气的态度，知鲁阳文子当为楚司马公孙宽。为接受上年“巴人伐楚，围鄾”教训，楚尽力加强北鄙险境军事防御，楚惠王再封楚司马公孙宽为鲁阳文君。

春秋战国之际，称公孙宽谓鲁阳文子者，仅见楚惠王时。楚惠王十年（前479）“白公之乱”后，未见楚惠王封县邑主管为县“公”者。盖楚同其他诸侯国一样，在周封君制下，除嗣君外，封君之子亦仿称“公”，故楚鲁阳文君之子辈及后代亦称鲁阳公。

《左传·哀公四年》（楚昭王二十五年，前491）前，楚叶公沈诸梁已称“叶公”；析公臣为析邑守县大夫，名臣，楚穆王时主管析县，故称析公。“白公胜”为楚平王之孙，太子建之子，楚惠王六年（前483）任白县县公。盖在“白公之乱”前，楚县邑主管皆称“公”。时年楚惠王尚幼，国事多由令尹子西与司马子期掌控……而“白公之乱”后的楚惠王执政时期，并非楚“守县大夫皆称公”。

据南宋罗泌《路史·国名纪》载：“鲁，御龙氏，鲁阳国。夏，鲁县，亦号唐侯，汉属南阳，今汝之鲁山。”鲁阳以国名较早，楚公孙宽嗣任楚司马，再封鲁阳文君，又直接管辖“鲁四境之内，皆寡人之臣的大都小都”，[①]掌有攻伐他国兵权。故发生于公元前394年墨子与鲁阳文君的对话，鲁阳文君俨然成了鲁阳国名副其实之国君！这在《墨子·耕柱》《鲁问》篇中反映得淋漓尽致。鲁阳文君当同楚惠王封析君子国为析国国君一样，亦封为鲁阳国之国君。

三、三位鲁阳公辨析

（一）鲁阳文君公孙宽是“旅阳公”（鲁阳公）之父

正如鲁阳文子言，“梁险而在北境”，鲁阳文君之后代鲁阳公，在近“以梁之险”周边，发生了楚与郑、晋“武阳之战”及楚“与韩构难，鲁阳公挥戈返日”炳耀千古的重大战役。

据清华简《系年》载，楚悼王初期（楚悼王五年，前397）与郑、晋武阳大战，鲁阳公拒晋郑“入王子定”，主持其中一战，并且在最后的决战中，鲁阳公“率师救武阳，

① 吴龙辉等译注：《墨子白话今译》（三十七 鲁问），北京：中华书局，1992年，第240页。

与晋师战于武阳城之下”。鲁阳公（享有封君爵禄）、平夜君、阳城君都是楚惠王以来楚国经营北方的重要封君后裔或封君。“执珪之君”是战国时期楚制的最高爵位。武阳之战，三位执珪之君与右尹昭族战死，军队、辎重全部损失，可谓是战国初期楚国最惨重的一场失败。

本次战役发生在武阳城。武阳是楚人对榆关的叫法。史为乐《中国历史地名大辞典》“榆关”条称：战国楚边境地，在今河南开封市西，一说在今汝州市东南。又说在今中牟县南。《史记·六国年表》：楚悼王三年（前399），“归榆关于郑”。《楚世家》：楚悼王十一年（前391），“三晋伐楚，败我大梁、榆关”。索隐：“此榆关当在大梁之西也。”其实，史为乐《中国历史地名大辞典》“武阳—榆关”，“战国楚边境地，一说在今汝州市东南”，即今河南鲁山县东北毗邻宝丰商酒务虎狼爬岭古城韩（韩庄）、武岗、古城一带。临近楚鲁阳的鲁阳公参加了这次战役，而非鲁阳文君。此时楚惠王已辞世（前431），与楚惠王同辈的鲁阳文君公孙宽，时年90岁余，不可能参战。故此，清华简《系年》记载参与郑、晋武阳大战的鲁阳公，只能是鲁阳文君之子辈。

武阳之战地点在伏牛山东北麓、外方山东麓今河南宝丰县境，自古至今，这里战略地位十分重要。春秋战国为楚之北部边境，常处于郑楚晋韩魏相互攻伐地战争状态。1996年《宝丰县志·建置沿革表》载：“夏属豫州，商、西周建置应侯国、属豫州；春秋建置应侯国、初属郑，继属楚，再属晋；战国建置父城县、先属韩，又属魏，后属秦；秦、汉建置父城县、属南阳郡、后属颍川郡……南北朝建置应乡、隶属北魏武川县。”从《宝丰县志》记载“战国建置先属韩，又属魏”可知，“武阳之战”与楚国败绩有直接关系。

明正德《汝州志》载：“宝丰县东抵襄城县，西抵鲁山县，西北抵汝州，东北抵郏县，东南抵叶县。广袤一百二十里。”宝丰东有“父城遗址”，始于楚庄王伐郑“城父邑”军事大本营，另有“白雀寺楚庄王故宅”与其季女三皇姑证道观音菩萨传说；又是楚太子建所居之城父（《左传·昭公十九年》，前523）；还有楚昭王卒于城父（《左传·哀公六年》，前489）记载；又同“令尹子瑕城郏”（《左传·昭公十九年》，前523）今郏县紧邻；郏县北邻郑都——栎邑（今禹州市）；东南紧接叶公沈诸梁叶邑，叶邑北临发生晋胜楚败的湛阪之战（《左传·襄公十六年》楚康王三年、晋平公元年，前557），西邻紧靠鲁阳文君鲁阳邑。尚有便捷古夏路交通，南交“荆襄隘道”至楚郢都，北通今宝丰（应国父城）去汝州直达东都洛邑。如此军事战略要地，难怪楚与郑、晋武阳之战发生于“战国楚边境地，今汝州东南”宝丰西北虎狼爬的古城韩（韩庄）、武岗、古城一带，南北朝北魏，宝丰以武川县名，盖因此而得。

（二）鲁阳公骐期是“旅阳公”（鲁阳公）之子

楚惠王时既任楚国要职，又为楚方国之君者非公孙宽一人。原令尹子西之子公孙宁，嗣楚令尹后，已首封析国国君。为楚国图强，楚惠王施行封君制度，是楚首先加强边境防御的重大战略。但事事有度、物极必反的发展规律，是谁也逃不出的。楚惠王怎么也想不到，正是自己开创封君制度的滥用，50年后的楚悼王时，给楚国带来重大灾难！

《吕氏春秋·离俗览·上德》载：“墨者巨子孟胜，善荆之阳城君。阳城君令守于国，毁璜以为符。约曰：‘符合听之。’荆王薨，群臣攻吴起，兵于丧所，阳城君与焉，荆罪之。阳城君走，荆收其国。孟胜曰：‘受人之国，与之有符。今不见符，而力不能禁，不能死，不可。’”这是鲁阳公骐期与阳城君共同参与“吴起事件”，墨家巨子孟胜为阳城君守阳城之记载。

唐余知古《渚宫旧事》载：“悼王（前401—前381年在位）时魏吴起来奔，以为令尹。起言于王曰：‘大臣太重，封君太众。若此，则上逼主而下虚人，贫困弱兵之道。不如使封君子孙三代而收其爵禄，减百吏之秩，损不急之役，杜私门之财，以奉选练之士。’王从之。遂南平百越，北却三晋，西伐强秦，诸侯畏楚。及悼王薨，鲁阳公骐期及阳城君杀王母阙姬而攻起，起呼曰：‘吾示子，吾用兵也！’拔矢而走伏王尸，插矢疾言曰：‘群臣乱，吴起死，楚国之法丽兵于王尸者，加重罪！’及肃王立，于是，诛灭中王尸者七十余人家。”这是鲁阳公骐期与阳城君一起参与“吴起事件”杀王母阙姬而攻击吴起的记载。其时在公元前381年楚悼王驾崩时。是时墨子（前480—前389）已故8年，与墨子对话的鲁阳文君，已早过世，墨家已由巨子孟胜统领。

《吕氏春秋》与《渚宫旧事》虽隔代久远，但所述历史事件一脉相承。墨家巨子孟胜，为阳城君所守之阳城即与今鲁山县毗邻之方城县。臧励和《中国古今地名大辞典》云:“阳城春秋时楚地。《宋玉赋》:‘惑阳城,迷下蔡。’注:阳城、下蔡,二县名,盖楚之贵介公子所封,故取以喻焉。”下蔡距方城不远。1992年《方城县志》载:方城为“秦置阳城”。方城在“建立阳城侯国之前,其地应早有阳城之名”。故此“春秋楚地阳城”即今方城县无疑。鲁阳公骐期为抵制吴起“封君子孙三代而收其爵禄”制度,保护已享有的“鲁阳文君爵禄”,与阳城君共同参与了射杀吴起的事件。鲁阳公骐期虽未见问责,但楚“封君子孙三代而收其爵禄”制度,对其冲击可想而知,造成削弱鲁阳公骐期抵御楚北部边陲强敌之力的负面影响,已成必然。据《史记·六国年表》载:“楚肃王七年‘魏取我鲁阳’,即公元371年。在这以后,楚已没有一位鲁阳公了。”其结果是“吴起事件”十年后,鲁阳属魏。

这位公元前381年参加吴起事件的“鲁阳公骐期”,晚于公元前397年武阳之战战死的“旅阳公”——鲁阳公十六年,鲁阳公骐期当为鲁阳文君公孙宽之孙、曾侯乙简称“旅阳公”的鲁阳公之子,系主管鲁阳的第三代县公,也是最后一位鲁阳公!

湖北荆门包山2号楚墓出土竹简纪年“鲁阳公以楚师后城郑之岁”的鲁阳公,即《淮南子·览冥训》中“与韩构难,挥戈反日”(前394)的鲁阳公骐期,其大胜韩师后,为防御韩国再次侵郑,又率师为郑筑城。包山楚简补记的就是此事。此时,鲁阳文君公孙宽已辞世多年。陈颖飞

《楚国封君制形成与初期面貌新探》说：“《淮南子·览冥训》则描述了‘鲁阳公’与韩激烈交战，高诱注‘《国语》所称鲁阳文子也’，认为这位‘鲁阳公’就是‘鲁阳文君’。据包山简、清华简《系年》的记载，这是不对的，这位与韩激战的应是死于武阳的‘鲁阳公’之子，即包山简的‘鲁阳公’，与韩有亡父之仇。”[①]此说与传世文献及方志记载的鲁阳城及鲁阳公墓数量与地点相照应，符合史实，应予肯定。另见陈颖飞“曾侯乙简所见封君世系图”[②]如图 7-1：

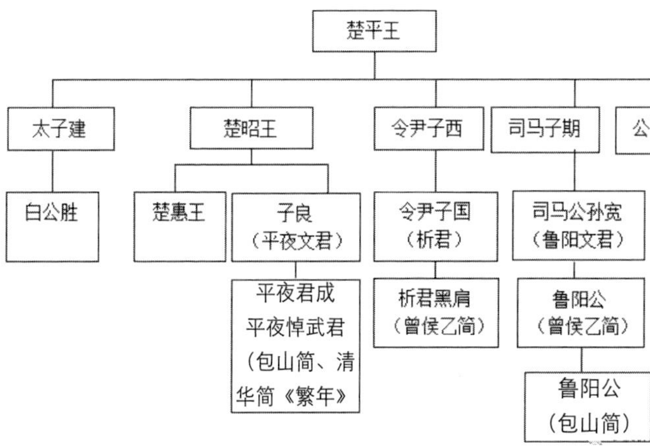

图 7-1 曾侯乙简所见封君世系图

① 陈颖飞:《楚国封君制形成与初期面貌新探》，载《楚官制与世族探研》，上海：中西书局，2016 年。

② 陈颖飞:《楚国封君制形成与初期面貌新探》，载《楚官制与世族探研》，上海：中西书局，2016 年。

图 7-1 中，出土的曾侯乙简、包山楚简及古文献记载的三位“鲁阳公”，排列次序清晰而明确。

四、鲁阳公三城池与三墓地辨析

明确了三位“鲁阳公”之间的关系，其鲁阳三处城池及墓地就不难分辨。“鲁阳公”的三处城池与三处墓地文献记载已经非常明确。

明嘉靖三十一年（1552）《鲁山县志》（古迹·陵墓·鲁阳公墓）载:“在大古城之西北二里，俗以大古城为鲁王城，以此墓为鲁王墓，的否？难凭考之。”《淮南子·览冥训》内载:“鲁阳公与韩构难，战酣日暮，援戈而挥，日为之反三舍。”明嘉靖三十年（1551），知县姚卿因修城池偶掘得碑，亦只有鲁阳公墓四字，旁无所注。

从明《鲁山县志》“县境图”可以看出，古代鲁山的三处城池是互为犄角的，位居今县城西北的是“大古城”，西南是“子方城”，基本呈现出便于御敌的三角布局，三座城池互为相助。明显带有古代军事攻防用途，当为冷兵器时代产物，与春秋战国楚鲁阳相关。“县境图”图中，仅有一处“鲁阳公墓”标定在今县城西方北向。

清武亿（1796）《鲁山县志》（古迹）载:“（鲁阳城）《水经注》:‘滍水又东北，合牛兰水，水发县北牛兰山东南，迳鲁阳县城东。’《方舆纪要》:‘鲁阳城，今县治南。战国时楚邑。’”清初顾祖禹《读史方舆纪要》以为，战国楚邑鲁阳城，在今县城之南，即今鲁山城西南“望城岗”一带。如不误“望城岗”即“王城岗”——战国楚鲁阳公之邑，亦即

“县境图”所标“子方城”位置。若此，出于战争安危考虑，子方城或为鲁阳文君公孙宽之孙鲁阳公骐期所居之邑。

明《一统志》载:“鲁阳公墓，在鲁山县大古城之西北二里许，墓有石碑，止存四字，本为孔子所书，岁久迷失。”考孔子生于公元前551年，卒于公元前479年。而《左传·哀公十九年》(楚惠王十三年，前476)载:“夏，楚公子庆、公孙宽追越师，至冥，不及，乃还。”孔子公元前479年已经过世，怎么会三年后的公元前476年，为正在“追赶越师的公孙宽”在墓碑上题字呢？至于公孙宽之子辈，就更不可能。足见其“本为孔子所书”句失实，但“在鲁山县大古城之西北二里许”的鲁阳公墓，当为鲁阳早期的鲁阳文君公孙宽之墓符合史实，大古城即鲁阳文君长期定居之所。

另外，从“曾侯乙简”“阳城君”“坪夜君”“鲁阳公”及其“曾侯乙简路车”配备规格看，析君公孙宁与鲁阳文君公孙宽，均未参加曾侯乙祭奠。

窃以为，此次参与祭奠曾侯乙的鲁阳公，当为公孙宽之子。其因有三：一是鲁阳文君时年已高，辈分与楚惠王齐为兄弟，惠王已代楚行祭，兄弟不必齐备；二是子代父祭，既不失礼仪，亦便日后下代交往；三是其子赴随祭奠曾侯乙，鲁阳文君留守鲁阳，可抵御他国伺隙入侵。故此，与公孙宽同为兄弟的析君公孙宁，亦未在列。

此次参与祭奠曾侯乙的鲁阳文君之子，即曾侯乙简所称“旅公”或“旅阳公”之鲁阳公，亦即楚悼王五年（前397)，楚与郑、晋武阳之战与“平夜悼武君、阳城桓定君与右尹昭族”一起战死的鲁阳公。曾侯乙简之“旅阳公”的鲁阳公，为楚丧命，当以楚俗厚葬。清乾隆八年（1743）《鲁山全志》载：“陵墓周鲁阳公墓城西北三里。”此处所葬鲁阳公，即为曾侯乙简称“旅阳公”之鲁阳公。其葬处在明“县境图”所标今县城西北向二里或三里处。由此推断，今县城当为鲁阳文君之子“旅阳公”定居之所。鲁阳文君三代所居，互为犄角，可随时抵御犯楚之敌。

武亿《鲁山县志》（茔墓）载，（鲁阳公墓）在鲁山县东、西有三处：一是“《太平寰宇记》：鲁阳公墓，在露山东北五里，去县二十五里。《路史·国名纪》：鲁有鲁阳公墓”；二是在“城西北二里”或“三里”的鲁阳公墓；三是在“大古城西北二里许”。并引《河南通志》：“鲁阳公墓，在鲁山县城西北二里，墓有石碑，只存四字。”《汝州志》：“鲁阳公墓，在城西北三里。《淮南子·览冥训》内载：‘鲁阳公与韩构难，战酣，日暮，援戈而挥之，日为之返三舍。’又考《一统志》载，鲁阳公墓，在邑大古城西北二里许。”在“城西北二里”或“三里”的鲁阳公墓，应为曾侯乙简所称“旅阳公”之鲁阳公墓。

《宋本太平寰宇记》载：“鲁阳公墓在露山东北五里，去县二十五里。墓上石碑上有‘鲁阳公墓’四字存焉。”[①] 此鲁阳公为曾侯乙简“旅阳公”之子、公元前394年“与韩构

① 乐史撰：《宋本太平寰宇记》（影印本），北京：中华书局，1999年，第45页。

难、挥戈返日”鲁阳公城郑、公元前381年参与“吴起事件”的鲁阳公骐期。鲁阳公骐期葬于“露山东北五里”处，当今鲁山辛集乡“西寺”一带。因鲁阳公骐期同阳城君一起参与过“吴起事件”，此距阳城（今方城）较近，又具祖山背靠巍峨“四山寨”，左有青龙凤山、元和岭护卫，右有白虎露山拱起，南有沙河、澧水玉带缠腰的地理形胜，正合古人择地习俗。自吴起事件10年后，据《史记·六国年表》载，楚肃王七年（前371）“魏取我鲁阳”。此后，鲁阳属魏，楚已没有一位鲁阳公了。故此，明“县境图”只标名一处“鲁阳公墓”。

综上所述，从包山楚简、清华简《系年》、曾侯乙简及古文献记载看，自公孙宽，嗣楚司马（前479）至（前381）鲁阳公骐期参与“吴起事件”到（前371）魏取鲁阳的百余年间，楚国主管鲁阳的三人：一是公孙宽—鲁阳文子—鲁阳文君；二是称“旅阳公”的鲁阳公；三是鲁阳公骐期。其关系是，“旅阳公”为鲁阳文君公孙宽之子，系鲁阳公骐期之父，可谓三世同堂。

第二章“武阳大战”后“鲁阳公骐期”重大历史活动考实

河南省鲁山县位于中原伏牛山东北麓，春秋战国属楚鲁阳邑，因境东18里有座孤峰独秀鲁山（俗呼露山）而得名。宋梅尧臣《鲁山山行》:“适与野情惬，千山高复低。好峰随处改，幽径独行迷。霜落熊升树，林空鹿饮溪。人家在何许？云外一声鸡。”即指此山。《宋本太平寰宇记》:“鲁阳公墓在露山东北五里，去县二十五里。”此“露山”即鲁山。

鲁山县历史悠久，源远流长。自夏“帝孔甲七年（前1873）刘累迁于鲁阳”（《竹书纪年》），或刘累“惧而迁于鲁县”（《左传·昭公二十九年》），到商汤逐夏桀“桀与其属五百人徙于鲁，鲁士民复奔汤”（《逸周书·殷祝解》）及殷甲骨卜辞“鲁受年”“帚姘鲁于黍年”“壬午卜，鲁嘉，鲁不其嘉？鲁不其嘉，鲁嘉允嘉延死”，经周“武王已克殷纣，平天下，封功臣昆弟……封叔旦于鲁而相周，为周公”（《史记·管蔡世家》），至楚惠王封鲁阳文子公孙宽“与之鲁阳”（《国语·楚语下》）。其地名由“鲁”“鲁县”到楚辖“鲁阳”或“鲁阳国”（《路史·国名记》），其间，历时1500余载，典籍记载从未间断。尤其楚辖鲁阳间，对“鲁阳文君”“旅阳公”“骐期”三位亲属关系的“鲁阳三公”载述更详。清华简《系年》第二十三章载:“鲁阳公率师救武阳，与晋师战于武阳之城下，楚师大败，鲁阳公、平夜悼武君、阳城桓定君，三执珪之君与右尹昭之竢死焉。”清华简《系年》显示，其中有一位鲁阳公死于楚悼王初期、楚国败绩的“武阳大战”。

一、“武阳大战”发生地点“在今汝州市东南”宝丰县西北虎狼爬岭

“武阳大战”发生于楚悼王五年（前397），是“三晋

为报部之役而兵围武阳”楚与郑、韩、魏在“今汝州市东南”的一场激烈战斗。古籍文献对该战前后涉及地名有明确记述：

《史记·楚世家》载:“悼王二年，三晋来伐楚，至乘丘而还。”集解徐广曰：年表三年归榆关于郑。四年，楚伐周。郑杀子阳。九年，伐韩，取负黍。“十一年，三晋伐楚，败我大梁、榆关。”索隐此榆关当在大梁之西也。楚厚赂秦，与之平。“二十一年，悼王卒，子肃王臧立。”“十年，魏取我鲁阳。”集解地理志云南阳有鲁阳县。正义括地志云:“汝州鲁山本汉鲁阳县也。古鲁县以古鲁山为名也。”①

清华大学藏战国竹简《系年》第二十三章载：

楚声桓王立四年（前404)，宋公田、郑伯骀皆朝于楚。王率宋公以城贖关，是武阳。秦人败晋师于洛阴，以为楚援。

声王即世，悼哲王即位（前401)。郑人侵賷关，阳城桓定君率犊关之师与上国之师以交之，与之战于桂陵，楚师无功。景之贾与舒子共之止

① 司马迁:《史记·卷四十·楚世家第十》。

而死。明岁（前400），晋赒余率晋师与郑师以入王子定。鲁阳公率师以交（邀/徼）晋人，晋人还，不果入王子。明岁（前399），郎庄平君率师侵郑，郑皇子、子马、子池、子封子率师以交楚人，楚人涉，将与之战，郑师逃入于蔑。楚师围之于蔑，尽逾郑师与其四将军，以归于郢。郑太宰欣亦起祸于郑，郑子阳用灭，无后于郑。明岁（前398），楚人归郑之四将军与其万民于郑。晋人围津、长陵，克之。王命平夜武君率师侵晋，逾（降）郜，止滕公涉涧以归，以复长陵之师。厌年（前397），韩取、魏击率师围武阳，以复郜之师。鲁阳公率师救武阳，与晋师战于武阳之城下，楚师大败，鲁阳公、平夜悼武君、阳城桓定君，三执珪之君与右尹昭之竢死焉，楚人尽弃其旃幕车兵，犬逸而还。陈人焉反而入王子定于陈。楚邦以多亡城。楚师将救武阳，王命平夜悼武君使人于齐陈淏求师。陈疾目率车千乘，以从楚师于武阳。甲戌，晋楚以战。丙子，齐师至岩，遂还。[①]

上述典籍记载楚悼王五年“武阳大战”发生前后，战

① 李学勤主编:《清华大学战国竹简（贰）》释文，北京：中西书局，2011年。

争成因及其涉及的历史地名定位。笔者研究发现，这些历史地名共同指向一个地区，即豫西南一带。

（一）“负黍”“阳城”“郜”“湛”“榆关—武阳”，均位于今河南西南部

由清华大学藏战国竹简《系年》第二十三章对读《史记·楚世家》及相关资料可知：楚悼王三年（前399），明年，郎庄平君率师侵郑，试图夺回去年楚国丢失的榆关。郑四将军率师以交楚师，楚师渡过湛水，郑师逃入蔑。关于“蔑”，董珊先生以为即“郐”，在今新郑东北，据《史记正义》引《括地志》：“故郐城在郑州新郑县东北二十二里。”关于“湛”，清华简《系年》写作“氾”（fán），张驰、郑伊凡释为“湛”，即“湛水”。《周礼·职方氏》：荆州“其浸颍、湛”。《左传·襄公十六年》：“楚公子格及晋师战于湛坂。”杜注：“襄城昆阳县北有湛水，东入汝。”《水经·汝水注》：“湛水出犨县北鱼齿山西北，东南流，历鱼齿山下，为湛浦……又东，于汝水九曲北，东入汝。”公元前557年，今河南平顶山市区曾发生楚军败逃，晋军乘胜追击楚军并攻打楚国盟国许国的“湛阪之战”。湛水源出今河南宝丰县东南，经平顶山市、叶县，至襄城县界入北汝河。清华简《系年》“楚人涉氾（即湛）”实指楚人涉此之“湛水”而北渡，将与郑之战。

此区域南接“宛”，西连“洛”，为“宛洛古道”之枢纽。“宛洛”为河南南阳、洛阳之简称，洛阳为西周洛邑、周公辅政平王迁九鼎于东都之地，其东南的汝州北部，便是

今登封市（阳城）。即便至东汉，洛阳仍为政治之都、南阳为经济之都、长安是文化之都，三地经济、人文往来频繁。据学者刘占江考证，自洛阳龙门、伊阙东行，途经伊阳、汝州、宝丰、鲁山到达南阳的这条线路，古称“宛洛古道”，是一条著名交通要道。正从今河南省西南部的宝丰西北、北汝河之南的虎狼爬岭一带穿过，南接“古夏路”及“荆襄隘道”通达楚郢都。楚人正由此交通北上而称霸中原。即便当代，这里的铁路、公路建设基本都是沿此古线路而修筑。

春秋战国之际，楚国同郑、晋、韩的多次争战，多沿此道而展开。楚悼王四年（前398）楚国对晋国报复，就是沿晋、楚交通之西线“宛洛古道”的榆关—武阳一带而展开的。

据《韩非子·说疑》载：“郑子阳身杀，国分为三。”周勋初先生曾认为此处“国分为三”指郑分为负黍、阳城（今登封）、郑三部分。这三地基本同位于东西一线上。楚悼王八年（前394）“郑负黍反”；楚悼王九年、韩烈侯七年（前393）楚“伐韩，取负黍”。时年，韩国都邑在阳翟（今禹州市）。负黍，即今河南登封市（阳城）西南之大金店镇。清华简《系年》简文“王命平夜悼武君率师侵晋，逾郜”，“郜”与负黍相近。简文中的“郜”即传世文献中的郜都，即高都。《史记·周本纪》：“苏代曰：‘君何患于是？臣能使韩毋征甲与粟于周，又能为君得高都。’”《正义》引《括地志》云“高都故城一名郜都城，在洛州伊阙县（治今伊川县西南古城寨）北三十五里”，即今河南登封市西南之郜城镇。上述“负黍”“阳城”“郜”“湛”“榆关一武阳”之历史地名，均位于今河南省西南部一带。

（二）“武阳大战”战死的“鲁阳公”，即《包山楚简》所称之“旅阳公”

陈颖飞以为:“清华简《系年》另既记有‘平夜悼武君’，与鲁阳君、阳城君战死于楚悼王五年（前397）的武阳大战中。”[①] 清华简《系年》第二十三章又载：楚悼王五年（前397）“厌年，韩取、魏击率师围武阳，以复郜之师。鲁阳公率师救武阳，与晋师战于武阳之城下，楚师大败，鲁阳公、平夜悼武君、阳城桓定君，三执珪之君与右尹昭之竢死焉，楚人尽弃其旃幕、车兵，犬逸而还”。

“厌年”即“翌年”（楚悼王五年，前397），第二年“三晋为报郜之役而兵围武阳”；“郜”即今登封市西南郜城镇一带。《括地志》云“高都故城一名郜都城，在洛州伊阙县北三十五里”即此。学者张驰、郑伊凡的《清华简〈系年〉第二十三章与〈史记·六国年表〉对读》一文亦以为:“‘郜’，应是‘高都’，在今河南洛阳南。”[②] 李学勤先生认为楚韩争郑之战中的一年，当是公元前394年。清华简《系年》第二十三章记载了楚悼王（前401—前381年在位）初

① 陈颖飞:《楚国封君制形成与初期面貌新探》，载《楚官制与世族探研》第五章第一节的第一部分，上海：中西书局，2016年。

② 张驰、郑伊凡:《清华简〈系年〉第二十三章与〈史记·六国年表〉对读——战国早中期相关史事、年代与地理问题刍议》，《出土文献》2021年第1期。

期与郑、晋的大战，其中鲁阳公拒晋郑“入王子定”，主持其中一战，并且在最后的决战，即楚悼王五年（前397）的武阳大战中，“率师救武阳，与晋师战于武阳城之下”，最终“鲁阳公、平夜悼武君、阳城桓定君三执珪之君与右尹昭之竢死焉”。清华简《系年》所载楚悼王初期与郑、晋大战的鲁阳公，即包山简所追记公元前394年“城郑”的鲁阳公（骐期）之父——“旅阳公”！

鲁阳公、平夜君、阳城君都是楚惠王以来楚国经营北方的重要封君后裔或封君。陈颖飞《楚国封君制形成与初期面貌新探》：“武阳战死的三位封君鲁阳公、平夜悼武君、阳城桓定君都是‘执珪之君’，而鲁阳公、平夜君都是楚平王的后裔，出自王族，地位相类的阳城君也应出自王族，第一代阳城君很可能是王子或王孙。”“武阳大战”三位执珪之君与右尹昭竢战死，军队、辎重全部损失，是战国初期楚国历史上最惨重的一场失败！

（三）“榆关—武阳”“在今汝州市东南”宝丰西北的虎狼爬岭一带

这次战役发生在武阳城，武阳，是楚人对榆关的称谓。清华简《系年》：“以城榆关，寘武阳。”榆关设置武阳城。史为乐《中国历史地名大辞典》“榆关”条称：“战国楚边境地……一说在今汝州市东南……《史记·六国年表》：楚悼王三年（前399），‘归榆关于郑’。《楚世家》：悼王十一年（此年误，据《系年》战国简当为楚‘悼王五年’）‘三晋伐楚，败我大梁、榆关’。”“大梁”是楚人对楚北部边陲梁邑之称谓，辖属今汝州市。《国语·楚语下》载“惠王以梁与鲁阳文子”即此梁邑。臧励和《中国古今地名大辞典》：“汝州，春秋时，戎蛮子地。战国楚梁邑。”“榆关”即楚之“武阳”，设置于武阳城，位于今河南省鲁山县东北毗邻宝丰县商酒务镇北之虎狼爬岭的古城韩、武岗、古城村一带。此地系“战国楚边境地”，且“在今汝州市东南”的北汝河之南，邻近楚鲁阳邑，关乎楚国北部边境鲁阳之安危。时为鲁阳邑首领的“鲁阳公率师救武阳”当责无旁贷！这里应特别指出：此时的鲁阳公，非鲁阳文君公孙宽！是时，楚惠王已辞世35年（前431—前397），与楚惠王同时代的鲁阳文君公孙宽，若在世当90岁余！如此高龄焉能参战厮杀？故清华简《系年》所载悼王初期参与郑、晋“武阳大战”的鲁阳公，只能是“鲁阳文君”之后代子辈——《包山楚简》所称之“旅阳公”！陈颖飞同此说，其《楚国封君制形成与初期面貌新探》：“《淮南子·览冥训》则描述了‘鲁阳公’与韩激烈交战，高诱注‘《国语》所称鲁阳文子也’，认为这位‘鲁阳公’就是‘鲁阳文君’。据包山简、清华简《系年》的记载，这是不对的，这位与韩激战的应是死于武阳的‘鲁阳公（旅阳公）’之子，即包山简的‘鲁阳公’，与韩有亡父之仇。”[①] 她推断，“包山简的鲁阳公”

① 刘占江:《“宛洛古道”——汝州段考证》民国三十年五月第四版《中华民国公路全图》标有“洛阳—龙门—白沙岭—伊阳—临汝—宗庄—鲁山—南召—南阳”之宛洛古道路线，2022年6月8日。

系“旅阳公”之子——“鲁阳公骐期”，显然此推断是对的。

“武阳大战”地点正处伏牛山东北麓今汝州市东南、宝丰西北向的汝河两岸，这一带战略地位自古至今都十分重要。春秋战国之际，楚以北部边陲汝水为天然屏障，于两岸同郑、晋、韩、魏经常处于攻伐状态。

1996年《宝丰县志·建置沿革表》载“夏属豫州，商、西周建置应侯国、属豫州；春秋建置应侯国、初属郑，继属楚，再属晋；战国建置父城县、先属韩，又属魏，后属秦；秦、汉建置父城县、属南阳郡、后属颍川郡……南北朝建置应乡、隶属北魏武川县”即为实证。从“初属郑，继属楚，再属晋；战国建置父城县、先属韩，又属魏”隶属关系的频繁变更可知，此地与楚同郑晋韩魏频繁争斗的“武阳大战”及楚国历史上发生的众多大事紧密关联。

明正德《汝州志》载：“宝丰县东抵襄城县，西抵鲁山县，西北抵汝州，东北抵郏县，东南抵叶县。广袤一百二十里。”宝丰东有“父城遗址”，始于楚庄王伐郑的“城父邑”军事大本营，“白雀寺楚庄王故宅”及庄王季女“三皇姑”证道观音菩萨之香山遗迹；后有（《左传·昭公十九年》，前523）楚太子建所居之城父；继有（《左传·哀公六年》，前489）楚昭王卒于城父之记载；这里同（《左传·昭公十九年》，前523）“令尹子瑕城郏”今郏县紧邻；郏县北邻郑都—栎邑、后为韩都阳翟（今禹州市）；东南紧接叶公沈诸梁叶邑，叶邑北临（《左传·襄公十六年》楚康王三年、晋平公元年，前557）发生晋胜楚败的“湛阪之战”（流经今平顶山之湛河）；西邻系鲁阳文君鲁阳邑。此区于“方城外”，即楚长城外楚北部边陲区，关乎楚国安危！这里的“古夏路”便捷交通，连接“宛洛古道”，南交“荆襄隘道”至楚郢都，北通今宝丰（应国父城）去汝州可直达周之东都洛邑。如此战略要塞，难怪楚与郑、晋“武阳大战”发生于此，即便至南北朝北魏，宝丰属武川县，盖因前有“武阳城”，后以武川县名相关。这一带的东周文化遗存为考古界所珍视，2016 年 2 月，河南省列入“宝丰商酒务镇古城村　东周至汉　讲武堂遗址”为第七批文物保护单位。显然，此遗址与“武阳大战”发生地有直接关系。

二、“武阳大战”后，鲁阳公骐期的因应对策

“武阳大战”楚国败绩，突如其来的惨败后果，使得楚郢都及鲁阳公骐期均难接受。之后，楚悼王虽借齐千乘，重驻榆关，挽回部分惨败颜面，但楚人所依赖的北汝河天然屏障被“三晋”突破，直接敲响了鲁阳安危之警钟！楚国北部边陲战略防线不得不缩退至具天然屏障的“元和岭”“凤凰岭”“付岭”三道岭以内，“露山”以东的今鲁山县辛集乡境内。据典籍记载及遗迹遗存看，“武阳大战”后鲁阳公骐期为抵御北来之敌，主要做了两件大事。

（一）鲁阳公骐期在鲁阳东线布局“大觉寺”防御，实施军事戍守

古代虎狼爬岭是汝州东南、宝丰西北一大片空旷之野。自古以来为军事战略要地。解放战争时期的 1948 年 5

月，中共中央中原局、中原军区暨中原野战军司令部，曾分别进驻宝丰县这一带的商酒务、赵官营、北张庄村。为便于战略展开，刘伯承、邓小平率中原局和晋冀鲁豫野战军司令部迁驻于此。这里西北去汝州（梁邑）至洛阳（周之东都），东北去禹州（春秋战国郑“栎”、韩“阳翟”之都）至郑州（商都），西南去叶县（楚沈诸梁叶邑）至南阳达荆襄（至楚郢都），西去鲁山（楚鲁阳邑）入伏牛山，是进可攻、退可守的交通枢纽及战略要地。故被古今军事家瞩目。

发生于战国时期北汝河以南的“汝阴之田”的今宝丰县商酒务镇北虎狼爬岭古城韩村、武岗村、古城村一带的“武阳大战”，正位于势关鲁阳安危的东北门户。（今鲁山县辛集乡北）门户失守，鲁阳必破！是时，楚之“旅阳公”（鲁阳文君之子）正是镇守楚国北部边陲重镇鲁阳、维护楚国安危之主帅，其主动“率师救武阳，与晋师战于武阳城之下”责无旁贷！遗憾的是“武阳大战”楚人败绩，“旅阳公”、平夜君、阳城君三位“执珪之君”与右尹昭族战死，军队、辎重全部损失，可谓楚国的奇耻大辱！武阳失利，使楚庄王几经开创的称霸中原之大业蒙辱蒙羞，使一向“蜚将冲天”“鸣将惊人”之雄心及“抚有蛮夷”“以属诸夏”豪迈气概的楚人难以承受！“旅阳公”之子骐期，嗣父鲁阳公后，为楚北部边陲鲁阳首将，聚家仇国恨一气，必首当重任、精心谋划、奋勇出击。鲁阳东北门户失守，迫使鲁阳公骐期不得不首先加强鲁阳东线（今鲁山县辛集乡地域）军事防御功能，以抵御“三晋”随时骚扰。于是，楚庄王时期被成功用于北部边陲、长期防御戍守的“香山寺”院——“辅政官员聚集”地的设置范式，已为后代楚人所效法。鲁阳公骐期以今辛集乡所在地的“旧大觉寺”为中心，部署了一系列具有军事戍守功能的“寺”院设施，以保障鲁阳安全。

1. 春秋战国时期“寺”院具有“持守、维护、控制”的军事戍守功能

春秋战国之际的楚边陲鲁阳邑东部，紧邻楚城父邑“香山寺”“白雀寺”及今襄城东楚“西不羹城”、东南舞阳楚筑“东不羹城”和方城邑“香山寺”等楚边陲重大军事戍守要地。据考，宝丰白雀寺遗址，不仅是楚庄王故宅及其季女“三皇姑妙善出家之‘寺’院”，还是楚庄王护卫楚北部边陲的军事戍守地。[①]有人说“寺”是专指佛教寺院。其实，我国春秋战国时期或更早之“寺”院，并非如此。据《字源解说》:“‘寺’是‘持’的本字。表示持守、维护、控制。有的金文将‘又’写成‘寸’。有的金文加‘口’（邑），表示辅政官员聚集的地方。有的金文加‘邑’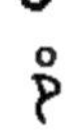（都邑），表示‘寺’是设在都城供官员暂住的地方。秦代前后称都城接待官员的地方为‘寺’；汉代

① 张新河、张了夫:《楚庄王·城父邑·三皇姑探析——兼“大悲观世音菩萨”稽考》,《平顶山教育学院学报》2019年第4期。

开始亦将接待西来高僧的地方称为‘寺’。”[①]《包山楚简》：“出内（入）寺王。”通“待”，等待。云梦秦简《日书》甲种：“寺其来也”即“等待他来到”。由此看，战国时期楚属“寺”院，同春秋楚城父邑今宝丰“白雀寺”遗址一样，既是楚庄王用于“持守、维护、控制”“戍守”楚国北部边陲的军事要地，亦是“辅政官员聚集”之处，并非专指汉代后僧尼所处之“寺”院。鄙作《河南方城佛沟摩崖造像探源——楚庄王奉佛历史印记》：“城父邑（今平顶山市）香山与方城邑（今方城县）香山，是春秋楚国同在楚长城内外、南北相间百余公里的两座山峰。城父邑香山居北，方城邑香山位南。两处香山同是楚国最早把‘寺’作为‘辅政官员聚集’之地，实施‘持守、维护、控制’北部边陲的军事戍守重地。”已有论述，此不重赘。

楚国称霸中原，为实现对北部边陲“持守、维护、控制”的长期军事戍守，除筑城（东不羹、西不羹）防御外，还开凿有运粮河、设置有“辅政官员聚集”的“白雀寺”等军事戍守要地。在楚控制区“楚长城”外北部的东西一线，均为楚国历代军事边塞。位于“白雀寺”军事要塞西线的楚鲁阳邑“旧大觉寺”——“赵村寺”（今辛集乡政府所在地），与战国楚晚期的鲁阳邑军事戍守功能紧密关联。从楚辖鲁阳东北部边陲——今辛集乡境内现存的“寺”院

① 百度快照，《象形字典》2018年11月30日的快照“寺”字“字源解说”。

遗迹看，这一带于“武阳大战”后已具备系统“持守、维护、控制”军事戍守功能的“寺”院设置。

2. 依托“三道岭”天然屏障，布局军事戍守功能的“寺”院设置

鲁山辛集乡地理位置，正处虎狼爬岭“武阳大战”前沿，东北部是宝丰与鲁山交界“红石关”，次西是向南延伸至滍水北岸徐营村东、长5千米余之“元和岭”。再西是同辛集北部“寺山”相连、横贯辛集东、南至“三鸦镇”（今三街村）东、长5千米余的“凤凰岭”（俗名八里坡）。再西是蜿蜒于“寺山”西、南延6千米余、突兀结穴于今付岭村南、三街村西部的奇特孤峰“露山”。

“元和岭”“凤凰岭”“付岭”，是横贯辛集东部自北向南的“三道岭”。亘古以来，都是护卫鲁山东北的天然屏障。春秋战国时期，楚国为对边陲鲁阳邑前沿阵地实施“军事戍守”，楚历代“鲁阳公”都效法楚庄王修筑城父邑香山“白雀寺”军事戍守范式，于鲁阳邑“元和岭”“付岭”间的“东北西中南”五方，设置了五座紧相毗连的“军事戍守”“寺”院，以抵御北来之敌。古代《鲁山县志》对这五座相连“寺”院多有记述，遗址至今尚存。

东寺（石佛寺）设在今漫流村西、高村、梁村东“凤凰岭”制高点上。这里视野开阔，可远眺四面八方。清乾隆八年（1743）《鲁山县志》称“东乡石佛寺漫流店（今漫流村）西”即指此寺。与中寺“旧大觉寺”东西间距1500米余。笔者少时见此有残垣断碑及多尊佛菩萨石像，遗迹

尚存。居高临下遥望四周，一览无余。

北寺位外方山余脉“寺山”之巅。“寺山”为鲁阳东北今鲁山、宝丰之界山，因山顶建有“寺”与“寨”，故名“寺山寨”（又称“恃山寨”），距“西寺”与“中寺”均3000米余。“寺”立山巅，宝丰西南、西北、虎狼爬岭南之旷野尽收眼底。

西寺在今辛集村西北3500米处。明嘉靖三十一年（1552）《鲁山县志》载：“石佛寺在县东北一十八里西漫流之西，基下石佛甚广，建于隋开皇三年（583）。正统元年（1436）僧祖成又重饰之。”“西漫流”即今辛集村后店自然村，“之西”系指辛集村西北向。明代“又重饰之”“基下石佛甚广”“建于隋开皇三年”表明，隋代建寺时已发现有不少“石佛”，说明该寺非始建于隋，于隋代前已具军事戍守功能的“寺”院基础。

中寺“旧大觉寺”，又称“赵村寺”，位于今辛集乡政府所在地，俗呼“招讨庙”。明嘉靖三十一年（1552）《鲁山县志》载：“赵村寺 旧大觉寺，去县东南二十五里，寺在赵村，故名。内多断碑残碣，盖亦古刹，而莫考其始。永乐七年，僧张玘重创。历成化间，僧祖行饰新焉。”“招讨庙”“内多断碑残碣，盖亦古刹，而莫考其始”透露出“旧大觉寺”的历史久远，或于战国时已具“招兵”“讨伐”的军事戍守功能。

20世纪50年代，“旧大觉寺”设置为“辛集小学”和“辛集区政府”。原寺院规模宏大，“三进院”，大门南向；

东西两侧各有两个宏伟高大、貌似“炮楼”（或“钟鼓楼”）建筑；进入大门可见众多残碑倒地，有石匾横立，上书有“还我山河”“大好河山”等字样。寺院整体建筑风格，与其他寺院殊异，既若“寺”又若防御设施。

南寺“弘法寺”在今三街村北。明嘉靖《鲁山县志》载:“弘法寺　一名三鸦镇北寺，以寺在三鸦镇北，去县东三十里，创莫知其始。洪武间，僧了真重建。”世传与“西寺”共为露山脚下同一寺院，弘法寺为西寺之南门。“创莫知其始”说明其始建之久远。

试想在“凤凰岭”与“付岭”间，东西间距4000米、南北相间4000米余的偌大空野中，竟有东西南北中五座紧相毗连、规模宏大而坚固的“山寨”“寺院”建筑，实属罕见。从古寺位置与功能看，置于凤凰岭上的东寺（石佛寺），可窥视、观察城父邑（今宝丰、平顶山）方向东来鲁阳之敌，便与“中寺”联系，近似鲁阳东部军事前沿之“观察哨所”。笔者少闻该寺于抗日战争时期被日寇以大炮摧毁，足见其战略地位之重要，北寺“寺山寨”，更似“瞭望台”，远眺可至宝丰虎狼爬岭南，近观可见宝丰西南清晰状况。不仅同东寺一样具相同观察、窥视的功能，还是军事重地。由寺山寨西去，正与鲁山县城北八里张店北“黑山庙坡”的鲁阳公“挥戈返照”处（前393）在东西一线上。由此看，当时的楚国北部边陲防线，已由北汝河撤至鲁阳邑以北八里的军事防御范围之内。

中寺“旧大觉寺”居中，似有统辖其他四寺的指挥功能，西寺正处“寺山寨”山南，似在防御北来之敌；南寺“弘法寺”临“三鸦镇”，是东南部镇守三鸦路、进入鲁阳之交通要塞。从明嘉靖《鲁山县志》“内多断碑残碣，盖亦古刹”“创莫知其始”记载的“旧大觉寺”建寺时代看，这些设施历时久远。虽于汉代后历有重修，但冷兵器时代、诸侯间相互攻伐地防御设置特征犹存。除“招讨庙”名字所含“招募”“讨伐”意蕴外，寺内的“还我山河”“大好河山”碑碣及明代前的“断碑残碣”说明，古刹蕴含着“战败后招募士卒、讨复失地”的古代战争信息，恰与“武阳大战”楚人败绩的历史吻合，似为军事指挥中心。

另据湖北荆门包山2号楚墓出土竹简纪年“鲁阳公以楚师后城郑之岁”，即《淮南子·览冥训》中“与韩构难，挥戈反日”（前393）的鲁阳公骐期大胜韩师后，为防御韩人再次侵郑，又率师为郑筑城记载看，上述一系列“寺”院设置，当是鲁阳公骐期为报杀父之仇的重要战略举措之一。这些历史遗存证实，武阳大战后，为防御“三晋”追击，鲁阳公骐期已利用鲁阳东部“武阳大战”前沿的天然屏障“三道岭”，构筑了防御设施：以中寺“旧大觉寺”为中心，在东北西南方位修筑的“寺”院，已经实施了军事戍守防御。“旧大觉寺”已为鲁阳公骐期之军事戍守中心，同其东部毗连的楚庄王时期的“香山寺”“白雀寺”一样，已是“辅政官员聚集”之“鲁阳公馆”。显而易见，这是“武阳大战”后，鲁阳公骐期为应对“三晋”再次入侵，所采取的防线后移而退缩的重大战略举措！具天然屏障的

“三道岭”和多座具军事戍守功能的“寺”院设置，为维护楚国北部边陲鲁阳安危，发挥了重要的御敌作用。

（二）在鲁阳西线的“黑山庙坡”，鲁阳公骐期与韩决战

“武阳大战”后第四年，鲁阳公骐期所做第二件大事，是抵御韩人直接侵袭鲁阳的激烈战斗。

鲁阳公骐期在精心部署鲁阳东线防御后，鲁阳北部已成为韩人伺机侵入的重点。《战国策·秦策二》高诱注：“宜阳，韩邑，韩武子所都也。”“宜阳”即今洛阳西部东连洛宁的宜阳县。公元前 424 年，韩武子自封地韩原迁宜阳称“韩邑”；公元前 408 年，宜阳被秦攻陷，韩景侯又迁都阳翟（今禹州市）；公元前 375 年，韩哀侯再迁都新郑。自公元前 408 年至公元前 375 年的 33 年间，韩国一直为楚国北部边陲鲁阳邑之近邻。楚、韩近邻双方，为称霸中原不断发生激烈争斗。“楚悼王五年（前 397）的‘武阳大战’”是其一例，三年后的“鲁阳公城郑”又成为楚、韩发生于鲁阳西线“黑山庙坡”之战的“导火索”。

《淮南子·览冥》载：“鲁阳公与韩构难，战酣日暮，援戈而㧑之，日为之反三舍。”李学勤先生《论包山楚简鲁阳公城郑》说：“城郑之岁应在公元前 394 年。”是指楚悼王八年，因“负黍叛郑，降韩”，翌年，楚悼王九年（前 393）发生了“楚攻韩，陷负黍的交战”。这是“武阳大战”后第四年，韩人为报“楚攻韩，陷负黍的交战”之仇，主动出击到鲁阳公骐期“家门口”的今鲁山县城北部张店乡“黑山庙坡”，直接危及鲁阳安危！楚人必全力反击，奋勇作

战。《淮南子》所载就是对鲁阳公骐期奋勇抗击的英雄气概之表述。至今，在鲁山县城北部遗址处，尚有残碑存证。

三、“吴起事件”后，楚肃王处置鲁阳公骐期的历史之谜

“鲁阳公与韩构难”12年后的楚悼王二十一年（前381），楚国发生了“杀王母阙姬而攻击吴起”的“吴起事件”。唐余知古《渚宫旧事》载：

> 悼王（前401—前381年在位）时魏吴起来奔，以为令尹。起言于王曰：“大臣太重，封君太众。若此，则上逼主而下虐人，贫困弱兵之道。不如使封君子孙三代而收其爵禄，减百吏之秩，损不急之役，杜私门之财，以奉选练之士。”王从之。遂南平百越，北却三晋，西伐强秦，诸侯畏楚。及悼王薨，鲁阳公骐期及阳城君杀王母阙姬而攻起，起呼曰：“吾示子，吾用兵也！”拔矢而走伏王尸，插矢疾言曰：“群臣乱，吴起死，楚国之法丽兵于王尸者，加重罪！”及肃王立，于是，诛灭中王尸者七十余人家。

这是鲁阳公骐期与阳城君一起参与杀王母阙姬而攻击吴起之“吴起事件”记载。时年，正当楚悼王驾崩之际，墨子已故9年，墨家弟子已由巨子孟胜统领，与墨子会话的鲁阳文君早已过世。鲁阳文君之孙骐期，嗣父“鲁阳公”

后已统辖鲁阳。

战国时期，楚用吴起变法以求打破困局，为国家带来了起色，楚国一度达到强大和繁荣顶点。“吴起变法”获取了“北却三晋，西伐强秦，诸侯畏楚”的显著成效，但“变法”“不如使封君子孙三代而收其爵禄”的实施至悼王驾崩时，却给楚国带来射杀“楚令尹吴起”的重大祸患。

楚国“最早出现的封君，当为受封于楚惠王十二年（前477）的析君公孙宁”。《左传·哀公十八年》（前477）“封子国于析”。陈颖飞《楚国封君制形成与初期面貌新探》说：

> 阳城君，除曾侯乙简外，还见于清华简《系年》《吕氏春秋·离俗览》，应为三代。《吕氏春秋·离俗览》载楚悼王十五年（前387），墨家巨子孟胜为阳城君守城而死难，“阳城君走，荊收其国”，这是最后一代阳城君。其上一代即清华简《系年》所载死于楚悼王五年（前397）武阳大战的“阳城桓定君”。还说：“鲁阳公和旅阳公是一人。”两名都见于包山简“城郑”一事的纪年简：鲁阳公以楚师后城郑之岁。（旅）阳公以楚师后城郑之岁。同一事的纪年简，一作“鲁阳公”，一作“旅阳公”，无疑鲁阳公即旅阳公。包山简所追记“城正”的这位“鲁阳公”，李学勤师认为是楚韩争郑之战中的一年，当是公元前394年。

清华简《系年》第二十三章，记载了楚悼王初期与郑、晋的大战，其中鲁阳公拒晋郑“入王子定”，主持其中一战，并且在最后的决战，即楚悼王五年（前 397）的武阳大战中，“率师救武阳，与晋师战于武阳城之下”，最终“鲁阳公、平夜悼武君、阳城桓定君三执珪之君与右尹昭之竢死焉”。因此，清华简《系年》的这位鲁阳公应是包山简“城郑”的鲁阳公之父辈。

“阳城君”就是楚国镇守阳城（今南阳市方城县）的封君。阳城君享有封君爵禄，“旅阳公”之子、嗣父鲁阳公的骐期虽非封君，却享有“鲁阳文君”“封君子孙三代”之爵禄。“吴起变法”“不如使封君子孙三代而收其爵禄”触动了楚惠王以来“封君制”的既得利益者，毫不例外，亦一定触及了鲁阳公骐期之利益。因此，满腔激愤的“鲁阳公骐期及阳城君”一起寻楚令尹吴起“算账”！结果是“及悼王薨，鲁阳公骐期及阳城君杀王母阙姬而攻起”的惨痛历史教训！《吕氏春秋·离俗览·上德》记载了“吴起事件”中阳城君的经历实况：

> 墨者矩子孟胜，善荆之阳城君。阳城君令守于国，毁璜以为符。约曰：“符合听之。”荆王薨，群臣攻吴起，兵于丧所，阳城君与焉，荆罪之。阳城君走，荆收其国。孟胜曰：“受人之国，与之有符。今不见符，而力不能禁，不能死，不可。”

由《吕氏春秋》对读《渚宫旧事》“及悼王薨，鲁阳公骐期及阳城君杀王母阙姬而攻起”，说明鲁阳公骐期与阳城君共同参与了“杀王母阙姬而攻起”的“吴起事件”。这里我们注意到“阳城君与焉，荆罪之”“阳城君走，荆收其国”，阳城君受到楚肃王“放逐”（流放）的惩罚，那么同阳城君一起参与“吴起事件”的鲁阳公骐期，却只字未及有何“惩戒”，且古籍文献亦未见记载！你不觉得奇怪吗？应该说，这是楚国留给后者的历史之谜，待我们一步步去揭秘。

首先“吴起变法”使“封君子孙三代而收其爵禄”。鲁阳公骐期系鲁阳文君公孙宽封君之孙，当不例外。“及悼王薨，鲁阳公骐期及阳城君杀王母阙姬而攻起”说明，鲁阳公骐期与阳城君共同参与了对“吴起变法”中“封君子孙三代而收其爵禄”。愤懑情绪的激愤宣泄！其次“吴起事件”后，楚肃王“放逐”阳城君“荆收其国”，而对鲁阳公骐期的处置却无触及，应该说这是楚国极不正常的历史现象！

笔者推断，楚肃王对鲁阳公骐期的处置无非两条途径：一是同阳城君一样问罪：“鲁阳公与焉，荆罪之”“鲁阳公走，荆收其国”放逐鲁阳公骐期，但典籍无及。显然“荆无罪之”。二是楚肃王因感念鲁阳公骐期及其父、祖、曾祖功勋昭著，赦免其不予追究，亦为情理中事。但无论哪条途径，“吴起事件”后，鲁阳公骐期之“鲁阳公墓在露山东北五里”，已是典籍及《鲁山县志》记载的历史事实。鄙作

《包山楚简鲁阳公城郑补议——三位鲁阳公辨析》篇对鲁阳公骐期墓已有论述，恕不多叙。

四、鲁阳公骐期魂落“露山”脚下

清武亿《鲁山县志》（茔墓）载，（鲁阳公墓）在鲁山县东、西共有三处：两处在鲁阳邑，一处在“《太平寰宇记》：鲁阳公墓，在露山东北五里，去县二十五里。《路史·国名纪》：鲁有鲁阳公墓”。《宋本太平寰宇记》载：“鲁阳公墓在露山东北五里，去县二十五里。墓上石碑上有‘鲁阳公墓’四字存焉。”鲁阳公墓在今鲁山县辛集乡境内。

据考证，从年代及历史事件看，这里的“鲁阳公墓”，只能是曾侯乙简中“旅阳公”之子“与韩构难、挥戈返日”（前393）后，于公元前381年又参与过“吴起事件”的“鲁阳公骐期”之墓，位于今辛集乡“西寺”一带。令人称奇的是，这一带民间却传说，墓冢是“窦王坟”，埋葬的是隋唐时期败将“生前选择自裁的窦王”窦建德，使笔者百思不得其解！

（一）究竟是“窦王坟”还是“鲁阳公墓”

为厘清“露山东北五里”“鲁阳公墓”具体位置，笔者与族兄张新政开始了年少时记忆最深，也是这一带最大墓冢的“窦王坟”实地考察。

2022年4月26日，我们走访了当地村民称之“窦王坟”，即辛集乡付岭村85岁村民詹大定和族兄张新政现场指认的“窦王坟”遗址。

所谓“窦王坟”，正处今辛集乡西寺一带“露山东北五里”今付岭村东北向一个较高土岗上。已不似我们少年时记忆的高大墓冢。20世纪六七十年代，修筑“焦枝铁路”时，线路从“窦王坟”中间穿过。

我们又寻访了付岭村90岁村民孙天佑老人，他为我们讲述的“窦王坟”故事。

传说，付岭村东北“焦枝铁路”从中间穿过的大墓冢，是小王窦建德的“窦王坟”。也不知道窦王同谁不和，可能因打仗失败后选择自杀地点，先选的是辛集东“盆郭”村一带，以为“豆入锅内”地名不吉，后至此，因这里北边儿有个地名叫“牛口峪”，以为吉利，就自杀于此！随从将其埋葬，为保护其墓，又在西北边不远处堆起两个“假古堆”做“疑冢”，以迷惑盗墓者。

我们年少时也不断听父辈们讲，这里墓冢是“窦王坟”！笔者查阅了《旧唐书》《新唐书》及相关资料后，却了解到：

窦建德（573—621），汉族，贝州漳南（今河北故城东北）人。世代务农，曾任里长，尚豪侠，为乡里敬重。大业七年（611），隋炀帝募兵征讨高句丽，窦建德在军中任200人长。窦建德目睹了兵民困苦，义愤不平，遂抗拒东征，并助同县人孙安祖率数百人入漳南东境高鸡泊，举兵抗隋。及后窦建德家人被隋军杀害，窦建德乃率部众200人投清河人高士达的起事军队。窦建德先后击败魏刀儿、宇文化及、孟海公等，建立夏国，称雄河北。武德四年（621）五月，窦建德为救王世充，在虎牢关一役被李世民击败并被俘，同年七月十一（621 年 8 月 2 日），被唐高祖处死于长安。

《唐书》未见窦建德在鲁山一带的活动痕迹，“自裁”更是只字未提及，历代方志亦无记述。由此看，窦建德似与鲁山无缘！

《新唐书·列传第十·王窦》曰：“建德被重创，窜牛口谷。车骑将军白士让、杨武威获之，传而西，斩长安市，年四十九。初，其军有谣曰：‘豆入牛口，势不得久。’至是果败。”[①] 这里说，窦建德斩杀于今西安市，非传说的自杀！那么，窦建德墓在哪里呢？众说纷纭：

一说，窦建德既被杀于长安，应当埋葬于长安，一个失败被杀的草王很难说会被批准易地埋葬；

二说，窦建德死后葬在河南偃师县缑氏镇孙坡村；

三说，窦建德死后葬在河北井陉县。据说是其部下刘黑闼在这里继续坚持斗争，祭奠怀念窦建德，并隆重埋葬了旧时的主人。尚有网传两说。

一是《郑州日报》2007 年 12 月 16 日，记者报道：“近日，新密市文物保护管理所在第三次全国文物普查中，在该市袁庄乡姜沟村意外发现一处墓地，可能是隋末农民起义领袖窦建德的陵墓。墓冢高 9 米，周长 147 米，呈锥形，被当地群众称为窦王冢。《密县志》载‘在县北龙泉寺一

---

① 欧阳修、宋祁撰：《新唐书·卷九十八·列传第十·王窦》，长春：吉林人民出版社；北京：中华书局《四库全书·史部》。

里'，《古今地名词典》中注牛口在荥阳北，窦建德败于此。民国十七年《重修汜水县志》载：'牛口峪，唐王擒窦建德处，史所谓窦入牛口即此。'"①

二是明嘉靖三年（1524）《太康县志》："窦陵，县西五十里窦建德葬。"

上述五说，唯独辛集民间传说葬"露山东北五里"方志未记，古籍亦无见载。仅凭辛集地方单一民间传说孤证为据，就认定"露山东北五里"的大冢为窦建德墓，定难服人！《新唐书》：窦建德"斩长安市，年四十九"系官方史籍，且是他杀非自杀，自当可信。重要的是，我们在考察中发现，辛集地方民间传称的所谓"窦王坟"，其实，就是鲁阳公骐期之墓！"窦王坟"是辛集一带民间误传的结果，主因是地方语音之讹传！

（二）"鲁山"与"露山"之演化，"露王"与"窦王"之讹传

我们知道，口音是历史语言的活化石，正所谓"乡音难改"。一个人的语音，明显带有难以改变的地方特征。辛集一带的"露山"发音，其实是南阳地区的地方口音，"露山"即"鲁山"！鲁山一带春秋战国为楚辖，汉代又属南阳管，这里的民间方言时常带有属地南阳口音。即便当今，南阳地方"六（liu）"的发音，仍发"六（lou）""露"。

① 《郑州日报》记者　刘俊礼，通讯员　杨建敏讯，2007年12月16日中原网报道。

“六分洋”称“露分洋”，不称“六（liù）分洋”，称“鲁山”为“露山”；称“绿（lǜ）豆”为“绿（lù）豆”，称“鲁阳公”为“旅阳公”（见《包山楚简》）；称“鲁王”为“露王”！“露王”发音，露（lou）王，又误传为“豆（dou）王”—“窦王”。以讹传讹：“露王——鲁阳公骐期”就讹传成“窦王—窦建德”！致使原本为战国时期楚之“鲁王”——鲁阳公骐期的自刎处，遂讹传为隋唐时期败将“窦王”窦建德的自杀地了！即便当下，辛集一带民间口音，还称“程村”为“常村”、“郝村”为“何村”、“李村”为“列村”、“徐营”为“雪营”、“屈店”为“确店”、“梁洼”为“连洼”、“魏岭”为“外岭”、“外婆家”为“为婆家”……这种现象除与上述属地管辖变更相关外，或同明清时期政府的强制性移民，由山西洪洞迁徙河南鲁山辛集一带“一溜十三村”的山西语音相关。山西移民辛集地区后，对其当地风土人情与历史缺乏了解，故而以讹传讹至此。《宋本太平寰宇记》“鲁阳公墓在露山东北五里，去县二十五里。墓上石碑上有‘鲁阳公墓’四字存焉”的记载，为真实鲁阳公骐期之墓，在辛集同一地点，就被讹传为“窦王坟”“窦建德墓”了！依据典籍文献与事实佐证可以断定，这里的“鲁阳公墓”就是曾侯乙简“旅阳公”之子、公元前393年“与韩构难、挥戈返日”、12年（前381）后又参与了“吴起事件”的“鲁阳公骐期”之墓！

那么鲁阳公骐期为什么未与父、祖同葬于鲁阳邑，却独葬“露山东北五里，去县二十五里”今辛集西寺一带呢？盖因有四。

一是辛集一带为楚国晚期“武阳之战”后至“吴起事件”前16年间，鲁阳公骐期为防御“三晋”入侵，长期驻守护卫鲁阳的“鲁阳行宫”——“旧大觉寺”指挥中心，这里与其感情笃厚。

二是地理形胜俱佳。后靠巍峨“寺山寨”祖山，左有青龙“凤凰岭”（八里坡）护卫，右有白虎“露山”拱起，南有玉带沙河、滍水缠腰的地理形胜，正合古人择地而葬的习俗。

三是交通临“宛洛古道”与“古夏路”，距楚叶邑、阳城（今方城）较近，为直达楚郢都的必经之路。

四是“吴起事件”后，鲁阳公骐期深感悔恨与羞愧，无颜面对鲁阳邑。为发泄对“吴起变法”中“封君子孙三代而收其爵禄”之不满情绪，愤然同阳城君一起参与“吴起事件”。“阳城君走，荊收其国”，而同案的鲁阳公骐期本应与阳城君一样做“放逐”惩戒，却未追责自己而深感羞辱！勿论鲁阳公骐期过往护楚有何重大功绩，但作为一个不顾个人安危毕生为国而战的主帅战将，却因一时糊涂，为争个人“爵禄”参与“吴起事件”，毕竟是件极不光彩的“丑事”！尤其对于一向正气凛然、血气方刚，为楚国安危力可“挥戈返日”的壮士，却缘于“吴起事件”，上失宠肃王，又悔恨自己无法面对终生为楚国忠贞不二的曾祖、祖父、父辈英灵，下又羞愧面对一向拥戴自己的鲁阳父老，更为楚国未来图存而堪忧！尴尬与无奈，逼使这条硬汉无法生存于世，忧然产生自绝念头，或选择一条不归路，而自刎露山脚下，亦是情理中事！若此不误，又与辛集地方传说的“窦王自杀”地点不谋而合。

通过对“武阳大战”后鲁阳公骐期重大活动探析，厘清了楚悼王初期“武阳大战”地点在今河南省宝丰县商酒务镇北虎狼爬岭古城韩、武岗、古城村一带的历史成因；鲁阳公骐期为报家仇国恨，布局鲁阳邑东线防御性军事戍守“寺”院设置后，又于西线鲁阳北之“黑山庙坡”“与韩构难、挥戈返日”；通过对“鲁山”与“露山”演化、“露王”与“窦王”讹传研究，揭示出鲁阳公骐期参与“吴起事件”后，葬于“露山东北五里，去县二十五里”的历史奥秘。这些历史之谜的破译，不仅具有重大的学术价值，更为地方美丽乡村建设提供了丰富的历史文化内涵。

第八篇　诸葛亮拜谒张良故里

第一章　诸葛亮拜谒张良故里历史背景

一、张良故里在河南郏县张店村

关于张良里籍，史志文献有记载。唐司马贞《史记索隐》为《留侯世家》“留侯张良者，其先韩人也”注曰：“良既历代相韩，故知其先韩人。顾氏按《后汉书》云：‘张良出于城父’，城父县属颍川也。”唐张守节《史记正义》在“张良者，其先韩人也”下引《括地志》云：“城父在汝州郏县东南三十里韩里也。”唐李吉甫《元和郡县图志》载：“郏城县……父城故城在县东南四十里，故殷时应国也。《左传》：‘楚大城城父。’城父，春秋楚邑，今河南襄城西南。秦王政二十二年（前 225）遣李信破楚，与蒙恬会于城父。即此。汉置父城县。”《天一阁藏明代方志选刊》载：“郏县，张良庙，在县南小寺保，永乐三年建。”清同治《郏县志》

卷六《祀典志》载:“汉留侯庙在小寺保,张子房,韩人,而郏东南近邑也,其击秦灭楚,为韩报仇,有忠孝大节,为之立庙正矣!”

臧励和《中国古今地名大辞典》释“父城县”:“春秋楚城父邑。汉置父城县……故城在河南宝丰县东。”史为乐主编《中国历史地名大辞典》“城父”条释:“春秋楚邑。在今河南省宝丰县东。”在城址内发现有春秋绳纹陶片及汉代板瓦等;遗址内马庄、古城等村曾出土春秋及战国时期青铜壶、铜鉴等;附近南牛庄、小谢庄曾发现春秋战国墓葬区,出土有铜鼎、铜剑、铜铃、铜镜、铜戈等,专家认定为“东周、汉代古遗址”。2013 年 3 月,国务院公布为第七批全国重点文物保护单位“父城遗址”。今河南宝丰县东“父城遗址”即春秋楚国之“城父”,汉代“父城县”。

2005 年冬,在距“城父”故城古城村东 10 里,郏县李口乡张店村出土的张安墓志铭(张安系明洪肃宁县知县)曰:“维大明洪武二十四年……汝州郏县小安寺保居张安之墓。”“由此可知张店就是建有张良庙的小安寺保的具体位置,证明了《明代志选刊》和郏县志关于张良宗庙记载的真实性。这是张店为张良故里最确凿的历史证据。”①

二、诸葛亮拜谒张良故里历史背景

2016 年春,笔者携家人赴河南平顶山市郏县李口乡张

① 张放涛:《漫谈〈诸葛亮拜谒留侯碑〉》选自辛士秀主编微信版《谋圣张良·论文史料二十二篇》。

店村寻访张良故里。张店村南依巴山山脉马鞍山北麓，坐落于郏县东南部襄、郏、宝、叶四县交界处。这里东西走向的一列山脉，古代统称巴山，又称父城山，俗呼马鞍山，属伏牛山余脉。张店村位于马鞍山北麓沙涧口畔，地处古代交通要冲。清同治《郏县志》载："马鞍山、铧尖山。俱在县东南五十里。二山之间名沙涧口。涧长数里，横亘石桥，石路三百余丈，通郏、叶往来，亦扼要之地也。"在张店，笔者拜会了村民张振洋张姓族人。在张振洋家，笔者查看了原在张店寨小南门内废墟中发现的一块长106厘米、宽40厘米、厚19厘米的红石石刻。石刻刻有诸葛亮在建安六年（201）春拜谒留侯祖庙，瞻仰张良像后所写的一篇短文。石刻共六行57字："亮携元直建安六年春踏贤宗观地势不严然清静秀逸乃龙凤之地拜留侯仰其像不威然运筹帷幄决胜千里成帝王之师吾辈叹之敬之效之。"从短文可知，这是诸葛亮与徐庶在建安六年春踏勘留侯宗祠后留存之印记。当为诸葛亮之真迹。（见图8-1）

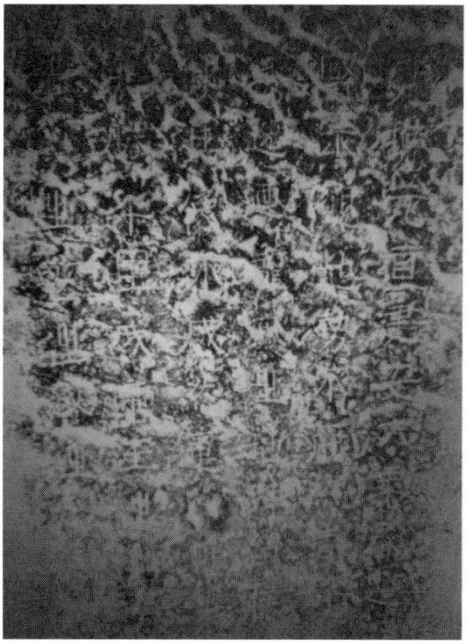

图8-1　郏县李口乡张店村张良故里"诸葛亮拜谒留侯祠碑刻"拓片

那么，诸葛亮然何于此留下“吾辈叹之敬之效之”牵动肝肠的由衷感叹？我们在平顶山“诸葛庙”找到了答案。

据记者报道:“原诸葛庙占地数亩，自成一院落，前有山门，后有正殿。正殿殿基高于院内地面，房顶为青瓦覆盖，有五脊六兽，东西山墙为封檐实山墙。殿内正东有一尊诸葛武侯塑像，东西两山墙内壁上绘有诸葛亮生平事迹的彩色壁画。院内有一眼井，数通石碑，庙后及左右有一片合抱粗细的杨树林。诸葛庙因诸葛坟墟而建，该村的老人们说，世代相传，庙后百余步处有诸葛亮父、祖的坟墓。诸葛庙始建年代不详，但从隋开皇年间的断石幢所云可知，这一纪念性祠宇，最迟在隋以前就已经有了。诸葛庙历代屡有修葺，到 20 世纪 50 年代还完整地存在着。据有关文献记载，1958 年，诸葛庙尚存主殿 6 间，石碑 6 通，周围占地 5 亩，庙门和主殿均悬有‘诸葛遗墟’四个大字的檐额。在主殿门口东侧，立有主碑一通，刻明代牛凤所撰写的《改正诸葛武侯祠记》。后来，诸葛武侯祠殿堂建筑被拆毁，这通石碑也被推倒。由于诸葛武侯祠规模相当大，所以香火一直很盛。解放前夕兵荒马乱，诸葛庙这才香灭僧去，逐渐败落。中华人民共和国成立后，国家在此地发现了大煤田，就在村里安营扎寨，后建成平顶山市。诸葛庙村也由村子变成了城市居委会，仅留下了诸葛庙街之名。现在，这里除发现的那通明代石碑外，已无往日的庙宇和村庄。”[①]

在古代巴山南麓的今平顶山卫东区诸葛庙社区，我们查看了竖立于鹰城中原商场后一排三层楼内、第一层一间房子中的“诸葛庙碑”。（见图 8-2）

图 8-2　现存平顶山诸葛庙内的“诸葛庙碑”

民间俗称的“诸葛庙碑”实指明代牛凤《改正诸葛武侯祠记》，碑文曰：“嘉靖丁亥秋，余自太仆转南京太常卿，便道还家，行视田野，始谒武侯祠下，见其屋老而坏，且怪其与昭烈俱南面，无复君臣分。询土人，云：如是有年矣。及考旧志，洪武十八年民萧四重修，记不知其所始，慨然久之。遂捐金币，属乡耆徐行和众力作新之。不期月，庙貌完矣。撤去昭烈、关、张之像，独像侯祠中，

① 《诸葛庙宇诸葛亮回忆》，搜狐博客（fanggejinqiu.blog.sohu.com/1... ）2009 年 2 月 21 日。

专其祠以符其名，人心允惬，观者胥悦。既而游观山寺，有断石幢在焉，刻文仅数十字。中云：此地有诸葛之旧坟墟高阳华里。然后知侯之父若祖自琅琊避地，曾寓于此而葬焉。躬耕南阳，尚在厥后。祠而祀之，信有由然。再考石幢岁月，盖隋文帝开皇壬寅物，去先主见武侯于隆中之岁三百一十六，其居此地而葬，必先十余年，是以坟墟犹存。今距开皇壬寅年余九百六十一，世远坟没，不知其处，固不足怪。所幸祠宇不废，断石幢仅存，岂偶然哉！盖侯之为人，论者举侪于伊、吕，古今贤达，悉以为然，无异议焉。是人品之高，勋烈之盛，光昭汗青，脍炙人口者，奚俟吾言。所以吾邑有高阳华里之迹，实为侯父祖之故墟，湮灭无闻，以至今日，良可悼惜。吾生千百年之后，得有所据，故托之坚珉，以图不朽，又以资论世君子云。”

碑文还显示，便道还家叶邑的南京太常卿牛凤在游观山寺时，亲眼看到刻有“此地有诸葛之旧坟墟高阳华里”隋开皇二年（582）的断石幢。隋开皇二年，距刘备见武侯于隆中有 316 年，诸葛亮父、祖的坟冢还存在。断石幢的记载是可信的。“高阳华里”是诸葛亮父、祖坟墟所在位置。“高阳”即高阳县。北魏太和元年（477），析襄城县首山、高阳山以南置高阳县，属汉广郡。“华里”是诸葛父、祖坟墟所在之村落。清同治《叶县志·卷九》载：“诸葛坟墟在县北平顶山下，有隋开皇二年断石幢云：‘此地有诸葛之旧坟墟。’隋去三国未远，言必有据，今山下稍西有诸葛庙，东有金鸡冢．疑即武侯父、祖葬处。”

清汪介人《中州杂俎》载："诸葛亮本琅琊人，徙于顺之阳之石峡口（今方城县小史店镇东南 12 里处刘八卦村），结庐而隐，寻徙入南阳之卧龙岗。今裕州石峡口（今方城县小史店）有小茅庵，唐时石记犹存。又尝寓居于新野之野白岗，庄宅基址今为玉皇庙，古井尚在。南阳卧龙岗碑阴载，新野地五顷，佃户张某佃种，亦先贤之遗迹也。又唐县（今唐河县）有诸葛庄，武侯之远田也，曾犁出古碑，在县西桐寨铺（曲岗），去南阳市六十里。又尝居叶县之平山下（今平顶山市），现存隋开皇二年（582）断石幢云：'地有诸葛之旧坟墟，在高阳华里。'今山下少西有诸葛庙，东有金鸡冢，疑冢即孔明父祖葬处。盖孔明从琅琊避地而西，自其父祖已然，居南阳则自孔明始也。此断石幢既主国隋时物，则去三国未远，当必得其真，故而书之。"

上述史料说明，诸葛亮少时曾寓居过今平顶山下"诸葛庙"一带。

三、平顶山下诸葛父、祖坟墟历史成因

诸葛亮祖籍山东琅琊郡（今山东省沂南县），乃汉司隶校尉诸葛丰之后。其父诸葛圭，字君贡，曾任太山郡丞。据学者考证，公元 184 年年底，张角率领的黄巾大起义被东汉统治集团联合镇压后，公元 188 年黄巾军余部重整旗鼓，再次横扫黄淮流域。由于起义军杀掉了不少官吏，当地不少官僚、地主纷纷外逃。诸葛氏乃汉代官宦世家，诸葛圭又是黄巾军活动中心地区太山郡的郡丞，更是起义军打击的主要对象。为谋求生路，诸葛一家不得不于公元 188

年，背井离乡，踏上外逃之路。因诸葛亮叔父诸葛玄与荆州牧刘表素有交往，诸葛一家便沿“陈宛古道”而下，欲投奔刘表。到平顶山下，诸葛一家为当时占据南阳郡的孙坚势力所阻，被迫滞留于此。其间，不幸的是，诸葛亮父、祖于此染疾辞世，遂葬于山下。《南阳府志》载：诸葛遗墟在（叶）县北平山下。今山下稍西有诸葛庙，东有金鸡冢，疑此即孔明父祖葬处，后诸葛玄也于此病故。诸葛亮按礼俗在叔父坟旁结庐守孝、读书、劳作。几年后，诸葛亮东迁至叶县东北西湖村。从西湖村，诸葛亮又迁至今方城县小史店乡石峡口，南阳卧龙岗。据历史文献记载，诸葛亮8—17岁离乡避难，其间在平顶山下寓居7年，度过了少年时代；诸葛亮17—27岁定居南阳躬耕陇亩，度过了青年时代。汉献帝建安十二年（207）诸葛亮27岁，接受刘备三顾，纵论天下大势，至蜀后主建兴十二年（234），诸葛亮54岁第五次北伐，病逝五丈原。

每年春季清明节，是我国传统祭祖扫墓的日子。清明节约始于周代，清明一到，气温升高，雨水增多，正是春耕、春种的大好时节。“清明”本为节气名，后来加入寒食禁火及扫墓习俗才形成清明节。清明作为节日，与纯粹的节气不同。节气是我国物候变化、时令顺序标志，而节日则包含一定风俗活动和某种纪念。由于清明与寒食日子接近，寒食又是［春秋晋国介之推割股奉君救重耳、晋文公（重耳）登基后，忘记封赏介之推。介之推背母入绵山（今山西介休县东南）隐居。晋文公听从下属意见，围绵山、广开一面，放火烧山，逼介之推出山。造成介之推与母亲被一同烧死于绵山的历史悲剧。晋文公为悔过和纪念介之推的忠贞高德，下令把火烧绵山这天，定为寒食禁火日]民间禁火扫墓日，寒食与清明逐渐合二为一，寒食既成为清明的别称，又成为清明时节祭祖扫墓之习俗。

胸怀大志的诸葛亮（181—234）在建安六年（201）已满20岁，于该年春季清明时节，在平顶山下为其叔、父、祖扫墓之后，翻越平顶山，北行十余里，来到一山之隔的张良祖庙祭奠先贤英灵，更为情理中的事。诸葛亮拜谒父城张良故里的时间，正是袁绍与曹操官渡之战后不满半年时。父城张良故里距曹操许都（今许昌）及长社县（今长葛东）徐庶故居较近，且三地同在颍川郡内。《汉书·地理志》载："颍川郡，秦置。县二十：阳翟、昆阳、颍阳、定陵、长社、新汲、襄城、郾、郏、舞阳、颍阴、崇高、许、傿陵、临颍、父城、应乡、成安、周承休、阳城。"[①]长社、许、父城、应乡同属颍川郡辖，这些近距离的方便条件，既为诸葛亮携好友徐庶拜谒张良故里提供了机遇，也为其探询"许都"曹操信息成为可能。

汉献帝建安五年（200）岁次庚辰，关羽被曹操收降后回归刘备、孙策为刺客所杀、官渡之战曹操大胜袁绍。

时年春正月，董承等人暗中谋害曹操，失败后被处死。曹军东征刘备，获胜；刘备投奔袁绍；曹操收降关羽、俘

① 班固:《汉书·第二十八卷·地理志上》。

获刘备家小，返回官渡。二月，袁绍派遣郭图、淳于琼、颜良等人攻打东郡太守刘延于白马，袁绍引兵亲至黎阳。四月，曹军北救刘延，从荀攸计策，于白马大胜袁绍军，斩杀颜良，解了白马之围。袁绍军渡河追击曹军，曹操在延津南用辎重诱敌的计策大破袁绍军，斩杀文丑，还军官渡，袁绍军进保阳武，关羽回归刘备阵营。八月，袁绍与曹操官渡之战爆发。孙策乘官渡战局动荡，意欲偷袭许都，未出兵即为刺客所杀。十月，曹操大破袁绍军，袁绍军大败，袁绍与长子袁谭等人仓皇北逃。

亦正是基于建安五年动荡不安的社会局势，诸葛亮于次年春季清明期间，到今平顶山诸葛庙一带祖坟祭拜扫墓，后再翻越平顶山（巴山）至北麓拜谒张良故里，才留下了“吾辈叹之敬之效之”的感叹铭文。

第二章 河南“南阳郡”“南阳”辨析——兼论南阳诸葛亮躬耕地

关于“诸葛亮躬耕地”，引起了湖北襄阳与河南南阳民众不少热议，笔者试以此之见解求教方家。

河南南阳本为夏商时期姒姓南国。《国语·郑语》：“当成周者，南有荆、蛮、申、吕、应、邓、陈、蔡、随、唐；北有卫、燕、狄、鲜虞、潞、洛、泉、徐、蒲。”不唯如此，南方尚有一南国存在。据河南考古家马世之考证：

唐白河与丹江流域古国主要有鄂、南、申、吕、曾、比、谢、西蓼、唐、邓、郦、析、丹、於、鄀等。“南”或作“男”，通称“有男”。《史记·夏本季》载太史公曰：“禹为姒姓国，用国为姓，故有夏后氏、有扈氏、有男氏……”索隐云“《系本》男作南”。南国的地域在河洛以南，即今河南省南召县，后又徙至南阳。《诗·大雅·菘高》云：“于邑于谢，南国是式。”又谓“任命申伯，式是南邦”。所以，何光岳说“南阳之名当因南国居此而得名，并非因位于伏牛山之南而称为南阳”[①]。约于商代中期，南因内部争权而分裂为两国，《逸周书·史记解》云：“昔有南氏有二臣，贵宠。力钧势敌，竞进争权，下争朋党，君弗不禁，南氏以分。”《路史·夏后纪》说：“禹后有南氏，以二臣钧争权而分。”《水经·江水注》亦谓：“《周书》曰：南，国名也。南氏有二臣，力钧势敌，竞进争权，君弗能制。南氏用分为二南国也。按韩婴叙《诗》云：其地在南郡、南阳之间。”二南分治后，一在今河南南阳，一在今湖北荆州。南阳之南，约于西周初期为谢所灭；荆州之南，春秋初年被楚兼并。[②]

谢，周代任姓国。《世本·氏姓篇》云：“谢氏，任姓，黄帝之后。”谢国地域在今河南南阳新野、唐河一带，地

① 何光岳：《夏源流史》，南昌：江西教育出版社，1992 年，第 230 页。

② 马世之：《中原古国历史与文化》，郑州：大象出版社，1998 年，第 406—407 页。

处雒邑之南，被视为“南国”。谢国故城原在今河南南阳市境。西周晚期，谢邑改作申城，故《国语·郑语》韦昭注：“谢，宣王之舅申伯之国，今在南阳。”韦昭（204—273）是三国时期著名史学家、东吴四朝重臣，比蜀汉丞相诸葛亮（181—234）（181 － 204 ＝ -23）小 23 岁，两人同时代（234 － 204 ＝ 30）30 年。其注“今在南阳”说明谢邑改作的申伯之国——申国，当韦昭在世的三国时期已隶属“南阳”;《汉书》编著者班固（32—92），为东汉史学家，先出世于诸葛亮 149 年。其《汉书·地理志》南阳郡宛县原注:“故申伯国。”《左传·隐公元年》杜预注:“申国今南阳宛县。”杜预（222—284）晚出世于诸葛亮 41 年，与诸葛孔明同时代 12 年，又是魏晋时期著名政治家、军事家和学者，初仕曹魏，曾镇守今湖北襄阳，当对襄阳熟知。其注“申国今南阳宛县”之“今南阳”，应为辖宛县之“南阳”。同西蜀丞相诸葛亮《前出师表》“臣本布衣，躬耕于南阳”之“南阳”的指向，为同时期，所指同一地方无疑，即原谢国、后为周宣王之舅申伯国、再后称宛县的今河南南阳。

然而，当今河南省域，古代以“南阳”称谓非一处，“修武”即其一例。臧励和《中国古今地名大辞典》（下称臧《典》）释“南阳”:“在河南获嘉县北。《左传·僖公二十五年》晋于是始启南阳。《史记·秦本纪》秦昭襄王三十三年，魏入南阳以和。集解徐广曰：河内修武，古曰南阳。《通鉴地理通释》南阳有二，修武即魏之南阳也；南阳郡，今邓州也。”“二南阳”并不混淆：一在修武，一在南阳郡之邓州。臧《典》释“南都”:“今河南南阳县。为光武生长之地。在洛京之南，故曰南都。张衡有南都赋。”此释南阳郡邓州之“南阳”与“南都”，均指今河南南阳。臧《典》释“南阳县”云:“周初申国，春秋楚宛邑，汉置宛县。后魏分置上陌县，周省宛县入上陌，改曰上宛，隋始改南阳县，明为河南南阳府治，清因之，并设南阳镇，总兵驻此。今属河南汝阳道，县西南七里有卧龙岗，诸葛草庐在焉。其地有明碑辨武侯宅当在襄阴县西隆中者，字多为人所毁。”此“南阳县西南卧龙岗有诸葛草庐”与刘禹锡《陋室铭》“南阳诸葛庐”正相呼应。

南阳郡，秦代初置。《史记·秦本纪》秦昭襄王三十三年（前274)，集解徐广曰:“荆州之南阳郡，本属韩地。”“三十五年（前272)，初置南阳郡。”正义今邓州也。秦置南阳郡，在汉水之北。释名云:“在中国之南而居阳地，故以为名焉。”张衡《南都赋》云:“陪京之南，居汉之阳。”古代惯称水北为阳，水南为阴。“居汉之阳”即说陪京“在汉水之北”。

臧《典》释“南阳郡”:“秦置。为今河南旧南阳府。湖北旧襄阳府之地。以在南山之南。汉水之北也。汉因之。置宛。即今河南南阳县治。晋为南阳国。南朝宋仍曰南阳郡。隋郡废，寻复置。移治穰县，在今河南邓县东南，金废。”

臧《典》释“南阳府”:“秦南阳郡。唐改置宛州。寻废。金末始于南阳县置申州与邓州。元升为南阳府。明清因之。属河南省。民国废。故治即今南阳县。”此释“南阳府”，明确指出：河南旧南阳府，即秦置南阳郡，属今河南省辖。治所在今南阳县，并非他处。

由此看，秦置荆州之南阳郡，本属韩地。秦灭韩，地属秦。清光绪三十年（1904）《南阳县志·总序》：“南阳于战国为韩地，秦灭韩，徙不轨之民于南阳。”《汉书·地理志第八上》载：“南阳郡，秦置，莽曰前队。属荆州；宛，故申伯国，莽曰南阳。”新莽时期“南阳”，即申伯国故宛县，在今河南南阳市。

《左传·隐公元年》（前722）杜预注：“申国今南阳宛县。”《后汉书·郡国志》南阳郡宛县原注：“宛本申伯国。”《水经·淯水注》曰：“（淯水）又南迳宛城东，其故城申伯之都，楚文王灭以为县也。秦昭襄王使白起为将，伐楚取郢，即以此地为南阳郡，改县曰宛……大城西南隅即古宛城也。”据河南省社会科学院考古所原所长马世之先生考证：“淯水即今之白河，南阳郡宛县即今南阳市。古宛城遗址位于南阳市老城区东北蔡庄村防爆电机研究所一带，有大小城两重，小城城垣周长3公里，正好位于大城内西南部。大城东北角，城垣呈曲尺形，保存较好，长约1400米，高出地基5米—7米，基宽20米，基槽宽5.3米。夯土层厚8厘米—10厘米，夯窝径约4厘米。城外有护城河遗址。大城即汉代南阳郡城，小城即古宛城，它是沿袭古谢邑而来，应为申国故都所在。”又云：“《汉书·地理志》南阳郡宛县班固原注‘故申伯国’。申国之都是在谢邑基础上修筑的，因而也称谢城。申国的地域以今南阳市为中心，北至伏牛山南麓，东以方城山丘岭地为限，南与西蓼、谢、邓诸国接壤，西与吕国为邻，处于南阳盆地北部的唐白河中游地带。”[①]

晋陈寿（233—297)，字承祚，巴西郡安汉县（今四川南充）人，三国时蜀汉及西晋时著名史学家，于诸葛亮(181—234) 辞世前一年出生。其《诸葛亮传》云：

> 诸葛亮字孔明，琅邪阳都人也。汉司隶校尉诸葛丰后也。父珪，字君贡，汉末为太山郡丞。亮早孤，从父玄为袁术所署豫章太守，玄将亮及亮弟均之官。会汉朝更选朱皓代玄。玄素与荆州牧刘表有旧，往依之。玄卒，亮躬耕陇亩，好为梁父吟。身长八尺，每自比于管仲、乐毅，时人莫之许也。惟博陵崔州平、颍川徐庶元直与亮友善，谓为信然。时先主屯新野。徐庶见先主，先主器之，谓先主曰:“诸葛孔明者，卧龙也，将军岂愿见之乎？”先主曰:“君与俱来。”庶曰:“此人可就见，不可屈致也。将军宜枉驾顾之。”由是先主遂诣亮，凡三往，乃见。[②]

① 马世之:《中原古国历史与文化》，郑州：大象出版社，1998 年，第 414 页。

② 陈寿:《三国志》，蜀书五《诸葛亮传第五》。

陈寿《进诸葛亮集表》云：

> 遭汉末扰乱，（诸葛亮）随叔父玄避难荆州，躬耕于野，不求闻达。左将军刘备以亮有殊量，乃三顾亮与草庐之中；亮深谓备雄姿杰出，遂解带写诚，厚相结纳。及魏武帝南征荆州，刘琮举州委质，而备失势众寡，无立锥之地。亮时年二十七岁，乃建奇策，身使孙权，求援吴会。权既宿服仰备，又睹亮奇雅，甚敬重之，即遣兵三万人以助备。备得用与武帝交战，大破其军，乘胜克捷，江南悉平。后备又西取益州。益州既定，以亮为军师将军。[①]

"随叔父玄避难荆州，躬耕于野"，实指地属湖北旧襄阳府管辖之"南阳郡"之"南阳"，即《后汉书》所云的"宛，本申伯国"。荆州含南阳郡与南郡。《后汉书·志第二十二·郡国四》载：

> 荆州：南阳 南郡 江夏 零陵 桂阳 武陵 长沙。
>
> 南阳郡（秦置。雒阳南七百里）三十七城，户五十二万八千五百五十一，口

① 陈寿：《进诸葛亮集表》，载《诸葛亮集》，北京：中华书局，1960年，第21页。

二百四十三万九千六百一十八。

宛本申伯国。……新野……博望……育阳邑……邓……

南郡（秦置。雒阳南一千五百里）十七城，户十六万二千五百七十，口七十四万七千六百四……襄阳有阿头山。[①]

明显在列。这里的南阳郡、南郡，统属荆州管辖。诸葛亮《前出师表》云：

臣本布衣，躬耕于南阳，苟全性命于乱世，不求闻达于诸侯。先帝不以臣卑鄙，猥自枉屈，三顾臣于草庐之中，咨臣以当世之事，由是感激，遂许先帝以驱驰。[②]

诸葛亮17—27岁（197—207），随叔父玄避难荆州，玄卒，为“苟全性命于乱世”，隐居“躬耕陇亩于南阳”，后遇刘备“凡三往，乃见”而出山。

王雅轩、王鸿宾、苏德祥主编，辽宁教育出版社出版的《中国古代历史地图集·魏蜀吴鼎立形势图》：魏国荆州南阳郡标定在今南阳市，荆州襄阳郡标定在今襄阳市。三

① 范晔:《后汉书·志第二十二·郡国四》。

② 《诸葛亮集·前出师表》，北京：中华书局，1960年，第5页。

国时期南阳、襄阳两郡虽同属荆州辖，但二者称谓并不含混，各自所属清晰。

“南阳郡”同“南郡”“南阳”与“襄阳”，隶属关系各自明确，从未混淆，后人不当他解。然而，东晋习凿齿却首开历史先河，其撰《汉晋春秋》曰：“亮家于南阳之邓县，在襄阳城西二十里，号曰隆中。”如此一来，后世学者纷争不断，南阳与襄阳“诸葛亮躬耕地”成为历史疑案！

习凿齿，东晋著名文学家、史学家，襄阳（今湖北襄阳）人，为荆楚豪族、东汉襄阳侯习郁之后人。既晚于陈寿出生，更晚于诸葛亮降世多载。不知其著“亮家于南阳之邓县，在襄阳城西二十里，号曰隆中”所依何据！他把诸葛亮“南阳居家”具体化了。从字面理解，习凿齿并未说诸葛亮其家就是“躬耕于南阳”之地，而是家在“襄阳城西二十里之隆中”！乍看，习凿齿之说，似不影响诸葛亮“躬耕于南阳”说，但仔细深思，便可理解为习凿齿是在释解、细化诸葛亮“躬耕于南阳”的具体地点！难怪后世引发“南阳与襄阳”诸葛亮“躬耕地”的历史争议！

这里涉及两个问题值得探讨：一是当时“南阳之邓县”是否为“诸葛亮之家”；二是“襄阳城西二十里的隆中”是否隶属当时“南阳”管辖。

我国南朝刘宋时期的历史学家范晔（398—445），字蔚宗，祖籍顺阳（今河南省淅川县），其删取诸家书而编撰的《后汉书》是一部记载东汉历史的纪传体史书，与《史记》《汉书》《三国志》合称“前四史”，记载当可作据。而《后汉书》所列之宛、邓均属“南阳郡”，襄阳却属“南郡”管辖！令人费解的是:“南阳（郡）之邓县”是什么时期，又是如何管辖“襄阳城西二十里之隆中”的？

马世之《中原楚文化研究·楚灭邓国及其文化》称：“关于古邓国的地望，过去主要有二说：一曰河南邓州。顾祖禹《读史方舆纪要》卷五十一，说‘邓州’是‘春秋时邓侯国’。近人多从之。郭沫若《两周金文辞大系图录考释》即认为古邓国在河南邓县（今邓州市）。二曰湖北襄樊。刘宋时人盛弘之《荆州记》云:‘樊城西北有鄾城……鄾城西北行十余里，邓侯吾离之国，为楚文王所灭，今为邓县。’主张邓在今樊城西北。《水经·淯水注》云:‘淯水南过邓县东，县故吾离之国也。’主张邓在襄樊东北。唐初，司马贞《史记索隐》注释《屈原贾生列传》云:‘此邓在汉水之北，故邓侯城也。’又《括地志》云:‘故邓城在襄州安养县北二十里。春秋之邓国。’唐安养县，天宝以后改名临汉县，故地在今襄樊市之樊城。均说在襄樊之北。总之，都认为古邓国在汉水北岸襄樊市附近。经考定，襄樊东北之邓，为晋及唐宋时的邓城县。襄樊西北的邓城遗址是古邓国及宋齐以前邓县所在。”[①] 又说:“邓国故城位于湖北省襄樊市樊城西北 6 公里，城址平面略呈方形，墙基还很完整。周长 3137.6 米，城垣内外保留有大量春秋战国乃至汉代的陶器残片。这与清同治《襄阳县志·古迹》所载

① 石泉:《古邓国、邓县考》,《江汉论坛》1980 年第 3 期。

‘邓城’在‘县城西北二十里，今城基尚存，高丈余，濠淤成田’情况基本相符。”①

笔者以为，马世之先生所考“邓国故城位于湖北省襄樊市樊城西北6公里”与清同治《襄阳县志·古迹》所载“邓城在县城西北二十里”基本一致，同习凿齿“亮家于南阳之邓县，在襄阳城西二十里，号曰隆中”仅差一“北”字。有可能为习凿齿误笔，或为后人误笔，致使“在汉水北岸襄樊市附近、襄樊东北之邓城县”。“移位”于“襄阳城西二十里，号曰隆中”之地！若此“县城西北二十里之邓城”同“襄阳城西二十里之邓县”的指向，当为同一方向、同一地方之误笔！

然而，面对历史疑案，谭其骧先生也颇为难，实践了季羡林教授“假话不能说，真话不能全说”的临终遗言。当“襄阳应邀”题词时，不得不“骑墙”而“脚踩两家船”，既肯定“南阳郡”，也不否认“襄阳城”。1990年3月，他给湖北襄樊“古隆中”题词说：“诸葛亮躬耕于南阳郡邓县之隆中，在襄阳城西二十里，北周（557—581）省邓县，此后隆中遂属襄阳。”前句肯定史实“南阳郡邓县之隆中”，接着附和习凿齿“在襄阳城西二十里”。后句“隆中属襄阳，在此后之北周省邓县时”妙语既保护了两地古迹，亦说明历史的客观存在。看来，目前也只能如此结论才不至于偏颇！

---

① 马世之：《中原楚文化研究》，武汉：湖北教育出版社，1995年，第105—107页。

第九篇　武则天与鲁山阿武婆寨

在河南鲁山县西北部，有一俗呼“老婆寨”的古山寨。明嘉靖三十一年（1552）《鲁山县志》载：“五朵山，在县西北八十里。山有峰五朵，故名。相传，上有阿乌婆寨。”清武亿《鲁山县志·地理志二·山川·附徐志山川》载：“阿乌婆寨，俗名老婆寨。老婆寨山，西北七十里，前有将军山……雷音寺：徐志，西北乡老婆寨。”两部《鲁山县志》所载“阿乌婆寨”，其实，均指“阿武婆寨”，就是“武则天寨”，雷音寺，位于阿武婆寨南向之下。

一、阿武婆寨的地理形势与历史归属

阿武婆寨，地处今鲁山县西北部观音寺乡与瓦屋乡交界的老婆寨山上，海拔高697米。其西北与今汝州市寄料镇五朵山、汝阳县岘山（霍阳山）接连，北部紧邻汝州蟒川乡，东部与宝丰观音堂乡接壤。北部山势为千丈高崖，沟壑纵横，形势极其险要。山巅有几公里长的楚长城遗存，其墙体由红色毛石垒砌、向南、向西沿山势起伏蜿蜒，直达五朵山巅。在南向的倾斜坡度上，星星点点散布着古代的建筑遗迹。周围“将军山”“烟洞岭”“古炮台”“教场岭”“不救关寨”等地名，无不显现这里曾为古代军事要地，蜿蜒起伏的楚长城遗迹，铭刻着春秋战国地属楚国的烙印。

据《左传·哀公四年》（楚昭王二十五年，前491）载：“夏，楚人既克夷虎，乃谋北方。左司马眅、申公寿余、叶公诸梁致蔡于负函，致方城之外于缯关，曰：‘吴将溯江入郢，将奔命焉。’为一昔之期，袭梁及霍。单浮余围蛮氏，蛮氏溃。蛮子赤奔晋阴地。”《水经注·汝水》云：“哀公四年，楚侵梁与霍。服虔曰：梁、霍周南鄙也。”1994年《汝州志》载：“临汝县，周为王畿之地，春秋时为戎蛮子国，鲁哀公四年被楚灭后，为楚梁邑。”这是楚国“乃谋北方”攻取梁、霍二国的历史文献记载。

据《国语·楚语下》曰：“惠王以梁与鲁阳文子，文子辞曰：‘梁险而在北境，惧子孙之有二者……’王曰：‘子仁人，不忘子孙，施及楚国，敢不从子？’与之鲁阳。”这是楚惠王初封楚平王之孙，司马子期之子鲁阳文子为鲁阳公的典籍记述。

梁邑邻周，为楚北部边陲，自哀公四年（前491）后，原梁、霍之地属楚，由楚国鲁阳公——后封为鲁阳文君所统辖。今汝阳岘山，古称“霍阳山”，其意是它位于古霍国之南向，故名之。伴随楚国“乃谋北方”战略的实施，楚国势力范围逐步北扩。为预防已占领地北部边陲的梁、霍得而复失及周、晋、郑国伺机反扑，依照原沿伏牛山脊而建、号为“楚方城”的楚长城，又在北扩后的外方山上、沿东西向险要之处修筑了第二条楚长城。这就是今天我们所看到的沿着阿武婆寨山北部的后坑山巅、时断时续几公里长的长城遗迹。试想，在崇山峻岭的险要之巅，修筑这么延续几公里长由毛石垒砌的完美宏大军事工程，非举国家财力、人力行为，单以历史上某个反叛团伙或高举义旗的武装实力，是难以实施的。即若现今我们瞻观这座宏大的古代军事工程，亦畏之毛骨悚然！这正是楚国第二条长城的可贵之处！

二、“阿乌婆”实为“阿武婆”，“阿乌婆寨”即“阿武婆寨”，亦即“武则天寨”

提起我国历史上大名鼎鼎唐朝女皇武则天，众人皆知。究其缘由，除其历史功绩影响外，盖有其二：一是男权主政的封建社会，女子当政鲜少，尤其即皇帝位者，唯其一人；二是武则天在与王皇后、萧淑妃争宠中，为人奸诈，手段毒辣，置王、萧“截去手足”为“人彘”，“投于酒瓮中”令“二妪骨醉！数日而卒”。血淋淋的史实，在“五代”和“北宋”官修《旧唐书》《新唐书》两部唐史中，均有详细记述。

《旧唐书·卷六·则天皇后》载：“则天皇后武氏讳曌，并州文水人也。父士彟，隋大业末为鹰扬府队正。高祖行军于汾、晋，每休止其家。义旗初起，从平京城。贞观中，果迁工部尚书、荆州都督，封应国公。初，则天年十四时，太宗闻其美容止，召入宫，立为才人。及太宗崩，遂为尼，居感业寺。”

《旧唐书·卷五十一·后妃上》载：

> 初，武皇后贞观末随太宗嫔御居于感业寺，后及左右数为之言，高宗由是复召入宫，立为昭仪。俄而渐承恩宠，遂与后及良娣萧氏递相谮毁。帝终不纳后言，而昭仪宠遇日厚。后惧不自安，密与母柳氏求巫祝厌胜。事发，帝大怒，断柳氏不许如宫中，后舅中书令柳奭，罢知政事，并将废后，长孙无忌、褚遂良等固谏，乃止。俄又纳李义府之策，永徽六年十月，废后及萧良娣皆为庶人，囚之别院。武昭仪令人皆缢杀之。后母柳氏、兄尚衣奉御全信及萧氏兄弟，并配流岭外。遂立昭仪为皇后。寻又追改后氏为蟒氏，萧良娣为枭氏。

庶人良娣初囚，大骂曰："愿阿武为老鼠，吾作猫儿，生生扼其喉！"武后怒，自是宫中不畜猫。初囚，高宗念之，闲行至其所，见其室封闭极密，惟开一窍通食器出入。高宗恻然，呼曰："皇后、淑妃安在？"庶人泣而对曰："妾等得罪，废弃为宫婢，何得更有尊称，名为皇后？"言讫悲咽，又曰："今至尊思及畴昔，使妾等再见日月，出入院中，望改此院名为'回心院'，妾等再生之幸。"高宗曰："朕即有处置。"武后知之，令人杖庶人及萧氏各一百，截去手足，投于酒瓮中，曰："令其骨醉！"数日而卒。后则天频见王、萧二庶人披发沥血，如死时状。武后恶之，祷以巫祝，又移居"蓬莱宫"，复见，故多在东都。中宗即位，复后姓为王氏，枭氏还为萧氏。

这里"阿武"，是萧良娣怒骂武则天的称谓，后人继称"阿武"多为贬义，蕴含对武则天为人手段毒辣的怒斥。

此后宫争宠事件，《新唐书》亦有载，内容类同。只是未记骂曰"阿武"，却骂曰"武氏狐媚"。《唐书·卷七十六·后妃上·王皇后》曰："初，萧良娣有宠，而武才人贞观末以先帝宫人召为昭仪，俄与后、良娣争宠，更相毁短。而昭仪诡险，即诬后与母挟媚道蛊上，帝信之，解魏国夫人门籍，罢后舅柳奭中书令。李义府等阴佐昭仪，以偏言怒帝，遂下诏废后、良娣皆为庶人，囚宫中。良娣宗族悉流岭南……初，帝念后，间行至囚所，见门禁锢严，进饮食窦中，恻然伤之，呼曰：‘皇后、良娣无恙乎？今安在？’二人同辞曰：‘妾等以罪弃为婢，安得尊称耶？’流泪呜咽。又曰：‘陛下幸念畴日，使妾死更生，复见日月，乞署此为回心院。’帝曰：‘朕即有处置。’武后知之，促诏杖二人百，剔其手足，反接投酿瓮中，曰：‘令二妪骨醉！’数日死，殊其尸。初，诏旨到，后再拜曰：‘陛下万年！昭仪承恩，死吾分也。’至良娣，骂曰：‘武氏狐媚，翻覆至此！我后为猫，使武氏为鼠，吾当扼其喉以报。’后闻，诏六宫毋畜猫。武后频见二人披发沥血为厉，恶之，以巫祝解谢，即徙蓬莱宫，厉复见，故多驻东都。中宗即位，皆复其姓。”足见武则天手段之毒辣！

不唯史书称“阿武”，唐人亦称武则天为“阿武婆”。据宋·赵彦卫撰《云麓漫钞》卷十：“古人多言阿字，如秦皇阿房宫，汉武阿娇金屋。晋尤甚，阿戎、阿连等语极多。唐人号武后为阿武婆。妇人无名，以姓加阿字。今之官府妇人供状，皆云阿王、阿张，盖是承袭之旧云。”

清康熙三十年（1691）《叶县志·卷之七》引邑人牛凤《讲武台》诗“千载遗踪归阿武”句，注释曰：“阿武：指武则天。武则天同时代人萧淑妃，称武则天为‘阿武’。”

明嘉靖三十一年（1552）《鲁山县志》记载：“阿乌婆寨俗呼潦婆寨，在县西北八十里五垛山之巅。俗传昔阿乌婆谓武则天，未否。所立，与嵩县不救关寨姑嫂相照应。此寨举火戏彼，彼果来救。续此寨为贼所劫，举火则彼不复来救矣，故彼名不救关寨。”这里的“所立，与嵩县不救关寨姑嫂相照应”而没有说是“兄弟相照应”，说明此寨是以女子名“所立”。该女子是谁？“俗传昔阿乌婆谓武则天”。由上《旧唐书》有“武则天”称谓“阿武”；宋赵彦卫《云麓漫钞》称“唐人号武后为阿武婆”；清叶邑牛凤《讲武台》诗有武则天称“阿武”等实例看，明嘉靖三十一年《鲁山县志》记载“俗传昔阿乌婆谓武则天”，“乌”“武”通假，“阿乌婆”实为“阿武婆”，“俗传阿乌婆谓武则天”，其实，就是“俗传阿武婆谓武则天”，“阿乌婆寨”亦当为“阿武婆寨”，即“武则天寨”。故此，我们说，鲁山西北阿乌婆寨，就是唐代的武则天寨。

三、鲁山阿武婆寨与武则天之缘

那么，鲁山阿武婆寨缘何与武则天有缘？据《唐书·卷三·高宗皇帝李治》载：“永徽元年（650）正月丙午，立妃王氏为皇后。”永徽二年（651）“十一月戊戌，如许州。乙巳，猎于滍南，壬子，讲武于新郑……十二月乙卯，如洛阳宫。丁卯，以洛阳宫为东都”。永徽六年（655）十月“己酉，废皇后为庶人。乙卯，立宸妃武氏为皇后”。“是冬，皇后杀王庶人。”从《新唐书》记载的时间看，高宗李治在位（649—683）34年，于永徽二年（651）在“滍南”狩猎时，刚为“宸妃”的武则天，曾陪驾高宗李治在

“滍水之南”叶邑“讲武台”一带。一是“王妃”初为皇后掌管后宫，不便外出，而武则天则刚为宸妃，与李治新欢正浓，伴驾狩猎正当时；二是《叶县志》明代叶邑人南京太常寺卿牛凤《讲武台》有诗文记述。牛凤诗曰：“《讲武台》（世传，武则天讲武于此）君王游衍耀华彝，鞠旅陈兵滍水湄。杀气夜冲星斗暗，阵云晨压曙光迟。龙车凤辇招摇日，北狩南搜凯奏时。千载遗踪归阿武，谁知显庆是男儿。”这里的“君王”，是指唐高宗李治；“游衍”，是指游乐；鞠旅，是指即“誓师”；“龙车凤辇”，是指唐高宗和武则天乘坐的车子；“滍水”是指今流经鲁山县城南之“沙河”；“阿武”即“武则天”。牛凤《讲武台》诗，是李治与武则天在今鲁山县东南部“滍南”狩猎的历史见证。

永徽六年（655）李治废王皇后，立武则天为皇后。显庆末年，李治患风眩头重，目不能视，难于操持政务，武后得以逐渐掌握朝政，李治在武后建议下使用天皇称号，与天后武氏并称“二圣”。

据《旧唐书·本纪第五·高宗下》记载：“麟德（二年）（665）十一月庚戌，幸许、汝等州教习。癸酉，冬狩，校猎于许州叶县昆水之阳……二年二月，癸丑，幸汝州温汤。亲谒少姨庙。又幸隐士田游岩所居。己未，幸嵩阳观及启母庙，并命立碑。又幸逍遥谷道士潘师正所居。甲子，自温汤还东都……三年二月，丁亥，幸汝州之温泉。”唐高宗李治，自显庆末年（660）患风眩症后，“行幸许、汝等州教习”一系列活动，自然有皇后武则天陪伴。此时，鲁山县已隶汝州辖。至今，鲁山县尚有以“校场”命名的地名遗存多处：如鲁山县城东关的“校场坑”、阿乌婆寨的“校场岭”等。昆水，即今叶县灰河，源于鲁山县樱桃山，流经鲁山、叶县。“叶县昆水之阳”，是指今叶县灰河之北的叶县、鲁山一带地域。自“十一月，乙巳，猎于滍南”到“十一月，癸酉，猎于昆水之阳”继九日之长。足见，唐高宗李治与武则天行幸此区域狩猎，是历史的真实。是为其一。

其二，唐代鲁山县，一直属今汝州管辖。明嘉靖三十一年（1552）《鲁山县志》载：“（唐）贞观九年（635），州（鲁州）废，以县属汝州；五代、宋、金并因其旧。”显见，鲁山县于公元635年后，一直属汝州辖。唐太宗李世民在位23年，当“贞观中”（应为贞观十年至十二年），亦即637—639年，“则天年十四，召入宫，为才人”时，鲁山县早在贞观九年，已先隶唐代汝州辖，后历经唐高宗李治等整个唐朝，鲁山县均归汝州辖，即便之后，经五代、宋、金，亦仍属旧辖区。

自唐太宗李世民、经唐高宗李治至女皇武则天，有多位皇帝曾行幸汝州温泉沐浴及狩猎。除正史载外，地方志与民间均有记、传。据2006年3月6日《中华汝瓷网》《汝州历史大事记》称：

> 贞观元年（627）移梁县衙门于承休（今市区），撤销承休县。八年，复改伊州为汝州。十一年（637）三月，太宗校猎。沐浴于广成汤（今温

泉镇）。十四年（640）八月，命大匠阎立德修建襄城清暑宫于汝州西山（今官庄北）。次年（641）三月，太宗住进襄城宫，因宫内多蛇，罢阎立德官，并派人赐酒宴慰问汝州的高年（60岁以上的老人）。

咸亨二年（671）十一月，高宗赴汝州校阅三军。

仪凤元年（676）二月，高宗赴汝州温泉校猎洗浴，设立温泉屯，并审查赦免轻罪犯一批。

久视元年（700）二月二十二日，武则天带领文臣苏味道、杜审言、李峤等到汝州温泉洗浴，并流杯赋诗、立碑建亭以作纪念。三月三日才回洛阳。

如上述，唐太宗李世民曾三次行幸汝州；高宗李治起码有两次行幸汝州，如不计武则天陪伴李治行幸汝州的记述，至少，武则天有一次到汝州温泉洗浴，且滞留时间较长。

据2014年1月7日《河南旅游咨询网》河南省旅游局信息中心发布《武则天封禅嵩岳与三幸汝州温汤》一文，道：

唐代，随着洛阳陪都地位的恢复，以及李治把封禅嵩岳列入议事日程，汝州温汤再度受到皇家的垂青。

贞观十一年（637）李世民改洛州为洛阳宫之后，曾

“大鬼于广成泽”，驻跸于汝州温汤。三年后还命将作大匠阎立德在广成泽附近规划设计建起一座清暑宫，取名襄城宫。贞观十五年（641）襄城宫落成，李世民行幸襄城宫。

武则天在协助唐高宗策划封禅嵩岳过程中及其实施封禅嵩岳之后曾三次行幸汝州温汤。

第一次行幸汝州温汤在仪凤元年（676），是随其丈夫唐高宗李治而来的。《通鉴》载：“二月甲戌，天后劝上封中岳。癸未，诏以今冬有事与嵩山。丁亥，上幸汝州之温汤。三月甲辰，上还东都。”这一次武则天与李治在汝州温汤停驻18天。这时的李治已患上了风眩症（风眩症就是高血压病。中医称风眩，西医叫高血压）。开春天气在汝州温汤住18天，一方面是要通过温泉洗浴，减轻症状；另一方面也利用这个时间在发布封嵩诏书之后进一步筹划封禅中岳事宜。

第二次行幸汝州温汤在永隆元年（680），“春二月癸丑，上幸汝州之温汤。戊午幸嵩山处士三原田游岩所居。已未，幸道士宗城潘师正所居。上及天后、太子皆拜之。乙丑还东都”。这次幸汝州温汤，发生在再诏封中岳之后。《旧唐书·高宗本纪》载：“二月癸丑，幸汝州温汤。丁巳，至少室山。戊午，亲谒少姨庙。又幸隐士田游岩所居。已未，幸嵩阳观及启母庙，并命立碑。又幸隐士逍遥谷道士潘师正所居。甲子，自温汤还东都。”据此可知，武则天夫妇在汝州温汤停驻4天后往嵩山，从嵩山归来又在汝州温汤停驻4日方回洛阳。

第三次行幸汝州温汤，是以最高统治者身份，在一班文臣武将前呼后拥下，以威震四海的气势而来。天授元年（690）武则天登上皇位，改国号为周。久视元年（700）“腊月、乙巳，太后幸嵩山。春一月丁卯，幸汝州之温汤。戊寅，还神都”。按《通鉴》记载，武则天此次游嵩山幸汝州温汤，在嵩山停驻 22 天，在汝州温汤停驻 12 天。但《旧唐书》卷六《则天皇后本纪》记载：“圣历三年（700）腊月戊寅，幸汝州温汤。甲戌，至自温汤。”依此计算，武则天在汝州温汤停驻了 56 天。

唐太宗李世民于贞观十一年（637），洗浴汝州温汤，留下“唐宗池”一处。武则天三幸汝州温汤，留下了“武后池”“流杯亭”“八卦行宫”“武后碑”等胜迹。

武则天三幸汝州温汤是其移都洛阳、封禅嵩岳政治运作的有机组成部分。武则天在汝州温泉留下的胜迹积淀为嵩岳地区的重要历史文献资源。

以本书所道，武则天三幸汝州温泉，有两次是陪伴李治，另一次是她登基皇位之后。这些记、传，与正史所载一致，且更加详明。

唐代皇帝频繁行幸汝州，给武则天在汝州周边区域休闲，提供了足够活动的时间和空间。也给武则天行幸、停驻地近汝州温泉的鲁山“阿武婆寨”，创造了条件、提供了可能。

贞观十四年（640）八月，唐太宗李世民“命大匠阎立德修建襄城清暑宫于汝州西山”的史实，说明当时气候炎热，李世民有在汝州地域避暑愿望。但因“次年（641）三月，太宗住进襄城宫，因宫内多蛇，罢阎立德官”。试想，李世民既“因宫内多蛇，罢阎立德官”后，不可能再启用“襄城清暑宫”避暑，更未见皇帝李治与武则天重驻“襄城清暑宫”史料记述，他们势必另选避暑宫址于他处。而新选避暑宫址，不可能距汝州温泉太远，山势高度也不会太低，因山势过低，将失去避暑价值。而临近汝州温泉的最高山峰——霍阳山（岘山）和五朵山当为李治与武则天首选目标。

图 9-1　唐太宗李世民为汝州“岘山”御题“危峰独见”

霍阳山，即今岘山，又名铁顶山。海拔 1165.8 米，位于汝州、汝阳、鲁山交界处，属大伏牛山系（又称外方山），是汝州第一高峰，素有“汝州屋脊”之称，号称“伏牛第一山”。《金史·地理志》记载：汝州梁县（今汝州市）霍阳山，俗称岘山，在县西南 70 里。据汝州文物部门收藏碑刻记载：唐朝通天元年（696），女皇武则天在中岳嵩山封禅之后，忆起唐太宗李世民曾以“危峰独见”命名的岘山（见图 9-1），便乘车驾到岘山游览，登至过风垭小憩时，这里却狂风施威，飞沙扬尘。女皇只好到东边山崖下避之，并拂袖怒斥，命身边风息。自此以后，过风垭山风频吹，唯女皇休憩处千风遁匿。武则天游山尽兴，心中大悦，提笔书写了“伏牛第一山”五个大字（见图9-2），落款为武曌，并加盖了印章，刻石碑以记之，立于岘山过风垭处。

图9-2　武则天为汝州题写“伏牛第一山”

与五朵山（海拔933米）紧连的老婆寨山（阿武婆寨山），海拔697米，北靠海拔851.3米后坑山。即若现在于老婆寨山顶观四维美景，将一览无余。北部汝州市、东部宝丰县及平顶山市，东南部的鲁山县城区等尽收眼底。老婆寨山文化底蕴十分深厚。有古代文化遗迹遗存十几处：军事文化，有楚长城、烟洞岭、将军山、教场岭及古炮台等遗址；宗教文化，北有天子坟寺、南有雷音寺、东有寨沟寺、西有红石寺，且在寨内另有古房基遗址多处。当地百姓传说，东周最后一位君主周赧王姬延，曾在老婆寨驻扎过，他死后就葬在这山后，墓北边有天子坟寺，近年，还不断有姬姓人氏来此祭拜先祖。有说唐代武则天在这里住过，因称“阿乌婆寨”，俗呼“老婆寨”。当今旅游开发时，还发现有石斧、铜箭头、铁环及各类陶器陶片、瓷器瓷片等出土器物。这些历史遗物，现收藏于鲁山县佛教协会雷音寺内。

武则天选定五朵山东的后坑山南“阿武婆寨”地理位置作“避暑行宫”，是有历史原因的。在武则天行幸汝州温泉、亲历岘山时，发现岘山太高，山半腰过风垭处风又太大，故不宜作避暑之地，而临近岘山较高的五朵山群峰，便成其重点选项。我们实地考察发现：在五朵山东南部紧邻的“老婆寨山”（阿武婆寨山），是适宜避暑的好地方。其北部毗连东周最后一任国王——周赧王陵墓的风水宝地及天子坟寺（属今汝州蟒川乡）；东北向毗邻今宝丰观音堂乡；其南向就是藏风聚气、避风向阳的老婆寨山——阿武婆寨山，地势北高南低的自然倾斜坡度，正是冬、春季节采光、取暖俱佳之地；在东部、北部的悬崖绝壁上，是故有随山势走向起伏蜿蜒的红石垒砌一夫当关万夫莫开的楚长城遗存，一直西向延伸至五朵山巅处，这些在春秋战国时已经存在的宏大建筑，客观上，对阿武婆寨有得天独厚的护卫作用；再南向是将军山，海拔619.5米，与“嵩县不救关寨姑嫂相照应”。将军山前有“校场岭”，为古代操练兵马场所。这些固有或天然的居高临下军事要塞和设置，对阿武婆寨安全护卫有着万全保障。“校场岭”西向山下，有庄严肃穆的古“雷音寺”一座，更有香烟袅袅，经乐罄鸣，晨钟暮鼓的规律报时，召唤着众僧尼按时作息。这些，正符合唐代尊崇佛教之习俗。如此清净幽雅“佛国世界”和气势磅礴之大地，并与周赧王陵墓相联接的弘大安全环境，只有权倾天下之帝王，方可配位、使用。南北倾斜的朝阳坡度对采光、取暖非常有利，加之四围山势优越条件，必然被精明的武则天看中。于是，这里便有“阿武婆寨”建筑和休闲“避暑行宫”遗址等。

这里的历史遗迹遗存昭示着后人：在这曾为楚国占领修筑的楚长城内，周赧王驻扎过的地方，此后竟成为唐武则天避暑、休闲的“行宫”圣地！当时的庶民百姓自然不得接近，更不明就里。随着时代变迁，这个武则天住过的“阿武婆寨”，便传为明·嘉靖三十一年（1552）《鲁山县志》所记“俗传昔阿乌婆谓武则天”了。

四、今日阿武婆寨

如上述阿武婆寨如此险要，秀美的风景名胜资源，被独具慧眼、乐善好施的鲁山佛教协会会长石玮看中，他用打工赚来的资金，以致富家乡的情怀和博大胸怀，首先修复古代雷音寺，完善了寺院大门，使其成为“大雷音寺”。接着，他又整体开发“阿武婆寨”，修复完善部分楚长城段；建筑 2.5 千米悬空栈道；完善了水系和进寨旅游道路及公厕等服务设施。为了满足游人需求，他又在后坑山后的险要处，新增修一座长 213 米、宽 1.5 米的玻璃索桥，建成 3A 级“阿婆寨风景旅游区”，于 2018 年，对社会开放、正式接纳游人。我们深信，在不远的将来，这个现今尚遗存有楚长城遗迹内，曾经由周代君王和唐女皇武则天驻扎过的风水宝地，必将成为中原地区休闲度假避暑养生之胜地。

（本文原载《尧神》2018 年第 4 期）